Des ombres sur la ville

Danger et sentiments

PAULA GRAVES

Des ombres sur la ville

Traduction française de
CATHY RIQUEUR

BLACK ROSE

HARLEQUIN

Collection : BLACK ROSE

Titre original :
CRYBABY FALLS

Ce roman a déjà été publié en 2015

HARPERCOLLINS FRANCE
83-85, boulevard Vincent-Auriol, 75646 PARIS CEDEX 13
Service Lectrices — Tél. : 01 45 82 47 47

www.harlequin.fr

ISBN 978-2-2804-4495-8 — ISSN 1950-2753

1

Le mémorial au bord de la route n'était ni abîmé ni défraîchi comme l'étaient tant de monuments érigés à la mémoire des disparus. La simple croix de bois plantée dans le sol de Black Creek Road luisait d'un éclat blanc au soleil de la mi-journée et les fleurs disposées dans le vase étaient naturelles, encore couvertes de rosée.

Sara s'accroupit près de la petite croix, puis effleura le grand gerbera rouge au centre du vase. Un frisson la parcourut, comme si quelqu'un avait effleuré sa nuque de ses doigts glacés. En se retournant pour vérifier, elle faillit tomber par terre.

Il n'y a personne, Sara. Ressaisis-toi.

Faisant de nouveau face au monument, elle lut en silence le nom qui y avait été gravé, les lettres rehaussées à la peinture noire.

Donnie LINDSEY.
Notre bien-aimé fils et époux.

L'accident remontait à trois ans, jour pour jour. Parfois, la mort de Donnie paraissait un souvenir lointain comme si, depuis l'accident, la vie s'était interminablement ralentie, chaque minute se muant en heures voire en jours. A d'autres moments, tels que celui-là, la prise de conscience abrupte qu'il avait à jamais disparu la faisait souffrir comme une blessure toute récente.

A cette idée, Sara songea à Joyce, sa belle-mère. C'était certainement elle qui fleurissait la tombe de Donnie : la gardienne du mémorial. De toute évidence, Joyce ne s'en remettrait pas. Sa douleur était physique, plombant chaque instant de son existence.

Sara ne put retenir un soupir. Comment l'époux de Joyce, Gary, parvenait-il à supporter cela ? Ce constant état de deuil de Joyce.

Aussi douloureuse qu'ait été la perte de Donnie, Sara, elle, arrivait à vivre de furtifs moments de bonheur. Joyce semblait ne jamais y réussir. Le chagrin l'avait vieillie d'une décennie en l'espace de ces trois ans, sa peine exacerbée par le décès de sa fille, des années plus tôt. Et son immense chagrin n'avait d'égal que son désir insatiable de trouver quelqu'un à blâmer pour la mort de ses enfants.

Concernant le décès de Renée, il lui serait impossible de désigner un responsable. Son meurtre demeurait non élucidé. Toutefois, pour ce qui était de la mort de Donnie, Joyce avait trouvé la cible de sa colère rentrée.

Après tout, Sara était au volant du pick-up de Donnie le soir de l'accident. Et elle avait refusé de suivre les règles du veuvage préconisées par sa belle-mère, choisissant plutôt d'honorer son époux à sa façon.

Elle consulta sa montre. Il était presque midi. Joyce, Gary, ainsi que tous les amis d'enfance de Donnie qui vivaient toujours à proximité de Purgatory devaient être en train de quitter le cimetière pour se rendre chez les Lindsey afin de prendre part à un repas commémoratif. C'était la seconde édition de ce que Joyce appelait « le déjeuner du souvenir » et, pour la deuxième année d'affilée, Sara avait échoué à prendre sur elle afin d'y aller.

Manifestement, tout le monde s'attendait à ce qu'elle y fasse une apparition. En tant que veuve et, en partie, protagoniste de la mort de Donnie, le moins qu'elle pût faire n'était-il pas de prendre part à cette démonstration rituelle de douleur ?

Non, elle n'était pas de cet avis. Sa douleur relevait de l'intime. Elle n'avait pas l'intention d'en faire étalage ni de rester plantée là à regarder les autres manifester la leur, simplement parce qu'on attendait cela d'elle.

Elle avait préféré venir en ce lieu, dans ce virage en épingle à cheveux sur Black Creek Road, là où tout avait volé en éclats. C'était son propre hommage à Donnie. Et si elle ne pleurait pas, ne criait pas de rage ou de douleur, il n'y aurait personne pour lui en faire le reproche.

Tant mieux !

Elle se redressa, grimaçant en raison de la douleur latente dans ses articulations, et se tourna vers le précipice à quelques mètres seulement du bord de la route. En fait, Donnie n'était pas mort à cet endroit, sur le site du monument, mais presque douze mètres en contrebas, au fond de la gorge, là où le petit ruisseau se frayait un chemin en serpentant dans les contreforts des Smoky Mountains.

Sara n'avait aucun souvenir de l'accident. Elle ne se rappelait même pas pourquoi Donnie et elle étaient à Purgatory ce soir-là, seulement que Donnie suivait une nouvelle piste concernant le meurtre de sa sœur. Pour le reste, sa blessure à la tête lors de l'accident avait tout effacé.

Elle avait passé un mois à l'hôpital, manquant les funérailles de Donnie, s'abandonnant à un mélange toxique de chagrin et de douleur jusqu'à ce qu'elle convainque finalement ses médecins de la laisser sortir avant que l'hôpital ne la tue.

Sa convalescence avait duré un an et bien qu'elle eût retrouvé une condition physique normale, trois ans après, l'amnésie persistait, tel un grand trou noir au milieu de sa vie sens dessus dessous. Ce qu'elle voulait absolument se remémorer, c'étaient ces dernières secondes avant que le pick-up ne quitte Black Creek Road et ne bascule par-dessus le bord de la falaise.

Que s'était-il passé ? Quelle avait été la cause de l'accident ? Aurait-elle pu l'éviter ? Ces questions la hantaient depuis trois ans.

« La conductrice a dû s'endormir et elle aura raté le virage en épingle à cheveux », avait été l'hypothèse la plus plausible de l'enquêteur chargé de l'accident.

Néanmoins, elle n'avait jamais réussi à se représenter l'accident se produisant de cette manière. Elle était habituellement prudente au volant. Elle n'avait jamais conduit en étant somnolente ni même distraite par la radio ou son téléphone portable car elle avait passé ses deux premières années dans la police de Birmingham au service des accidents. Au cours de ces deux années, elle avait constaté les sinistres effets de l'inattention au volant. Cela lui avait servi de leçon pour le restant de ses jours.

Elle n'aurait donc pas conduit si elle avait été diminuée. Mais quoi d'autre qu'une diminution de ses capacités aurait pu lui faire précipiter le véhicule du haut de cette falaise, à une vitesse aussi élevée ? La question semblait insoluble.

Un léger bruissement dans les bois la sortit de ses réflexions. Quelqu'un la suivait-il ? Elle avait déjà eu cette impression en quittant le belvédère où elle s'était garée.

Elle décrivit un tour complet sur elle-même, scrutant l'environnement.

Les bois alentour grouillaient de vie. La brise de fin septembre faisait voler les feuilles. Un écureuil escaladait un arbre avec des mouvements vifs et saccadés. Des oiseaux gazouillaient dans les branches.

Mais tu es seule, conclut Sara.

Elle détourna résolument son regard en direction de la route et de la longue côte qui ramenait au saisissant point de vue.

Toujours seule.

Elle en eut la chair de poule comme si des doigts invisibles l'effleuraient.

Se forçant à ne plus y penser, elle accorda un dernier regard au mémorial puis gravit la route de montagne.

Caïn ne put retenir une petite moue de satisfaction. Il s'en était douté : Sara Lindsey ne se présenterait pas au cimetière. D'après ce qu'il avait entendu dire aux alentours de Purgatory durant les dernières semaines, elle n'était pas revenue à Ridge County plus de quelques fois depuis l'accident.

Comme elle avait été alitée dans l'unité de soins intensifs, elle avait manqué les funérailles de Donnie. Même ses beaux-parents ne pouvaient lui en tenir rigueur. Mais qu'est-ce qui l'avait gardée éloignée après cela ?

Mû par un pressentiment, Caïn s'était rendu là, à Black Creek Road et au mémorial en bord de route que Joyce Lindsey entretenait avec un soin obsessionnel. Bien évidemment, Sara Lindsey s'y trouvait, la veuve inconsolable accroupie près de la croix blanche étincelante, la tête penchée, ses cheveux foncés dissimulant son visage.

Le bruit courait qu'elle ne se rappelait pas l'accident. Si cela était vrai, c'était fâcheux pour elle : elle n'aurait aucun moyen de réfuter les rumeurs sur les circonstances de l'accident.

Il n'y avait eu aucun témoin. Personne pour expliquer si elle avait été imprudente ou si elle avait simplement fait preuve d'inattention. L'hôpital refusait de divulguer les résultats des analyses qui avaient été pratiquées sur elle mais Caïn connaissait la procédure : puisqu'elle avait été retrouvée au volant, son taux d'alcoolémie avait été contrôlé et l'on avait procédé à une analyse toxicologique. Si quelque chose avait été découvert, elle aurait été inculpée.

Par ailleurs, son époux avait traversé le pare-brise. Il était décédé avant que quiconque n'arrive sur la scène de l'accident.

Caïn le savait de façon certaine. Pour une raison très simple : c'était lui qui les avait découverts.

A quelques mètres de lui, Sara se leva et regarda autour d'elle. Elle rentra la tête dans les épaules, plissa les yeux comme si elle sentait sa présence.

Il se tint tout à fait immobile : le moindre mouvement, plus encore que la couleur de ses vêtements, trahirait sa position. Ses vêtements ternes se confondaient assez aisément avec le décor boisé mais tourner la tête ou faire un geste de la main révélerait, dans l'instant même, sa position.

Elle était devenue une très belle femme. Les années et la tragédie avaient concouru à gommer de ses traits tout vestige de douceur poupine, révélant ses traits ciselés, nota Caïn. Une sensation perturbante lui étreignit la poitrine, le prenant par surprise, et il détourna le regard sans bouger un muscle.

Au bout d'un moment, elle parut se débarrasser de sa tension nerveuse. Elle fit demi-tour et entreprit de regagner le saisissant point de vue situé un demi-kilomètre plus haut dans la montagne.

Il l'observa jusqu'à ce qu'elle ait disparu dans le virage suivant. Puis il sortit son portable et composa le numéro abrégé de son bureau.

Alexander Quinn répondit à la deuxième sonnerie, allant droit au but.

— Vous l'avez trouvée ?

— Oui.

— Une idée de la raison pour laquelle elle ne s'est pas présentée au mémorial ?

— Oh ! Elle s'est présentée devant un mémorial. Seulement, ce n'était pas celui du cimetière.

L'étrange palpitation qui avait envahi sa poitrine, un peu plus tôt, se manifesta de nouveau. Il s'efforça de l'ignorer.

— Je ne vous ai pas recruté pour jouer aux devinettes, Dennison.

Le patron était agacé, comprit Caïn. De toute façon, le vieux maître espion ronchonnait depuis le début, depuis que Joyce Lindsey avait franchi le seuil de son agence d'investigation, « Les Portes ». Elle voulait qu'il enquête sur les décès de ses deux enfants.

— Désolé, fit Caïn.

Il se mit à longer l'étroit accotement, gardant un œil sur le virage aveugle d'où pourraient surgir des voitures.

— Je l'ai trouvée au mémorial dressé en bord de route que sa belle-mère entretient.

— Je pensais qu'ils étaient illégaux au Tennessee.

— Une chose peut être tolérée sans être pour autant légale.

Caïn marqua une pause en arrivant à hauteur de la petite croix blanche.

— D'après ce que j'ai entendu dire, Joyce Lindsey ne cesse d'en ériger un nouveau aussitôt que l'Etat a retiré le précédent.

— Elle a beaucoup perdu.

Venant de presque n'importe qui d'autre, cette remarque aurait pu être un témoignage de sympathie. Cependant, Quinn était tout sauf sentimental, Caïn le savait : le patron semblait embarrassé plutôt que compatissant.

— Vous pensez avoir eu tort d'accepter son affaire ?

— Ses affaires, rectifia Quinn. Elle a perdu deux enfants. Mais je n'ai pas besoin de vous le rappeler, n'est-ce pas ?

Caïn resserra son étreinte sur le téléphone portable.

— Non, en effet.

— Elle veut obtenir justice. Je ne l'en blâmerai pas.

— Mais ?

— Mais elle semble très sûre de connaître déjà les réponses, reprit Quinn. Je me demande si elle est prête à accepter une vérité qui s'oppose à ce qu'elle croit déjà.

— Un instant, je vous prie.

Au bruit du moteur d'un véhicule qui abordait le virage, Caïn s'éloigna de l'accotement, prenant soin de ne pas trop s'approcher du précipice. Un épais fourré d'hortensias sauvages lui offrit une cachette ; il resta accroupi derrière les larges feuilles jusqu'à ce que le pick-up soit passé. Le délicat profil de Sara Lindsey apparut brièvement puis la réverbération du soleil dans la vitre le fit cligner des yeux. La palpitation dans sa poitrine migra en direction de son bas-ventre et il identifia instantanément cette sensation.

Le désir, à l'état pur, viscéral et totalement malvenu.

Il se força à revenir en terrain plus sûr et à reprendre la conversation avec Quinn :

— Vous pensez qu'elle souhaite que nous confirmions ses convictions, et non que nous découvrions la vérité. Par exemple, que sa belle-fille n'a peut-être pas causé l'accident…

— La police a plutôt minutieusement enquêté, acquiesça Quinn. Elle n'a rien trouvé prouvant que la veuve ait été en faute.

— A ce qu'elle prétend, murmura Caïn, se remémorant la fugace expression de culpabilité sur le visage de Sara Lindsey tandis qu'elle jetait un dernier regard à la petite croix blanche avant de reprendre le chemin du belvédère.

— Vous pensez que les enquêteurs ont raté quelque chose ? interrogea Quinn.

Caïn se remit à gravir la montagne afin de rejoindre son propre véhicule, garé plus haut.

— Peut-être. Cela nous aiderait beaucoup si Sara Lindsey pouvait se rappeler quoi que ce soit à propos de cette soirée.

— Dans quelle mesure êtes-vous certain que ce ne soit pas le cas ? insista Quinn.

Un souvenir remontant à trois ans assaillit l'esprit de Caïn. Sara Lindsey, couverte de sang et saisie de panique, gisant, sanglée à l'envers dans la cabine du pick-up transformée en amas de tôles froissées. Elle avait braqué son regard sur lui mais peut-être sans le voir vraiment. Sa respiration était rapide et laborieuse. Toutefois elle avait réussi à trouver assez d'air pour hurler, terrifiée, le prénom de son époux, encore et encore, jusqu'à ce que soudain muette et immobile, elle n'ait sombré dans l'inconscience.

Caïn occulta ce souvenir, refusant de le laisser polluer son enquête en cours.

— D'après tous les témoignages, son époux et elle formaient un couple heureux, ils se connaissaient depuis l'école primaire. Même les personnes qui pensent qu'elle a dû causer l'accident ne croient pas que c'était volontaire.

— Et la mort de la sœur ? poursuivit Quinn.

— Nous savons que Renée a été victime d'un meurtre. Nous ignorons simplement qui l'a perpétré.

— Joyce Lindsey pense toujours que c'est vous, n'est-ce pas ?

Caïn traversa la route pour gagner l'accotement plus large de l'autre côté.

— Vous auriez dû la prévenir que vous m'affectiez à cette affaire. Elle le découvrira tôt ou tard. Rien ne reste secret dans une ville aussi petite à moins que l'on ne l'enterre.

— Je n'ai pas voulu lui donner l'occasion de dire non.

— Elle vous retirera l'affaire, cela ne fait que repousser l'échéance.

— Nous aviserons le moment venu.

— Que représente cette affaire pour vous, Quinn ? Pourquoi induisez-vous une cliente en erreur dans le but de continuer à enquêter ?

— La question n'est pas de savoir ce que cette affaire représente pour moi, Dennison. Mais ce qu'elle représente pour vous.

Caïn pinça les lèvres, partagé entre l'irritation et un élan inopiné de gratitude.

— J'ai vécu si longtemps sans réponses.

— Trop longtemps, renchérit Quinn. Vous avez failli refuser une mission pour Les Portes à cause de ce qui s'est passé à Purgatory il y a dix-huit ans. Personne ne devrait avoir à vivre avec une épée de Damoclès au-dessus de la tête. Croyez-moi.

Caïn faillit se mettre à rire. Quinn avait vécu sa vie entière au cœur d'une impénétrable nuée de secrets et de mensonges. Une infime partie de ce que Caïn savait de la vie et du passé de son patron était fiable. Quinn avait passé deux décennies dans la CIA, se fabriquant une identité aussi impossible à sonder que les Smoky Mountains à minuit.

Il soupira.

— Très bien. Mais comment suis-je supposé enquêter sur le meurtre de Renée Lindsey quand la moitié de la ville m'en croit toujours coupable ? Qui sera disposé à me parler ?

— Vous avez un alibi. Il n'y a jamais eu aucune

preuve de votre culpabilité. Aucune charge n'a été retenue contre vous.

— La rumeur dans une petite ville n'a que faire des preuves ou des conclusions d'une enquête judiciaire.

Caïn rejoignit le sommet de la colline où un pittoresque belvédère offrait un espace de parking pour une demi-douzaine de véhicules ainsi qu'une plate-forme d'observation des Smoky Mountains.

— Les gens savent ce qu'ils croient savoir, au diable la vérité.

En déverrouillant la portière de son Ford F-150, il s'accorda un moment pour contempler le spectaculaire paysage montagneux. Cette vision remua quelque chose au plus profond de lui, une chose dont il aurait juré qu'elle était morte des années plus tôt lorsqu'il avait quitté Purgatory.

Cependant, grâce à Alexander Quinn, il était de retour dans ces collines, prêt à affronter un passé qu'il avait longtemps voulu oublier.

— Vous ne voulez pas savoir qui a tué Renée Lindsey ? reprit le boss, sur un ton doucereux.

Caïn connaissait trop son patron pour tomber dans le piège : si Quinn se montrait soudain mielleux avec lui, c'était pour le désarmer et lui soutirer ses secrets.

— Bien sûr que si, répondit-il sur un ton purement professionnel, dépourvu de l'émotion qui le rongeait.

Evidemment, il voulait savoir qui avait tué Renée Lindsey. A sa manière, il l'avait aimée presque autant que l'avait aimée sa famille. Et quand il avait découvert son corps au pied des «chutes de la Mère éplorée », il avait éprouvé une rage telle qu'il avait cru se consumer. C'était une fille adorable. Quelqu'un de bien, malgré ses choix hasardeux. Elle n'avait pas mérité de mourir en raison de ses erreurs.

— Tenez-moi informé.

Quinn raccrocha sans le saluer.

— Au revoir à vous aussi, marmonna Caïn en rangeant son téléphone.

Puis il monta dans la cabine du pick-up.

Tandis qu'il attachait sa ceinture, il admira, à travers le pare-brise, les paisibles montagnes bleues qui s'étendaient à perte de vue. Juste après la prochaine côte se trouvaient les chutes de la Mère éplorée. Il pourrait y être en cinq minutes. Peut-être moins.

Il tenta de réprimer cette pensée. Il avait passé de trop nombreuses heures à hanter ces chutes des années plus tôt, avant de laisser Purgatory derrière lui. De trop nombreuses heures à se taper la tête contre un mur invisible de secrets et de mensonges, pleurant la perte de son amie et l'injustice colossale d'un monde où Renée Lindsey avait dû mourir alors que la brute qu'était son père à lui continuait à vivre. Quand il avait quitté Purgatory, il avait enterré bien profondément dans le sol rocailleux de Mulberry Rise le jeune garçon qu'il avait été, et il n'était pas revenu aux chutes durant des années.

Cependant, lorsqu'il atteignit l'embranchement d'Old Bridge Road, il s'engagea à droite dans l'étroite route qui menait à la passerelle surplombant les chutes.

Un pont de bois traversait Warrior Creek à quelques mètres à peine du sommet des chutes de la Mère éplorée. Le soleil de l'après-midi avait cédé la place aux nuages et une bruine persistante enveloppait les bois d'une brume mystérieuse, presque inquiétante.

Ou peut-être était-ce ce paysage en particulier. Ces rochers, ces arbres, ces chutes rugissantes…

Sara ramena ses genoux vers sa poitrine tandis qu'un

coup de vent chassait la pluie sous l'affleurement rocheux qui lui procurait un abri.

S'était-elle arrêtée devant ces chutes avec Donnie le soir de l'accident, avant de gravir la montagne ? S'y étaient-ils attardés, Donnie en proie à un mélange toxique de chagrin et d'obsession ? Avait-elle tenté de le convaincre de revenir au présent, à ce qu'il possédait toujours plutôt qu'à ce qu'il avait perdu depuis de si nombreuses années ?

Donnie avait un besoin impérieux d'obtenir des réponses. Renée était de quatre ans son aînée, mais ils avaient toujours été proches. Lorsqu'elle était morte, Donnie entrait au lycée. Sara aussi. Ils commençaient seulement à opérer la transition entre leur innocent flirt d'adolescence et la complexité d'un amour naissant. A quatorze ans, Sara n'avait pas su comment réconforter son petit ami terrassé par le chagrin.

Mais à vingt-neuf ans, non plus. Et elle avait commencé à s'inquiéter de l'impact de cette obsession croissante, non seulement sur lui mais également sur leur mariage.

Ils faisaient tous deux partie de la police de Birmingham. Toutefois, alors que Donnie s'était satisfait de rester en uniforme, elle avait gravi les échelons, jusqu'au grade d'inspecteur et s'était installée dans une vie professionnelle qu'elle adorait en dépit de la pression inhérente à ce métier.

Tout aurait été pour le mieux si Donnie ne s'était pas montré incapable de dépasser la perte de Renée.

Elle aussi, elle aurait voulu des réponses. Mais son expérience en tant qu'inspectrice dans la police de Birmingham lui avait appris une chose : certains meurtres n'étaient jamais élucidés. Certains meurtriers n'étaient jamais confrontés à la justice, et manifestement la mort de Renée s'ajouterait à la longue liste des affaires non résolues.

« Je ne l'accepterai pas », lui avait déclaré Donnie tandis

qu'il préparait ses bagages pour retourner à Purgatory, le jour de l'accident.

C'était le dernier moment de sa vie dont elle avait gardé le souvenir avant son réveil dans l'hôpital de Knoxville, couverte de bandages et tourmentée par une implacable douleur.

Perplexe, elle se frotta les yeux. Ils étaient venus à Purgatory pour suivre une nouvelle piste. C'était tout ce qu'elle savait.

Mais quelle nouvelle piste ? Donnie le lui avait-il dit ? Ou l'avait-il gardé pour lui, de la même manière qu'il avait commencé à lui dissimuler tous les aspects de son enquête sur la mort de sa sœur, comme s'il ne la croyait plus capable d'accueillir ses théories avec un esprit ouvert ?

Certes, à l'époque, elle avait de plus en plus de mal à garder patience. L'aurait-elle ainsi forcé à se réfugier dans le secret ? Elle se refusait à le croire, mais c'était malheureusement possible. Plus elle s'était installée dans sa nouvelle vie à Birmingham, plus le fossé semblait s'être creusé entre Donnie et elle. L'esprit, le cœur de son époux étaient demeurés au Tennessee. C'était comme si, pour lui, la terre avait cessé de tourner quinze ans plus tôt, quand le shérif de Ridge County s'était présenté à la maison des Lindsey pour leur apprendre la terrible nouvelle de la mort de Renée.

Elle avait voulu comprendre. Mais ce chagrin était celui de Donnie, pas le sien, quelque énergie qu'elle ait mise à vouloir le porter pour lui.

S'étaient-ils querellés dans la voiture ? Avait-elle laissé la colère de son époux, ou sa propre impatience, la distraire au mauvais moment ?

Malgré la douleur pulsant derrière ses yeux, elle essaya de se rappeler quelque chose, n'importe quoi, en rapport avec ce soir-là.

Elle conduisait le Silverado de Donnie. Son bébé. Il avait acheté ce pick-up d'occasion quand il avait eu dix-huit ans, avec l'argent qu'il avait gagné en travaillant l'été. Il le dorlotait comme s'il s'agissait d'un animal de compagnie et la laissait rarement le conduire, pas parce qu'il ne la pensait pas bonne conductrice mais parce qu'il éprouvait une joie élémentaire à être au volant de la vieille Chevrolet.

Alors pourquoi la conduisait-elle ce soir-là ? Quelque-chose l'en avait-il empêché ? Donnie buvait rarement mais il prenait une bière de temps à autre. Et puisqu'il ne conduisait pas ce soir-là, la police n'avait pas contrôlé son taux d'alcoolémie.

En revanche, et Sara s'en félicitait, l'hôpital avait vérifié le sien, sans trouver aucune trace d'alcool dans son organisme. Elle aurait été choquée d'apprendre le contraire. Elle évitait l'alcool comme la peste depuis cette soirée cauchemardesque du bal de promo où elle s'était soûlée en terminale. Quand elle s'était juré : « Plus jamais ça », elle avait été sérieuse.

L'analyse toxicologique s'était également révélée négative.

Toutefois, quelque chose lui avait fait quitter Black Creek Road, une route qu'elle avait empruntée presque chaque jour de sa vie jusqu'à ses dix-huit ans. Une route dont elle connaissait chaque virage, chaque déclivité, de l'ancienne carrière de marbre au nord de la ville jusqu'à son extrémité, vingt kilomètres après Bitterwood au sud. Il n'y avait aucune raison pour qu'elle manque le virage en épingle à cheveux. Pas même à minuit, dans une tempête de neige.

Cependant l'accident n'était pas survenu à minuit mais un peu après 21 heures. Et, d'après le rapport de police, la soirée était douce et le temps clair.

Il n'y avait aucune traînée suggérant qu'elle ait fait une

embardée ou freiné pour éviter un animal. Il n'y avait même pas de traces de dérapage indiquant qu'elle ait tenté de prévenir leur chute du haut de la falaise.

Comment diable était-ce possible ? Si elle n'était ni ivre ni handicapée, pourquoi n'avait-elle pas tenté d'empêcher le véhicule de basculer dans le précipice ?

Quelque part à l'extérieur de sa cachette retentit distinctement le craquement d'une branche, assez fort pour ébranler ses nerfs. D'instinct, elle resserra ses genoux contre sa poitrine, comme une enfant cherchant à éviter qu'on ne la découvre.

Etait-ce ce que Renée Lindsey avait ressenti ? se demanda-t-elle tandis que son pouls s'accélérait. Etait-ce la dernière chose qu'elle avait éprouvée avant de mourir ?

Un homme apparut, avançant à grandes foulées qui exprimaient une colère à peine contenue. Il était grand et mince, tout en muscles.

Un homme dangereux, songea Sara, l'observant de sa cachette, la gorge nouée.

Cet homme, en particulier, était le danger incarné.

2

Le crachin reprenait de plus belle, et Caïn repoussa les gouttes qui lui cinglaient le visage. Il traversait le pont de bois surplombant les chutes de la Mère éplorée. Le rugissement de la cascade couvrait les autres sons des bois, créant un cocon de bruit blanc, isolant du reste du monde.

Il se força à baisser les yeux vers le tumultueux maelström au pied des chutes, là où la puissance de l'eau battant les rochers créait un perpétuel jaillissement d'écume, à la fois constant et toujours changeant. Le nom officiel de la cascade était « Warrior Creek Falls », mais elle avait été dénommée « les chutes de la Mère éplorée » du plus loin que l'on s'en souvienne et elle apparaissait même sous ce nom sur certaines cartes locales.

La légende prétendait qu'une jeune Cherokee amoureuse d'un colon blanc avait découvert, peu après la mort au combat de son amant, qu'elle portait son enfant. Elle avait caché sa grossesse à sa famille jusqu'au jour où elle avait accouché à l'abri du rocher sous les chutes. Mais elle était morte en couches, laissant le minuscule bébé seul et sans protection face aux éléments.

Les pleurs du bébé étaient censés avoir réuni pour un temps les hommes de la tribu cherokee et leurs ennemis blancs tandis qu'ils joignaient leurs forces pour rechercher la source des cris. Ils trouvèrent l'enfant au moment où il poussait son dernier soupir.

Emus et calmés par les morts inutiles et tragiques de la mère et de l'enfant, Cherokees et colons blancs avaient fait la paix.

Pour un temps, du moins.

Selon les versions, si l'on venait la nuit, quand brillait la lune, on pouvait entendre les cris plaintifs du bébé provenant du banc rocheux derrière les chutes. Une jolie histoire. Terriblement romantique. Et presque certainement une pure invention, estima Caïn.

Il en existait d'ailleurs une variante évoquant une femme Chickasaw, enceinte d'un guerrier de sa tribu, lui aussi tombé au combat. Elle aurait alors été enlevée par les Cherokees. Une fois l'enfant né, un Cherokee aurait voulu la prendre pour femme et elle se serait jetée du haut des chutes avec son enfant.

Toutefois, la véritable histoire des chutes de la Mère éplorée était déjà assez tragique sans que l'on en rajoute, songea Caïn avec douleur. Une autre fille enceinte était tombée amoureuse de la mauvaise personne et elle avait payé son erreur de sa vie en ce lieu même. Mais il n'y avait eu ni bébé en pleurs, ni leçon à en tirer. Uniquement la mort et l'affliction ainsi qu'une poignante absence de justice.

Atteignant l'autre côté des chutes, Caïn se pencha pour cueillir dans une touffe de fleurs sauvages un rudbeckia d'un beau jaune doré. Le rudbeckia était l'une des fleurs préférées de Renée. « Il ressemble au soleil », lui avait-elle dit un jour en en cueillant un qu'elle lui avait donné. « Ils me réchauffent le cœur et me procurent un sentiment de bonheur. »

Caïn détacha l'un des pétales et laissa le vent l'emporter, l'entraîner en tourbillonnant dans les eaux tumultueuses en contrebas.

Elle m'aime.

Il jeta un autre pétale.

Elle ne m'aime pas.

Renée lui avait autrefois dit qu'il était son meilleur ami, et à l'époque il avait songé soit qu'elle mentait, soit qu'elle manquait cruellement d'amis. Il n'avait pas été le genre d'enfant qui se liait facilement d'amitié, pour diverses raisons dont certaines lui incombaient et d'autres pas. Et ses années de lycée avaient été parmi les pires de toutes.

Cependant, quelque chose chez Renée l'avait attiré vers elle. Il ne pouvait prétendre qu'ils eussent beaucoup en commun, excepté peut-être une intolérance innée envers les personnes hypocrites. Elle venait d'une famille comportant deux parents et deux enfants parfaits, avec une jolie maison en ville et de l'argent à la banque. Son père détenait une petite chaîne de magasins fournissant des pièces automobiles. Sa mère avait été une femme au foyer, toujours présente pour ses enfants après l'école.

Caïn réprima un soupir. Lui, tout ce qui l'attendait à son retour de l'école, c'était un misérable ivrogne, un père qui se plaisait à le frapper et à l'insulter. La première fois qu'il était rentré de l'école, en pleurs, son père avait pris un malin plaisir à lui dire :

« Tu sais pourquoi tu t'appelles Caïn ? Le prénom du premier meurtrier de la Bible ? Parce que ta mère a accouché de jumeaux, mais que tu es le seul survivant. Alors, tu as bien mérité ton prénom, mon garçon. Apprends à vivre avec ! »

Ramener quelqu'un à la maison après l'école pour étudier ou simplement avoir de la compagnie était tellement inconcevable que Caïn n'avait jamais souhaité se faire des amis. Et il en savait assez sur les réalités de ce monde pour repousser toutes les allusions de Renée au fait qu'il pourrait l'accompagner chez elle à l'occasion.

Les Lindsey et les Dennison ne vivaient pas dans le

même monde. Il y avait déjà eu quelques murmures et haussements de sourcils lorsque le fils Lindsey, Donnie, avait épousé Sara Lynn Dunkirk dont le père était depuis toujours adjoint au shérif de Ridge County et dont la mère était l'une de ces Culpepper originaires de Cherokee Cove.

Si le cercle des relations de Renée pouvait à peine accepter une fille agréable et sympathique telle que Sara Dunkirk à cause de ses liens familiaux, qu'auraient-ils fait du rejeton aux cheveux longs et au caractère emporté de Billy Dennison ?

Caïn arracha le dernier des pétales puis son regard se porta au-delà du garde-fou du pont. En s'épaississant, les nuages dans le ciel avaient assombri la forêt dense, plongeant le monde dans un crépuscule précoce. Mais les minuscules pétales dorés surnageaient encore dans les eaux tourbillonnantes.

Il se détourna des chutes et rebroussa chemin sur le pont de bois, prenant garde à ses pas sur les lattes rendues glissantes par la pluie.

Lorsqu'il releva les yeux, son corps entier tressaillit de surprise.

Debout, à l'autre extrémité du pont, se tenait Sara Lindsey, ses cheveux mi-longs dansant autour de sa tête, dans le vent chargé d'humidité. Mais son corps était rigide, ses mains crispées autour du garde-fou.

Le cœur de Caïn bondit dans sa poitrine, battant à tout rompre. Plus bas, dans son ventre, s'alluma le délicieux brasier de l'attirance. Que n'était-il un autre homme, et elle une autre femme !

— L'avez-vous tuée ? lui demanda Sara, sa voix chaude portée vers lui par le vent.

Il la dévisagea. Avait-il imaginé la question ? Etait-ce un mirage, celui d'une femme présente sur la scène du crime, tel un ange vengeur ?

— Non, répondit-il.

Mais le croyait-elle seulement ?

Sara n'avait pas vu Caïn Dennison depuis dix-sept ans, mais celui-ci n'avait guère changé. Le grand jeune homme mince aux yeux gris méfiants et à la beauté virile presque farouche s'était transformé en un homme plus grand, à la musculature racée, d'environ trente-cinq ans qui avait conservé les mêmes yeux d'un gris plomb ainsi qu'une touche de rébellion. La vie avait gravé quelques rides supplémentaires sur son visage mais celles-ci ne faisaient qu'ajouter à son mystère et à son charme.

Qui a été un jour mauvais garçon…

Il avait toujours été l'objet des fantasmes des filles, l'exemple le plus tentant du fruit défendu à Purgatory, se rappela Sara. Elle-même n'y avait pas été insensible, aussi éperdument amoureuse qu'elle fût de Donnie.

Un élan de désir se manifesta dans son bas-ventre. Visiblement, malgré toutes ces années, il lui plaisait toujours.

— Pourquoi êtes-vous là ? s'enquit-elle.

Il avait quitté la ville peu après le meurtre de Renée, se souvenait-elle. Et d'après son père, qui le surveillait depuis ce drame, il n'était revenu que de temps à autre pour rendre visite à sa grand-mère, et plus du tout ces trois dernières années, depuis l'accident.

— Et vous ? rétorqua-t-il, une nuance cassante dans la voix, comme s'il ne pouvait s'empêcher d'être sur la défensive.

Que répondre à cette question ? La raison officielle de son retour à Purgatory avait été d'assister à la cérémonie organisée par Joyce à la mémoire de Donnie. Toutefois, elle avait su, avant même de se mettre au volant du pick-up, qu'elle n'arriverait pas à aller au cimetière.

En ce cas, pourquoi était-elle venue ?

Je veux des réponses.

Cette pensée traversa son cerveau en un éclair.

Mais des réponses à quelles questions ?

Elle ne se souvenait même pas d'être venue à Purgatory le jour de l'accident. Elle connaissait la motivation de Donnie : la nouvelle piste qu'elle ne parvenait pas à se rappeler. Et était-ce une coïncidence si l'accident était survenu la veille du quinzième anniversaire de la mort de Renée ?

Mais pourquoi avait-elle accompagné Donnie cette fois-là ? Son supérieur ne lui avait pas été d'une grande aide pour répondre à cette question. A l'époque, elle n'avait pas invoqué de raison précise pour demander ces quelques jours de congé. Elle n'avait précisé à aucun de ses collègues ce que Donnie et elle projetaient de faire à Purgatory.

Par ailleurs, ni ses parents, ni ceux de Donnie n'avaient eu connaissance de leur présence. Cependant, Joyce et Gary lui avaient dit plus tard, à l'hôpital, que Donnie les avait appelés la veille et les avait prévenus qu'il serait en ville pour l'anniversaire de la mort de Renée.

— Je l'ignore, finit-elle par dire à voix haute. J'imagine que c'est parce que ça fait trois ans aujourd'hui. Et que demain, cela en fera dix-huit que Renée nous a quittés.

Caïn baissa les yeux sur les chutes rugissant sous leurs pieds, l'air sombre.

Comme il demeurait muet, elle poursuivit :

— Parfois, je me rappelle à peine à quoi elle ressemblait. N'est-ce pas étrange ? Elle était la sœur de Donnie et je la voyais tout le temps. Mais quand j'essaie de me rappeler des choses sur elle, tout est confus et lointain, comme si je regardais le passé au travers d'un pare-brise gelé. J'aimerais pouvoir imputer cela à ma blessure à la tête, mais la vérité est que je ne la connaissais vraiment pas. Elle était seulement la sœur de Donnie, la fille qui ne voulait pas que nous l'ennuyions ni que nous mettions la pagaille dans ses affaires.

— Je me souviens d'elle.

Les mots semblaient s'être échappés de ses lèvres avant qu'il n'ait pu les en empêcher. Ses yeux gris lui glissèrent un regard oblique, comme s'il regrettait d'avoir parlé.

— Savez-vous qui était le père de l'enfant qu'elle portait ? reprit-elle.

Il la regarda de nouveau droit dans les yeux.

— Non.

Ce n'était pas l'enfant de Caïn, elle le savait. Les analyses ADN avaient au moins établi ce fait. Cependant, en l'absence d'une injonction ordonnant que chaque homme ayant été en contact avec Renée soit soumis à un prélèvement d'ADN, la question de la paternité de son enfant n'avait pas obtenu davantage de réponse que celle de l'identité de son meurtrier.

— Elle a refusé de me le révéler, ajouta-t-il d'une voix extrêmement basse. Elle m'a clairement fait comprendre que personne ne devait le savoir.

Sara s'approcha de lui. La pluie avait presque cessé mais le vent s'était levé de nouveau. Elle dut repousser une mèche de cheveux qui s'était plaquée sur ses lèvres.

Le regard de Caïn tomba sur sa bouche, nota-t-elle.

Un instant, l'air autour d'eux sembla chargé d'électricité.

Puis il détourna les yeux, de nouveau aimanté par la cascade.

— Etiez-vous amoureux d'elle ?

La question était sortie toute seule.

Il tourna lentement la tête, avec un regard scrutateur.

— J'avais envie d'elle. Je ne pense pas que ce soit la même chose. Néanmoins…

Ses épaules se voûtèrent.

— Je voulais qu'elle soit heureuse. Et elle ne l'était pas.

Non, elle ne l'était pas, songea Sara. Elle avait perdu toute joie de vivre depuis l'annonce de sa grossesse. Probablement était-elle terrifiée.

Ses parents l'avaient placée sur un piédestal et avaient de grands projets pour sa vie à venir. L'université, le mariage, une carrière si elle le désirait… Les Lindsey avaient été déterminés à assurer à leurs enfants une vie de rêve, en particulier à leur pétillante et ravissante aînée.

Renée avait dû se sentir oppressée par le poids de ces attentes et elle avait sans doute craint de devoir avouer la vérité à ses parents.

— Elle ne fréquentait presque plus personne, ajouta soudain Caïn.

Sara le scruta. Serait-il disposé à se montrer plus communicatif, toutes ces années plus tard, qu'au lendemain de la mort de Renée ?

Elle ne pourrait pas ramener Donnie à la vie mais peut-être pourrait-elle terminer ce qu'il avait commencé avant de mourir. Peut-être pourrait-elle découvrir la vérité sur ce qui était arrivé à Renée.

Elle était une bonne enquêtrice avant l'accident. Et comme elle ne savait plus trop quoi faire de sa vie, elle disposait de beaucoup de temps.

La voix de Caïn la tira de ses pensées.

— Elle voyait quelqu'un. Mais je n'ai jamais su de qui il s'agissait.

Sara ne put dissimuler son étonnement.

— Vous n'avez jamais dit cela à la police !

Il lui glissa un regard en coin.

— On ne me l'a pas demandé.

— Et vous n'avez pas spontanément fourni cette information ?

— Les policiers pensaient qu'elle sortait avec moi. En secret, bien entendu.

Il se mit à rire, bien que d'un rire sans joie.

— Parce que Renée Lindsey n'aurait pas osé fréquenter ouvertement un Dennison.

— Mais vous passiez beaucoup de temps ensemble, tous les deux.

— Nous étions amis.

— Et je suis supposée croire que cela vous suffisait ?

Il lui décocha un regard inquisiteur.

— Votre père vous a envoyée m'interroger, inspecteur Lindsey ?

— Mon père ne me dit pas ce que je dois faire. Et, à ce propos, c'est simplement « madame Lindsey » désormais.

Un sourcil foncé s'arqua au-dessus de son œil gris.

— Depuis quand ?

— J'ai rendu mon insigne la semaine dernière.

— Votre décision ?

Officiellement, la décision avait émané d'elle mais c'était une question de temps avant que ses supérieurs ne lui rendent sa liberté, elle le savait pertinemment. Elle n'avait pas été capable de se replonger dans le travail comme elle l'aurait dû. Donnie avait hanté chaque recoin de la ville qu'ils avaient autrefois considérée comme leur foyer. Il était presque devenu le seul objet de ses pensées. Donnie, les questions qu'elle se posait et la peur teintée de culpabilité que l'accident soit de sa faute.

— Oui, presque ma décision, répondit-elle.

Il pencha la tête sur le côté, laissant lentement glisser son regard sur elle, comme pour réévaluer son jugement à l'aune de cette nouvelle information.

— Qu'allez-vous faire à présent ?

Elle haussa les épaules.

— J'ai quelques économies qui n'ont pas été englouties par les frais médicaux. Donnie avait une assurance-vie. J'ai un peu de temps devant moi pour me décider.

— Et c'est ici que vous êtes revenue pour réfléchir ?

Une pointe d'accent des montagnes avait réapparu dans sa voix, et cela la fit sourire. Tout comme elle, il les avait quittées depuis un moment, mais deux montagnards tels qu'eux n'échappaient jamais totalement à leurs racines.

— Mon grand-père est décédé l'hiver dernier. Il m'a laissé son bungalow. Mon père dit qu'il y a beaucoup de travail à faire dessus et je devrais sans doute simplement le vendre. Mais je ne suis pas obligée de choisir sur-le-champ.

Pourquoi en disait-elle autant à Dennison ? Elle n'aurait su l'expliquer. Ils se connaissaient à peine et le peu qu'elle savait de lui ne prêtait pas à la confiance.

— Et vous estimez que cet endroit en vaut un autre pour méditer ?

— On peut dire cela.

Il hocha lentement la tête.

— Il semblerait dans ce cas que nous soyons tous deux de retour pour un moment.

— Ainsi ce n'est pas une brève visite pour vous ?

Elle en était surprise. Purgatory, dans le Tennessee, était un lieu qui entretenait la mémoire des événements, et de nombreux habitants de cette ville voyaient encore en Caïn Dennison un meurtrier resté impuni.

Y compris son père à elle, songea Sara.

Il n'avait jamais adhéré à la décision du shérif de ne pas poursuivre Caïn pour le meurtre de Renée. A ses yeux, qu'un autre homme ait été le père de l'enfant qu'elle portait constituait un excellent mobile de meurtre plutôt qu'une preuve de disculpation.

Si Dennison projetait de rester longtemps à Purgatory, il pourrait être amené à le regretter.

— J'ai un emploi, reprit-il au bout d'un moment, sans la regarder.

— Consistant à faire quoi ?

Il lui lança un coup d'œil.

— Des choses et d'autres.

— Et ces choses et autres sont-elles légales ?

Sa bouche s'incurva dans une ébauche de sourire, le premier depuis le début de leur confrontation, nota Sara.

— Vous pensez que je vous le dirais si c'était le cas ?

Elle opta pour une tactique différente.

— J'ai entendu dire que vous vous étiez engagé dans l'armée quand vous avez quitté la ville.

— Vraiment ?

— Ce n'est pas vrai ?

— Je n'ai pas dit cela.

— Avez-vous aimé l'armée ?

Il marqua une pause puis répondit :

— « Aimé » n'est pas exactement le mot que j'emploierais. Disons que j'ai trouvé de la satisfaction à servir mon pays.

— Combien de temps y êtes-vous resté ?

Il fit mine de consulter sa montre.

— Quinze ans, deux mois et trois jours.

Là, elle était réellement surprise. Le Caïn Dennison qu'elle connaissait — par le biais de rumeurs et de ragots — ne serait pas resté une semaine dans l'armée.

— C'est une carrière, commenta-t-elle.

— Je pensais que ce le serait.

— Que s'est-il passé ?

Il exhala un long soupir.

— Je ne partageais pas le point de vue des haut gradés.

Voilà qui ressemblait davantage au Caïn Dennison qu'elle se rappelait.

Il leva son visage, l'exposant au vent.

— On dirait que la pluie va reprendre.

Elle comprit le message. Pour Dennison, la conversation était terminée.

Tandis qu'elle remontait la côte en direction de son véhicule, elle réfléchit à ce qu'il avait laissé échapper durant leur brève rencontre. Il ne s'était pas vraiment montré communicatif mais lui avait donné un point de départ pour enquêter.

Renée voyait quelqu'un en secret et Dennison était au courant, même s'il ignorait de qui il s'agissait. Ce qui signifiait sans doute que quelqu'un d'autre pourrait détenir des informations sur la liaison clandestine de Renée.

Mais qui ?

Bouclant sa ceinture, elle observa les bois. Dennison allait-il suivre ? Ou comptait-il braver la pluie pour rendre hommage à Renée ?

Comme au bout de quelques minutes il n'arrivait toujours pas, elle s'apprêta à démarrer. Son téléphone portable se mit alors à sonner, et le numéro de sa mère s'afficha sur l'écran. Elle avait certainement assisté au rassemblement commémoratif à la mémoire de Donnie, supposa Sara.

Rassemblant son courage, elle répondit.

— Bonjour maman.

La voix de sa mère trahit une légère anxiété.

— As-tu été retardée par la circulation ? Rassure-moi, tu n'as pas eu d'accident ?

Sara ferma les yeux, regrettant d'avoir ajouté aux tracas de sa mère.

— Non, je n'ai pas eu d'accident. J'ai simplement décidé d'aller au mémorial de Black Creek Road plutôt qu'au cimetière.

— Oh…

Sa mère garda le silence un long moment, et le malaise de Sara ne fit que croître.

— J'aurais aimé que tu appelles Joyce Lindsey pour l'en informer, reprit enfin sa mère.

— Oui, c'est vrai. J'aurais dû le faire.

Sara ne regrettait pas d'avoir raté la commémoration mais elle n'aurait pas dû se montrer lâche, elle en avait conscience. Elle aurait dû prévenir Joyce.

Simplement, elle n'avait pas trouvé le courage d'affronter la culpabilité qu'elle ressentait chaque fois qu'elle parlait à la mère de Donnie.

— Tu viens toujours dîner ? Je fais du chili au poulet.

A cette perspective, son estomac se mit à gargouiller.

— Oui, je viendrai.

— Sois prudente en roulant sous la pluie. Et ne t'avise pas de conduire en parlant au téléphone.

— Oui maman.

Alors qu'elle rangeait le téléphone dans la poche de sa veste, Caïn Dennison émergea des bois. Baissant la tête pour se protéger de la pluie battante, il s'avança d'un pas vif vers un Ford F-150 bleu foncé garé le long de l'accotement quelques centaines de mètres plus loin.

Elle l'observa jusqu'à ce qu'il monte dans la cabine du pick-up, clouée sur place par la curiosité. Quelque chose dans ce véhicule lui était familier. Mais quoi ? Qu'est-ce qui titillait sa mémoire ?

Il passa devant elle en s'éloignant. S'il l'avait remarquée, garée là, en bordure de route, il n'en donna aucun signe. Alors qu'elle commençait à détourner les yeux, un éclair rouge attira son attention. Il s'agissait d'un autocollant apposé à l'arrière du pick-up portant l'inscription :

« Ne suivez jamais un conseil
donné sur un autocollant. »

Au moment précis où ses lèvres esquissaient un sourire, elle se rappela où elle avait déjà vu ce pick-up… Sur le pittoresque belvédère surplombant l'endroit où Donnie et elle avaient manqué le virage serré et plongé dans la gorge.

Son sourire disparut.

Ainsi Caïn Dennison s'était trouvé au même endroit qu'elle. Et voilà qu'il se montrait aux chutes de la Mère éplorée au même moment qu'elle.

Coïncidence ?

Certainement pas.

3

— Je pense que son amnésie est réelle.

Caïn déclina d'un geste l'offre d'Alexander Quinn de prendre un verre. Puis il s'assit devant l'imposant bureau d'acajou qui occupait en grande partie la moitié arrière du bureau de Quinn. A l'extérieur, la pluie et la tombée de la nuit obscurcissaient la vue spectaculaire des Smoky Mountains. Quinn se tenait près de la fenêtre, un bourbon à la main.

— Peut-être qu'elle est douée pour le mensonge.

— Croyez-vous sincèrement qu'elle aurait risqué sa propre vie dans cet accident uniquement pour tuer son mari ? Je suis arrivé sur les lieux avant l'arrivée des secours. Je sais à quel point elle a frôlé la mort.

Quinn but une gorgée et grimaça.

— Je n'ai pas dit qu'elle avait tenté de le tuer. Mais il se pourrait qu'elle dissimule ce dont elle se souvient parce qu'elle est coupable.

— Je pense plutôt que l'amnésie lui fait craindre d'avoir été en faute, nuança Caïn.

Il avait passé la plus grande partie de l'après-midi à réfléchir à ses rencontres avec Sara Lindsey, du moment où il l'avait brièvement aperçue au mémorial en bord de route à leur conversation circonspecte aux chutes de la Mère éplorée.

Elle était affligée, toutefois elle n'aimait pas le montrer.

Elle était secrète et pleine de retenue mais, dans ses yeux sombres, persistaient les stigmates de la douleur. Son époux lui manquait, elle le pleurait mais le ton de sa voix avait également laissé transparaître une pointe de frustration lorsqu'elle avait évoqué la famille de Donnie ainsi que la mort de Renée.

De l'enquête préliminaire, il était ressorti que Donnie Lindsey était devenu de plus en plus déterminé à découvrir l'identité du meurtrier de Renée. Il semblait que les années écoulées n'avaient fait qu'accroître sa résolution.

Quel genre d'incidence désastreuse son intérêt pour le passé avait-il eu sur son mariage avec Sara ? Elle était alors dans la police, tout comme Donnie. Elle savait donc que les chances étaient réduites de démasquer le meurtrier aussi longtemps après. Avait-elle tenté de modérer sa soif de justice ? Cela avait-il créé des tensions entre eux ?

Quinn relança la conversation :

— Est-il possible que l'accident n'en ait pas été un ? Que la veuve soit impliquée ou non.

— Si le bureau du shérif avait eu ce genre de soupçons, une enquête aurait été ouverte, objecta Caïn.

Il n'était pas parvenu à nouer des contacts parmi les hommes du shérif… ce qui était prévisible étant donné ses relations passées assez chaotiques avec la police de Ridge County. Cependant, tout le monde à Purgatory savait que l'ancien shérif, Will Toomey, et Gary Lindsey étaient amis depuis le lycée. Si Toomey avait eu le moindre soupçon que la mort de Donnie Lindsey ait été due à autre chose qu'un tragique accident, il n'aurait jamais conclu l'enquête en ce sens.

— Bon…, reprit Quinn. Il est peut-être temps de laisser de côté vos investigations concernant la mort de Donnie pour vous intéresser à celle de la sœur, Renée.

— Vous connaissez mon passé dans cette ville, soupira

Caïn. Pendant un temps, j'ai été suspecté d'avoir commis ce meurtre et certaines personnes ici ne sont toujours pas convaincues de mon innocence.

Quinn posa sur lui un regard scrutateur.

— Etes-vous innocent ?

La question surprit Caïn.

— Vous m'auriez engagé si vous pensiez que non ?

Quinn demeura impassible.

— Pourquoi détournez-vous la question, Dennison ?

— Je n'ai pas tué Renée Lindsey, tonna Caïn.

Sur ces mots, il se releva et se dirigea vers la porte.

— Et je ne travaille pas pour quelqu'un qui veut jouer au plus malin avec moi.

Derrière lui, Quinn tapa dans ses mains, lentement et délibérément. La fureur autant que l'humiliation envahirent Caïn. Il se retourna pour affronter son patron.

— Est-ce votre manière de me signifier mon congé ?

Quinn prit le verre de bourbon qu'il avait posé sur le rebord de la fenêtre. Il but une longue gorgée avant de répondre :

— Si j'avais voulu vous licencier, mes propos auraient été sans équivoque.

— Vous me voulez toujours sur cette affaire ?

Caïn s'efforça de ne pas laisser transparaître son désespoir. Il voulait plus que tout obtenir des réponses concernant la mort de Renée Lindsey.

Mais à l'expression de Quinn, il avait échoué. L'homme dirigeant Les Portes était un ex-agent de la CIA ayant à son actif un passé mouvementé dans certains des lieux les plus dangereux au monde. Très peu de choses lui échappaient.

— Vous avez les compétences pour être un bon enquêteur, décréta Quinn d'un ton qui respirait le bon sens et le calme. Toutefois vous devez vous délester de ce fardeau qui pèse sur vos épaules. Vous me dites que vous êtes innocent et je vous crois mais vous affichez un air coupable.

— Je ne suis peut-être pas un meurtrier mais je ne suis pas non plus un boy-scout.

— Vos états de service dans l'armée sont impressionnants. Vos supérieurs citent en termes élogieux votre courage et votre professionnalisme.

— Je ne fais plus partie de l'armée.

— Ainsi vous n'êtes fiable que lorsque vous portez l'uniforme ? Une fois que vous remettez le pied à Purgatory, vous n'êtes de nouveau rien d'autre qu'une source de problèmes ?

Caïn fronça les sourcils.

— Vous savez ce que j'entends par là.

— Et vous comprenez ce que je veux dire.

Quinn finit son verre et le reposa, avec un bruit sourd, sur le bureau.

— Saviez-vous que Seth Hammond a mené pendant plus d'une décennie une carrière d'escroc ? Ou que Sutton Calhoun volait de la nourriture à l'épicerie de Bitterwood durant sa jeunesse ? Ou encore que Sinclair Solano avait rejoint une fraction terroriste et qu'il était resté pendant cinq ans sur la liste des criminels les plus recherchés du FBI ?

Quinn lui parlait des hommes qu'il avait recrutés dans son agence, comprit Caïn : ces mêmes hommes qui étaient désormais des membres essentiels de son équipe d'enquêteurs.

— Qu'avez-vous fait qui puisse rivaliser avec l'une de ces choses ? lui demanda Quinn d'un ton tranchant.

— J'ai tué ma mère et mon frère jumeau simplement en naissant, lui répondit-il, amer. Personne à Purgatory ne me donnerait même l'heure. Les habitants trouvent que je ressemble trop à mon père. Et peut-être ont-ils raison.

— Vous n'avez aucune part de responsabilité dans ce qui est arrivé à votre mère et à votre frère au moment de votre naissance, répliqua brusquement Quinn, quoi que votre père ait pu vous dire. Et il est de votre responsabilité de vous conduire ou non comme l'a fait votre père. Vous n'êtes pas un enfant. Cessez de raisonner comme tel.

Caïn se retint de répliquer. Il n'aurait jamais dû revenir à Purgatory. Il avait une vie à Atlanta, un emploi dans le bâtiment. Il gagnait décemment sa vie en exerçant un travail honnête. Personne là-bas n'avait connaissance de son passé, du personnage qu'était son père, de ses échecs personnels.

Bien entendu, il ne laissait personne devenir trop proche de lui mais il ne s'était jamais lié d'amitié avec grand monde de toute façon. La solitude lui convenait parfaitement.

Il y était habitué.

— Réfléchissez à ce que je vous ai dit, reprit Quinn. Si vous voulez toujours renoncer à ce travail, j'arrangerai votre retour à Atlanta.

— Mais sans références ?

Quinn haussa les épaules.

— Il y a des choses au sujet desquelles je ne mens pas.

Il se retourna vers la fenêtre, sa posture indiquant clairement que l'entretien était terminé.

Caïn quitta le bureau et traversa nonchalamment le petit couloir menant à l'espace de travail commun aux agents de Quinn. Même après l'heure de fermeture officielle, il y avait encore du monde.

Sinclair Solano était assis sur le bord du bureau d'Ava Trent et tous deux conversaient à voix basse. Il se passait quelque chose entre ces deux-là, songea Caïn, quoiqu'ils fissent l'effort de rester discrets au bureau.

Nick Darcy, la nouvelle recrue, était là également. L'homme avait un accent britannique, bien qu'il fût à cent pour cent un Américain de pure souche. Au premier abord, Caïn avait cru qu'il prenait de grands airs, jusqu'à ce qu'il apprenne que Darcy avait grandi à Londres où son père avait été ambassadeur des Etats-Unis en Grande-Bretagne. Darcy lui-même avait travaillé pour le département d'Etat dans le service de sécurité diplomatique. Pourquoi avait-il délaissé cet emploi et rejoint Les Portes ? Mystère.

Quinn avait constitué une équipe d'agents particulièrement hétéroclite, conclut Caïn.

Il poussa un soupir résigné : y avait-il vraiment une place pour lui là-dedans ?

— Caïn Dennison est de retour en ville.

Sara guetta l'effet qu'aurait sur son père cette remarque désinvolte. Carl Dunkirk avait été un excellent policier, qui maîtrisait à la perfection l'expression de ses émotions mais elle avait depuis longtemps appris à le percer à jour.

Assis en face d'elle à la table de cuisine, il se renfonça sur sa chaise. Sa paupière gauche tressaillit alors même qu'il adoptait un ton de surprise nonchalante.

— Vraiment ?

— Mais tu le savais déjà ?

Son père esquissa un sourire.

— Tu es devenue trop maligne pour ton vieux père, jeune dame.

Elle sourit en retour, chose qui ne lui arrivait presque plus jamais, remarqua-t-elle.

— Alors, qu'est-ce qui l'amène ici ? reprit-elle, s'efforçant à son tour de demeurer impassible. Pourquoi est-il de retour en ville ?

— Comment sais-tu qu'il est de retour ? l'interrogea son père, ignorant sa question.

— Je suis tombée sur lui, répondit-elle vaguement.

— Où cela ?

Il était trop tard pour faire machine arrière. Elle jeta un coup d'œil en direction de la cuisinière où sa mère remuait dans une cocotte son fameux chili au poulet.

— Je suis allée aux chutes de la Mère éplorée, murmura-t-elle. Il y était lui aussi.

Son père se renfrogna.

— Tu es allée là-bas toute seule ?

— Papa, je suis officier de police. J'étais armée. Et, pour autant que je le sache, lui ne l'était pas.

— Tu sais que ton père me répétera immanquablement ce que vous vous chuchotez, fit observer sa mère.

Sara lança un regard contrit à son père. Il haussa les épaules.

— Demain, ce sera le dix-huitième anniversaire de la mort de Renée. J'imagine que Dennison est allé là-bas pour la même raison que moi.

— Tu es allée aux chutes de la Mère éplorée ?

Ann se détourna de la cuisinière et posa sur sa fille un regard curieux.

— Elle y est tombée sur Dennison, l'informa Carl en adressant à Sara un regard à la fois d'excuse et de résignation.

— Vraiment ? J'ignorais qu'il était de retour en ville.

— Vous ne fréquentez pas précisément les mêmes cercles, intervint Sara.

— Je ne pense même pas que Dennison ait un cercle de relations, asséna son père d'un ton sans appel.

Il employait le même quand elle était adolescente,

se rappela Sara. Apparemment, son jugement sur Caïn Dennison ne s'était en rien adouci.

— En cela, il ressemblait trop à son père, poursuivit Carl. N'importe qui doté d'un peu de bon sens l'évitait.

— Renée ne l'évitait pas, fit remarquer Sara.

Son père se contenta de la regarder. Il n'était probablement pas enclin à formuler tout haut son opinion sur le jugement de Renée. De toute manière, elle l'avait apprise des années plus tôt, en écoutant une conversation entre ses parents, peu après le meurtre.

— J'ai dit à Gary Lindsey que la gamine allait au-devant des ennuis, avait murmuré son père sans se rendre compte qu'elle était assise sur les marches non loin, bouleversée par la nouvelle. Le jeune Dennison n'a jamais été qu'une source de problèmes et il lui tournait autour depuis des mois. Gary aurait dû faire quelque chose.

— Qu'aurait-il pu faire ? lui avait demandé Ann, de la voix douce qu'elle employait chaque fois qu'elle tentait de faire traverser à son époux ce qu'elle appelait « la vallée des ombres »… l'angoisse délétère qu'il éprouvait à force de côtoyer au quotidien la mort et la dépravation.

— La garder recluse jusqu'à ses trente ans, avait grommelé son père dans un élan de colère. Faire arrêter ce garçon.

— Sur quelles accusations ?

Sa mère avait tenté de lui faire franchir la frontière entre empathie et rationalité comme elle le faisait lorsqu'elle était confrontée à l'humeur noire de son époux. La plupart du temps, elle y parvenait.

Mais cette fois-là, pas vraiment.

— Harcèlement. Détournement de mineure.

— Elle avait presque dix-huit ans, Carl. Et personne ne savait qu'elle était enceinte.

— Je ne peux pas m'empêcher de penser : et si cela avait été Sara ?

Son père s'était alors effondré, le bruit de ses sanglots amers faisant remonter un frisson le long de la colonne vertébrale de Sara. Elle était remontée subrepticement à l'étage, totalement ébranlée, autant par la réaction de son père à la mort de Renée Lindsey que par le meurtre lui-même.

— Tu le crois toujours coupable, n'est-ce pas ? demanda-t-elle à son père.

Par-dessus l'épaule de son époux, Ann lança à sa fille un regard d'avertissement. Apparemment, le meurtre de Renée Lindsey était toujours un sujet explosif.

— Je l'ignore, répondit Carl après une pause. Il a toujours été le suspect le plus plausible.

— Même s'il n'était pas le père de l'enfant ?

— Cela aurait pu être le mobile.

Carl se mit à dessiner des cercles sur la table avec sa tasse vide.

— Peut-être s'est-elle confessée à lui concernant le bébé et il l'aura tuée dans un accès de jalousie.

— Savais-tu qu'il était dans l'armée ? interrogea Sara.

Son père lui décocha un regard sceptique.

— Il t'a dit cela ?

Elle hocha la tête.

— Tu crois que c'est un mensonge ?

— Difficile d'imaginer ce rebelle se pliant à l'entraînement militaire.

— L'armée peut parfois discipliner une personne.

— Parfois. Si cette personne est disposée à changer.

Sara posa la main sur la tasse de son père, l'empêchant de continuer à la déplacer sur la table.

— Il m'a paru différent de l'homme que je me rappelais.

— Apparemment, il essaie d'obtenir des informations du bureau du shérif concernant l'accident de Donnie.

Sara s'efforça de ne pas réagir mais au regard de son père, elle n'y parvint pas.

Ann cessa de remuer le chili et se tourna de nouveau vers eux.

— Pourquoi s'intéresserait-il à l'accident de Donnie ? demanda-t-elle.

— Il est arrivé le premier sur le lieu de l'accident, tu te rappelles ? murmura Sara.

En fait, elle-même ne se souvenait pas l'avoir vu. Elle ne se rappelait vraiment rien de l'accident. Mais elle avait appris ce que Caïn avait fait pour lui sauver la vie.

Et elle ne l'avait même jamais remercié.

— Ce n'est pas totalement une surprise pour toi d'apprendre que Dennison pose des questions, n'est-ce pas ? lui demanda tout de go Carl. Que sais-tu ?

Elle soupira et repoussa la tasse à café dans sa direction.

— Avant d'aller aux chutes de la Mère éplorée, je me suis rendue au mémorial que Joyce a érigé pour Donnie au bord de Black Creek Road.

— Elle est allée là plutôt qu'au cimetière, expliqua sa mère à son père avant de reporter son doux regard vers Sara. J'ai appelé Joyce pour l'en informer, suite à notre conversation de tout à l'heure.

Une légère culpabilité étreignit Sara.

— J'aurais dû l'appeler moi-même.

— J'ai essayé d'expliquer à Joyce que tu gérais ton chagrin de manière solitaire. Tu l'as toujours fait.

— J'imagine que Joyce n'était pas contente.

— Joyce n'a pas été contente une seule fois en dix-huit ans, lâcha brutalement Carl. Et elle n'a jamais apprécié que Donnie et toi soyez mariés.

Sara savait déjà tout ça, mais que son père l'énonce à voix haute la blessa davantage qu'elle ne s'y serait attendue.

— C'est vrai. Enfin, pour en revenir à ce qui s'est passé quand je suis allée au mémorial, eh bien… pour y accéder, on peut se garer soit sur l'accotement, qui est pratiquement inexistant à cet endroit de Black Creek Road, soit au belvédère surplombant la montagne avant de redescendre à pied jusqu'au virage. Ce que j'ai fait. Quand je suis retournée au belvédère, j'ai remarqué un pick-up avec un autocollant humoristique rouge. Sur l'instant, ça ne m'a pas frappée jusqu'à ce que je voie Caïn Dennison quitter les chutes de la Mère éplorée dans le même pick-up.

Son père plissa le front.

— Donc, tu penses qu'il t'a suivie au mémorial puis aux chutes.

— S'il ne l'a pas fait, ce serait une foutue coïncidence.

— Sara, surveille ton langage, intervint machinalement sa mère avant de lui lancer un sourire d'excuse.

Sara lui retourna son sourire bien que, intérieurement, elle était un peu anxieuse à l'idée que Dennison ait posé des questions concernant la mort de Donnie.

Pourquoi ferait-il cela ? Qu'il se renseigne sur le meurtre de Renée, elle le comprenait, mais pourquoi sur la mort de Donnie ? Cherchait-il à trouver des réponses parce que c'était lui qui les avait découverts après l'accident ? Peut-être en éprouvait-il une forme de responsabilité, comme s'il devait à Donnie, d'une certaine manière, d'obtenir les réponses que personne n'avait été capable de fournir.

— Il travaille à la nouvelle agence d'investigation privée qui a ouvert dans l'ancienne maison de maître sur Magnolia Street, reprit Carl. « Les Portes », je pense que c'est ainsi qu'elle s'appelle.

— C'est un nom étrange, commenta Ann.

— Probablement un jeu de mots en rapport avec les portes du purgatoire, suggéra son père.

— Quelqu'un a ouvert une agence d'investigation à Purgatory ? s'enquit Sara, surprise. Comment vont-ils trouver assez d'affaires pour perdurer dans une petite ville comme celle-ci ?

— Oh ! s'exclama soudain Ann. Je me demande si ce ne serait pas ce dont parlait Joyce tout à l'heure au cimetière.

— Qu'a-t-elle dit ? demanda Carl.

— Eh bien, je lui disais combien j'étais navrée de tout ce que Gary et elle avaient traversé en perdant leurs deux enfants et elle a dit quelque chose du style qu'elle n'avait pas pu empêcher que cela leur arrive mais qu'elle ferait n'importe quoi, qu'elle paierait ce qu'il faudrait, afin d'obtenir des réponses concernant leurs décès.

Ann glissa un regard troublé à Sara.

— Je n'ai pas voulu la contredire à propos de l'accident de Donnie mais elle doit bien savoir que c'était cela, un accident.

— Maman, je ne lui reprocherai pas de vouloir des réponses. J'aimerais moi-même en obtenir quelques-unes. Comme la raison pour laquelle nous nous trouvions à Purgatory ce soir-là.

Ann se tourna vers Carl.

— Tu penses qu'elle a engagé Les Portes pour enquêter sur l'accident de Donnie ?

Le père de Sara resta silencieux, l'air songeur.

— Eh bien, Carl…, reprit Ann, tu as dit que le fils Dennison travaille à l'agence et qu'il pose des questions à propos de l'accident de Donnie. Peut-être les deux faits sont-ils reliés.

— Qui diable voudrait engager Caïn Dennison en tant qu'enquêteur ? s'étonna Sara. Même s'il était dans l'armée, il a tout de même un passé plutôt douteux pour effectuer un travail d'investigation, non ?

— D'après mes informations, répondit enfin son père, l'homme qui dirige l'agence a recruté plus d'un employé au passé chaotique. Tu as entendu parler d'un individu nommé Seth Hammond, originaire de la région de Bitterwood ?

Sara hocha la tête.

— Un fabricant de méthamphétamine ou quelque chose dans ce genre ?

— Non, ça, c'était son père, Delbert, qui s'est fait exploser il y a environ vingt ans. Seth, lui, s'est bâti une réputation en tant qu'escroc avant de rentrer, paraît-il, dans le droit chemin.

— C'est prendre un gros risque que de recruter un escroc retiré des affaires comme enquêteur privé, commenta Sara.

— Si tu crois que ça, c'est troublant, que penses-tu du fait qu'il vienne apparemment d'engager Sinclair Solano ?

— Ce hippie originaire de Californie qui est devenu terroriste ? s'épouvanta la mère de Sara.

— En fait, la plupart du temps où il a été listé par le FBI comme l'un des criminels les plus recherchés, il travaillait comme agent double pour la CIA, rectifia Sara.

L'histoire de l'espion qui s'était radicalisé avait fait la une des principaux quotidiens du pays lorsque la vérité avait été révélée environ un mois plus tôt.

— Je suppose que leur appartenance commune à la CIA pourrait expliquer cette embauche, commenta Carl. J'ai entendu dire que l'homme qui dirige Les Portes est un ancien espion.

Sara jeta un coup d'œil à sa montre. Il était 17 h 45. Y avait-il une chance que quelqu'un réponde encore au téléphone à l'agence d'investigation ?

Le regard affûté de son père croisa le sien.

— A quoi penses-tu ?

Elle sortit son portable de sa poche.

— Je me dis que si Joyce a réellement engagé Les Portes pour enquêter sur l'accident de Donnie, quelqu'un à l'agence pourrait vouloir s'entretenir avec la seule personne qui en soit sortie vivante.

4

Sinclair Solano et Ava Trent avaient quitté séparément l'agence dix minutes plus tôt, comme s'ils espéraient duper quelqu'un. Nick Darcy était toujours là, discutant au téléphone à l'autre bout de l'espace de travail partagé. Caïn, lui, était assis à son propre bureau, s'efforçant de trouver une nouvelle raison de ne pas rentrer à la maison, si l'on pouvait désigner ainsi la caravane Airstream qu'il avait garée près du bungalow de sa grand-mère.

Sa grand-mère, Lila Birdsong, lui avait proposé de l'héberger mais elle avait déjà recueilli ce mois-là deux jeunes filles, deux jeunes Cherokees. Leurs parents alcooliques les avaient confiées à Lila pour qu'elles ne soient pas prises en charge par l'Etat pendant qu'eux-mêmes suivaient le programme de réinsertion imposé par le tribunal. Ils prétendaient être des cousins éloignés de Lila, mais Caïn avait de sérieux doutes à ce sujet. Ces dernières années, Lila s'était découvert de trop nombreux cousins sortis de nulle part.

Cependant, songea-t-il avec émotion, si elle n'avait pas été là, lui-même n'aurait probablement pas survécu à la violence de son père.

Le téléphone sonna et Darcy, toujours en ligne, lui lança un regard perplexe. Le numéro affiché à l'écran n'était pas local. Caïn envisagea de laisser le répondeur prendre l'appel, puisque, en principe, les bureaux étaient fermés.

Toutefois, il pouvait également se laisser distraire de ses pensées maussades. Il décrocha.

— Les Portes. Dennison à l'appareil.

— Ainsi, vous travaillez vraiment dans cette agence.

C'était la voix douce de Sara Lindsey, reconnut Caïn. Sa main se serra autour du combiné.

— Vous faites quelques recherches de votre côté ?

— Vous étiez dans les bois et vous m'observiez au mémorial, n'est-ce pas ?

Comment l'avait-elle découvert ?

— Allez-vous me faire arrêter pour harcèlement ou quelque chose de ce genre ?

— Ne me tentez pas.

— Comment avez-vous eu ce numéro ?

— Par mon père. Vous le connaissez. Il était l'enquêteur du bureau du shérif. Il a plus d'une fois tenté de vous envoyer en prison.

— En effet, votre père et moi, c'est une histoire qui remonte à loin.

— Joyce Lindsey vous a-t-elle engagé pour enquêter sur l'accident de Donnie ?

Elle semblait ne pas y croire alors même qu'elle lui posait la question.

— Je ne peux faire de commentaire sur les clients de l'agence, répondit-il prudemment.

— Ce qui veut dire oui.

Il y eut, à l'autre bout de la ligne, une longue pause.

— Je ne peux pas croire qu'elle ait choisi de vous engager, confia finalement Sara.

Il ne réagit pas. Tout commentaire aurait enfreint l'une des règles de l'agence.

— Mais elle ne l'a pas fait, n'est-ce pas ? poursuivit Sara.

Sa prise de conscience de la réalité transparaissait dans sa voix.

— Elle a engagé *l'agence*. Elle ignorait que *vous* seriez l'enquêteur en charge du dossier.

Eh bien ! songea-t-il. *Il ne lui aura pas fallu longtemps.*

Si seulement il n'était pas allé aux chutes de la Mère éplorée…

— Joyce pense-t-elle que j'aie fait quelque chose pour causer l'accident ?

La pointe de vulnérabilité dans la voix de Sara le prit au dépourvu. Que pouvait-il lui dire ? A ce stade, la moindre réponse violerait la politique de confidentialité.

— Oh ! C'est vrai, reprit-elle comme il ne disait rien. Vous ne pouvez faire de remarques sur les clients.

— Inspecteur Lindsey…

— Madame Lindsey, rappela-t-elle. Je ne fais plus partie de la police, vous vous souvenez ?

Il ferma les yeux.

— Je n'ai aucune raison de penser que vous ayez fait quoi que ce soit pour causer cet accident. C'était un virage en épingle à cheveux, le soir. Il a pu se produire n'importe quoi… peut-être avez-vous fait un écart pour éviter un cerf ou un raton laveur…

— J'ai parcouru les rapports de police concernant l'accident. Rien ne suggère que j'aie fait une embardée. C'était comme si j'avais foncé droit dans le précipice.

— Madame Lindsey…

— Oh ! Pour l'amour de Dieu, appelez-moi simplement Sara. Madame Lindsey est ma belle-mère.

La contrariété dans sa voix le fit sourire en dépit de la tension qui lui nouait le ventre.

— En parlant de Joyce, continua Sara, que ferez-vous quand je lui rapporterai que vous êtes l'agent chargé de l'enquête ?

— Je n'aurai pas à gérer cette situation.

Sara sembla réfléchir un instant.

— Avez-vous découvert pourquoi Donnie et moi nous trouvions à Purgatory le soir de l'accident ?

— Non. Si vous avez vu quelqu'un ce jour-là, personne n'en parle.

Il y eut de nouveau une longue pause à l'autre bout de la ligne.

— C'est un mystère en soi, vous ne trouvez pas ? Pourquoi serions-nous venus en ville sans voir qui que ce soit de notre connaissance ?

— Quelle est la dernière chose dont vous vous souveniez avant l'accident ?

Encore une fois, le silence se fit sur la ligne.

— Sara..., l'encouragea-t-il.

— Je ne suis pas libre de partager les détails de mon enquête avec vous, répliqua-t-elle d'un ton guindé, même si une note espiègle semblait teinter sa repartie.

Il réprima un sourire.

— C'est de bonne guerre.

— Si vous voulez m'interroger, la prochaine fois, faites-le directement au lieu de louvoyer, ajouta-t-elle.

— C'est ce que je croyais faire.

— Bonsoir, monsieur Dennison.

— Caïn, corrigea-t-il.

Mais elle avait déjà raccroché.

Avec un soupir, il reposa le combiné puis leva les yeux : Nick Darcy l'observait avec curiosité.

— Tu travailles plutôt tard, Dennison.

Son étrange accent légèrement britannique amena un sourire sur les lèvres de Caïn.

— Oui, plutôt, convint-il, incapable de résister à l'envie d'imiter l'accent de Darcy.

Darcy haussa un sourcil mais ce fut sa seule réaction à cette touche de raillerie, et Caïn regretta sa bêtise.

— Désolé, s'excusa-t-il. Je me conduis parfois comme le dernier des imbéciles.

Les lèvres de Darcy s'incurvèrent légèrement.

— En effet.

Caïn se mit à rire.

— Tu rentres chez toi ?

— Je pensais d'abord manger un morceau. Et toi ?

— Je ne suis pas sûr.

— Je n'aurais rien contre un peu de compagnie, ajouta Darcy en enfilant sa veste.

A la différence de la plupart des agents des Portes qui s'habillaient dans un souci de confort et de mobilité, Darcy était vêtu comme un homme d'affaires. Ou plus exactement, supposa Caïn, il s'habillait comme l'agent du département d'Etat qu'il avait été.

Il observa avec circonspection Darcy qui ajustait une cravate de soie très onéreuse. Comment répondre à son invitation ? Darcy avait-il une arrière-pensée en lui proposant de se joindre à lui ? Etait-il gay ? Cherchait-il une aventure ?

Darcy sembla lire dans ses pensées.

— Je ne suis ni gay ni motivé par une raison cachée. Je suis simplement fatigué de manger seul en public. Dans une ville comme celle-ci, un homme qui dîne seul procure une occasion de le dévisager et de commérer sans componction.

— Peut-être est-ce en rapport avec ton vocabulaire, suggéra Caïn, s'emparant de sa veste de cuir usée. Rappelle-moi de t'enseigner un peu la langue du cru, Sherlock.

Une ville de la taille de Purgatory offrait un choix restreint de restaurants traditionnels même aux heures normales des repas. Après 19 heures, il n'y avait plus que deux options : le grill sur Darlington Road près de l'ancienne carrière de marbre et un restaurant libanais qui avait ouvert récemment. Il était plutôt enclin à privilégier le grill mais, bien sûr, Darcy se dirigea droit vers la devanture brillamment éclairée du restaurant libanais, où des photographies de l'ancien pays emplissaient la vitrine, alternant avec des paquets de pain pita, des bocaux d'amandes épicées et des triangles poisseux de baklava. Le nom du restaurant — Le Jardin du taboulé — brillait en lettres néon turquoise au-dessus de la porte.

— Es-tu déjà venu ici ? lui demanda Darcy quand ils entrèrent.

— Non, reconnut Caïn. J'ai pourtant mangé beaucoup de nourriture du Moyen-Orient en mon temps.

— C'est vrai, j'ai cru comprendre que tu étais militaire ?

— En effet.

— Afghanistan ?

— Ainsi que l'Irak et le Waziristan avant cela.

Darcy haussa les sourcils à la mention du Waziristan.

— Avant ou après le siège de l'ambassade ?

— Après, et toi ?

L'expression de Darcy s'assombrit.

— Pendant.

Caïn grimaça. Le siège de l'ambassade au Waziristan avait été une affaire malsaine et brutale.

— Sécurité diplomatique ?

Darcy hocha la tête puis sembla soulagé lorsqu'une jolie serveuse aux yeux foncés vint les conduire à leur table et prendre leur commande de boissons. Elle paraissait libanaise mais son accent s'avéra typique des montagnes du Tennessee.

— Voici votre menu, dit-elle avec un sourire avenant. Que prendrez-vous comme boisson ?

Caïn commanda un thé glacé tandis que Darcy optait pour de l'eau avec une rondelle de citron.

— Je crains que mon goût pour le thé ne soit plutôt anglais, confia Darcy. Je ne parviens pas à m'habituer à la version Dixie.

— Pas de souci, répliqua Caïn en réprimant un sourire. Quoiqu'il soit peut-être avisé de ne pas l'appeler « la version Dixie ». Avec ton accent particulier, le mot sonne comme un peu méprisant.

— Je suis affreusement désolé, reprit Darcy.

A la lueur dans son regard, il tournait en dérision l'accent de la région, comprit Caïn.

— Tu es boute-en-train, on dirait ?

— Il paraît que j'ai mes moments, convint Darcy.

— Dans ce cas, pourquoi as-tu abandonné l'univers chic du département d'Etat pour venir t'enterrer dans la campagne profonde ?

Arrivant avec les boissons, la serveuse les interrompit et prit leurs commandes.

— Et toi, pourquoi es-tu revenu ? riposta ensuite Darcy.

La voix d'une femme les coupa de nouveau. Elle appelait Caïn, et l'espace d'un instant, il espéra voir arriver Sara. Mais en se retournant, il constata son erreur : il s'agissait d'une blonde, légèrement pulpeuse, assise à quelques tables d'eux. Lorsque leurs regards se croisèrent, elle s'empourpra avec grâce et lui sourit.

Il s'excusa auprès de Darcy et la rejoignit à sa table, mais il avait bien du mal à la reconnaître.

— Tu ne te souviens probablement pas de moi… tu étais quelques classes plus haut. Kelly Partlow. Enfin, au lycée, j'étais Kelly Denton.

Voilà. Il la situait. Flûtiste dans la fanfare. Elle avait intégré le lycée alors qu'il était en terminale. Il avait connu son frère aîné, Keith. Mieux encore, étant donné que certains de leurs professeurs avaient insisté pour que les élèves soient placés en classe par ordre alphabétique,

Caïn et Keith avaient souvent été assis côte à côte ou l'un devant l'autre.

— Bien sûr, la petite sœur de Keith Denton.

Elle sourit.

— On ne m'a pas appelée ainsi depuis… oh, dix minutes. Comment vas-tu ? J'ignorais que tu étais de retour en ville.

Elle mentait certainement sur ce point, pensa Caïn. Tout le monde était désormais au courant de son retour à Purgatory. Peu de choses échappaient aux commères d'une petite ville.

— Je ne suis de retour que depuis quelques semaines, dit-il, cherchant dans sa mémoire ce qu'il pourrait se rappeler d'autre sur la sœur de Keith Denton, en dehors de la flûte.

— Alors, tu es mariée ?

— Depuis treize ans, peux-tu le croire ? J'ai épousé Josh Partlow… tu te souviens de lui, n'est-ce pas ? Keith et lui traînaient toujours ensemble à l'époque.

Caïn eut le vague souvenir d'un joueur de football ayant un sens de l'humour plutôt cruel, mais il n'avait pas vraiment côtoyé les sportifs durant ses années de lycée à Purgatory.

Comme il jetait un coup d'œil au siège vide à côté d'elle, elle sourit de nouveau.

— Il est à l'extérieur, occupé à discuter avec un client sur son portable. Il déteste que les gens téléphonent dans les restaurants, mais sa solution consiste à passer la majeure partie de son temps au restaurant à téléphoner dehors.

Elle leva les yeux au ciel bien qu'elle ne semblât pas plus fâchée que ça.

— Il est avocat à présent. Incroyable, n'est-ce pas ?

Il aurait eu du mal à le dire, puisqu'il ne l'avait pas vraiment connu.

— Tant mieux pour lui, alors. Cela m'a vraiment fait plaisir de te revoir Kelly mais je dois rejoindre mon ami…

— Oh ! Bien sûr…

Elle rougit de nouveau, ce qui lui rappela brièvement la ravissante adolescente qu'elle avait autrefois été.

— En fait, si je t'ai apostrophé comme une folle c'était pour t'informer que les anciens élèves du lycée de Purgatory organisent une réunion ce week-end au Smokehouse Grill… tu sais, celui qui se trouve près de la carrière ?

— Vraiment ? fit-il en essayant de ne pas grimacer.

Une réunion d'anciens élèves ? Cela devait équivaloir à l'un des derniers cercles de l'enfer.

— Tu devrais venir, si tu penses être encore dans les parages ce week-end. Samedi, de 18 h 30 jusqu'au bout de la nuit. Nous avons réservé l'une des salles privées à l'arrière du restaurant. C'est toujours terriblement amusant de découvrir ce que chacun est devenu.

— Oui, ça paraît super, mentit-il. J'ignore si ça me sera possible mais si c'est le cas…

— Oh ! Essaie de venir, je t'en prie ! Ce serait une surprise tellement agréable, tu es resté absent de Purgatory pendant si longtemps.

Elle paraissait plutôt sincère mais l'étincelle dans ses yeux confirmait qu'elle était parfaitement consciente de l'émoi qu'il causerait en se rendant à cette réunion. Il n'avait pas précisément quitté le lycée de Purgatory en excellents termes : il avait pris la fuite peu après la mort de Renée alors que de nombreuses personnes se demandaient toujours s'il n'était pas coupable.

— Je verrai, répondit-il d'un ton évasif. Encore une fois, j'ai été ravi de te revoir, Kelly.

Il battit en retraite vers sa table où Darcy le considérait avec une expression médusée.

— Les petites villes, murmura-t-il. Tout le monde connaît tout le monde.

— Elle est plutôt charmante.

— Elle est plutôt mariée.

— Elle est assise seule dans un restaurant et elle te fait les yeux doux.

— Pas parce qu'elle cherche à tromper son mari, je te l'assure.

L'arrivée de leurs commandes épargna à Caïn de devoir poursuivre la conversation. Il piocha dans ses falafels, soulagé que Darcy n'ait pas paru enclin à l'interroger plus avant.

Néanmoins, il se surprit à reconsidérer l'invitation de Kelly Partlow. Pour l'enquêteur professionnel qu'il était censé être, l'invitation à la réunion d'anciens du lycée offrait une occasion inespérée de fouiller dans le passé de Renée Lindsey. Après tout, il n'avait pas été son seul ami. N'avait-elle pas eu également des copines ? Ainsi que, à l'évidence, un autre ami, l'amoureux secret, père de son enfant.

Cet homme mystérieux pourrait être présent ce samedi soir. N'importe quel enquêteur digne de ce nom se rendrait à la réunion afin de tenter de percer à jour son identité.

Mais l'idée de revisiter ses années d'adolescence suffisait à lui donner envie de fuir la ville à la première occasion.

— Tu ne devineras jamais qui j'ai rencontré au Jardin du taboulé !

La personne au bout du fil ne prit pas la peine de se présenter mais Sara aurait reconnu cette voix entre mille. Kelly Partlow était l'une de ses rares amies du lycée qui étaient restées en contact avec elle, en grande partie parce que la carrière juridique de son époux l'avait, de temps à autre, amené à Birmingham pour affaires. Entre deux grossesses, Kelly l'y accompagnait alors, décrétant en plaisantant qu'un voyage d'affaires était ce qu'elle pouvait espérer obtenir se rapprochant le plus de vacances entre son époux accro au travail et ses trois enfants turbulents.

— Le Jardin du taboulé ? reprit Sara sur un ton interrogatif.

— C'est ce nouveau restaurant libanais qui a ouvert en ville. Je pensais t'en avoir parlé dans l'un de mes e-mails.

Elle l'avait probablement fait, songea Sara.

— Qui as-tu rencontré ?

Au moment même où elle posait la question, elle connut la réponse. L'excitation dans la voix suraiguë de Kelley ne fit que la confirmer.

— L'irrésistible Caïn Dennison. Imagine-toi qu'il est revenu en ville. Tout le monde ne parle que de ça.

— Je n'en suis pas étonnée.

Sara ferma les yeux, s'adossant à la tête de lit en chêne du lit à baldaquin de ses grands-parents. Elle avait décliné l'invitation de ses parents de séjourner chez eux en ville. Elle était en effet revenue à Purgatory sous le prétexte de décider que faire du charmant bungalow de montagne que son grand-père lui avait légué.

— Il dînait en compagnie de l'un de ces hommes qui travaillent à l'agence d'investigation, reprit Kelly. Tu sais, cette agence qui a ouvert dans l'ancienne demeure des Buckley sur Magnolia.

Kelly poussa un soupir extasié.

— Waouh, tu crois qu'il pourrait y travailler lui aussi ? Caïn Dennison, détective ? Oh mon Dieu, à présent j'espère vraiment qu'il viendra !

— Qu'il viendra ?

Sara sourit. Une fois de plus, le bavardage de Kelly allait un peu trop vite pour elle.

— Qu'il viendra où ça ?

— Oh ! Je ne t'ai pas dit ! Nous avons une réunion ce week-end. Toutes les personnes qui ont fréquenté, de près ou de loin, le lycée de Purgatory sont invitées. Nous sommes tous entrés en contact sur Facebook il y a un moment de cela et désormais, nous organisons ces réunions tous les deux mois. C'est très sympa !

Peut-être l'était-ce pour quelqu'un comme Kelly, médita Sara. Son amie avait toujours été plus portée qu'elle sur les mondanités.

— Je ne suis pas sûre d'être prête pour une réunion d'anciens du lycée, Kelly.

— Oh… Sara ne dit pas cela ! C'est vraiment très sympa. Rien à voir avec le lycée. Et tellement de personnes me demandent sans cesse de tes nouvelles. Tu ne pourrais pas venir ? Fais-le pour moi. Ce samedi à 18 h 30 au Smokehouse Grill.

Sara réprima un frisson : une soirée en compagnie de ses anciens camarades de classe induirait une foule de choses désagréables. Néanmoins, cela faisait longtemps qu'elle n'avait pas vu Kelly. Leur dernière rencontre remontait à l'époque où elle était retournée à Birmingham, à sa sortie de l'hôpital.

Elle avait vraiment hiberné, vivant en recluse ces trois dernières années.

— Promets-moi seulement d'y penser, insista Kelly d'un ton enjôleur.

— Je te promets d'y réfléchir.

Et elle y réfléchit effectivement, une heure plus tard, après que Kelly et elle eurent raccroché. Apparemment, elle avait vécu en ermite depuis la mort de Donnie, s'il fallait en croire les allusions pas très subtiles qu'avaient faites ses parents, plus tôt, au cours du dîner. Quel mal cela pourrait-il faire de passer à cette soirée pour revoir d'anciens amis de la bande ? Si cela devenait trop insupportable, elle avait une voiture et elle pourrait toujours rentrer chez elle, après tout.

Elle afficha l'agenda de son téléphone, et entra la date et l'heure avant de perdre sa résolution.

La pluie avait cessé lorsque Caïn arriva chez sa grand-mère sur Mulberry Rise. Malgré la fraîcheur du soir, il ne fut pas surpris que Lila soit assise sur les marches de bois brut de sa caravane Airstream, un châle de couleurs vives enveloppant son corps maigre et vieillissant.

Sa grand-mère semblait toujours deviner quand il avait besoin de parler à quelqu'un avant même qu'il ne s'en rende compte.

Elle se décala pour lui faire une place auprès d'elle.

— Tu rentres plus tard que d'habitude. Longue journée au bureau ?

Elle sourit légèrement, ses solides dents blanches luisant dans le clair de lune qui filtrait à travers les branches des arbres. Elle savait combien c'était étrange pour lui de travailler dans un bureau, même au sein d'une agence aussi atypique que Les Portes.

— Je suis allé manger un morceau avec un collègue. Nous avons testé ce nouveau restaurant libanais. Je t'y emmènerai bientôt. Tu goûteras leur baba ganousch.

— Jeune homme, je vais te rincer la bouche au savon, le taquina-t-elle.

Il lui sourit en retour. Il allait déjà mieux.

— Où sont les filles ? demanda-t-il, faisant référence à Mia et Charlotte Burdette, les deux jeunes filles que Lila avait récemment prises sous son aile pendant que leurs parents réglaient leurs problèmes de réinsertion.

— Elles ont terminé leurs devoirs tôt, je leur ai donc

laissé la télécommande. Je pense qu'elles regardent une émission musicale.

Lila fit une grimace.

— Je suis trop indulgente.

— Tu es tout simplement parfaite.

Il l'embrassa sur la tempe, lui arrachant un petit rire. S'écartant d'elle, il ajouta :

— Au restaurant, je suis tombé sur une camarade du lycée. Enfin, je connaissais surtout son grand frère.

Il donna un tendre petit coup d'épaule à sa grand-mère.

— Et avant que tu ne me le demandes, elle est déjà mariée.

— Ai-je posé la question ? demanda Lila, l'innocence incarnée.

— Tu étais sur le point de le faire.

— S'est-elle souvenue de toi ?

— Grand-mère, j'ai eu, pendant un temps, dans cette ville une réputation sulfureuse.

Elle lui exerça une pression sur le genou.

— S'est-elle montrée mesquine envers toi ?

Il sourit de nouveau.

— Non, en fait, elle a été très gentille. Assez charmante, vraiment, quoique d'une façon légèrement excentrique. Elle m'a invité à une réunion que d'autres anciens élèves du lycée de Purgatory et elle ont pris l'habitude d'organiser régulièrement. Ce samedi soir, au grill près de la carrière.

— Et alors, tu comptes y aller ?

Il secoua la tête.

— Ce ne serait pas une bonne idée.

— Je pense au contraire que c'est une excellente idée, objecta Lila. Tu es beaucoup trop solitaire, Caïn. Ce n'est pas bon pour ton âme.

— Grand-mère…

— Combien de temps vas-tu laisser ton père diriger ta vie ? Il nous a depuis longtemps quittés. Laisse-le partir.

Il esquissa une grimace.

— Crois-moi, j'ai accepté qu'il soit l'homme qu'il était.

— Cette acceptation est-elle toujours d'actualité ?

Lila se releva avec une remarquable agilité, aussi souple qu'elle l'était trente ans plus tôt. Elle se tourna vers lui et lui prit le menton cette fois.

— Va à cette soirée. Considère-la comme un remède à prendre. Essaie la première dose, vois si cela t'aide. Si ce n'est pas le cas, tu peux omettre la seconde dose.

Elle lui déposa un baiser sur le sommet de la tête et retourna d'un pas silencieux jusqu'à sa maison.

Caïn la suivit du regard, la poitrine contractée par le conflit qui faisait rage en lui. La soirée tournerait probablement au désastre s'il se montrait. Toutefois, sa grand-mère avait raison. Il avait passé beaucoup trop de temps seul récemment. Ce n'était décidément pas bon pour son âme.

Par ailleurs, s'il envisageait cette idée d'un point de vue plus pragmatique, cette soirée lui offrirait une excellente occasion de sonder les souvenirs de quelques-uns de ses anciens camarades de classe concernant les derniers mois de Renée Lindsey.

Peut-être une personne présente à cette soirée détiendrait-elle une information qu'elle n'aurait jamais divulguée à personne. Peut-être le tueur lui-même serait-il à cette soirée.

Il n'avait qu'un moyen de s'en assurer.

Avec un soupir, il sortit son portable et ajouta une note dans son agenda.

Samedi, 18 h 30, Smokehouse Grill.

Il referma son téléphone et le rangea dans sa poche, levant les yeux vers la lune brillant dans le ciel.

Prends garde, Purgatory, songea-t-il avec un sourire grinçant. *Le monstre de Ridge County est de retour en ville.*

5

Sara passa les journées précédant la réunion des anciens du lycée à nettoyer le vieux bungalow de son grand-père. Pourrait-elle en tirer un bon prix ? se demandait-elle fréquemment. L'endroit était isolé, ce qui pouvait être à la fois un avantage et un inconvénient. Cependant, la charpente était solide, le besoin de réparations moins urgent qu'elle ne l'avait craint et le charme désuet du lieu avait déjà commencé à s'exercer sur elle. Elle était presque tentée de rester dans les parages de Purgatory plutôt que de se mettre à prospecter dans des villes plus importantes en quête d'un travail.

« J'ai toujours un peu d'influence au sein du bureau du shérif, lui avait rappelé son père lorsqu'il était passé voir comment avançait le ménage. C'est-à-dire, si tu es sérieuse à propos de ta recherche d'un emploi ici. »

Etait-elle sérieuse ? Elle avait fui Birmingham parce que le fantôme de Donnie était partout où elle posait les yeux. Comment pourrait-ce être mieux à Purgatory ? C'était là qu'elle avait rencontré Donnie, qu'elle était tombée amoureuse de lui, qu'elle l'avait épousé. Ses parents vivaient toujours en ville. Nombre de ses anciens amis habitaient toujours les environs, de ceux avec qui il avait joué au base-ball à ceux que Sara et lui avaient en commun.

Sa tombe se trouvait là. Le mémorial en bord de route

également. A Purgatory, Tennessee, elle ne pourrait échapper à son souvenir.

Mais peut-être était-ce une bonne chose finalement. Peut-être avait-elle dépensé trop de son temps et de son énergie à essayer d'échapper à son souvenir plutôt que d'affronter la perte qu'elle avait subie et de faire son deuil.

Elle pensa à Caïn Dennison, visitant encore la scène du crime, dix-huit ans après le meurtre de Renée Lindsey, l'air aussi hanté que si le corps de son amie avait été découvert le matin même.

Elle refusait d'être cette personne, quinze ans plus tard, qui serait incapable de lâcher prise et d'aller de l'avant. Elle se rendrait à la réunion d'anciens élèves, renouerait d'anciennes amitiés et s'amuserait pour la première fois en trois ans.

Le jour dit, elle arriva au Smokehouse Grill avec quelques minutes de retard. Elle avait opté pour une robe marron à manches courtes et des talons plats, pas parce qu'elle était grande mais parce que les muscles de ses mollets avaient déjà eu leur quota d'exercice pour la journée grâce au balai et à la serpillière.

L'hôtesse rousse la guida vers une vaste salle privée à l'arrière du restaurant et la prévint, souriante :

— Il va y avoir de l'ambiance, ce soir !

Sara tenta de se glisser dans la salle sans se faire remarquer mais elle était restée si longtemps absente de Purgatory que sa réapparition suffit à susciter des acclamations, des accolades fébriles et même une embrassade de la part de Logan Miles, l'un des vieux amis de Donnie, de l'équipe universitaire de base-ball.

— Je te jure que tu ne sembles pas avoir vieilli d'un seul jour depuis le lycée, déclara Logan avec un sourire penaud tandis que son épouse lui décochait au bras un coup de poing enjoué.

Evidemment, Sara eut le bon sens de ne pas le croire mais en observant dans la salle certains de ses anciens camarades de classe, plus âgés d'une décennie et pour la plupart mariés et parents, tels que Kelly et Josh Partlow, la réalité s'imposa à elle : une partie de sa vie était restée en suspens.

Bien sûr, Donnie et elle avaient envisagé d'avoir des enfants mais ils faisaient alors tous deux partie des forces de police de Birmingham et la parentalité leur avait semblé une chose qu'ils pouvaient différer jusqu'à ce qu'ils soient davantage installés dans leurs carrières. Puis, Donnie avait été de plus en plus obsédé par le meurtre de sa sœur, et la perspective de fonder une famille s'était totalement éloignée.

Désormais, Donnie avait disparu. Il n'y aurait pas d'enfants. Aucune possibilité de remettre les compteurs à zéro et de progresser ensemble dans la vie qu'ils auraient dû avoir.

— Sara !

Kelly se fraya un chemin à travers la foule pour la rejoindre et l'étreignit avec fougue.

— Tu es venue !

— Je suis venue, reprit Sara, hochant la tête en souriant et chassant de son esprit ses pensées moroses.

Elle était venue là pour regarder en avant, pas en arrière.

Josh Partlow apparut derrière son épouse, sourire aux lèvres.

— Hé, salut Dunkirk. Tu as l'air en forme.

Sara lui donna un léger coup sur l'épaule. Elle aurait aimé qu'il ne la regarde pas comme s'il s'attendait à ce qu'elle s'effondre à tout moment.

— J'en ai autant à ton service, champion. Eh bien, il y en a du monde.

— Ma foi, j'ai laissé échapper que j'avais parlé à

Caïn Dennison de la réunion et qu'il n'avait pas semblé farouchement opposé à l'idée d'y venir.

Sara posa sur sa vieille amie un regard médusé.

— Tu as convaincu ces personnes qu'il allait se présenter à une réunion d'anciens élèves ? Tu pourrais vendre de la glace aux Esquimaux !

— Pourquoi pas ? rétorqua Kelly en passant son bras sous celui de Sara pour la guider vers le fond de la salle.

Un petit buffet d'amuse-bouches y avait été dressé par le restaurant.

— Oh ! au fait, Sara ! Pour ton information, certains enseignants et autres personnels du lycée sont parfois présents à ces réunions — madame Murphy est venue plusieurs fois ainsi que l'entraîneur Allen et madame Petrelli. Donc, s'il y a un livre de bibliothèque que tu as omis de rendre ou une retenue à laquelle tu as échappé, tiens-le-toi pour dit.

— Je suis en règle, répondit Sara en souriant.

Elle était un peu abasourdie par le bavardage de Kelly mais s'amusait déjà plus qu'elle ne s'y était attendue.

— Tu m'étonnes, releva Kelly, n'as-tu pas toujours été la chouchou du prof ?

Sara fit la grimace.

— Je me demande comment nous sommes devenues amies. J'étais à l'extrême opposé de toi au lycée !

— Les opposés s'attirent.

L'attention de Kelly se fixa alors sur quelque chose de l'autre côté de la salle.

— C'est ce que l'on prétend.

Sara suivit son regard : un homme grand et séduisant d'une petite quarantaine d'années se tenait près d'une jolie femme blonde aux grands yeux bleus, coiffée avec soin.

— Waouh, l'entraîneur Allen. Il n'a pas pris une ride.

Kelly grimaça.

— Et son épouse, Becky. Nous la détestons toutes.

— Comment cela ?

Sara n'avait pas très bien connu ni l'entraîneur ni son épouse mais Beck Allen lui avait toujours paru assez sympathique.

— Elle non plus, n'a pas pris une ride, constata Kelly avec un soupir exagéré. Et elle est mariée à ce beau gosse sur lequel nous craquions toutes au lycée. Quelle veinarde.

— Rentre tes griffes, ma beauté.

Les rejoignant, Josh tendit un verre de vin à Kelly.

— Sara, tu veux quelque chose ?

Elle secoua la tête.

— Je prendrai un verre de thé dans un instant.

— Ce n'est vraiment pas l'endroit rêvé pour des retrouvailles, déplora Kelly en buvant une gorgée de vin. Mais bientôt, nous prendrons le temps de nous asseoir autour d'une table, n'est-ce pas ? Tu t'es absentée une éternité et je veux tout savoir de ce que tu fais à présent.

— Inutile de nous asseoir autour d'une table pour cela, décréta Sara avec un sourire attristé. J'ai démissionné de la police de Birmingham et j'ai vendu ma maison en Alabama. Donc, pour résumer, tout ce que je fais pour l'instant, c'est m'efforcer de décider de la suite des événements.

Kelly écarquilla les yeux.

— Pourquoi tu ne me l'as pas dit ?

Sara haussa les épaules.

— J'ai bien cherché une carte disant : « Je viens de quitter mon travail et de déraciner ma vie » que je puisse envoyer à mes amis pour le leur annoncer mais la boutique Hallmark était en rupture de stock.

— Tu es chez tes parents ?

Kelly paraissait sincèrement bouleversée.

— As-tu besoin d'un endroit où séjourner ? Josh et moi pouvons tout à fait…

— Kelly, vous avez trois enfants, cinq chiens, six chats et quatre chèvres. Ou diable pourrais-je m'installer ?

— Cinq chèvres. L'une d'entre elles était pleine quand nous l'avons récupérée, intervint Josh.

Sara se mit à rire.

— Eh bien, j'apprécie votre offre mais je vis dans le bungalow de mon grand-père sur Sandler Ridge en attendant de décider ce que je vais en faire. Il me l'a légué à sa mort, l'année dernière.

— C'est une ruine ?

— Non, en fait, il est en meilleur état que je ne le pensais…

— Sara ?

Une voix masculine l'interrompit et la fit se retourner. Jim Allen et son épouse affichaient eux aussi cette expression compatissante dont elle commençait à se lasser.

— Jim Allen, je ne sais pas si vous vous souvenez de moi…

— Si, bien sûr.

Elle se força à sourire.

— L'entraîneur préféré de Donnie.

Elle salua la jolie blonde près de lui.

— Bonsoir, madame Allen.

— Becky, corrigea cette dernière en riant. J'ai atteint l'âge où entendre les autres adultes m'appeler « madame Allen » est très mauvais pour mon ego.

Elle tendit à Sara une main délicate, parfaitement manucurée. Intérieurement, Sara se félicita d'avoir poli les contours ébréchés par le ménage de ses propres ongles avant de venir à la soirée.

Elle serra la main de Becky.

— Il y a du monde ce soir, n'est-ce pas ?

Jim se mit à rire.

— Les occasions de sortir ne sont guère nombreuses le samedi soir à Purgatory.

— C'est une bonne chose que les Vols ne jouent pas cette semaine, fit observer Josh avec un sourire.

— Oh chéri, si tu veux mon avis, intervint Kelly, les organisateurs de ces festivités ont une espionne qui les renseigne sur la programmation des matchs de football du Tennessee. Ils arrivent toujours à organiser ces réunions à l'automne, en début de saison.

Près d'elle, Josh tressaillit soudain, le regard rivé sur l'entrée de la salle. Au moment même où il sortait son portefeuille de sa poche, un murmure assourdi parvint de l'avant de la salle. A cette expression de surprise succéda aussitôt un silence quasi absolu contrastant avec le précédent brouhaha.

— Eh bien Kelly, chuchota Josh en sortant un billet de vingt dollars de son portefeuille, tu as gagné.

Suivant son regard, Sara comprit ce qui avait provoqué cette commotion générale.

Caïn Dennison se tenait à l'entrée. On aurait dit un lapin pris dans un collet.

De toutes les mauvaises idées qu'il ait jamais eues, et il n'en avait pas manqué en son temps, venir à la réunion des anciens de Purgatory devait arriver en tête de liste, pesta Caïn *in petto.* Tout le monde dans la salle le regardait fixement comme s'il était vêtu des peaux de ses victimes défuntes plutôt que de son plus beau pantalon, d'une chemise des plus classiques et d'une veste de cuir marron. Ses cheveux avaient sans doute besoin d'une coupe mais il les avait disciplinés.

Il s'était même rasé.

Alors que le silence pétrifié se prolongeait bien au-delà du supportable, il songea à prétexter qu'il s'était trompé de salle et à repartir d'où il était venu. Toutefois, à l'instant précis où il ouvrait la bouche, une grande femme brune portant une robe marron moulante s'avança vers lui et lui tendit la main avec un regard narquois. Il lui fallut un instant pour se ressaisir : ce canon était Sara Lindsey, incarnant la tentation à l'état pur, ainsi mise sur son trente et un.

Ses cheveux coupés au carré encadraient son visage de boucles souples et sa robe effleurait son corps comme une caresse, avec une jupe qui virevoltait, frôlant langguissamment ses cuisses musclées. Sous l'ourlet de la jupe, ses jambes paraissaient interminables jusqu'à la paire de simples chaussures plates qui auraient dû sembler quelconques. A ses pieds, elles étaient sexy en diable.

Ses yeux foncés pétillaient tandis qu'elle le mettait au défi de lui serrer la main.

Il la lui prit, notant le contact légèrement rugueux de sa paume contre la sienne. Ce fut comme si le monde entier s'était dérobé sous ses pieds.

— Il est heureux pour moi que je ne sois pas portée sur le jeu, murmura Sara alors qu'il lâchait sa main à contrecœur.

— J'aurais perdu de l'argent en pariant contre votre venue ici ce soir, expliqua-t-elle.

Il régla son pas sur le sien tandis qu'elle se dirigeait vers le fond de la salle, prenant la précaution de ne regarder qu'elle plutôt que l'assemblée intriguée qui commençait lentement à se replonger dans les conversations en cours. Le tourbillon de murmures à travers lequel ils se frayèrent un chemin invoqua son nom plus souvent qu'à son tour, mais il décida de ne pas y prêter attention. Les participants finiraient par se lasser de parler de lui et peut-être parviendrait-il à remplir la mission qu'il s'était assignée pour la soirée.

— Kelly Partlow a eu la gentillesse de m'inviter. Je n'ai pas voulu me montrer grossier en lui faisant faux bond, précisa-t-il.

— Cela fait-il partie de votre enquête ? s'enquit-elle, d'une voix teintée de dureté. Vous pensez que quelqu'un ici pourrait vous révéler que je haïssais secrètement mon époux et que je souhaitais sa mort ?

— Je ne pense pas que vous haïssiez votre époux ni que vous ayez souhaité sa mort.

— C'est pourtant l'opinion de votre cliente.

Il se tourna pour lui faire face.

— Je ne pense pas qu'elle soit convaincue que vous ayez souhaité sa mort. Je pense qu'elle cherche quelqu'un à blâmer pour un accident qui lui a ravi le seul enfant qu'il lui restait.

Elle soutint son regard pendant un long moment puis, baissant les cils, elle lui voila le sien.

— Je ne vois personne d'autre que moi à blâmer, répliqua-t-elle. Je conduisais. Ce qui est arrivé est ma faute.

— De nombreux accidents se produisent tous les jours. Parfois, ce n'est la faute de personne.

Il lui toucha légèrement le bras mais cela suffit à lui faire brusquement relever les yeux sur lui.

— En ce cas, vous êtes ici pour une autre raison, reprit-elle à voix basse.

— Peut-être suis-je venu renouer avec quelques anciennes connaissances. N'est-ce pas la raison de votre présence ?

Elle baissa de nouveau les yeux.

Il pencha la tête près de la sienne et murmura :

— Ou alors vous êtes venue ici pour savoir si quelqu'un connaît l'identité du meurtrier de Renée.

Elle releva brusquement la tête, une expression farouche sur le visage.

— Peut-être, en effet.

Elle était coriace, songea Caïn. Il n'avait pas décelé cela chez elle. En réalité, jusque-là, il n'avait pas beaucoup pensé à elle, au-delà de l'essentiel. L'épouse de Donnie Lindsey, devenue inspecteur de police à Birmingham… de simples mots, des éléments identifiants l'aidant à la mettre en contexte dans le cadre de son enquête.

En vérité, il avait deux images d'elle à l'esprit. L'une était la Sara Dunkirk qu'il avait rencontrée occasionnellement au lycée, passant dans les couloirs ou attendant le bus à l'extérieur. Elle avait été une jeune lycéenne timide et maigre, et lui-même était, à l'époque, tellement obsédé par Renée qu'il n'accordait pas même un regard aux autres filles. Et même s'il l'avait fait, une grande asperge dégingandée de quatorze ans telle que Sara ne l'aurait pas du tout intéressé. Cela avait été la somme totale de ses souvenirs de Sara Dunkirk jusqu'à trois ans plus tôt, quand il était arrivé par hasard sur la scène de l'accident, au pied de la gorge de Black Creek.

Son autre vision de Sara était celle d'une femme couverte de sang, grièvement blessée, piégée dans la cabine défoncée d'un pick-up, hurlant le prénom de son époux, tenaillée par la peur et la douleur. Et s'il y avait une image de Sara Dunkirk Lindsey qui avait, depuis lors, hanté sa mémoire, c'était ce poignant moment d'angoisse où il avait craint d'assister aux derniers instants désespérés de sa vie.

La femme qui se tenait devant lui ne correspondait à aucune de ces représentations. Elle n'était pas timide. Elle n'était pas brisée.

Toutefois, elle était marquée. A cette distance, il pouvait remarquer les fines traces blanches de ses blessures guéries.

Une marque irrégulière qui sinuait le long de son cou. Les cicatrices d'une intervention sur son bras gauche, là où les chirurgiens avaient réparé son humérus brisé. D'autres cicatrices étaient sans aucun doute présentes, cachées sous sa robe marron.

Ce que ce genre de souvenirs implacables d'un passé douloureux pouvait faire à une personne… il le savait.

— Je ne peux pas croire que tu sois vraiment venu.

La voix de Kelly Partlow arracha ses pensées au marasme de l'auto-apitoiement.

Il lui sourit.

— Comment aurais-je pu dire non quand tu me l'as proposé si gentiment ?

Le joli visage de Kelly se creusa de fossettes.

— Tu te rappelles mon époux, n'est-ce pas ? Josh Partlow ?

— Je crois que nous étions ensemble en cours d'anglais, dit Josh en tendant la main à Caïn.

Josh avait été l'un des membres de l'équipe de base-ball qui l'avaient menacé à l'extérieur du lycée, peu après le meurtre de Renée. Toutefois, si Josh se rappelait ce menu détail de leur passé, il ne le montra pas.

Quelques minutes plus tard cependant, lorsque Kelly entraîna Sara de l'autre côté de la salle pour renouer avec de vieilles connaissances, Josh s'approcha, baissant la voix.

— Merci de ne pas m'avoir craché au visage. Tu aurais été dans ton droit.

Caïn, qui s'apprêtait à prendre un amuse-bouche sur le buffet, marqua une pause.

— Je me suis donné pour règle de laisser si possible les mauvaises choses dans le passé.

— C'est une bonne règle, approuva Josh. Renée était une fille adorable et tout le monde a été secoué par ce qui est arrivé. Lorsqu'on est jeune, troublé et furieux, on fait des choses idiotes, tu sais ?

— On cherche quelqu'un à blâmer, murmura Caïn, se remémorant sa précédente conversation avec Sara.

— Oui. On cherche quelqu'un à blâmer.

Et il avait été une cible facile, songea Caïn, arpentant les environs de Purgatory comme un animal blessé, rabrouant tout le monde, y compris la poignée de personnes qui avaient tenté de lui tendre la main.

Josh baissa encore la voix.

— Personne ne savait que c'était ton père qui te causait ces ecchymoses. Chaque fois que tu arrivais couvert de bleus, nous nous figurions simplement que tu t'étais retrouvé mêlé à une nouvelle bagarre. Si nous avions su…

Caïn secoua la tête, refusant absolument d'avoir cette conversation.

— C'est sans importance. Cela ne change rien.

— Peut-être que si. Si nous avions su.

Caïn l'épingla d'un regard dur.

— Je n'aurais pas davantage voulu de votre pitié à l'époque qu'à présent.

Josh leva les mains dans un geste d'impuissance.

— Très bien.

Caïn inspira profondément par le nez, chassant l'amertume passée.

— Je suis désolé, Josh. C'était injuste.

— Non, ne t'excuse pas. Je n'apprécierais pas non plus que l'on me prenne en pitié. Et, pour ta gouverne, je ne te prends pas en pitié. Franchement, je suis plutôt impressionné que tu t'en sois sorti.

— Mon père n'était pas le seul responsable, tu sais.

Une part de Caïn aurait voulu quitter cet endroit aussi vite que possible pour trouver un refuge exigu et sombre où il puisse panser les plaies de sa jeunesse, en privé.

Cependant, il avait passé un grand nombre d'années à tenter de s'extraire de l'isolement qu'il s'était imposé, et venir à cette soirée avait été un grand pas en ce sens. S'enfuir reviendrait à admettre sa défaite.

Or, il avait depuis longtemps décidé que la défaite n'était pas une option envisageable.

— Tu ne te reproches tout de même pas ce qu'il t'a fait ?

Caïn secoua la tête, adressant un faible sourire à Josh.

— Je veux seulement dire que, parfois, les ecchymoses provenaient de l'une de ces bagarres auxquelles je me mêlais. Ne fais pas de moi un super-héros auréolé de sainteté.

— Aucun risque.

Josh lui lança un sourire narquois.

— Voilà qui ne me viendrait jamais à l'idée, Dennison. Tu peux me faire confiance.

Caïn lui retourna son sourire. Tout compte fait, Josh Partlow était peut-être sympathique.

Après avoir passé une demi-heure à suivre Kelly dans la salle, Sara commençait à s'inquiéter : manifestement, l'accident de voiture ne l'avait pas seulement privée du souvenir des jours ayant précédé et suivi l'accident. Elle avait reconnu moins de la moitié des personnes que Kelly avait saluées. Quand elles furent un peu à l'écart, Kelly avec un second verre de vin, et elle avec une tasse de thé glacé, elle le lui confessa.

— Oh ! Chérie, tu ne connaissais probablement pas la moitié de ces personnes quand tu vivais ici, la rassura Kelly en riant. Rappelle-toi, Josh est avocat. Il représente la plupart des habitants de cette ville, y compris bénévolement. Et, en tant que réceptionniste à son cabinet, je les connais moi aussi. Ainsi que leurs familles, leurs belles-familles et…

Sara poussa un soupir théâtral.

— Assez, tu m'as convaincue.

— Et j'ai rencontré certaines personnes au cours de ces réunions, ajouta Kelly. Je suis devenue amie avec des tas de gens qui étaient au lycée de Purgatory avant nous.

Parmi lesquels, certains avaient dû être connus de Renée Lindsey, songea Sara. Peut-être le mystérieux père de son enfant avait-il été un ancien élève plutôt que quelqu'un de sa propre classe.

— Sara, quelle est la véritable raison de ta venue ici ? s'enquit Kelly à voix basse.

Elle avait levé vers elle ses yeux bleus perspicaces, lui rappelant pourquoi elles étaient devenues les meilleures des amies, toutes ces années plus tôt. Kelly n'avait peut-être pas, à l'époque, été régulièrement citée au tableau d'honneur mais elle était fine psychologue. Sara avait toujours apprécié ce don. La clairvoyance mêlée de franchise de Kelly la forçait à s'interroger sur ses motivations et à se montrer sincère.

— Je suis ici pour découvrir qui a tué Renée Lindsey, lui répondit-elle sans détour.

Kelly haussa les sourcils.

— Tu penses que le meurtrier est ici ?

Sara jeta un coup d'œil aux alentours, mais personne n'écoutait leur conversation.

— Je l'ignore. C'est possible, tu ne crois pas ?

Kelly balaya elle aussi la salle d'un regard furtif. Elle posa les yeux un instant sur son époux qui parlait à Caïn Dennison puis regarda de nouveau Sara, l'air choqué.

— Oh mon Dieu, tu ne penses pas que ce soit Caïn Dennison, dis-moi ? Je croyais qu'il avait été disculpé. Est-ce la raison pour laquelle tu l'as accueilli puis traîné à l'intérieur alors qu'il semblait sur le point de prendre ses jambes à son cou ?

Pourquoi elle avait volé au secours de Dennison à son arrivée ? Sara n'aurait su le dire. Peut-être parce qu'elle savait ce que cela faisait d'être l'objet de l'attention générale et d'insinuations murmurées, du moins depuis l'accident.

— Non, c'est tout le contraire, répondit-elle posément. Je suis convaincue qu'il ne l'a pas tuée et il ne mérite pas d'être traité comme s'il était coupable.

— Qui, alors ?

— Si je le savais, je ne serais pas venue ici pour tenter de le découvrir.

Kelly soupira.

— Je déteste l'idée que cela puisse être l'un d'entre nous.

C'était pourtant quasi certainement le cas, estimait Sara. Mais qui ?

— Cette idée ne me plaît pas non plus, reconnut-elle. Mais c'est probable, non ? Les victimes de meurtres sont souvent tuées par des personnes qu'elles connaissent.

Kelly serra les lèvres, manifestement consternée, son regard parcourant de nouveau la salle. Soudain, son front se creusa et elle laissa échapper un léger murmure de surprise.

Sara suivit son regard : un homme grand et mince, portant l'uniforme du bureau du shérif de Ridge County, était planté à l'entrée de la salle. L'homme balaya des yeux l'assemblée, croisant brièvement le regard de Sara puis arrêtant son attention sur un couple qui discutait dans un coin de la salle avec l'entraîneur Allen et son épouse. Le policier traversa à foulées déterminées la foule bourdonnante jusqu'au couple, une jolie femme brune d'environ quarante-cinq ans et un homme à la calvitie naissante, peut-être âgé d'un ou deux ans de plus. Tous deux se retournèrent et le regardèrent avec un mélange de surprise et d'inquiétude.

— Qui est cet adjoint ? murmura Sara à Kelly.

— Ce n'est pas un adjoint. C'est le nouveau shérif en personne, Max Clanton.

Le ventre de Sara se noua aussitôt. Une visite du shérif en personne, arborant une expression aussi sombre, ne pouvait rien présager de bon.

Un moment plus tard, un terrible hurlement s'éleva du coin de la salle et la femme brune tomba à genoux, les mains sur les yeux. Kelly agrippa le bras de Sara, le serrant fermement. Une onde de chuchotements parcourut l'assemblée, émanant du petit groupe rassemblé dans l'angle de la salle.

— Leur fille Ariel, murmura quelqu'un à proximité.

La voix fut juste assez audible pour que Sara puisse comprendre.

— Quelqu'un l'a découverte, morte, au pied des chutes de la Mère éplorée.

6

Le père de Sara faisait les cent pas sur la moquette déjà bien usée au centre de son bureau. Soudain, il s'arrêta, clouant Sara à son fauteuil par la force de son regard.

— Tu ignores où se trouvait Caïn Dennison hier soir avant 19 heures, n'est-ce pas ?

— Papa, il ne fait pas un suspect plausible.

— Tu n'en sais rien. Il est de retour en ville depuis presque deux semaines. Dieu seul sait ce qu'il a fabriqué durant tout ce temps.

— Tu veux que je le découvre ?

Son père lui lança un regard réprobateur.

— Tu ne fais plus partie de la police.

— Toi non plus, lui fit-elle observer avec à-propos.

Cette remarque l'amena seulement à se renfrogner davantage.

— Peut-être en ferais-je toujours partie si ce nouveau shérif n'était pas arrivé en ville.

— Il ne t'a pas forcé à démissionner au moins ?

Carl soupira, se laissant tomber dans le fauteuil en face d'elle.

— Non, j'ai simplement dû me rendre à l'évidence. De nos jours, tout est tributaire de la technologie. Les enquêtes de terrain et le bon vieil instinct ne sont plus des valeurs cotées.

— Et ton instinct te dit que Caïn Dennison a tué une fille de dix-huit ans qu'il ne connaît même pas ?

— Qu'est-ce qui te prouve qu'il ne la connaissait pas ?

— Qu'est-ce qui te prouve le contraire ?

Se penchant en avant, Sara posa une main sur le bras de son père.

— Si elle n'avait pas été découverte au pied des chutes de la Mère éplorée, te serait-il venu à l'esprit de soupçonner Caïn Dennison ?

— Non. Mais c'est là que son corps a été retrouvé. Et les circonstances sont beaucoup trop similaires à celles de la mort de Renée Lindsey.

— Je sais.

Elle se renfonça dans son fauteuil, elle-même envahie par un profond sentiment de malaise. Elle était allée à la réunion de la veille au soir dans l'espoir de trouver un nouveau suspect pour le meurtre de Renée. Ce qu'elle avait appris à la place serait-il un nouveau rebondissement dans cet ancien mystère ?

Les deux meurtres pouvaient-ils, à dix-huit ans d'écart, être reliés l'un à l'autre ? Ariel Burke, la victime la plus récente, était une enfant au moment de la mort de Renée. Etait-il vraiment possible que la même personne ait tué les deux femmes ? Ou alors quelqu'un avait-il copié le meurtre non résolu le plus tristement célèbre de Purgatory pour égarer les policiers ?

— J'aimerais pouvoir suivre l'enquête, murmura-t-elle.

La même envie se reflétait dans les yeux sombres de son père.

— Tu pourrais toujours postuler à un emploi au bureau du shérif, fit-il remarquer.

— Inutile de lui donner des idées.

La mère de Sara se tenait sur le seuil du bureau, les mains sur les hanches.

— Carl, Brad Ellis est ici.

Sara lança un regard à son père.

— Le Brad Ellis de la police ?

— Invite-le à nous rejoindre, répondit Carl à son épouse.

Ann lui adressa un regard troublé puis quitta la pièce.

— Il travaille toujours au bureau du shérif ? s'enquit Sara.

— Evidemment, Trottinette, tonna derrière elle une voix familière.

Sara se retourna : l'ancien coéquipier de son père était debout à l'entrée du bureau, un sourire se dessinant sur son visage buriné.

Lui souriant en retour, elle se leva d'un bond pour l'étreindre.

— Je t'assure que si tu n'étais pas marié à la plus jolie femme de Ridge County, je tenterais ma chance.

— Et si je n'étais pas marié à la plus merveilleuse femme de Ridge County, je pourrais te prendre au mot.

Il lui donna un rapide baiser sur la joue puis regarda Carl. Son sourire s'effaça.

— Sergent.

— Je crois comprendre que ce n'est pas une visite amicale ?

Laissant son bras posé sur les épaules de Sara, Brad secoua la tête.

— Je crains que non. J'ai besoin de tes lumières concernant une ancienne affaire.

— Le meurtre de Renée Lindsey ? lança Sara.

Brad lui adressa un regard incisif.

— Je ne dois vraiment pas…

— Elle a été dans la police pendant des années, intervint Carl. En fait, ton nouveau shérif serait fou de ne pas la convaincre de devenir votre nouvel enquêteur principal.

La fierté dans la voix de son père fit se gonfler d'orgueil la poitrine de Sara.

— Quoi que tu veuilles me dire, tu peux le lui dire aussi.

Brad posa sur elle un long regard songeur, teinté d'excuse, puis déclara :

— J'imagine que je te vois encore comme la gamine aux genoux écorchés et portant un appareil dentaire qui suivait son père partout où il allait.

— L'appareil dentaire n'est plus d'actualité depuis des années. J'aimerais pouvoir en dire autant des genoux écorchés.

Elle l'engagea d'un geste à s'installer sur le siège qu'elle occupait à son arrivée, s'asseyant sur le large pouf près du fauteuil de son père.

Brad logea son impressionnante masse musculaire dans le fauteuil et se pencha vers Carl, assis en face de lui.

— Vous savez tous deux, je pense, qu'un randonneur a découvert hier soir le corps d'Ariel Burke au pied des chutes de la Mère éplorée.

Carl et Sara hochèrent la tête à l'unisson.

— Le médecin légiste a procédé à l'autopsie ce matin. La cause de la mort a été la strangulation.

La même que pour Renée Lindsey, songea Sara.

— Est-ce pourquoi vous avez besoin de l'aide de papa ? A cause de la similarité avec ce qui est arrivé à Renée Lindsey et parce qu'il était l'enquêteur principal sur ce dossier ?

Brad se passa une imposante main sur la bouche comme s'il était réticent à répondre.

Un odieux pressentiment envahit Sara.

— Ariel Burke était enceinte de deux mois, annonça Brad dans un souffle.

Carl proféra un juron qu'il n'avait encore jamais employé devant Sara.

Celle-ci fit un effort pour se remettre du choc.

— Vous avez lancé une analyse ADN afin de déterminer la paternité ?

Brad hocha la tête.

— Elle a rompu avec son petit ami il y a deux mois environ. Nous nous intéressons donc de très près à lui, bien sûr. Toutefois…

— Quelqu'un a-t-il parlé à Caïn Dennison ? l'interrompit Carl.

Sara reporta les yeux sur son père.

— Papa…

— Il a été la première personne que nous avons interrogée, répondit Brad. Il a un alibi.

— Les alibis peuvent être fabriqués de toutes pièces.

— Carl, il n'est pas le meurtrier.

La voix de Brad adopta une intonation apaisante qui allait rendre son père encore plus furieux, anticipa Sara.

— Les parents d'Ariel Burke l'ont vue hier matin à 11 heures lorsqu'elle est partie pour se rendre à l'entraînement des pom-pom girls au lycée. Elle y est restée jusqu'après 13 heures. Nous savons donc qu'elle n'a pas pu être tuée avant cela. Cependant de 13 heures à 17 heures hier, Dennison suivait un séminaire de formation aux Portes. Dix agents de l'agence peuvent attester de sa présence et il y a également un enregistrement vidéo. Le légiste estime l'heure de la mort d'Ariel Burke aux environs de 16 heures Il est impossible qu'il soit en cause.

— Cela ne veut pas dire qu'il n'a pas tué Renée Lindsey.

— Non, en effet, convint Brad. Mais, pour l'instant, nous devons envisager la possibilité que la personne qui a tué Renée a aussi tué Ariel. Les similarités entre les meurtres…

— Pourraient être une coïncidence, compléta Carl.

— Ce n'est pas exclu. Voilà pourquoi je suis ici. Tu

en sais plus que quiconque concernant le meurtre de Renée Lindsey. Le shérif veut que tu travailles comme consultant sur cette enquête.

Carl regarda Sara, son expression difficile à déchiffrer. Lorsqu'il prit la parole, il y avait un dilemme dans sa voix.

— J'ai promis à Ann, quand j'ai pris ma retraite, que je resterais retraité.

— Tu ne feras pas de travail de police. Tu seras consultant.

— Tu ignores l'impact que cette affaire a eu sur moi.

— Je me le rappelle, lui répondit Brad d'un ton posé. Je n'étais peut-être pas dans la police quand c'est arrivé mais j'ai travaillé avec toi pendant presque quinze ans. Je sais qu'elle t'a hanté. Elle a hanté tout le bureau du shérif.

Sara ferma les yeux. Son père avait en effet été obsédé par ce meurtre non résolu, comme s'il considérait la mort de Renée comme un affront personnel.

Peut-être cela avait-il été le cas, en un sens. Il avait aimé Donnie, l'avait traité comme un fils. Il avait vu à quel point le meurtre avait brisé la famille de Donnie, transformé ses parents, autrefois confiants et socialement actifs, en d'inconsolables reclus dont les seules interactions sociales tournaient autour du souvenir de leur fille assassinée.

— Entendu. J'interviendrai en tant que consultant. Mais sans être rémunéré.

— Le shérif insistera.

— Dis-lui de verser mes honoraires au fonds de bienfaisance du bureau du shérif.

Brad acquiesça d'un signe de tête.

— Il veut que tu sois au bureau cet après-midi à 15 heures. Tu y seras ?

— J'y serai.

Brad se leva et serra la main de Carl. Sara le raccompagna jusqu'à la porte, son père derrière eux.

Tandis qu'ils traversaient la cuisine, Ann posa sur eux un regard méfiant. La question s'imposa à Sara pour la première fois depuis son retour à Purgatory : dans quelle mesure le travail de son père avait-il pesé sur son mariage ?

Brad s'arrêta devant Ann.

— Rita m'a demandé de te rappeler votre rendez-vous de samedi.

— Entendu, fit-elle d'une voix faible. Dis-lui que j'arriverai vers 16 heures.

Elle réussit à afficher un léger sourire.

Brad se tourna alors vers Sara et lui déposa un baiser rapide sur le front.

— C'est un plaisir de te voir de retour en ville, Trottinette. Tu penses y rester ?

— Nous verrons, éluda Sara.

Après le départ de Brad, elle se retourna pour observer ses parents. Ils se regardaient fixement, la tension couvant entre eux comme un orage de montagne.

— Je peux jouer les intermédiaires, proposa Sara. Tu n'aurais même pas à mettre les pieds au poste de police.

Ses deux parents se tournèrent vers elle.

— Vous étiez tous obnubilés par Donnie et sa réaction, lança Ann. Tu ne te souviens pas de ce que cela a représenté pour ton père.

— Tu as raison. Je ne m'en souviens pas.

Sara posa une main sur l'épaule de Carl : son regard était hanté. Elle en frissonna.

— Papa, si ça te pose un problème…

— Je l'ai laissé tomber.

Carl plongea dans ses yeux un regard assombri par le regret.

— Je t'ai laissée tomber. Et Donnie aussi. Crois-tu que j'ignore ce qui vous a amenés ici le soir de l'accident ? Il cherchait toujours le meurtrier de sa sœur.

— Je pensais que tu ignorais pourquoi nous étions ici ?

— J'ignorais ce que vous étiez venus faire. Mais vous n'étiez pas venus nous voir. Et les parents de Donnie ont dit que vous ne leur aviez pas non plus rendu visite. Cela ne laisse qu'une raison possible.

— Le meurtre de cette pauvre fille a-t-il quelque chose à voir avec celui de Renée ? s'enquit Ann. Est-ce la raison de la venue de Brad ?

— Nous l'ignorons, répondit Sara en toute franchise.

Le regard que lui décocha sa mère la fit culpabiliser.

— Sara, tu t'es laissé entraîner dans cette affaire toi aussi, n'est-ce pas ?

— Nous avons besoin de réponses, plaida Carl d'un ton calme.

— Quelqu'un d'autre ne peut-il obtenir ces réponses ? Pourquoi faut-il que ce soit vous deux ?

Sara ne put retenir un soupir. L'inquiétude de sa mère était motivée par le même amour qui avait conduit Donnie à rechercher le meurtrier de sa sœur sans relâche.

— Si j'avais été tuée à l'âge de dix-huit ans, argua-t-elle d'une voix douce, aurais-tu été capable de continuer à vivre en laissant mon meurtre non élucidé derrière toi ?

Sa mère blêmit.

— Seigneur, Sara.

— C'est ce contre quoi se débattait Donnie. J'ignore peut-être ce que cette affaire a représenté pour papa mais je sais ce qu'elle a représenté durant toutes ces années pour Donnie.

Elle rejoignit sa mère et lui prit les mains.

— Je ne me souviens pas du soir de l'accident et, tant que je n'aurai pas de réponses, je continuerai de penser que j'ai été en faute. Je sais qu'il est venu ici à cause du meurtre de Renée. Mais les détails demeurent inconnus et je ne peux vivre avec cela.

Ann ferma les yeux, un profond chagrin marquant son visage.

— Je ne veux perdre aucun d'entre vous.

Sara la serra dans ses bras.

— Papa et moi nous protégerons l'un l'autre. Je te le promets.

Ann resserra son étreinte autour de la taille de Sara et l'attira contre elle.

— Je suis heureuse que tu sois de retour en ville, quelle que soit la durée de ton séjour. Tu m'as manqué plus que tu ne le penses.

La culpabilité resurgit insidieusement en Sara. Au cours des trois années précédentes, elle s'était coupée de tous ceux qu'elle aimait. Elle n'était revenue à Purgatory que par défaut, parce qu'elle n'avait nulle part où aller. Toutefois, elle s'en rendait de plus en plus compte, sa petite ville natale lui avait manqué durant son absence.

— Je pense que je suis assez contente d'être revenue, moi aussi, reconnut-elle en donnant à sa mère un baiser furtif sur la joue.

Relâchant son étreinte, elle se tourna vers son père.

— Laisse-moi être ton agent de liaison avec le bureau du shérif, papa. Cela me fournira une bonne excuse pour me greffer sur l'enquête et contentera maman. Tout le monde y trouvera son compte.

Son père afficha un sourire réticent.

— Tu as pensé à tout, n'est-ce pas ?

— Tel père, telle fille, commenta Ann.

Lorsqu'ils prirent place à la table de cuisine pour un déjeuner composé de soupe et de sandwichs, la tension avait en grande partie disparu. La conversation délaissa le sujet des meurtres pour s'égarer en direction du football — le lycée de Purgatory pouvait prétendre au titre de champion de l'Etat dans sa division — puis du prochain bal de bienfaisance des « Mountain Moms ».

Ann se pencha vers sa fille.

— Rita m'a enrôlée pour participer à l'organisation au centre municipal. Je savais que je n'aurais pas dû prendre une retraite anticipée. Apparemment, cela fait de moi le bouche-trou pour toute activité en ville qui nécessite une bénévole.

— Ne t'en laisse pas conter…, intervint Carl. Elle est à peu près aussi excitée que Rita au sujet de ce bal.

Il adressa à son épouse un sourire affectueux.

— Par ailleurs, elle est l'héroïne du jour car elle a réussi à convaincre les Meade de venir du Kentucky pour animer le bal.

Sara considéra sa mère d'un air admiratif.

— Waouh, les Meade ? Je croyais qu'ils ne quittaient jamais leur patelin de Cumberland.

Lorsque son frère, Patrick, et elle étaient plus jeunes, leurs parents les avaient emmenés plusieurs fois au Motel Meade à Cumberland dans le Kentucky pour écouter la musique bluegrass.

— Vous vous souvenez que Patrick voulait devenir joueur de banjo et rejoindre les Meade ?

Son père grimaça.

— Ce banjo nous a coûté une fortune et il ne l'a jamais repris après le premier essai.

— Je n'ai jamais non plus fait une carrière de chanteuse, soupira Sara avec un regret feint. Alors, maman, comment as-tu réussi ce coup d'éclat ?

— La dernière fois que ton père et moi sommes allés là-bas, j'ai discuté avec Nola Meade. Il semblerait que ses enfants veuillent s'orienter vers une musique grand public une fois qu'ils seront en âge de quitter le nid. Nola et Del ont donc pensé qu'il pourrait être bon pour leurs futures carrières que la famille sorte de temps à autre du Kentucky afin de les faire connaître. Aussi, quand Rita m'a confié la tâche de trouver un orchestre pour le bal, j'ai passé un coup de fil à Nola.

— Je ne suis pas sûre que la petite ville de Purgatory dans le Tennessee leur assure une telle couverture médiatique, nuança Sara.

Ann arbora un sourire placide.

— Eh bien, vois-tu, il s'avère que Beeson Lombard, de MuCity Records, est natif de Purgatory. Nous sommes allés ensemble au lycée. Par conséquent, j'ai contacté mon ancien ami de lycée…

— Petit ami, précisa son père en maugréant.

— … et je lui ai expliqué que j'aidais à organiser une soirée de bienfaisance dans les Smoky Mountains au cours de laquelle je pourrais lui faire écouter un tout nouveau groupe de country. Je lui ai demandé si cela l'intéressait de venir. Comment aurait-il pu dire non ?

— Oh ! Tu es douée pour ce genre de chose, constata Sara. Pas étonnant que l'on t'enrôle dans l'organisation d'événements.

— Tu seras toujours dans les parages ce week-end, n'est-ce pas ? Tu devrais venir. Tu adores les Meade.

— Je viendrai, déclara Sara, avant tout pour faire plaisir à sa mère.

Le nouveau meurtre à Purgatory lui aurait plutôt donné envie de reprendre sa vie d'ermite.

D'ailleurs, elle ne tarda pas à retourner au bungalow de son grand-père pour terminer son nettoyage. Comme ses parents avaient manifestement retrouvé leur naturel souriant et affectueux, elle n'en conçut pas trop de culpabilité.

Tandis qu'elle négociait les méandres de la route de montagne, elle poussa même un soupir de contentement.

Pour la première fois depuis l'accident, elle était presque redevenue la même qu'auparavant.

Mais lorsqu'elle arriva au sommet de la dernière côte et que le bungalow apparut, elle ne put retenir un cri de stupeur. Un pick-up Ford F-150 bleu foncé était stationné dans l'allée en gravier. Son conducteur était assis sur les marches de la terrasse du bungalow, les coudes appuyés sur les genoux. Il la regarda se garer et descendre de la cabine.

— Vous vous êtes perdu ? lui demanda-t-elle en approchant lentement des marches de la terrasse.

Caïn leva les yeux vers elle, clignant des paupières face au soleil de l'après-midi.

— Non, j'ai demandé mon chemin.

Elle s'arrêta devant lui, rempochant les clés de son pick-up.

— A qui ?

— A votre amie Kelly. Apparemment, elle a tendance à jouer les entremetteuses.

Il lui adressa un regard faussement sévère.

— Quoiqu'elle ne soit pas très regardante dans le choix des soupirants qu'elle vous destine. Vous devriez lui en parler.

Son ton était assez léger mais une émotion plus sombre germait sous ses paroles. Il n'était pas venu jusque-là pour une raison aussi frivole que lui faire la cour.

— Que voulez-vous ?

— Le bureau du médecin légiste de Ridge County est aussi peu hermétique qu'un vieux canot qui prend l'eau.

Il se leva pour la laisser monter les marches et la suivit jusqu'à la porte, les vieilles planches craquant sous ses pas.

— La fille a été étranglée, poursuivit-il. Et elle était enceinte.

Sara s'arrêta devant la porte fermée à clé et se retourna pour faire face à Caïn.

— En général, rappela-t-elle, le bureau du médecin légiste n'est pas si loquace.

— Mon patron a des relations, expliqua Caïn.

Bien sûr, songea-t-elle, Les Portes. Il faudrait qu'elle s'intéresse de près à la nouvelle agence d'investigation implantée en ville. Il ne s'agissait probablement pas d'une opération aussi ordinaire que semblaient le penser les habitants de Purgatory.

— Je ne peux ni confirmer ni infirmer ces informations, conclut-elle.

Elle lui tourna le dos et déverrouilla la porte. Il allait comprendre le message, non ?

Manifestement pas. Tandis qu'elle saisissait la poignée, il posa sa main sur la sienne.

— Vous savez ce que je me demande ?

Elle se retourna de nouveau, son cœur battant à se rompre dans sa poitrine.

— Que vous demandez-vous ?

— Si les résultats de l'analyse ADN menée sur l'enfant que portait Ariel Burke révéleront que les bébés d'Ariel et de Renée avaient le même père.

7

Caïn scrutait Sara. De toute évidence, elle avait eu la même idée. Cela n'avait d'ailleurs rien d'étonnant. Deux adolescentes, toutes deux enceintes, étranglées aux chutes de la Mère éplorée… Bien sûr, dix-huit années s'étaient écoulées entre les meurtres mais Purgatory n'était pas comme ces grandes villes où des homicides se produisaient chaque jour.

— Evitons les conclusions hâtives, le mit en garde Sara comme si elle lisait dans ses pensées.

Elle ouvrit la porte et fit un bref mouvement de la tête vers l'avant. Il prit cela comme une invitation, la suivit dans le bungalow.

L'habitation offrait une chaleur rustique et accueillante qui contrastait avec l'aspect extérieur décrépit. Des plaids de couleurs vives suspendus comme des tableaux adoucissaient l'aspect brut des murs en rondins.

Sara l'invita à s'asseoir sur le canapé qui était un peu vieux mais encore confortable.

— La dernière chose que vous ayez à faire est de fourrer votre nez dans cette affaire, reprit-elle abruptement.

— C'est ce pourquoi l'on me paie.

Elle s'installa dans un fauteuil en face du canapé.

— De nombreux policiers n'ont jamais cessé de penser que vous aviez échappé à une condamnation pour meurtre il y a dix-huit ans.

Elle ramena ses jambes sous elle, attirant son regard sur la courbe tentante de ses cuisses moulées dans son jean. Il releva les yeux.

— Vous faites allusion à votre père ?

— Il n'était pas le seul.

— C'est vraiment dommage car je n'avais rien à voir avec le meurtre de Renée.

— Votre alibi n'était guère solide.

Qu'est-ce que c'était ? se demanda-t-il. Un interrogatoire ? Le croyait-elle coupable du meurtre de Renée ?

— Qu'avez-vous fait, Sara ? Vous avez persuadé votre père de vous laisser consulter son dossier sur l'affaire ?

— En fait, oui. J'ai passé la matinée à lire ses notes.

Elle se pinça les lèvres.

Certainement par agacement, songea-t-il.

Tant mieux. Je n'ai pas envie d'être le seul à me sentir irrité.

— J'aurais cru que vous auriez mémorisé sans peine les détails puisque Renée faisait partie de votre famille, la défia-t-il.

— J'avais quatorze ans quand elle est morte. Mon père ne ramenait pas vraiment son travail à la maison. Il voulait nous garder éloignés de ce monde.

— Vous êtes pourtant devenue inspecteur de police.

— En effet.

Elle tira sur l'ourlet de son T-shirt, ce geste étirant le tissu en coton sur ses seins ronds et fermes. Il détourna les yeux de cette vue tentante, attendant qu'elle poursuive.

Elle émit un léger soupir.

— Avant ce matin, une grande partie de ce que je savais sur l'affaire me venait de Donnie. Mais il était incapable de se montrer objectif concernant le meurtre de sa sœur.

— Pensait-il que j'étais le meurtrier ?

Elle parut surprise par la question.

— Non. Il pensait que ses parents perdaient leur temps en tentant d'obtenir de la police qu'elle ne vous lâche pas. Renée n'avait que des choses positives à dire sur votre compte. Elle lui avait dit que les gens ignoraient qui vous étiez vraiment, combien vous pouviez vous montrer gentil.

Il fut pris au dépourvu, et des larmes lui brûlèrent les paupières.

Il baissa les yeux sur ses mains, se racla la gorge.

— J'étais à la maison avec mon père le jour où elle est morte.

— Vous n'avez pas fait mention de votre père quand vous avez parlé aux enquêteurs.

— Il était soûl. Il ne s'en serait pas souvenu.

Et, dans le cas contraire, il aurait même probablement menti à la police uniquement dans le but de faire souffrir son fils. Le vieil homme aurait adoré le voir croupir en prison le temps que les policiers mettent les choses au clair.

S'ils y parvenaient.

— Vous ne vouliez pas tenter d'expliquer ce genre de chose aux policiers ?

— S'ils l'avaient interrogé, il aurait trouvé le moyen de me le faire payer.

Elle plissa légèrement les yeux.

— Je vois.

— Ne faites pas cela.

— Faire quoi ?

— Vous apitoyer sur moi. J'ai choisi de rester ici avec lui. J'aurais pu partir quasiment quand je l'aurais voulu.

— Dans ce cas, pourquoi être resté ?

Il changea de sujet.

— Les policiers interrogent-ils quelqu'un d'autre à propos de la grossesse d'Ariel Burke ?

— Votre vieux canot qui prend l'eau ne vous a pas fourni cette information ?

— Je me demande simplement qui se fera cuisiner cette fois. Elle avait un petit ami ?

Sara ne répondit rien mais il commençait à comprendre la signification de ses expressions et de ses tics physiques. Elle fronça légèrement les sourcils. Cela voulait dire qu'il avait raison. Les petits amis d'Ariel Burke — présent et passés — allaient recevoir la visite du bureau du shérif.

— Vous disiez que Renée avait un amoureux secret, reprit Sara.

Elle se pencha en avant.

— Elle ne vous a jamais rien dit de lui ? Elle n'a jamais laissé entendre qui il pourrait être ? A l'évidence, elle vous considérait comme son ami. Renée avait confié à Donnie que vous étiez l'une des rares personnes en qui elle avait confiance.

La sensation de picotement assaillit de nouveau ses yeux. Il fit mine de se masser le front pour dissimuler sa réaction.

— Vous l'ignoriez, n'est-ce pas ? demanda-t-elle avec douceur.

Apparemment, elle aussi, apprenait à lire en lui.

— Je savais qu'elle avait confiance en moi. Sinon, elle ne m'aurait pas fréquenté. Renée révélait ses sentiments au travers de ses actes, pas de ses paroles.

— Donc, le père de son enfant pourrait ne pas s'être rendu compte à quel point elle tenait à lui. Peut-être ne le lui a-t-elle jamais dit.

Il releva brusquement la tête.

— Elle a couché avec lui ! S'il la connaissait un tant soit peu, il devait savoir exactement combien elle l'aimait. Elle n'était pas le genre de fille à faire ce genre de chose sans s'impliquer totalement.

— Donc, elle et vous n'avez jamais…

— Non. Jamais.

Il soupira.

— Pour ma part, ce n'est pas faute d'avoir essayé. Mais elle ne m'aimait pas. Pas de cette façon. Et elle m'a dit que je ne l'aimais pas non plus. Pas de la manière dont j'aimerais, un jour, la bonne personne.

— Elle était sentimentale.

— Oui, elle l'était.

— Savez-vous à quel moment elle a rencontré l'homme qu'elle a suffisamment aimé pour coucher avec lui ?

— Je ne pense pas qu'elle était déjà amoureuse de lui avant qu'elle et moi ne devenions amis.

En vérité, il avait oublié ce fait jusqu'alors. En grande partie parce qu'elle ne s'en était pas ouverte à lui, quoiqu'il ne lui ait pas fallu longtemps pour comprendre qu'elle nourrissait une passion secrète.

Il n'avait simplement jamais su qui était l'objet de cette passion.

— Je ne cessais de lui demander, puisque monsieur Parfait et elle étaient si irrévocablement faits l'un pour l'autre, pourquoi elle ne pouvait me révéler qui il était. Elle se contentait de poser sur moi un regard grave et de me dire que l'amour était une chose compliquée et que je comprendrais, un jour.

Il leva soudain les yeux vers Sara. Elle avait réussi sans mal à le faire parler.

— Vous êtes douée, inspecteur Lindsey, très douée.

Ses lèvres s'incurvèrent légèrement.

— Ça aide que vous ne soyez pas mon principal suspect.

— Avez-vous un principal suspect ? s'enquit-il, curieux.

— Pas pour le meurtre de Renée.

— Et pour celui d'Ariel ? Un petit ami, peut-être ?

— J'ai besoin de preuves avant de commencer à désigner des suspects.

— J'ai entendu dire qu'elle était pom-pom girl.

— C'est juste, acquiesça Sara.

— Renée ne ressemblait en rien à cela. Elle ne faisait pas partie des filles populaires. Trop tranquille pour cela.

— Je m'en souviens.

— Elle avait de longs cheveux bruns. Et Ariel ?

— Blonds et coupés court pour son activité de pom-pom girl.

Il l'observa en plissant les yeux.

— Donc si vous étiez un profileur étudiant les deux victimes, vous ne verriez pas grand-chose de commun.

— Excepté qu'elles étaient enceintes et qu'elles ont été tuées par strangulation aux chutes de la Mère éplorée.

— Un imitateur ?

Elle posa sur lui un regard songeur.

— Peut-être. Quoique un véritable imitateur aurait sans doute plutôt commis son meurtre il y a trois jours, date anniversaire du précédent. Pour s'affirmer.

Il se frotta la mâchoire. Il ne s'était pas rasé, réalisa-t-il, retombant dans ses anciennes habitudes. Il avait aussi besoin d'une coupe de cheveux. En fait, depuis qu'il avait été affecté à cette affaire, il enfilait le matin à la hâte n'importe quel vieux jean, attrapant un T-shirt miteux et ignorant les éraflures sur ses bottes plutôt que de prendre soin de présenter une apparence impeccable comme le lui avait enseigné l'armée.

— A quoi pensez-vous ? s'enquit-elle d'un ton curieux.

Il lui lança un regard penaud.

— Croyez-le ou non, je me disais que depuis que je suis revenu à Purgatory, je me laisse aller. J'oublie de me raser, de faire briller mes bottes en crachant dessus, j'attends trop longtemps pour faire la lessive…

A sa grande surprise, elle se mit à rire.

— Vous voulez dire que vous retrouvez votre naturel de lycéen débraillé ?

Il apprécia son rire. Le son grave et guttural fit se propager une onde de plaisir le long de sa colonne vertébrale. Il lui sourit à son tour.

— Peut-être bien. Mais je ne veux pas laisser les choses aller trop loin.

— J'ai eu du mal à quitter la maison de mes parents pour revenir ici cet après-midi parce que ma mère cuisine pour moi chaque fois que je vais chez eux.

Elle lui adressa un regard contrit.

— Mon ancienne chambre est toujours pareille. Je pourrais m'y réinstaller comme si rien n'avait changé.

— Mais tout a changé.

Elle réfléchit un instant.

— Pas toujours en mal, lâcha-t-elle finalement.

— Non, pas toujours, convint-il.

Elle posa les pieds à terre.

— Je vais faire du café. Vous en voulez ?

— Avec plaisir. Je le prends noir.

Souriant, elle lui glissa un regard oblique.

— Moi aussi.

Ils s'installèrent dans un silence étonnamment confortable tandis que Sara préparait le café dans la cuisine adjacente. La cafetière paraissait ancienne. Apparemment, elle en avait hérité en même temps que du bungalow. Mais le café fort et brûlant qu'elle lui mit entre les mains quelques minutes plus tard ne laissait pas à désirer.

— Excellent café.

— J'en ai été la première surprise, répliqua-t-elle avec une pointe d'humour alors qu'elle s'asseyait de nouveau en face de lui, serrant sa tasse entre ses mains. J'imagine que la nouveauté n'est pas toujours synonyme de progrès.

— Vous pensez que je devrais abandonner l'affaire et laisser la police s'en charger ?

Elle le regarda par-dessus le bord de sa tasse, ses yeux sombres difficiles à sonder.

— Autant dans votre propre intérêt que dans celui de l'enquête.

— Je n'abandonnerai pas. Ça m'est impossible.

Elle baissa sa tasse, la posant sur ses genoux, serrée entre les paumes de ses mains.

— Je ne pensais pas que vous le feriez.

— En ce cas, pourquoi ne pas travailler ensemble plutôt que l'un contre l'autre ?

Le front de Sara se creusa.

— Ensemble ?

Elle ne semblait guère séduite par cette idée et il en fut un peu déçu. Sans doute était-ce une chose de l'accueillir chez elle et de lui offrir une tasse de café, mais lui faire confiance pour la seconder dans une enquête en était une autre.

En particulier l'enquête sur un meurtre qu'il avait autrefois été soupçonné d'avoir commis.

— Oubliez cela, dit-il tandis que le silence entre eux s'éternisait. Il reposa sa tasse sur la table basse.

— Merci pour le café. Je me débrouillerai de mon côté.

Elle se leva et le suivit jusqu'à la porte. Lorsqu'il se retourna vers elle, elle fronçait les sourcils.

— Je n'avais pas l'intention de heurter votre sensibilité.

Il faillit se mettre à rire.

— Ne vous inquiétez pas. Ma sensibilité va très bien.

Il la salua d'un signe de tête et sortit rejoindre son pick-up. Sara avait fait preuve de sollicitude à son égard et cette idée lui réchauffait le cœur.

Le téléphone portable de Sara sonna cinq minutes après le départ de Caïn. Le numéro était local, mais elle ne le connaissait pas. En tout cas, ce n'était pas celui de Caïn, comme elle l'avait espéré. La façon dont ils s'étaient quittés l'avait mise terriblement mal à l'aise.

— Sara ? C'est Becky Allen. Vous vous rappelez, l'épouse de Jim Allen ? Nous avons discuté à la soirée, l'autre jour.

— Bien sûr, répondit Sara.

Comment l'épouse de l'entraîneur avait-elle obtenu son numéro de portable ?

Les paroles suivantes de Becky répondirent à cette question.

— Votre mère a eu la gentillesse de me donner votre numéro. Je voulais seulement m'assurer que vous alliez bien après ce qui s'est passé l'autre soir. Cette horrible nouvelle a sans doute… En fait, je me suis dit que cela ressemblait tellement à ce qui est arrivé à la sœur de Donnie, toutes ces années plus tôt, et ça s'est produit si peu de temps après l'anniversaire de la mort de Donnie…

La voix de Becky se résuma à un soupir comme si elle ne parvenait pas à formuler ce qu'elle souhaitait exprimer.

Sara était à la fois agacée qu'on lui rappelle de nouveau ce qu'elle avait perdu et irritée de ne pas apprécier les efforts de Becky à son égard. Elle plaqua un sourire sur son visage bien que personne ne fût présent pour le voir.

— Je vais bien Becky, merci. C'est aimable à vous de vous inquiéter pour moi mais ce sont les Burke qui sont les plus à plaindre en ce moment.

— C'est tout simplement monstrueux, renchérit Becky. J'en suis au point où je n'ai même plus envie que mon enfant aille au lycée de Purgatory.

— Il est impossible que vous ayez déjà un enfant en âge d'aller au lycée, protesta Sara.

Becky paraissait si jeune.

— Pourtant si. Jeff est déjà en terminale.

— Eh bien. Où est passé tout ce temps ?

— Ça me dépasse, répondit Becky avec un rire triste. Ecoutez, je dois retourner travailler mais, si vous comptez rester longtemps en ville, vous devriez venir dîner avec Jim et moi. Jim avait tellement d'estime pour Donnie et je sais qu'il aimerait que nous vous recevions avant que vous ne quittiez la ville. Combien de temps allez-vous rester ?

— Un moment, au moins, répondit-elle prudemment, déconcertée par l'invitation.

A l'époque où Donnie était l'un des joueurs vedettes de Jim Allen dans l'équipe de base-ball du lycée de Purgatory, les enseignants et les élèves n'avaient pas l'habitude de se fréquenter. Ce n'était pas comme s'ils étaient de vieux amis cherchant à rattraper le temps perdu.

Par ailleurs, elle n'avait pas vécu à Purgatory depuis ses dix-huit ans et c'était vraiment une petite ville. Becky et Jim avaient tous deux été élèves à Purgatory, plusieurs années avant Donnie et elle. Becky, déléguée de classe, reine du bal, Miss Purgatory High… toutes ces étapes qui confèrent la souveraineté dans une petite ville. Jim, lui, avait été la star du base-ball, le beau gosse qui avait joué deux ans en ligue AAA avant d'abandonner le rêve d'une carrière professionnelle et de revenir épouser son amour du lycée.

Pas étonnant qu'ils aient tous deux pris soin de leur apparence. Ils avaient une réputation à sauvegarder.

La souveraineté ne tolère pas le laisser-aller, se rappela amèrement Sara.

— J'en parlerai à Jim et nous fixerons une date, reprit Becky d'un ton enjoué. A bientôt.

Médusée, Sara raccrocha et se retourna pour inspecter le bungalow. La question de Becky tournait dans sa tête. Combien de temps allait-elle rester à Purgatory ?

*
* *

Caïn roulait en direction du bungalow de sa grand-mère. Celui-ci n'était qu'à quelques minutes de route de chez Sara.

Il poussa un soupir. Purgatory, dans le Tennessee, était une petite ville en comparaison d'Atlanta. Il pouvait se rendre n'importe où dans Ridge County en moins de temps qu'il ne lui en aurait fallu pour aller en voiture de son appartement à l'entreprise de construction où il avait travaillé. Et il pouvait également rallier de nombreux endroits à pied. Le bungalow dont venait récemment d'hériter Sara était, par exemple, à une courte distance en gravissant la colline de l'endroit où son Airstream était installée sur Mulberry Rise.

Que faisait Sara en cet instant ? se demanda-t-il soudain.

Lorsqu'il se gara près de l'Airstream, le vieux break de sa grand-mère n'était plus à sa place. Un coup d'œil à sa montre lui en suggéra la raison… Il était presque 17 heures un dimanche : les filles et elle étaient allées à l'église pour les offices du soir. Pour une femme que les personnes les plus superstitieuses de la région considéraient comme une sorte de shaman, sa grand-mère avait toujours été très stricte quant à sa fréquentation de l'église. S'il avait été chez elle au moment de son départ, elle l'aurait sermonné sur sa tendance à se laisser aller.

Il sourit à cette pensée tout en montant les marches de sa caravane. Mais dans l'espace entre la porte et son montant, une enveloppe blanche était coincée. Là, il ne rigolait plus du tout.

Alors qu'il tendait la main pour attraper l'enveloppe, son récent entraînement prit le dessus et il retira ses doigts, jetant un rapide coup d'œil à l'enveloppe. Fouillant dans la poche de sa veste, il en sortit son couteau multilames et, à l'aide de la pince rangée dans le manche, il dégagea l'enveloppe.

Il n'y avait rien d'inscrit sur aucun des deux côtés de l'enveloppe et le rabat n'avait pas été collé. Utilisant l'ourlet de son T-shirt pour tenir l'enveloppe, il souleva le rabat avec la pince.

Un simple morceau de papier avait été glissé dans l'enveloppe. Il l'en sortit à l'aide des pinces et lut les deux lignes imprimées.

> *« Regardez dans la réserve à bois de votre grand-mère. Imaginez ce qui aurait pu arriver si j'avais appelé la police. »*

Alarmé, Caïn remit la note dans l'enveloppe. Il redescendit les marches et contourna le bungalow de sa grand-mère. Près de la cheminée en grès fluviatile, se trouvait la réserve où les filles et elle entreposaient leur petit bois. Il utilisa son T-shirt pour soulever le couvercle.

A l'intérieur, entre deux bûches dépassait le bord d'un sac plastique. Caïn déplaça le bois. En fait, le sac contenait quatre petits sachets transparents, et des dizaines de cristaux clairs couleur champagne se trouvaient à l'intérieur de chacun.

La consternation envahit Caïn : ces cristaux ne pouvaient être qu'une chose.

Laissant le sac en place, il sortit son portable et appela le premier numéro abrégé.

— Nous disposons de jours de congé, vous savez, lui répondit Alexander Quinn.

En d'autres circonstances, la réponse pince-sans-rire de son patron aurait amusé Caïn. Si une personne en ce monde ignorait le sens du mot « congé », c'était Alexander Quinn.

Toutefois, en cet instant, il n'était pas d'humeur à sourire.

— J'ai un problème, annonça-t-il au téléphone, les yeux fixés sur le sac de cristaux caché dans la réserve à bois.

— Que se passe-t-il ?

Quinn retrouva aussitôt une attitude toute professionnelle.

— J'ai trouvé, en rentrant chez moi, une note me disant de regarder dans la réserve à bois de ma grand-mère et de me réjouir que personne n'ait appelé la police.

— Et qu'avez-vous trouvé ?

— Je n'en serai certain que lorsque nous les aurons analysés mais je pense avoir sous les yeux pour environ cinquante mille dollars de cristaux de méthamphétamine.

8

Sara s'arrêta devant le coquet petit bungalow sur Mulberry Rise, son regard s'égarant en direction de la caravane Airstream stationnée à proximité. Elle laissa tourner le moteur au ralenti.

Elle n'avait pas eu l'intention de venir jusque-là, en partant de chez elle le matin. Mais, lorsque l'embranchement menant à Mulberry Rise était apparu devant son pare-brise, elle avait mis son clignotant et elle avait gravi la montagne, comme mue par une inexplicable intuition.

Caïn Dennison était source d'ennuis. Il l'avait toujours été et le serait probablement toujours, amen. Mais elle avait passé toute la nuit à se reprocher d'avoir dédaigné son offre de travailler avec elle pour découvrir le meurtrier de Renée Lindsey. Aussi le moins qu'elle pût faire était de s'excuser d'avoir été aussi brusque envers lui.

Cependant, sur le fond, elle n'avait pas changé d'avis… Le passé de Caïn avec Renée Lindsey le désignait d'emblée comme la mauvaise personne pour mener l'enquête. Pourquoi le dirigeant des Portes avait-il pris une décision aussi déconcertante ?

La question lui revint comme un boomerang. Elle-même s'intéressait au meurtre de Renée, son ex-belle-sœur. Joyce Lindsey, sa belle-mère, ne serait certainement pas ravie de l'apprendre…

Alors qu'elle s'apprêtait à enclencher la marche arrière,

la porte d'entrée du bungalow s'ouvrit et une femme maigre d'environ soixante-dix ans s'avança sur les marches. Son regard se tourna en direction du pick-up de Sara et elle lui adressa un placide sourire de bienvenue.

Réprimant un soupir, Sara coupa le moteur. Elle pouvait difficilement repousser deux personnes de la même famille en l'espace de vingt-quatre heures.

Lila Birdsong resserra son châle autour de ses épaules, se protégeant du vent froid d'automne qui soufflait à travers les arbres et faisait voleter ses cheveux blancs.

— Sara Dunkirk. Je ne t'ai pas vue depuis une éternité.

— En effet, madame. J'ai vécu longtemps en Alabama.

— Mon petit-fils me dit que tu es de retour pour un moment. Tu penses rester ?

Sara ne fut pas certaine de la réponse à donner.

— Pour le moment, je me contente d'y réfléchir, répondit-elle finalement, ébauchant un sourire. Caïn est ici ?

Lila secoua la tête.

— Il est parti tôt pour pouvoir déposer les filles au lycée avant d'aller au bureau.

— Les filles ?

— Mia et Charlotte Burdette, les filles d'un cousin qui est dans une situation difficile.

Sa voix s'assombrit.

— J'héberge ces pauvres filles pour leur éviter d'être prises en charge par les services de protection de l'enfance.

Sara hocha la tête, elle comprenait. Comme beaucoup de services de protection de l'enfance, celui du Tennessee était perpétuellement débordé ; et garder, si possible, les enfants en dehors du système était la meilleure solution.

— Quel âge ont-elles ?

— Seize et dix-sept ans.

Lila sourit.

— Je pense qu'elles étaient plutôt contentes que Caïn les emmène au lycée.

Sara l'imagina aisément. Bien qu'elle ait été amoureuse de Donnie depuis le collège, elle n'avait pas été insensible au charme de mauvais garçon de Caïn Dennison. Il possédait alors l'attrait d'un animal sauvage, à la fois sublime et féroce.

C'était toujours le cas, songea-t-elle, se rappelant la première fois qu'elle l'avait revu, de sa cachette aux chutes de la Mère éplorée. Dangereux sans doute, mais tellement sexy et excitant.

Le sourire de Lila s'élargit alors qu'elle faisait signe à Sara de la rejoindre.

— Je viens de préparer du café. Entre et dis-moi ce qui te préoccupe.

La dernière chose qu'elle eût l'intention de confier à la grand-mère de Caïn Dennison, c'étaient les pensées qui venaient de lui traverser l'esprit. Cependant l'offre d'un café était tentante. Elle suivit Lila au chaud dans le bungalow et s'assit sur la chaise que lui désigna la vieille femme.

— Caïn devrait bientôt rentrer. Il se rendait seulement en ville pour une réunion matinale.

Lila revint à la table avec une cafetière italienne qui avait connu de meilleurs jours. Néanmoins le café fumant qu'elle versa dans les deux tasses en grès dégagea un arôme divin.

— Merci.

Sara souleva la tasse et but une gorgée. Le café était brûlant et fort, comme elle l'aimait.

— Ni crème, ni sucre, commenta Lila tout en ouvrant le réfrigérateur. Tu as dû être élevée par un homme fort.

Sara se mit à rire.

— Oui, mais c'est ma mère qui m'a transmis le goût du café noir. Mon père tient à la crème et au sucre.

Lila joignit son rire au sien tandis qu'elle sortait une brique de crème du réfrigérateur pour en verser une dose généreuse dans son café.

— Je pense que moi aussi.

— Caïn aime son café noir, lui aussi, reprit Sara tandis que Lila revenait à table.

La vieille femme haussa les sourcils.

— En effet. J'ignorais que tu le connaissais aussi bien.

— Je ne le connais pas vraiment.

Sara évita le regard de Lila.

— J'ai seulement pris un café avec lui récemment.

— Mmm, répondit seulement Lila.

Réfrénant une furieuse envie de combler le soudain silence, Sara but son café à petites gorgées. Pourquoi n'avait-elle pas décliné l'offre de Lila ? pesta-t-elle intérieurement.

— J'ai été vraiment attristée d'apprendre la nouvelle du décès de ton mari, reprit Lila, un moment plus tard. Et je suis très heureuse de voir que tu vas bien à présent. J'ai entendu dire que tu avais été grièvement blessée.

— C'est vrai. J'ai de la chance d'être en vie.

— De la chance, murmura Lila, comme si elle n'était pas d'accord.

— Enfin, de la chance surtout que votre petit-fils se soit promené dans la gorge ce soir-là. S'il ne m'avait pas découverte à temps, je n'aurais probablement pas survécu.

Lila hocha la tête et plongea son regard dans celui de Sara.

— Je ne pense pas que les choses en ce monde arrivent par hasard. Et toi ?

— Je l'ignore, reconnut Sara. Parfois dans la vie, les choses paraissent très fortuites.

— Elles le paraissent, releva Lila en hochant la tête.

Le mot est très bien choisi. Je pense que beaucoup de choses semblent être ce qu'elles ne sont pas.

— Et parfois, elles sont simplement ce qu'elles sont.

— La vie n'est pas simple, protesta Lila. Sais-tu combien il était improbable que mon petit-fils se trouve à la gorge de Black Creek aussi tard le soir ? Il n'était pas revenu à Purgatory depuis des années.

— Et pourquoi était-il de retour ce soir-là ? s'enquit Sara, intriguée.

Lila lui sourit par-dessus sa tasse de café.

— Il venait de quitter l'armée et il avait décroché un bon travail à Atlanta. Il était censé commencer le lundi suivant mais, pour la première fois depuis des années, il était maître de son temps. Il est donc revenu à la maison. Pour me voir, j'imagine. Mais je crois qu'il est venu en réalité pour rendre un hommage.

A Renée, songea Sara. Pour le quinzième anniversaire de sa mort.

— Il était en chemin pour les chutes de la Mère éplorée, rappela Sara d'un ton calme.

— Oui.

— Mais cela n'explique pas sa présence à la gorge de Black Creek.

— En effet, convint Lila.

Sara attendit qu'elle poursuive mais Lila se contenta de boire une gorgée de café.

— J'aimerais avoir l'occasion de le remercier, lança Sara tandis que le silence s'appesantissait de façon embarrassante.

— Je ne pense pas qu'il estime avoir besoin d'être remercié, lui répondit Lila d'un air songeur. Ce n'est pas son genre.

— Mais c'est important, objecta Sara.

Malgré elle, son accent avait laissé resurgir les intonations familières de sa jeunesse dans les montagnes. Elle en sourit *in petto.* Elle était restée éloignée pendant des années mais il y avait des aspects de son passé qu'une personne ne pouvait jamais vraiment laisser derrière elle.

Le bruit d'un véhicule gravissant la route de montagne traversa les murs du bungalow, attirant le regard de Lila sur la porte d'entrée.

— On dirait que Caïn rentre à la maison.

Le pouls de Sara s'accéléra. *Comme il pourrait le faire si un ours noir approchait dans les bois*, songea-t-elle. *Sublime mais féroce.*

Le bruit des pas sur les marches à l'extérieur lui laissa juste assez de temps pour se préparer à son entrée. Il franchit la porte, en emplissant presque complètement l'encadrement, comme pour illustrer à l'intention du cœur battant à se rompre de Sara, combien il était devenu grand, imposant et large d'épaules. A l'adolescence, il avait été mince, presque maigre, mais sa période d'armée avait indéniablement ajouté à sa carrure du muscle et de la puissance que son retour à la vie civile n'avait pas effacés.

Ses yeux gris comme un ciel d'orage croisèrent les siens, attentifs et circonspects.

— Il me semblait bien que c'était votre pick-up, là-dehors. Est-il arrivé quelque chose ?

— Non, je voulais seulement vous parler.

Elle jeta un regard à Lila, peu désireuse que la vieille femme assiste à leur discussion.

Caïn se pencha alors pour embrasser brièvement sa grand-mère sur le sommet du crâne. Ce geste affectueux fit se serrer un peu plus le cœur de Sara.

— Les filles sont arrivées sans encombre au lycée, bien qu'elles aient tenté de me convaincre de les laisser sécher et de les emmener au travail avec moi.

L'amusement dans sa voix fit relever la tête à Sara : il affichait un sourire contagieux.

— Elles ont prétendu que ce serait pédagogique. Dans le style : « J'emmène les pupilles de ma grand-mère faire un stage d'observation en milieu professionnel ». J'ai refusé, bien entendu. Parce que l'éducation est un privilège.

A l'intonation de sa voix, ces dernières paroles étaient une citation bien apprise, sans doute de sa grand-mère, devina Sara.

— Exactement, confirma Lila en lui donnant une tape dans le dos.

Puis elle se leva.

— Ça a vraiment été un plaisir de partager ce café avec toi, Sara Dunkirk, mais je crains d'avoir des tâches ménagères qui m'attendent. Je te laisse donc avec Caïn.

Il attendit que sa grand-mère ait disparu dans la pièce voisine, puis interrogea Sara d'un ton contenu et pressant.

— Y a-t-il eu un autre meurtre ?

— Non, je vous l'ai dit, j'étais seulement venue vous parler.

Il parut soudain méfiant.

— Je pensais que vous aviez déjà dit tout ce qu'il y avait à dire.

— C'est ce dont je voulais vous parler.

Elle fit un signe de tête en direction de la porte de derrière et il l'ouvrit, la laissant le précéder à l'extérieur.

Au-dehors, le vent s'était levé un peu plus, faisant tourbillonner les feuilles mortes autour de leurs pieds. Sara avait oublié, dans la chaleur douillette du bungalow, combien l'air automnal était devenu froid. L'hiver s'annonçait dans les collines, trop tôt.

Serrant ses bras autour d'elle pour se réchauffer, elle leva les yeux vers Caïn : il n'était pas moins imposant en plein air que dans l'espace confiné du bungalow de sa grand-mère. Son expression était fermée, rébarbative. Elle provoqua un tressaillement inattendu au creux de son ventre.

— Vous ne voulez pas que j'enquête sur la mort de Renée, débita Caïn. Je projette de le faire quand même. Je ne suis pas sûr qu'il y ait quoi que ce soit à ajouter.

— Je ne veux pas que vous soyez impliqué dans l'enquête car il n'y a aucun moyen pour vous de ne pas être sur mon chemin.

Il haussa légèrement les sourcils et elle prit conscience de sa maladresse.

— Je veux seulement dire…

Il l'interrompit.

— Je sais ce que vous voulez dire.

— Non. Vous ne savez pas.

Il s'apprêtait à faire demi-tour, elle le rattrapa par le bras. Il baissa alors les yeux sur sa main puis les leva vers elle, l'air buté. Son bras était aussi dur que le granit, nota Sara, mais aussi brûlant que la tasse de café qu'elle avait serrée, un peu plus tôt, entre ses doigts gelés. Le mélange de force implacable et de vitalité ardente fit se propager au travers de son corps une autre sorte de tressaillement, directement jusqu'à son sexe.

Elle leva vers lui un regard confondu et troublé. Il plissa les yeux comme s'il perçait à jour ses émotions et les trouvait tout aussi déroutantes.

— Je sais que vous n'allez pas me croire mais je m'inquiète autant pour vous que pour l'affaire.

Pourtant, il ne devrait pas en être ainsi, réalisa-t-elle. L'affaire devrait primer sur tout. D'une certaine manière, indirecte, le meurtre de Renée avait été l'élément clé qui avait motivé son retour à Purgatory. Sa mort avait été une partie intrinsèque de la vie de Donnie, de leur mariage et, craignait-elle, de la mort de Donnie. Résoudre son meurtre pourrait répondre aux questions qui la gardaient toujours éveillée la nuit, calmer les peurs et les doutes qui lui ravissaient sa tranquillité d'esprit.

Elle devrait davantage se préoccuper de retrouver le meurtrier de Renée que de veiller au bien-être de Caïn Dennison.

Il avait proposé de l'aider dans son enquête et il avait certainement une connaissance plus directe qu'elle des derniers jours de Renée. Pourquoi n'était-elle pas disposée à se servir de lui ? Il le lui proposait de si bonne grâce…

— Pourquoi ? lui demanda-t-il, faisant écho à la question qui résonnait avec insistance dans sa tête.

— Vous avez été chassé de la ville par sa mort, argua Sara même si cette réponse n'était probablement pas satisfaisante. Je ne veux pas que cela arrive de nouveau.

— En quoi cela vous concerne ?

— Entendu, reprit-elle. Je pense que vous compliquez trop cette affaire. Les gens auraient du mal à avoir confiance en mes motivations s'ils savaient que nous travaillions ensemble.

— A présent, nous en arrivons à la vérité, murmura-t-il.

Mais ce n'était pas la vérité. Pas toute la vérité, pensa Sara.

Que diable lui arrivait-il ? Elle était veuve depuis trois ans dont tous n'avaient pas été passés à porter le deuil. Elle avait été conviée à des rendez-vous galants, s'étaient même rendue à certains mais pas une fois, pas une seule fois, elle n'avait considéré ces hommes autrement que comme d'occasionnels compagnons de table. Pas une once d'attirance n'avait provoqué un frisson au tréfonds de son ventre, avec aucun de ces hommes ; et elle en était venue à accepter, voire à nourrir l'idée qu'elle était mariée à son époux pour la vie, qu'il soit vivant ou mort.

Pourquoi fallait-il justement que ce fût Caïn Dennison

qui lui procure la sensation que cette partie d'elle pouvait encore être débordante de vie ?

— Nous ne sommes pas obligés de révéler notre… collaboration, déclara-t-il face à son soudain mutisme.

Ses lèvres esquissèrent un sourire malicieux.

— Nous pouvons être partenaires en secret.

Le ton grave, presque séducteur, de sa voix eut sur elle l'effet d'un coup de foudre. Il se répercuta au creux de son ventre : un frémissement de désir à l'état pur plutôt malvenu.

Accéder à sa proposition serait la pire décision qu'elle puisse prendre. Elle en eut l'intime conviction. Mais lorsqu'elle ouvrit la bouche, le mot qui tomba de ses lèvres fut :

— Entendu.

Il posa sur elle un regard scrutateur, comme s'il la soupçonnait de plaisanter.

— Vous êtes d'accord ?

C'était l'occasion de se rétracter, comprit-elle. De rire et de reconnaître qu'elle plaisantait.

Cependant, elle ne le pouvait pas. Quelque émoi que lui causât la proximité de Caïn Dennison, il avait raison à propos d'une chose. Il en savait plus à propos des derniers jours de Renée Lindsey que n'importe qui d'autre, à l'exception du meurtrier. Si elle envisageait sérieusement d'élucider le meurtre de Renée, elle aurait besoin de son aide.

— Entendu, répéta-t-elle plus fermement. Vous avez raison. J'ai besoin de votre aide. Et, pour être franche, la mienne pourrait vous être utile également.

— Ainsi, selon vous, j'aurais besoin de votre aide ?

Son sourire lui chavira le cœur. Elle devait se ressaisir, et rapidement, songea-t-elle, avant que le secret de leur partenariat ne la fasse entrer en combustion spontanée.

— Je vous le confirme. J'ai accès à des personnes qui, à tort ou à raison, refuseraient de vous donner l'heure et encore plus la moindre information utile. Je suis la fille de l'enquêteur principal en charge de cette affaire à l'époque et je suis en bons termes avec le shérif adjoint qui dirige l'enquête sur le nouveau meurtre.

Alors qu'elle continuait à parler, faisant état de ses références professionnelles, la tension sexuelle qui avait failli la faire exploser se relâcha en partie. Peut-être pourrait-elle, tout compte fait, envisager ce secret partenariat dans le travail.

Soudain, il la toucha. Ce ne fut qu'un bref effleurement de ses doigts sur son bras mais il alluma en elle un feu ardent.

— Vous ne le regretterez pas, assura-t-il.

Elle n'en était pas aussi sûre.

Caïn invita Sara à l'intérieur de sa caravane. Aussitôt entrée, elle balaya d'un regard curieux sa petite Airstream à l'ameublement spartiate comme pour le jauger à travers son cadre de vie. Il craignit de lui paraître démuni, si elle le jugeait en fonction de cet hébergement provisoire. Il n'avait guère fait d'efforts pour lui donner l'allure d'un foyer, en grande partie parce qu'il ne souhaitait pas trop s'habituer à cet endroit.

Il avait grandi dans une cabane délabrée à peine plus grande que sa minuscule caravane et pendant longtemps, même après qu'il eut rejoint l'armée et élargi son horizon, il s'était senti trop petit pour le monde qui l'entourait. Trop dépourvu, trop indigne de tant d'espace, de tant d'opportunités.

Son père lui avait appris à restreindre son univers, à s'attendre au pire. Bon sang, l'homme lui avait montré le pire que la vie ait à offrir et il lui avait fait croire que ce serait tout ce qu'il connaîtrait jamais. Tout ce qu'il mériterait.

Pendant deux brèves années, Renée l'avait amené à penser différemment. Elle lui avait accordé son amitié. Elle avait eu confiance en lui.

Et il s'était pris à rêver.

— Quand Renée est morte, reprit-il à voix haute, attirant sur lui le regard de Sara, j'ai cru que ma vie était finie.

— Vous avez dû beaucoup l'aimer.

— En effet. Plus que je ne l'imaginais, sans doute.

L'invitant à s'asseoir sur le petit canapé, il tira une chaise de sous la petite table de la kitchenette et il prit place face à elle.

— Je ne pense pas que ç'ait été le genre d'amour à l'eau de rose, ajouta-t-il, souriant à cette pensée. Renée l'a même compris avant moi. Elle n'avait pas besoin d'un amoureux.

— Elle en avait déjà un, murmura Sara. Elle avait besoin d'un ami.

Il hocha la tête.

— Je n'en avais jamais vraiment eu avant Renée. Les gens avaient tendance à éviter les Dennison et ils n'avaient pas tort.

— Votre père avait mauvaise réputation.

— Elle était amplement méritée, répliqua Caïn, avec amertume. Chaque commentaire négatif que vous avez entendu sur lui était probablement fondé. Sans parler d'un tas de choses dont vous n'avez pas eu connaissance.

Le regard de Sara se troubla.

— A ce point ?

— Pire encore.

Elle ferma brièvement les yeux et sa pitié lui fit l'effet d'une douche froide.

— Ne faites pas cela, reprit-il d'un ton bourru.

Elle rouvrit instantanément les yeux.

— Je ne dois pas éprouver de compassion envers vous ?

— Je ne veux pas de cela.

— La compassion n'est pas une insulte. C'est seulement un sentiment.

Elle posa sa main sur la sienne.

Au contact de ses doigts froids s'attardant sur sa peau, un élan de désir brut le traversa, si puissant qu'il faillit le submerger. Avant de perdre totalement le contrôle de ses sens, il retira sa main.

Sara reposa la sienne sur ses genoux et s'absorba dans la contemplation de la table.

— Si cela peut vous aider à vous sentir mieux, je vous admire également.

— Ne faites pas cela non plus, grommela-t-il. Ne me présentez pas comme une sorte de héros tragique.

— Ça ne me viendrait pas à l'esprit, répondit-elle d'une voix sèche.

— Je suppose que non, reconnut-il avec un sourire.

— Je veux seulement dire que vous êtes sain d'esprit. Je suis issue d'une famille géniale. J'ai eu un époux génial. Une vie géniale. Et j'ai parfois l'impression de vivre dans un monde que je ne reconnais même plus.

Elle parut gênée tandis qu'elle replaçait une mèche de cheveux derrière son oreille, évitant son regard. De toute évidence, elle n'avait pas davantage que lui l'habitude de parler de ses sentiments, en particulier après être restée seule pendant presque trois ans.

Quoique, peut-être n'était-elle pas restée seule. Peut-être y avait-il eu quelqu'un d'autre après la mort de Donnie. Peut-être de nombreux autres hommes.

Il n'aima pas cette idée. Elle le dérangeait, et cela non plus, il n'aimait pas.

— Par où pensez-vous que je devrais commencer ? reprit Sara.

Elle avait brisé le silence pesant qui commençait à les envelopper.

— Pour le meurtrier de Renée ?

Elle hocha la tête, croisant de nouveau son regard.

— Vous la connaissiez probablement mieux que quiconque, n'est-ce pas ? Alors où dois-je chercher ?

Il s'humecta les lèvres tandis que la réponse lui venait à l'esprit. Sara ne tiendrait sans doute pas compte de ce qu'il était sur le point de lui dire. Mais ne lui avait-elle pas demandé une réponse franche ? Il lui devait la vérité.

— Je pense que vous devriez essayer de vous rappeler le soir de l'accident, lui répondit-il.

Comme il s'y attendait, elle afficha une expression contrariée.

— Je ne suis pas sûre que ce soit possible. Et, pour être franche, je ne vois pas pourquoi cela fournirait un point de départ à mon enquête sur le meurtre de Renée.

Il exprima alors le soupçon qu'il avait conçu depuis la découverte des cristaux de méthamphétamine dans la réserve à bois de sa grand-mère.

— Parce que je ne suis pas certain que votre sortie de route ait été accidentelle.

9

Une vague de froid envahit le corps entier de Sara tandis que les paroles de Dennison prenaient sens. Elle lutta contre cette étrange paralysie par un signe de tête.

— Il n'y a eu aucune preuve de sabotage…

— J'ignore comment cela s'est fait, concéda-t-il. Mais il y a des raisons de croire que la personne qui a tué Renée ne reculerait devant rien pour préserver ses secrets.

Les mains de Sara se mirent à trembler.

— Personne ne connaît ses secrets ! La police n'a pas la moindre idée de qui l'a tuée. Pas plus qu'aucun de nous.

Caïn répondit d'une voix inhabituellement éteinte :

— Quelqu'un estime possible que nous le découvrions.

Se penchant vers lui, elle baissa elle aussi la voix.

— Que s'est-il passé ?

Ses yeux gris brillaient de colère.

— Hier après-midi lorsque je suis rentré chez moi après vous avoir rendu visite, il y avait une note coincée dans ma porte. Elle disait : « Regardez dans la réserve à bois de votre grand-mère. Imaginez ce qui aurait pu arriver si j'avais appelé la police. »

Un nouveau frisson parcourut Sara.

— Qu'y avez-vous trouvé ?

— Environ cinq cents grammes de méthamphétamine.

Elle le dévisagea.

— Comment ?

— Bas de gamme, si les collègues des Portes ont vu juste.

Les Portes ? s'étonna-t-elle. Il avait rapporté la drogue à son travail ? Avait-il perdu l'esprit ?

— Vous ne l'avez pas remise à la police ?

— Où elle aurait été entreposée avec toutes les autres saisies de drogue dans ces montagnes ? Les policiers nous auraient arrêtés ma grand-mère et moi pour trafic de drogue et ils auraient envoyé ces deux pauvres filles je ne sais où !

Il la regarda comme si c'était elle qui avait perdu l'esprit.

— Non merci. Quinn peut s'en débarrasser aussi facilement que la police et personne ne se fera piéger.

— Et pour ce qui est des empreintes ? Des indices ?

— Les Portes peuvent aussi se charger de ça, répondit-il calmement.

Elle poussa un long soupir, secouant la tête.

— Vous aimez vivre dangereusement. Et si un policier vous avait arrêté sur le chemin du bureau ?

— Je serais en prison. Par chance, ça n'est pas arrivé.

Elle n'en revenait pas, elle qui avait grandi dans une famille où la loi était quasiment sacro-sainte. Mais aurait-elle été aussi prompte à appeler la police si elle s'était trouvée dans la situation de Dennison, avec la même histoire familiale ?

Probablement pas, elle devait le reconnaître.

— La chaîne de contrôle des preuves a été complètement négligée, observa-t-elle.

— Nous trouverons le moyen d'utiliser ce que nous avons découvert.

En réalité, il semblait entretenir peu d'espoir.

— Vous ne pensez pas découvrir quoi que ce soit, n'est-ce pas ?

— Un meurtrier n'échappe pas à la justice pendant dix-huit ans en facilitant la tâche à ceux qui le recherchent.

Elle ne pouvait contester cet argument. Donnie était devenu de plus en plus obsédé par le meurtre de sa sœur au cours des années précédant sa mort et il n'était arrivé à rien malgré sa connaissance intime de sa vie, de sa personnalité et de son cercle d'amis et de relations.

Celui qui l'avait tuée avait couvert ses traces avec succès.

— D'accord, finit-elle par dire. Je vous crois. Mais en quoi cette tentative de chantage cadre-t-elle avec mon accident ? C'était moi qui conduisais. Et, croyez-moi, je n'étais pas la personne qui posait le plus de questions gênantes. C'était Donnie. Quiconque voulant mettre un terme à cette enquête s'en serait pris à lui, pas à moi.

— Il était avec vous dans la voiture ce soir-là.

Là, il marquait un point.

— Néanmoins, je ne vois personne qui ait su que nous allions à Purgatory le week-end en question. Quand quelqu'un aurait-il eu l'occasion de saboter le pick-up ?

— Vous étiez à Purgatory le soir de l'accident, Sara, et vous ne vous rappelez pas où vous êtes allés ?

Elle comprit son insinuation.

— Vous pensez que nous avons vu ou entendu quelque chose ce soir-là précisément ?

Il hocha lentement la tête.

— C'est possible. Et même probable.

Il se pencha vers elle. La chaleur de son corps la cerna, tempérant le froid persistant dans ses membres.

— Vous voulez vous rappeler ce qui a provoqué l'accident, n'est-ce pas ?

Elle le scruta. En fait, elle ne savait plus trop et cela ne faisait qu'accroître son désarroi. Elle avait passé les trois années précédentes à se dire et à dire à tout le monde que ne pas se souvenir était pire que de se savoir fautive. Etait-ce toutefois la vérité ? Etait-il plus facile de ne pas savoir ? Si elle ignorait ce qui s'était passé, il y avait toujours une chance qu'elle n'ait pas causé la mort de son époux.

Et si elle se souvenait et qu'elle perdît tout espoir de ne pas être en cause ? Pourrait-elle vivre avec cette révélation ?

Elle appuya une main sur sa bouche. A sa grande consternation, ses doigts tremblèrent contre ses lèvres.

Franchissant l'espace qui les séparait, Caïn toucha sa main, l'écartant doucement de son visage.

— Je sais, ce doit être terrifiant.

— Et si je…

Elle s'interrompit, incapable de prononcer les mots.

— Et si vous n'êtes pas responsable, objecta-t-il d'une voix chaude. Et si quelqu'un a tenté de vous tuer, Donnie et vous, ce soir-là ? Vous ne voulez pas savoir ? Si c'est le cas, vous ne voulez pas obtenir justice ?

Ses doigts calleux, chauds contre sa peau, eurent un effet calmant inattendu sur ses membres tremblants. Etrange, pensa-t-elle en levant les yeux vers lui : auparavant, le contact de ses doigts avait embrasé ses sens.

— Bien entendu.

— Avez-vous déjà tenté de recouvrer la mémoire ?

Elle le fixa de nouveau, interloquée, et elle arracha son bras à son étreinte.

— A quoi rime cette question ?

— Je me doute que vous avez probablement essayé de vous rappeler. Mais avez-vous jamais consulté quelqu'un pour vous aider à retrouver vos souvenirs ?

— Si vous faites allusion à la régression hypnotique, je ne crois pas à ces fadaises, rétorqua-t-elle d'un ton catégorique. Ce n'est pas sans raison si ce n'est pas recevable au tribunal.

— Je parle d'hypnose permettant d'abaisser les barrières mentales qui vous empêchent de vous rappeler ce qui s'est produit. Si, effectivement, vous avez vu ou entendu quelque chose, il se pourrait que votre esprit refuse de se rappeler ce que c'était. Peut-être est-ce trop douloureux ?

Comme avoir fait une chose qui provoque la mort de votre époux ?

Elle baissa les yeux sur ses mains.

— Les médecins disent qu'il est possible que la mémoire ne me revienne jamais. Après tout ce temps, ils ont probablement raison.

— Ont-ils invoqué une raison physique qui vous empêcherait de vous souvenir ? Des dommages cérébraux ?

— Je suis restée dans le coma pendant deux semaines.

— Il avait été provoqué médicalement, n'est-ce pas ? Il ne résultait pas de votre blessure à la tête ?

Elle leva les yeux vers lui, choquée.

Il sembla contrit.

— Cela faisait partie des informations que votre belle-mère a données à Quinn lorsqu'elle a engagé Les Portes pour enquêter sur la mort de ses enfants.

Bien sûr, se dit-elle. Ses parents n'avaient vu aucun inconvénient à communiquer à Joyce Lindsey les détails de son état de santé. Après tout, étant la mère de Donnie, Joyce avait été considérée comme faisant partie de la famille.

Et apparemment, Joyce n'avait vu aucun inconvénient à partager des informations médicales personnelles avec des étrangers dans une agence d'investigation.

— Madame Lindsey avait-elle tort ? reprit Caïn. Y a-t-il une raison médicale pour que vous ne vous rappeliez rien de cette soirée ?

Ravalant le désespoir qui lui montait à la gorge, elle secoua la tête.

— Non, les médecins m'ont dit que ma blessure à la tête était bénigne. Il s'agissait en majeure partie de lacérations et d'abrasions du cuir chevelu. Le CAT-scan n'a montré aucun dommage cérébral.

— Cependant, quand je vous ai découverte, vous déliriez presque. Ensuite, vous avez perdu connaissance.

Elle hocha la tête, se rappelant les questions des médecins après son réveil.

— Ils pensent que c'était une combinaison de détresse émotionnelle et de douleur. J'avais deux vilaines fractures ouvertes et la police pense, en se fondant sur l'heure de la mort de Donnie, que nous étions tombés dans cette gorge depuis presque quatre heures quand vous nous avez découverts.

Il grimaça.

— Je l'ignorais.

Un nouveau frisson la traversa. Quatre heures avec deux fractures ouvertes, c'était déjà assez pénible. Quatre heures passées à avoir conscience que votre époux était passé à travers le pare-brise et qu'il était probablement mort…

Il n'y avait rien d'étonnant à ce qu'elle ne veuille pas se souvenir de cette soirée.

— Je regrette de ne pas être arrivé plus tôt.

Caïn la toucha de nouveau, un léger effleurement de ses doigts sur sa joue. L'envie de s'abandonner à son contact fut si forte qu'elle dut recroqueviller ses doigts dans le coussin du canapé pour se retenir de se rapprocher.

Elle ne put empêcher un rire sans joie d'échapper à sa gorge douloureuse.

— Je ne pense pas que cela aurait changé grand-chose. Le légiste estime que Donnie a probablement été tué au moment où il a percuté le pare-brise.

Caïn laissa retomber sa main.

— Etait-ce son habitude ? Je veux dire, de ne pas attacher sa ceinture ? Ou la ceinture a-t-elle été défectueuse ?

— Cela ne se trouvait pas dans les notes que Joyce vous a données ? lui lança-t-elle.

Aussitôt, elle eut honte de réagir ainsi ; cela ne servait à rien.

— Elle ne l'a pas dit, répondit-il posément.

Evidemment, elle s'en serait bien gardée. L'un des meilleurs — et des pires — traits de caractère de Joyce était son indéfectible loyauté envers sa famille. A l'en croire, Renée et Donnie ne faisaient jamais rien de mal.

Mais probablement Caïn trouverait-il cette qualité attirante. Il avait grandi avec un homme qui, apparemment, critiquait perpétuellement et à tort tout ce que faisait son fils.

Toutefois, songea Sara, Caïn n'avait pas eu à vivre le constant conflit entre la vérité et la perception biaisée qu'avait Joyce de son fils. Le seul moyen de remporter le soutien de sa belle-mère aurait été d'être d'accord sur tout avec Donnie. Sara ne voyait pas les choses de cette manière.

— Il attachait généralement sa ceinture, assura-t-elle. Il était probablement encore plus militant que moi à ce sujet. Il travaillait toujours au service des accidents, il en avait donc vu de nombreux, plutôt graves.

Caïn plissa les yeux.

— Mais il ne l'avait pas attachée ce soir-là ?

— Non. J'ignore pourquoi.

— Donc, peut-être devriez-vous le découvrir.

Il avait raison et cela la contrariait. Aussi, elle écarta ses cheveux de son visage, tentant de trouver une raison de protester. Mais rien ne lui vint à l'esprit. Rien, du moins, qui soit en accord avec son sens de la justice.

— Connaissez-vous quelqu'un qui pratique ce genre

d'hypnose ? lui demanda-t-elle finalement. Cela fait-il partie des méthodes de votre agence d'investigation ?

Sa question le fit sourire. Des rides creusèrent ses joues minces, rehaussant son charme viril, et le ventre de Sara se noua.

— Je ne connais personne aux Portes qui puisse vous mettre sous hypnose, répondit-il. Mais je connais une solide vieille dame capable de le faire.

Quelques minutes plus tard, Caïn conduisit Sara au bungalow de sa grand-mère et présenta la situation à celle-ci. Un sourire se dessina sur les lèvres de Lila tandis qu'elle approchait son rocking-chair du canapé où ils avaient pris place. Mais Sara semblait un peu méfiante :

— Avez-vous été formée à cela ?

Lila répondit avec un sourire amusé :

— Crois-le ou non, Sara Dunkirk, je ne suis pas inculte.

— Je ne voulais pas dire…

Lila l'interrompit :

— Simplement, je n'ai pas reçu mon instruction de vos écoles huppées. Ma mère m'a enseigné ce qu'elle appelait « la magie relaxante ». Qui n'est en rien de la magie, bien sûr, quoi que tu aies pu entendre dire à propos de nous, les Birdsong.

— Je pensais que Birdsong était votre nom d'épouse.

Les sourcils de Lila tressaillirent.

— J'ai envoyé balader mon homme la première fois où il est rentré soûl à la maison et qu'il a essayé de me battre, déclara-t-elle avec une pointe acerbe de colère dans la voix. Tout comme ma fille aurait dû le faire. Quoique j'estime que les choses se sont déroulées comme elles le devaient. Sinon, Caïn ne serait pas ici.

A son tour, Caïn sursauta. Sa présence en ce monde

était-elle un argument suffisant pour que sa mère ait laissé son époux la malmener ? Néanmoins, il adressa un sourire à sa grand-mère.

— Donc, vous avez envoyé balader son nom par la même occasion ? s'enquit Sara.

— A quoi bon garder le nom si l'homme n'est plus là ?

Presque aussitôt que les mots eurent franchi ses lèvres, Lila posa sur Sara un regard tracassé.

— Je ne voulais pas dire… Les situations étaient différentes, les hommes aussi.

Sara écarta d'un geste l'explication de Lila.

— Si Donnie avait été le genre d'homme à frapper une femme, je l'aurais aussitôt envoyé balader, moi aussi.

— Ce sont toujours les meilleurs qui partent les premiers.

Lila donna une impulsion à son rocking-chair. Le fauteuil se mit à osciller doucement d'avant en arrière. Caïn hocha la tête en silence : la cadence rythmée des craquements du plancher faisait partie de la méthode de relaxation. Il avait passé la majeure partie de son adolescence dans cette même pièce en compagnie de sa grand-mère qui fredonnait en se balançant tout comme elle venait de commencer à le faire. Les sons avaient fait des merveilles pour calmer son âme agitée et l'aider à survivre au mélange de colère et de peur qui avait dominé sa jeunesse.

La méthode de sa grand-mère commençait également à exercer un effet relaxant sur Sara. Elle s'enfonçait dans les coussins confortables du canapé, ses mains crispées s'éloignant l'une de l'autre pour retomber de chaque côté de ses jambes.

— Connais-tu cette chanson ? lui demanda Lila en fredonnant quelques mesures d'une vieille ballade montagnarde.

Sara se mit à fredonner avec Lila dans une douce harmonie de contralto.

— « Ginny chérie », murmura-t-elle, un sourire titillant ses lèvres. Ma grand-mère m'a appris cette chanson avant même que je sache marcher.

— Saurais-tu la chanter comme la ballade d'autrefois ? s'enquit Lila entre deux fredonnements.

— Toute seule, sans instruments ?

Sara se mit à rire.

— Pas si je peux l'éviter. Je préfère chanter l'harmonie. Cela convient davantage à mon registre de voix.

Le regard de Caïn se posa sur le visage de Sara. Il observa les nuances émotionnelles animant ses traits tandis que Lila et elle conversaient. Elle avait un beau visage, songea-t-il. Une bonne ossature, dirait probablement sa grand-mère. C'était son expression fétiche pour désigner le genre de beauté qui perdurerait au-delà de l'éclat de la jeunesse.

Sara était encore jeune mais déjà on entrevoyait dans la courbe de ses joues et la ligne de sa mâchoire à quoi elle ressemblerait vingt ans plus tard si la vie la ménageait. Elle serait toujours une femme à la beauté saisissante, capable de capter l'attention d'un homme aussi sûrement qu'elle captait la sienne en cet instant.

Il ne se rappelait pas avoir pensé à elle de cette manière quand elle était une adolescente dégingandée. Elle avait encore l'aura de l'enfance, bien trop jeune et innocente pour un garçon qui avait dû grandir beaucoup trop vite.

Mais Sara avait connu, entre-temps, le côté obscur de la vie et cela l'avait endurcie, avait sculpté ses traits, les dépouillant de toute mollesse.

Elle continua à fredonner avec Lila, ses yeux se fermant

alors qu'elle renversait la tête contre le coussin du canapé. En face d'elle, Lila avait sorti une écharpe à demi tricotée du sac à ouvrage pendu au dossier du rocking-chair et le doux cliquètement des aiguilles à tricoter se joignit à la symphonie des grincements du fauteuil et de la ballade fredonnée.

— Je me rappelle le soir de ton accident, reprit calmement Lila, quelques minutes plus tard. L'automne avait amené le froid dans les montagnes, et les arbres commençaient déjà à changer de couleurs.

— C'est vrai.

Sara hocha la tête sans ouvrir les yeux.

— Ici, dans les montagnes, il fait toujours froid plus tôt qu'à Birmingham. On prend de mauvaises habitudes là-bas, en pensant que l'été durera toujours. Avant que l'on ait eu le temps de s'en apercevoir, on gèle sur place.

— Ici, on reçoit toujours un petit avertissement que l'hiver arrive, acquiesça Lila. J'imagine que vous n'avez reçu aucun avertissement avant l'accident, n'est-ce pas ?

— Je l'ignore.

Le front de Sara se creusa.

— Je ne m'en souviens pas.

— Mais tu te rappelles qu'il faisait plus froid.

— Je pense, oui.

— La journée aussi avait été froide. Le ciel, nuageux, comme s'il allait pleuvoir. Toutefois, il n'a pas plu avant la tombée de la nuit.

— Donnie insistait pour que nous restions chez ses parents mais je voulais…

Sara s'interrompit, ses yeux s'ouvrant brusquement.

— Je me rappelle cette conversation.

— Réinstalle-toi confortablement, chérie. Ferme de nouveau les yeux et contente-toi de répondre, de ton mieux, à mes questions.

Les doigts de Lila maintenaient leur mouvement sur les aiguilles à tricoter, et les craquements rythmés de son rocking-chair gardaient une cadence régulière.

— Ton mari voulait rester avec ses parents mais tu voulais faire autre chose ?

— Je voulais quitter Purgatory, répondit-elle calmement, se renfonçant contre les coussins. Seulement, j'ignore pourquoi.

— Te rappelles-tu où tu avais cette discussion avec ton mari ? Dans la voiture ? Au restaurant en ville ?

— Nous étions à l'extérieur.

Un léger pli se forma au-dessus de l'arête de son nez.

— Il faisait froid, il y avait du vent et la pluie s'annonçait. J'ai dit à Donnie que je voulais quitter Purgatory et il m'a répondu qu'il allait pleuvoir et que nous devrions rester chez ses parents jusqu'au lendemain matin.

A mesure qu'elle se détendait, Sara avait de nouveau adopté l'accent des Appalaches, remarqua Caïn. Elle se dépouillait du vernis acquis lors des années passées en ville, révélant ses racines montagnardes.

— Où cela, à l'extérieur ? s'enquit-il.

Sa grand-mère lui décocha un regard de mise en garde et il ravala un juron. Il devait rester spectateur.

Heureusement, son intervention ne sembla pas gêner Sara.

— Je pense qu'il y avait une maison. Nous étions garés dans la rue, j'imagine donc que nous avions rendu visite à quelqu'un.

— Qui seriez-vous allés voir ?

Le front de Sara se plissa de nouveau.

— Donnie faisait un saut ici, quand il avait plusieurs jours de congé, pour rechercher des camarades de lycée de Renée. Des personnes qui auraient pu se rappeler quelque chose sur sa vie au moment du meurtre. Il a cherché Caïn mais n'a pas réussi à retrouver sa trace.

Parce que j'étais à l'armée, compléta Caïn.

Lila aurait certainement donné cette information à Donnie s'il était venu la lui demander, sans probablement aller jusqu'à lui dire comment le joindre.

— Peux-tu regarder autour de toi ? demanda tranquillement Lila. Tourne simplement sur toi-même, là où tu es, là où tu te rappelles avoir été, et dis-moi ce que tu vois.

Après un moment de réflexion, Sara répondit :

— C'est un lotissement. L'un de ceux qui ont été bâtis au-delà de la carrière de marbre. Tout près de la lisière de la ville.

— Connais-tu quelqu'un qui habite là ?

Sara haussa les sourcils.

— Les Allen, je crois. L'entraîneur Allen et son épouse ont acheté une maison précisément à cet endroit avant que nous ne soyons diplômés. Je m'en souviens parce que Becky Allen a engagé Donnie ainsi que quelques autres membres de l'équipe de base-ball pour venir les aider à installer une clôture. Afin d'empêcher leurs chiens d'errer dans la rue.

Elle rouvrit les yeux, regarda Lila, puis Caïn.

— Nous sommes allés voir les Allen ce soir-là !

— En êtes-vous certaine ? interrogea Caïn.

Sara hocha la tête.

— Donnie voulait parler à l'entraîneur parce que, durant son année de terminale, Renée avait effectué un stage au service des sports. Il voulait demander à l'entraîneur s'il se souvenait de quelqu'un qui serait venu la voir au bureau.

— Vraiment ?

Caïn avait presque oublié le stage de Renée au service des sports.

— Il lui a répondu qu'elle travaillait dur, la plupart du temps, sans se mêler aux autres. Que la seule personne avec qui il l'ait vue, c'était vous.

C'était probablement vrai, estima Caïn. Malgré son aversion, à l'époque, pour les sports d'équipe, il s'était inventé des excuses pour hanter le bureau des sports lorsqu'elle était de service, inquiet que quelque séduisant et populaire athlète ne vienne la lui enlever s'il n'était pas sur ses gardes.

— Je me demande pourquoi les Allen n'ont jamais dit à personne que nous étions venus leur rendre visite ce soir-là, murmura Sara, l'air perplexe. Après l'accident, je sais que le bureau du shérif a cherché des témoins. Les policiers ont sûrement essayé de découvrir d'où nous venions.

— En effet, dit Caïn. Ils ont fait savoir qu'ils cherchaient des personnes qui auraient pu vous parler avant l'accident.

— Et les Allen ne se sont jamais manifestés.

— Pas que je sache.

— Je pense que tu en as assez fait pour aujourd'hui, décréta Lila, immobilisant le rocking-chair et souriant à Sara. Mais tu reviens quand tu veux et nous pourrons recommencer.

Sara posa sa main sur celle de Lila.

— Vous m'avez donné de nouvelles pistes à explorer. Je ne sais comment vous remercier.

— Tu viens de le faire, chérie.

Lila rangea son tricot dans le sac accroché au fauteuil et leva vers eux un regard radieux.

— Je prépare des légumes verts et des haricots pinto pour le déjeuner. L'un de vous veut-il rester manger ?

— C'est très tentant, répondit Sara, l'air sincère.

Mais il faut vraiment que j'aille voir l'entraîneur Allen maintenant.

— Je vous accompagne.

Caïn attrapa sa veste, embrassa sa grand-mère sur la joue et suivit Sara en direction de la porte.

10

— Comment cela, Jim Allen n'est pas là ?

La voix de Sara était devenue cassante, et Caïn en fut presque gêné. Ils étaient au lycée de Purgatory, et la secrétaire du proviseur semblait elle aussi secouée. Sara n'était peut-être plus officier de police, songea Caïn, mais elle savait encore se montrer très intimidante.

La femme mit un certain temps à retrouver sa voix.

— Je suis désolée, mais son adjoint et lui sont à Nashville pour un séminaire sur les changements dans les règles de recrutement à l'université. Il y a tellement de points de détail à respecter de nos jours pour rester en conformité avec la NCAA… Nos entraîneurs aiment rester informés. Ils seront de retour mercredi matin.

Caïn remercia la secrétaire, tandis que Sara quittait déjà les lieux.

— Peut-être pourriez-vous parler à Becky Allen, lui suggéra-t-il tandis qu'ils regagnaient son pick-up.

— Elle m'a appelée pour me proposer de venir dîner un soir. En fait, ça m'a plutôt prise au dépourvu. Ce n'est pas comme si nous étions grands amis avec l'entraîneur et elle.

Elle le regarda par-dessus la cabine du pick-up.

— Mon estomac gargouille. Vous avez faim ?

— Assez oui, répondit-il, un brin embarrassé.

Manifestement, Sara n'avait pas réfléchi aux rumeurs

qui risqueraient de se propager s'ils étaient vus déjeunant ensemble en public.

— J'ai entendu dire qu'il y avait un nouveau restaurant libanais en ville, reprit-elle. Comment s'appelle-t-il, déjà ?

— Le Jardin du taboulé.

— C'est cela. Kelly Partlow m'en a parlé.

Elle ouvrit sa portière et se glissa à l'intérieur. Lorsqu'il se fut installé sur le siège du passager, elle ajouta :

— En fait, n'est-ce pas là qu'elle vous a rencontré la semaine dernière ?

— En effet.

Caïn sourit au souvenir de l'exubérante invitation de Kelly à la réunion d'anciens élèves.

— C'est une force de la nature.

Sara s'esclaffa, prenant Caïn par surprise. Ce fut un rire à gorge déployée, dépourvu d'inhibition, qui lui donna aussi envie de rire.

— Elle est sans aucun doute une force de la nature. Je me demande parfois comment elle et moi, nous avons trouvé le moyen de devenir amies. Nous sommes si différentes.

— L'êtes-vous ? Si différentes, je veux dire.

Son rire s'estompa et elle tourna vers lui un regard intrigué.

— Oh oui, nous sommes très différentes. Elle raffole des mondanités et ne demande rien de mieux que d'être toujours par monts et par vaux. Je préfère rester à la maison le soir, blottie dans un fauteuil à lire un bon livre.

A cette idée, il sourit de nouveau.

— Littérature ou fiction populaire ?

— L'une ou l'autre. Je ne suis pas si difficile.

Elle boucla sa ceinture et mit le moteur en marche.

— Alors, qu'y a-t-il de bon au Jardin du taboulé ?

— J'ai pris les falafels. Ils étaient excellents.

— Il y a un remarquable petit restaurant à Birmingham

qui propose les plus incroyables falafels, dit-elle en quittant le parking pour se diriger vers la ville. Donnie n'a jamais tellement apprécié la cuisine libanaise mais j'en raffole. Dieu merci, l'un de mes collègues inspecteurs adorait cet endroit. J'ai pu le persuader d'aller y déjeuner au moins une à deux fois par semaine.

— Et qu'a pensé ce collègue de votre démission des forces de police ? lui demanda-t-il, curieux.

— Garrett a pris sa retraite l'année dernière.

Alors qu'elle s'arrêtait à un feu, elle se tourna vers lui.

— Je pense que ç'a été vraiment le début de la fin pour moi. J'avais l'impression de ne plus pouvoir être en connexion avec aucun des autres inspecteurs de la brigade. Après cela, je n'avais plus le cœur de rester à Birmingham.

— Vous êtes donc revenue au pays.

Elle ébaucha un sourire.

— Je suppose.

Le Jardin du taboulé faisait salle comble à l'heure du déjeuner. Cependant, Caïn et Sara n'eurent pas à attendre longtemps pour avoir une table. La même ravissante serveuse qui les avait servis, Darcy et lui, la semaine précédente les accueillit à l'entrée et les conduisit à une table d'angle.

Elle revint quelques minutes plus tard avec les boissons qu'ils avaient commandées : soda au citron vert pour elle, thé pour lui. Elle but une gorgée et émit un doux gémissement de plaisir qui embrasa les sens de Caïn.

— C'est le meilleur soda au citron vert que j'aie goûté depuis que Moakley a fermé boutique. Vous vous souvenez de son snack-bar ?

— Tout le monde s'en souvient, je crois.

Tous les gamins y traînaient après l'école, mais lui n'y était jamais vraiment allé, faute d'argent. Son père avait refusé qu'il prenne un travail après les cours, exigeant de lui qu'il rentre directement à la maison pour s'occuper des tâches ménagères. Et aller chez Moakley le week-end était tout autant hors de question puisque son père préférait lui serrer la vis.

— Leur soda était le meilleur, poursuivait Sara. Et ils y ajoutaient toujours une rondelle de citron vert frais.

Elle rit de nouveau et le son en cascade fut presque aussi sexy que l'avait été son précédent gémissement de plaisir.

— Mon frère, Patrick, y travaillait l'été et, chaque fois que je me comportais en petite peste trop gâtée — ce qui était fréquent — il me promettait que la prochaine fois que je commanderais un soda chez Moakley, il me servirait du vinaigre à la place.

— Patrick était quelques classes en avance sur moi, je crois.

Elle hocha la tête, lui adressant un regard songeur.

— Donnie voulait l'amener à sortir avec Renée mais Patrick avait déjà un pied hors de Purgatory quand elle a été assez âgée pour qu'il la regarde. Et Renée était terriblement casanière.

Elle soupira, jouant avec le menu posé sur la table devant elle.

— J'avais oublié cela, à propos d'elle.

— Elle adorait cette ville, convint Caïn. Je pense que ses parents voulaient qu'elle parte pour l'université et qu'elle voie le monde mais elle ne voulait pas quitter Purgatory.

— Je me demande dans quelle mesure sa réticence avait un rapport avec son mystérieux amant.

Il s'était posé la même question, surtout après sa mort.

— Je pense que Renée était une montagnarde dans l'âme, ajouta-t-il. Elle adorait tout particulièrement les chutes de la Mère éplorée. Elle était subjuguée par l'histoire romantique et tragique de ce lieu.

Sara grimaça.

— Le mythe de la jeune femme au cœur brisé, se jetant du haut des chutes avec son enfant ? Je trouve cela tragique, mais pas romantique.

— Même après avoir perdu Donnie ?

Aussitôt que les mots eurent franchi ses lèvres, il s'en voulut. A quoi pensait-il donc pour lui poser une telle question ?

— Je suis désolé, Sara. C'était vraiment stupide. Oubliez…

— Ce n'est rien.

Elle posa sa main sur la sienne.

— Je commence à en avoir assez que tout le monde prenne des gants avec moi ces temps-ci.

— Au moins les gens ne s'enfuient pas dans la direction opposée quand vous arrivez.

Il grimaça avant d'avoir terminé sa phrase.

Sara afficha un sourire narquois.

— Qui s'apitoie sur vous en ce moment ?

— O.K. C'était plutôt pathétique, reconnut-il tandis que la serveuse leur apportait leurs commandes.

— C'est l'impression qui émane de vous, commenta Sara en saisissant avec un regard gourmand son falafel. Comme si vous mettiez les gens au défi de vous approcher d'assez près pour que vous puissiez les mordre.

Il fronça les sourcils.

— Vraiment, je fais cela ?

— Un peu.

Elle prit une bouchée du wrap. Ses yeux se fermèrent et elle laissa échapper un léger soupir de satisfaction.

Un feu ardent circula dans les veines de Caïn.

— C'est bon ? lui demanda-t-il.

Elle hocha la tête, ouvrant les yeux pour croiser son regard.

— Délicieux.

— Vous aimeriez peut-être emporter votre baklava, suggéra-t-il d'une voix douce.

Ses yeux foncés s'agrandirent légèrement alors qu'elle prenait conscience du sens de sa remarque.

— Cela vous ennuie-t-il ? lui demanda-t-elle, un sourire flottant sur ses lèvres. Que je manifeste aussi ouvertement mon plaisir ?

— Si cela m'ennuie ? Oui, on peut le formuler ainsi.

Il se pencha vers elle, le cœur cognant contre sa poitrine.

— Mais uniquement parce que nous sommes en public.

Elle pencha légèrement la tête.

— Nous ne sommes pas obligés d'être en public.

— Peut-être que si.

Il se renfonça dans son siège, luttant contre l'envie de toucher son visage empourpré.

Elle s'adossa elle aussi à sa chaise, l'air songeur.

— Je n'ai pas d'attentes spécifiques.

— Vous le devriez. Vous êtes une femme qui devrait toujours avoir des attentes.

Il se força à concentrer son attention sur son propre plat, refusant de s'abandonner à ses instincts les plus élémentaires avec Sara Lindsey. Elle était peut-être capable de céder à une pulsion sexuelle sans se préoccuper des conséquences, mais il ne la voyait pas de cette façon.

Peut-être était-ce injuste envers elle. Peut-être se conduisait-il en macho, la mettant sur une sorte de piédestal qu'elle n'avait pas demandé à occuper.

— Avez-vous des attentes ? lui demanda-t-elle quelques minutes plus tard.

Il leva les yeux.

— Vous concernant ?

— Concernant tout le monde et n'importe qui.

— Non.

— Peut-être le devriez-vous, vous aussi.

Il ne put réprimer un sourire ironique.

— Je prendrai votre opinion en considération.

— Votre père vous a vraiment brisé.

Il baissa les yeux sur les restes de son repas. Soudain, il n'eut plus faim.

— Je n'ai vraiment pas envie de parler de mon père.

— Je me rappelle avoir pensé combien il avait dû être cruel pour vous prénommer Caïn.

Elle le regarda par-dessus le bord de son verre tout en buvant une gorgée de soda.

— Le meurtrier originel.

— Eh bien, puisque je suis le seul à avoir survécu à ma naissance…

— Vous n'avez pas tué votre mère.

— Il n'a cessé de me répéter, depuis que j'ai été en âge de le comprendre, que j'avais tué mon frère jumeau dans le ventre de ma mère et que je l'avais tuée ensuite en naissant.

— Quel salaud.

La voix de Sara tremblait d'indignation.

— Enfin…, soupira-t-il. Je suppose que cela m'a endurci.

— Aucun enfant ne devrait avoir à écouter ce genre d'horreurs.

Non, pensa-t-il. Aucun enfant ne devrait avoir à endurer cela. Encore moins les bleus et les os brisés. Heureusement, il y avait eu Lila et ce cadeau du ciel qu'était son amour.

Sara sembla deviner son humeur et orienta la conversation vers le football universitaire et les chances du Tennessee d'accéder au championnat. Lorsque la serveuse leur apporta l'addition, ils en étaient arrivés à la conclusion que tout reposait sur l'étudiant de deuxième année qui avait remporté la position de quarterback lors de la pré-saison et ils quittèrent le restaurant en débattant du choix controversé de l'entraîneur principal.

La journée, qui avait d'abord été ensoleillée, commençait à s'assombrir. Des nuages orageux filaient vers l'est, en direction des montagnes.

— Il va pleuvoir, prédit Sara avec un accent plus marqué.

Caïn sourit intérieurement. Elle l'avait retrouvé au bout de seulement quelques jours à Purgatory. Lui-même n'y était peut-être pas pour rien.

Elle quitta la route principale et gravit la montagne en direction du bungalow de Lila.

Au bout d'un moment, elle brisa le silence.

— Caïn ?

— Oui ?

— Cela va vous paraître une étrange question, je le sais, mais… croyez-vous possible que l'entraîneur Allen ait été le père de l'enfant de Renée ?

— Vous avez raison. C'est une étrange question.

— Je sais. Seulement… ne trouvez-vous pas bizarre qu'il n'ait jamais déclaré à la police que Donnie et moi lui avions rendu visite le soir de l'accident ?

— En effet, mais de là à l'accuser de meurtre…

— Je n'ai pas dit qu'il l'avait tuée.

Les premières gouttes de pluie s'écrasèrent sur le pare-brise du pick-up et elle mit en marche les essuie-glaces.

— Aurait-il pu être la personne avec qui Renée avait une liaison ?

Il réfléchit un moment à la question.

— Jim Allen n'était pas tellement plus âgé que nous à l'époque. Je suppose qu'il était probablement assez jeune pour voir une jolie étudiante de dix-huit ans comme une conquête sexuelle possible. S'il était du genre à tromper sa femme.

— Donnie m'a dit une fois qu'il pensait que l'entraîneur Allen et son épouse avaient des problèmes. Il avait entendu par inadvertance une chose qui l'avait étonné.

— Je ne suis pas sûr que l'on puisse baser une enquête sur une conversation que quelqu'un a surprise près de vingt ans plus tôt.

Caïn avait été, en son temps, la cible de rumeurs infectes sans beaucoup plus de fondement que ce que Sara décrivait.

— J'ignore dans quel délai la police aura établi le profil ADN du bébé que portait Ariel Burke, reprit Sara. Toutefois, s'il en ressort une correspondance avec celui que portait Renée…

— Il nous manque un profil ADN pour établir la comparaison.

— Nous devrions donc peut-être mettre la main sur l'ADN de l'entraîneur Allen.

Caïn observa Sara. Elle agrippait le volant des deux mains, le regard braqué en avant, en direction de la route rendue glissante par la pluie. Il y avait dans son profil une tension contenue, comme un aigle qui aurait repéré sa proie.

— Qu'avez-vous à l'esprit ? lui demanda-t-il prudemment. Prendre Becky Allen au mot à propos de son invitation à dîner ?

— S'il le faut. Cependant, il y a peut-être un moyen de mettre la main dessus en toute discrétion.

— Vraiment ?

— Vraiment.

Elle se tourna vers lui, un regard furtif, vibrant, qui fit se propager un élan de désir dans tout son corps.

— Ça vous dirait de m'accompagner à un bal traditionnel de bienfaisance ?

*
* *

Le samedi soir, Sara arriva au centre municipal de Purgatory avec Caïn. Sa mère et Rita avaient manifestement pris très à cœur l'organisation du bal de bienfaisance. En temps ordinaire, la salle municipale était un local rectangulaire fade avec une estrade dans le fond et deux doubles portes à l'avant. Ce soir-là, cependant, Ann, Rita et leurs petits elfes industrieux avaient transformé l'endroit en intérieur de grange.

Des balles de foin recouvertes de couvertures colorées étaient alignées le long des murs en lieu et place des chaises. L'estrade du fond, où le groupe de bluegrass de la famille Meade accordait ses instruments, avait été décorée à l'aide de portes d'écurie, de poteaux d'attache et de sellerie en cuir authentique.

— Yippie ki-yay, murmura Caïn à l'oreille de Sara.

Elle lui décocha un regard de mise en garde.

— C'est un peu trop mais ma mère a participé à l'organisation, alors mesurez vos propos.

Il ne répondit que par un frémissement des lèvres.

Depuis qu'il était venu la chercher pour aller danser, elle avait bien du mal à ne pas le regarder. Il était des plus attirants avec son jean Wrangler, sa chemise écossaise et sa veste en cuir. Il avait même une casquette John Deere passablement usée qu'il avait pliée et rangée dans sa poche arrière quand ils étaient entrés dans la salle.

Il offrait une version particulièrement sexy du « redneck ».

Et, peut-être que s'il avait été seulement séduisant, elle aurait pu facilement résister. Toutefois, il possédait également un profond sens moral qu'il semblait très déterminé à dissimuler au monde. Au cours de son travail d'enquêtrice, elle avait appris que la véritable nature d'un homme trouvait toujours le moyen de transparaître à travers la façade la mieux élaborée.

Caïn lui avait révélé sa vraie nature durant le déjeuner au Jardin du taboulé quand il avait réussi à la faire se sentir follement désirable au moment même où il avait décliné sa proposition voilée de sexe débridé.

« Vous êtes une femme qui devrait toujours avoir des attentes », lui avait-il dit.

Si, déjà auparavant, il lui plaisait…

Elle se força à ne plus admirer la sensualité de sa barbe naissante et à reporter son attention sur le public. Sa mère discutait avec Nola Meade, une grande femme efflanquée, qui tenait une mandoline dans le creux de son coude.

— Ce sont les Meade ? s'enquit Caïn en désignant la scène.

— Vous ne les avez jamais entendus jouer ?

Caïn esquissa un sourire.

— Mes goûts tendent plutôt vers Skynyrd et Marshall Tucker.

— Promettez-moi seulement que vous n'allez pas sortir votre briquet et vous mettre à hurler « Freebird ».

Elle se fraya un chemin à travers la foule en mouvement et se dirigea vers la scène. Un bourdonnement dans l'assemblée l'accompagnait : de toute évidence, Caïn était juste derrière elle.

En les voyant arriver, Ann fronça les sourcils et Sara se reprocha de ne pas l'avoir avertie.

Elle lui donna une brève accolade.

— Le décor est incroyable, maman !

— C'est trop, admit Ann à voix basse. Rita est parfois un peu exubérante.

— Non, non, c'est très festif, insista Sara.

Elle adressa un sourire à Nola Meade.

— Nola, comment allez-vous ?

— Mieux que je ne le mérite, chérie.

Ses yeux bruns glissèrent sur Sara pour s'arrêter sur Caïn. Manifestement, elle le trouvait à son goût, elle aussi.

— Nola Meade, je vous présente Caïn Dennison. Caïn, voici Nola Meade, la meilleure joueuse de mandoline des collines.

— Je n'irais peut-être pas jusque-là, s'exclama Nola avec un large sourire. Enchantée, Caïn.

— Moi de même, madame Meade.

— Oh Seigneur, appelez-moi simplement Nola, à moins que vous ne vouliez me faire me sentir vieille.

Nola regarda Sara.

— J'ai vraiment été désolée d'apprendre le décès de ton mari.

— Merci. Ces dernières années ont été difficiles.

Tandis que Nola s'excusait et retournait installer la scène pour le groupe familial, Ann attrapa le bras de Sara et l'entraîna à l'écart. Elle lança un regard à Caïn, qui attendait patiemment près de la scène.

— Crois-tu vraiment que c'était une bonne idée de l'amener ici ?

— Il a payé son billet comme tout le monde, répondit tranquillement Sara.

— Joyce pense toujours qu'il a quelque chose à voir avec la mort de Renée.

— Donnie ne le pensait pas. Il m'a dit que Caïn était un véritable ami pour Renée.

Ann jeta de nouveau un coup d'œil à Caïn.

— As-tu commencé à sortir avec lui ?

— Commencé à sortir avec lui ?

Sara décocha un regard courroucé à sa mère.

Ann baissa la voix.

— Tu sais très bien ce que je veux dire.

Sara soupira.

— Caïn et moi voulons tous les deux savoir ce qui est arrivé à Renée.

Les yeux d'Ann se plissèrent.

— Ce n'est pas assez que ton père soit sorti de sa retraite pour cette horrible affaire avec Ariel Burke…

— Maman, c'est notre métier. Tu sais cela.

Avec un soupir, Ann lança un nouveau regard oblique à Caïn.

— Je pense que ton ami essaie d'attirer ton attention.

Sara se retourna : Caïn lui adressait en effet un regard pressant. Elle s'excusa auprès de sa mère et le rejoignit.

— Que se passe-t-il ?

— L'un des entraîneurs du lycée est ici et je l'ai entendu dire à son épouse que l'entraîneur Allen s'était fait porter pâle ces trois derniers jours.

— Eh bien. J'imagine que c'est peut-être la raison pour laquelle il n'a répondu à aucun de mes appels.

Depuis le mercredi matin, elle avait tenté à plusieurs reprises de joindre l'entraîneur Allen, sans succès. Becky Allen n'avait pas non plus répondu à ses messages.

— Cela signifie probablement qu'il ne se montrera pas ce soir, conclut Caïn.

Elle fronça les sourcils, frustrée. Parler à Jim Allen avait été la principale raison de sa venue à ce bal de bienfaisance. Dans une telle foule, elle aurait eu amplement l'occasion de mettre la main sur une assiette ou un gobelet contenant suffisamment de l'ADN de l'entraîneur pour le comparer au profil du bébé que Renée portait au moment de sa mort.

Lui prenant le coude, Caïn la tira vers le côté de la salle. S'il était conscient des regards appuyés et des murmures dans leur sillage, il n'en montra rien. Une fois qu'ils se trouvèrent entre une balle de foin et une meule décorative, près d'une fenêtre donnant sur le parking, il chuchota :

— Je me demande s'il est vraiment malade.

— Vous pensez qu'il simule ?

— Il doit savoir que vous le recherchez à présent. Vous lui avez laissé assez de messages.

— Et il sait que Donnie et moi sommes allés le voir avant l'accident.

— Peut-être craint-il que vous ne vous soyez rappelé quelque chose ?

— Tout ce que je me rappelle, c'est d'avoir été devant sa maison le soir de l'accident.

En dépit de ses tentatives pour recréer les techniques de relaxation de Lila, Sara n'avait pas réussi à faire resurgir davantage de ses souvenirs perdus.

— Et il ignore même que je me rappelle cela.

La main de Caïn lui caressa légèrement le bras, propageant en elle de délicieux picotements.

— Peut-être pas, Sara. Mais, entre le meurtre d'Ariel Burke et votre soudaine impatience à lui parler…

Elle leva les yeux vers lui.

— Vous pensez qu'il pourrait aussi avoir tué Ariel ?

— Je ne peux ignorer les similarités entre les meurtres.

La voix de Caïn se fit presque inaudible.

— Après que nous avons parlé de l'entraîneur Allen l'autre jour, je me suis rappelé une chose qu'un élève m'avait dite à l'époque du lycée. C'était un pur commérage et j'ai appris à ne pas propager les ragots puisque j'ai été la cible de nombreuses médisances en mon temps…

Il marqua une pause, comme s'il ne souhaitait pas continuer.

— Mais ? l'encouragea-t-elle.

— Mais, à l'époque du lycée, l'un des gars de la bande

avec qui je traînais jurait ses grands dieux que l'un des entraîneurs du lycée couchait avec certaines des filles de terminale. Et si c'était vrai ? Et si cet entraîneur était Jim Allen ?

11

Le bluegrass commença à déferler dans la salle presque aussitôt que Caïn eut posé la question. Sara aurait dû hurler pour y répondre.

Lui lançant un regard d'excuse, elle lui prit la main et l'attira près de la scène, où elle se mêla au public, frappant dans ses mains au rythme de l'entraînant quadrille écossais que la famille Meade avait choisi pour débuter sa prestation.

Près d'elle, Caïn haussa les épaules et se mit à battre la mesure lui aussi. A son sourire, il reconnaissait que les Meade savaient se donner à fond. Les longs doigts de Nola dansaient sur les cordes de la mandoline, leur arrachant des impros déjantées à faire pâlir d'envie n'importe quel guitariste de rock. Quant à sa fille aînée, Tammie Jane, elle défiait les règles de la physique au banjo.

— Ils sont vraiment bons ! lui dit Caïn à l'oreille tandis que les Meade terminaient la première chanson et enchaînaient directement sur la deuxième.

Les deux filles cadettes, Tammie Jane et sa sœur Dorrie, délaissèrent respectivement le banjo et le violon pour se diriger vers les micros. Elles se mirent à chanter dans une harmonie cristalline un two-step traditionnel et, tout autour de Sara et Caïn, les participants au bal commencèrent à former des couples pour danser.

Sara se tourna vers Caïn et lui tendit la main.

— Vous voulez danser ?

— Je ne suis pas un très bon danseur, la prévint-il en prenant sa main et en l'attirant à sa hauteur. Mais je suis prêt à relever le défi.

Dissimulant un sourire, Sara posa le bras autour de ses épaules, glissant ses doigts dans l'ondulation soyeuse de ses cheveux foncés qui tombaient presque jusqu'au col de sa veste. Il croisa son regard, le désir brûlant au fond de ses yeux gris, et quelque chose en elle s'embrasa, commença à se propager jusqu'à ce que son corps entier se consume d'excitation.

Adolescente, elle avait été gauche dans la plupart des situations mais la seule chose pour laquelle elle avait toujours été douée était la danse. C'était comme si la musique prenait le contrôle de son corps, effaçant son manque de grâce le temps d'une chanson.

Caïn ne plaisantait pas… il ne dansa vraiment pas bien au début mais il apprit vite et sembla apprécier de la laisser subtilement conduire, son regard se troublant chaque fois que leurs jambes se frôlaient ou que leurs hanches entraient en collision tandis qu'elle l'aidait à exécuter les pas.

Finalement, il prit le contrôle, l'attirant contre lui alors que ses pas devenaient plus assurés. Le cœur de Sara réagit en accélérant sa cadence et, lorsque la chanson fut terminée, elle était presque à bout de souffle.

— Vous êtes meilleur danseur que vous ne le pensez, déclara-t-elle pour essayer de penser à autre chose.

Mais elle n'était pas dupe d'elle-même. Cela faisait trois ans qu'un autre cœur n'avait pas battu contre sa poitrine, que des doigts n'avaient pas ainsi caressé son bras.

Ils n'avaient pas seulement partagé un two-step endiablé. C'était bien plus que cela.

Une question, une invitation.

La même invitation à laquelle elle avait finement fait allusion quelques jours plus tôt, au déjeuner.

Les yeux gris de Caïn et sa main qui s'attardait sur elle en étaient la confirmation.

« Qu'allons-nous faire à propos de cette chose qu'il y a entre nous ? », semblait-il demander.

Elle ne connaissait pas la réponse.

La chanson suivante commença — c'était une plaintive ballade parlant d'amour et de désir — et ils tendirent aussitôt les bras l'un vers l'autre.

Caïn était solide, songea-t-elle. Réel. Pendant trois ans, elle avait couché avec le souvenir fantomatique de l'homme qu'elle aimait depuis son adolescence, s'éveillant dans un lit vide et vivant en équilibre sur le bord d'un douloureux abîme entre ce qu'elle avait eu et ce qu'elle avait perdu. Elle avait fait son deuil et, à bien des égards, elle était allée de l'avant.

Mais pourrait-elle jamais vraiment aimer un autre homme ?

Donnie et elle avaient été inséparables depuis l'âge tendre de treize ans et elle n'avait jamais douté de sa décision d'être avec lui, en dépit des tensions et des contraintes qui jalonnent toute relation à long terme.

Lui serait-il possible de retrouver ce type d'amour ?

N'en demandait-elle pas trop ?

Il était stupide de penser trouver l'amour dans les bras de Caïn Dennison. Ils se connaissaient à peine. Ce qui s'éveillait entre leurs deux corps était plus une affaire de friction et d'hormones que d'intimité et d'affection.

Mais cela faisait un moment qu'elle n'avait pas laissé friction et hormones prendre le contrôle. Et elle lui avait déjà clairement fait comprendre qu'elle ne voyait pas d'objection à ce qu'il se passe quelque chose entre eux sans que cela ne prête à conséquence.

Elle commença à lever les yeux vers lui. Saurait-elle lire ses pensées dans ce regard gris acier ? Toutefois, avant que son regard n'atteigne le visage de Caïn, il fut intercepté par un couple de nouveaux arrivants qui venaient d'entrer dans le centre municipal.

Un frisson glacé la parcourut, douchant sa précédente excitation, et elle se raidit entre les bras de Caïn.

Il s'écarta pour l'observer.

— Qu'y a-t-il ?

Alors qu'il tournait la tête pour voir ce qu'elle regardait, elle resserra son étreinte.

— Ne vous retournez pas. Joyce et Gary Lindsey viennent d'entrer.

Un changement subtil s'opéra dans l'expression de Caïn, passant de la curiosité à la consternation. Il laissa retomber ses mains, rompant le contact avec elle.

— Je vais partir.

Non, pensa-t-elle, avide de sa chaleur, plutôt que de ce démoralisant mélange de chagrin et de honte. Elle prit de nouveau sa main et l'entraîna.

— Il y a une sortie latérale entre le bol à punch et ce grand épouvantail.

Elle le mena à la porte et ils s'évanouirent dans l'obscurité.

Une fois la porte refermée, la musique se résuma à un faible murmure. Caïn s'éloigna d'elle, emportant sa fièvre et, avec elle, tout rempart contre l'air froid du soir. L'automne se mourait dans les montagnes et l'hiver était en chemin, s'insinuant telle une promesse glacée le long de sa colonne vertébrale.

Elle serra ses bras autour d'elle et dévisagea Caïn. Que dire, que faire alors qu'elle l'avait pour elle seule ?

Lorsqu'elle ouvrit la bouche, il n'en sortit qu'une simple constatation.

— L'hiver arrive.

Il soutint son regard pendant un long moment, comme pour tenter de deviner ce qui se passait dans sa tête.

Bonne chance, pensa-t-elle avec une ironie amère. *Si seulement je le savais moi-même.*

Il tendit vers elle une main hésitante comme s'il s'attendait à ce qu'elle s'enfuie dès qu'il la toucherait. Mais elle resta, et il fit doucement glisser ses mains du haut en bas de ses bras, pour la réchauffer.

— Vous pouvez y retourner, Sara. Je vais rentrer chez moi et Joyce n'aura même pas à savoir que j'étais présent.

Non, décida-t-elle. Elle ignorait ce qu'elle voulait faire ou quelle était la chose à faire mais elle n'était pas disposée à le laisser partir.

Elle releva le menton, sa décision était prise.

— Vous connaissez les petites villes. Cela ne prendra pas une minute avant que quelqu'un lui raconte tout.

— Je ne veux pas vous rendre les choses plus difficiles. A aucun de vous.

Sara posa sa main sur son torse, contre son cœur.

— Je le sais, Caïn.

Il couvrit brièvement sa main de la sienne puis se remit à s'éloigner, la privant de nouveau de sa chaleur.

Elle saisit sa main tandis que la musique provenant de la salle changeait de nouveau, enchaînant sur une plaintive complainte qui trouva écho en elle.

— Ne partez pas.

— Sara…

— Dansez encore avec moi.

Il la regarda avec consternation : il comprenait aussi bien qu'elle que cela équivalait à embraser des allumettes dans une flaque d'essence. Il ferma les yeux brièvement, comme luttant pour prendre la bonne décision. Quand il les rouvrit, le désir intense dans ses yeux gris eut un impact direct sur elle, sur son sexe, faisant vibrer ses nerfs à la manière d'un diapason.

— Vous aimez jouer avec le feu, n'est-ce pas, Sara Dunkirk ? murmura-t-il en l'attirant vers lui.

Elle s'abandonna à son étreinte, laissant la musique opérer sa magie sur son corps d'ordinaire dépourvu de grâce. L'air était ancien, c'était celui de la chanson d'amour plaintive d'un montagnard épris à qui la passion avait été offerte puis arrachée. Mélancolie et excitation se mêlèrent en elle.

— Ce n'est pas la raison pour laquelle je suis venu ici ce soir, chuchota-t-il.

Toutefois, il lova son corps contre le sien.

— Je le sais, susurra-t-elle.

— Vous savez combien je pense que c'est mal, ajouta-t-il, ne semblant pas en croire un seul mot.

— C'est une idée horrible, renchérit-elle, d'un ton suggérant qu'elle n'en pensait rien.

Il n'y avait aucune raison qu'ils quittent ce secteur faiblement éclairé du parking mais, avant qu'elle n'ait pu s'en rendre compte, ils furent avalés par la zone d'ombre jouxtant le mur en briques froid du centre municipal. La musique faiblit, le sang lui battant aux tempes tandis qu'il la plaquait contre le mur. Malgré le contact rude et froid du mur contre sa colonne vertébrale, un violent frisson d'excitation la traversa tandis qu'il la clouait là avec son long corps mince.

— Si vous ne le voulez pas, dites-le maintenant, murmura-t-il, sa bouche à quelques centimètres de la sienne.

Son souffle projeta de la buée dans l'air entre eux, adoucissant ses traits tandis qu'il posait sur elle un regard carnassier.

Elle referma sa main sur sa nuque et l'attira à elle.

Le premier effleurement de sa bouche contre la sienne

fut exploratoire, presque hésitant. Mais lorsqu'elle darda sa langue contre sa lèvre supérieure, il mêla ses doigts aux siens, piégeant ses mains contre le mur de briques tandis qu'il faisait glisser sa langue sur la sienne, provoquant en elle une réaction passionnée. Elle manquait presque d'air.

La bouche de Caïn se promena languissamment sur la courbe de sa mâchoire et remonta vers son oreille pour en mordiller le lobe si sensible.

— Partons d'ici, murmura-t-il.

Il lâcha ses mains et s'écarta, la laissant tellement pantelante et faible qu'elle dut lutter pour ne pas glisser, déliquescente, le long du mur.

Lentement, le regard empreint d'une assurance chaleureuse et sexy, il tendit la main vers elle.

— Tu viens ?

Dès que ce me sera humainement possible, songea-t-elle, incapable d'empêcher un sourire de s'épanouir sur son visage à cette perspective osée.

Elle lui prit la main et, chancelante, le suivit jusqu'à son pick-up.

Que diable crois-tu faire, Dennison ? s'admonesta Caïn intérieurement. Alors même que son cœur pulsait à la cadence enfiévrée du désir, son cerveau confus lutta pour reprendre le contrôle de ses sens. Il ramenait Sara Lindsey à son petit bungalow de montagne aussi vite que le lui permettait son pick-up, négligeant totalement le code de la route. Lorsqu'il arriverait à destination, il la dévêtirait et explorerait chaque centimètre carré de son corps émoustillant qui l'avait nargué toute la soirée sous les couches de coton et de jean le subtilisant à sa vue. Il lui offrirait la meilleure nuit de sexe de sa vie.

Même si c'était la pire idée qu'il ait eue de toute sa chienne de vie.

— Nous sommes fous, tu ne crois pas ? l'interrogea-t-elle, toujours aussi essoufflée que lorsqu'elle lui avait demandé de ne pas partir, un peu plus tôt.

L'excitation sexuelle dans sa voix était teintée d'une pointe de peur et de regret.

Il se força à ralentir alors qu'il entamait la montée en direction du bungalow.

— Probablement, reconnut-il.

Elle demeura silencieuse jusqu'à ce qu'ils eussent atteint la lisière de sa propriété.

Il gara son pick-up derrière le sien dans l'allée et coupa le moteur. Un silence pesant et chargé de pensées implicites s'ensuivit.

Enfin, Sara se tourna pour le regarder, le désir brûlant dans ses yeux impatients. Toute résistance le quitta immédiatement et il l'attira vers lui. Mais elle fut entravée par sa ceinture de sécurité. Il éclata de rire devant un tel coup du sort.

Sara se débattit avec le clip jusqu'à ce qu'il s'ouvre, la laissant libre de s'abandonner à son étreinte dans un enchevêtrement de bras, de jambes et de lèvres avides.

Il l'installa entre son corps et le volant et elle se laissa porter, s'installant à califourchon sur ses jambes, jusqu'à ce que le brasier ardent à la jonction de ses cuisses se presse intimement contre sa propre érection.

Elle s'éleva le long de son corps puis redescendit, créant délibérément une friction entre eux. Il ne put s'empêcher de laisser échapper un grognement.

— Voilà, murmura-t-elle contre sa bouche, ce qu'est la sensation de découvrir que l'on est toujours en vie.

Le sentiment qu'elle mit dans ses paroles le frappa

tandis qu'elle faisait glisser sa langue contre la sienne, l'entraînant dans un autre baiser langoureux.

Elle venait de dire quelque chose d'important et de profond. Aussi, il lutta contre la puissance de son désir pour elle. L'éloignant doucement de lui, il prit tendrement son visage entre ses mains et l'obligea à le regarder.

— Qu'entends-tu par « découvrir que l'on est toujours en vie » ?

Elle lui fit une grimace, tremblant d'impatience tandis qu'elle tentait de le ramener à elle.

— Rien, je n'ai rien dit.

Se débattant contre le désir égoïste de la prendre au mot, il l'empêcha de se pencher pour l'embrasser de nouveau.

— Non, explique-toi d'abord.

Avec un grommellement de frustration, elle glissa de ses genoux. L'absence de sa douce chaleur fut comme une douleur, pas seulement physique. Un vide emplit sa poitrine comme si elle lui avait enlevé quelque chose de vital en regagnant son siège.

— Je n'ai couché avec personne depuis Donnie, lui confessa-t-elle.

Il n'en fut pas surpris. Elle avait aimé Donnie Lindsey depuis l'enfance, et surmonter sa perte avait dû lui être très difficile. Elle était restée fidèle à sa mémoire.

Comme il demeurait silencieux, elle ajouta :

— J'imagine que c'est un peu comme si j'avais vécu dans les limbes. Je me sentais encore mariée à un homme qui était mort. Je suppose que cela me procurait le sentiment d'être avec lui dans la mort.

— Et donc ceci…

Caïn fit un geste désignant l'espace entre eux.

— … c'est un peu comme un membre revenant à la vie ?

Elle lui décocha un sourire de pure tentation.

— Eh bien oui, si par « membre », tu entends…

Il lui intima le silence en posant deux doigts sur ses lèvres.

— Quand un membre revient à la vie, il y a généralement une bonne dose de douleur avant que tout ne soit accompli.

Le sourire qu'elle avait dessiné sous ses doigts s'effaça et ses yeux devinrent graves.

— C'est mieux que de ne rien sentir.

La tristesse dans sa voix trouva écho dans la poitrine de Caïn, exacerbant le douloureux vide qui s'y était installé quand elle s'était éloignée de lui.

— Je pense que nous ne devrions rien faire sur quoi nous ne puissions revenir, dit-il, se préparant à résister à toute tentative de Sara pour le faire changer d'avis. J'étais sérieux, l'autre jour. Tu devrais toujours avoir des attentes à propos d'une chose aussi importante que le choix de la personne avec qui tu couches.

— Moi aussi, j'étais sérieuse, répliqua-t-elle calmement. Tu devrais toi-même avoir des attentes.

— Tu crois vraiment qu'il va sortir quelque chose de bon de ce que nous sommes sur le point de faire ?

Elle se tourna pour regarder à travers le pare-brise le bungalow endormi.

— Je ne pensais pas à la suite des événements.

— Tu devrais. Nous devrions tous deux.

— Je ne suis pas délurée par nature, admit-elle. Je n'ai pas l'habitude de me sentir à ce point libérée.

— Eh bien, au risque de filer la métaphore à outrance, un membre qui s'est endormi s'agite de façon un peu désordonnée en attendant le retour de toutes les sensations.

Elle poussa un léger grognement et lui jeta un regard oblique qui le fit sourire pour la première fois depuis qu'ils avaient cessé de s'embrasser.

— Arrête, Caïn. Tu n'as déjà que trop torturé cette métaphore.

Avec son poing fermé, il fit mine de lui donner un léger coup dans la joue.

— J'en ai terminé.

Elle saisit sa main d'un geste doux.

— Merci. Et pas seulement pour avoir mis fin au supplice de la métaphore.

— Je comprendrais que tu ne souhaites plus que nous travaillions ensemble sur cette affaire.

Elle secoua la tête.

— Nous sommes adultes. Nous pouvons nous montrer professionnels, non ?

— Entendu, acquiesça-t-il même si un doute persistait dans son esprit.

Il devrait faire fonctionner leur alliance professionnelle, car si un constat ressortait de ces dernières semaines passées à Purgatory, c'était que Sara était son sésame pour obtenir toutes les informations dont il avait besoin.

— Pourrais-tu rester ici le temps que j'entre ? lui demanda-t-elle en ouvrant la portière du côté passager.

Elle lui adressa un sourire contrit qui lui provoqua des picotements dans les jambes.

— Flic un jour…

Il lui sourit.

— J'assure vos arrières, inspecteur.

Elle monta lentement les marches jusqu'à la porte d'entrée puis elle se retourna et lui fit un petit signe de la main. Il y répondit, sa poitrine se serrant devant la vulnérabilité presque enfantine de ses traits, à la lueur de la lune.

Il attendit qu'elle ait déverrouillé la porte et qu'elle se soit glissée à l'intérieur pour mettre le moteur en marche.

Lorsque la lumière s'alluma à l'intérieur du bungalow, il s'apprêtait à faire marche arrière.

Mais soudain la porte se rouvrit et Sara se précipita à l'extérieur, agitant frénétiquement les bras.

Caïn arrêta le pick-up et baissa sa vitre alors qu'elle se ruait vers sa portière.

— Il y a un problème ?

— Quelqu'un s'est introduit dans le bungalow et l'a dévasté, dit-elle, la peur se mêlant à la colère dans ses yeux ardents. Je pense que l'on a emporté toutes mes notes sur l'affaire.

12

Sara poussa un douloureux soupir. La pièce principale du bungalow était sens dessus dessous. Les coussins du canapé avaient été éventrés et éparpillés, le rembourrage couvrant tout le plancher suite à cette tempête de neige synthétique. A la seule idée du travail harassant qu'il lui faudrait fournir pour redonner au bungalow l'aspect dans lequel elle l'avait trouvé quelques semaines plus tôt, elle eut envie de pleurer.

Les dommages que l'intrus avait infligés à des photographies et à des souvenirs qui ne pourraient être remplacés la rendaient dans le même temps folle de rage.

— C'est la seule photographie que j'aie de mon arrière-grand-mère Dunkirk, expliqua-t-elle à Caïn avec un geste en direction du portrait en noir et blanc qui avait été arraché à son cadre et déchiré en morceaux. Et ce vase brisé avait été fabriqué par mon oncle Cyrus peu de temps avant qu'il ne parte au Viêt-nam où il est mort au combat.

Caïn resta silencieux tandis qu'il regardait autour de lui, constatant les dégradations. Au bout d'un moment, il se tourna et lui posa une main sur la joue.

— Je ne sais même pas quoi te dire.

Il la prit dans ses bras et, en dépit de sa détermination à maintenir leur relation sur un plan professionnel, elle ne résista pas. Appuyant sa joue contre la chaleur de son torse, elle se laissa un instant de quiétude pour faire le deuil de ce qu'elle avait perdu qui ne pourrait être remplacé.

Mais ensuite elle releva la tête et redressa les épaules.

— A mon avis, ce qui est arrivé ici est relié à notre enquête.

— Peut-être pas, nuança Caïn. Peut-être qu'un toxicomane s'est introduit ici pour chercher de l'argent et a fini par vandaliser l'endroit sans raison.

— Mon ordinateur portable est posé juste là, sur mon bureau. Il y a des espèces dans un tiroir non fermé. Et la seule chose dont je puisse assurer qu'elle ait disparu est un dossier que j'ai laissé sur ce bureau cet après-midi. Il contenait une compilation de toutes les notes que j'avais sur le meurtre de Renée Lindsey, incluant celles que Donnie a rassemblées avant qu'il ne meure.

Caïn grimaça.

— Je suis vraiment désolé.

Elle serra les lèvres, luttant pour ne pas perdre contenance. En cet instant, elle était d'humeur à balancer n'importe quoi contre les murs. A commencer par le salaud qui était entré par effraction dans son bungalow.

— J'imagine que tu n'as pas de copies de ces notes ? reprit-il.

— En fait, si. Du moins des copies des notes de Donnie. J'ai numérisé ses notes manuscrites après sa mort, quand j'étais coincée à la maison, me remettant de mes propres blessures.

Elle esquissa un sourire triste.

— Cela m'a permis d'occuper mon cerveau et mes mains à un moment où j'avais vraiment besoin d'une distraction.

— Quelles étaient les autres pièces du dossier volé ?

Elle haussa les épaules, tâchant de se rappeler ce qu'il pouvait y avoir d'autre.

— Il s'agit en grande partie de notes que j'ai prises ces derniers jours.

— Donc, conclut Caïn, celles ayant trait à nos spéculations sur l'entraîneur Allen et son éventuelle relation avec Renée Lindsey.

Il fronça les sourcils.

— Si l'entraîneur Allen est responsable de ce qui s'est passé ici, à ton bungalow…

— Il sait que nous sommes sur sa trace, conclut Sara.

Caïn se frotta la mâchoire, regardant de nouveau autour de lui.

— Il y a quelque chose d'étrange dans ce chaos, non ?

— En fait oui, convint-elle en suivant son regard.

Elle l'avait compris quasiment à l'instant où elle était entrée, malgré l'effet paralysant du choc.

— Aucun effort n'a été fait pour que cela ressemble à un vulgaire vol. Même les biens les plus en évidence n'ont pas été emportés. Et toutes les dégradations sont…

— D'ordre personnel, compléta Caïn, à l'unisson avec elle.

— Exactement.

— Je doute que nous trouvions des indices, reprit-il. Toutefois, tu devrais signaler l'effraction à la police.

Cette remarque la prit au dépourvu.

— Caïn Dennison, me suggérant d'appeler la police ?

Il sourit.

— Je ne cesserai jamais de me surprendre.

— Si tu préfères partir avant leur arrivée, je comprendrai.

Son sourire s'effaça.

— Tu veux que je parte ?

— Non, répondit-elle aussitôt, ne souhaitant rien de tel. Je me suis seulement dit que tu le voudrais, étant donné ton passé avec le bureau du shérif de Ridge County.

— Il y a des années de cela, dit-il, haussant les épaules.

Peut-être le moment est-il venu d'agir en homme innocent plutôt que de toujours regarder par-dessus mon épaule.

Sara appela directement le poste de police plutôt que les urgences et elle expliqua au sergent de garde ce qui se passait.

— Mes collègues arrivent d'ici quinze minutes, voire plus tôt si vous pensez que les intrus sont encore dans les parages, répondit le sergent.

— Non, je pense que l'intrus est reparti pour cette nuit.

Du moins l'espérait-elle, songea-t-elle en raccrochant. Elle avait beau être armée et bien entraînée, tôt ou tard, elle devrait dormir. Et, à l'évidence, sa protection n'était pas vraiment assurée au bungalow. Elle avait verrouillé les portes mais quelqu'un avait trouvé le moyen d'entrer.

— A quoi penses-tu ? lui demanda Caïn.

— Je me demande seulement comment l'intrus est entré. La porte était toujours fermée à clé quand je suis arrivée tout à l'heure.

Elle se rendit dans les autres pièces du bungalow, contrôlant toutes les fenêtres. Elle vérifia aussi le haut du placard dans la chambre pour s'assurer que la mallette de son arme était toujours fermée à clé. Elle l'était et le Walther PPK était sagement blotti dans son écrin de mousse. Elle referma la mallette, vérifia que les munitions supplémentaires étaient toujours présentes et quitta la chambre.

Caïn se tenait au milieu du couloir, regardant par une porte ouverte, le front creusé.

— Est-ce la cave ?

— C'est un cellier à légumes.

— Y a-t-il un autre accès en dehors de cette porte ?

Elle hocha la tête, se dirigeant déjà vers la porte d'entrée tandis qu'elle réalisait la façon dont l'intrus avait dû pénétrer à l'intérieur du bungalow. Elle s'arrêta le temps d'attraper une lampe torche dans le tiroir de son bureau et sortit, Caïn sur ses talons.

Sur le côté ouest du bungalow, une porte fixée dans le sol conduisait au cellier. En principe, un cadenas en fermait le loquet mais la serrure gisait dans l'herbe quelques mètres plus loin, cassée en deux.

— Point d'accès, constata-t-elle d'un ton monocorde.

— Il faudra que tu ajoutes un verrou à la porte du cellier.

Caïn posa une main sur son bras, l'incitant à retourner au bungalow. Sara ne résista pas, le vent froid descendant de Sandler Ridge se faisait glacial.

Une fois qu'ils furent de retour à l'intérieur, elle se frictionna les bras pour réprimer un soudain frisson.

— Comment n'importe qui peut-il savoir que je vis ici ? Je n'ai pas vraiment fait de publicité de mon emménagement.

Il haussa les sourcils mais ne dit rien.

— Oh ! C'est vrai.

De contrariété, elle repoussa les cheveux de son visage.

— La rumeur des petites villes.

— Ce n'est pas la grande ville ici, chérie, commenta-t-il d'un ton traînant.

Toutefois, elle aurait probablement été plus en sécurité en ville, songea-t-elle, désemparée. Et elle s'apprêtait à passer la nuit sur place, sans pouvoir verrouiller la porte du cellier.

— Quelqu'un pourrait pénétrer ici de nouveau, n'est-ce pas ?

— Peut-être que tu ne devrais pas rester ici ce soir, lui conseilla Caïn, lisant apparemment dans ses pensées. Je suis sûr que tes parents seraient ravis de t'héberger.

Elle secoua la tête.

— Tu n'imagines pas à quel point cela me tente en cet

instant précis de courir me réfugier chez papa et maman. Mais si je fais cela, je ne récupérerai jamais ma vie.

Aussitôt qu'elle eut laissé échapper ces mots, elle s'en voulut. Pourquoi faisait-elle une révélation aussi intime à un homme qu'elle connaissait si peu ? Même s'ils avaient échangé de torrides baisers.

Si sa confession l'embarrassa, il ne le montra pas.

— Dans ce cas, appelle quelqu'un pour lui demander de rester ici avec toi. Du moins pour cette nuit.

Carrant les épaules, elle secoua la tête.

— Je n'ai pas besoin d'un garde du corps. Je suis un officier de police entraîné, même si je ne travaille pas en ce moment.

Elle lui décocha un regard narquois.

— Je suis armée et dangereuse.

— Tu es armée ?

Son regard sceptique la détailla des pieds à la tête.

— En ce moment ?

— Eh bien, pas en ce moment. Mon Walther est enfermé sous clé dans le placard de la chambre. Mais je suis une bonne tireuse et j'ai des tas de munitions.

— As-tu vérifié que ton arme était toujours à sa place ?

Elle hocha la tête.

— Quand j'ai recherché des traces d'effraction.

— Pour ouvrir le loquet, il aura fallu un coupe-boulons. Y en avait-il un dans les parages ?

Elle avait inspecté chaque recoin du bungalow en tentant d'évaluer son état. Elle n'avait pas vu de coupe-boulons ni rien qui ait pu sectionner le loquet.

— Non.

— Donc quelqu'un savait que tu serais absente ce soir et connaissait le moyen d'entrer.

Il sembla réfléchir.

— Combien de personnes en ville connaissaient ces informations ?

Tandis qu'elle considérait de nouveau les inconvénients à vivre dans une petite ville, son cœur se serra.

— A vrai dire, quasiment toutes. Mon grand-père était le genre de personne qui connaissait tout le monde. Il ramenait toujours des gens chez lui, simplement pour s'asseoir un moment et discuter ou pour exhiber son dernier fusil de chasse, voire se vanter du nombre de conserves de tomates qu'il avait tirées de son jardin pour l'hiver.

— Tu dois vraiment reconsidérer ta décision de rester seule ici cette nuit.

Avant qu'elle ne puisse protester, son téléphone portable se mit à sonner.

— Allô ?

— Salut Sara, c'est Brad Ellis. Je viens de recevoir un appel du poste de police… Qu'est-ce que c'est que cette histoire d'un individu qui se serait introduit dans ton bungalow ?

Etre la fille d'un ancien enquêteur du bureau du shérif avait manifestement ses avantages, songea Caïn. Trois shérifs adjoints fouillaient les lieux à la recherche d'indices pendant que Sara discutait tranquillement dans la cuisine avec l'inspecteur Ellis, qui avait été le coéquipier de son père avant sa retraite.

De fait, Caïn pensa à partir. Sara n'avait certainement pas besoin de lui pour assurer sa sécurité, du moins pas tant que le bungalow grouillerait de policiers.

Mais, tôt ou tard, ces derniers repartiraient, y compris Ellis, et elle serait de nouveau seule.

Et beaucoup plus vulnérable qu'elle ne semblait prête à le reconnaître.

Elle était intelligente et coriace, il n'en doutait pas. Elle savait certainement utiliser le Walther enfermé dans son placard aussi bien qu'elle le prétendait. Mais il n'y avait aucune raison valable pour qu'elle reste seule toute la nuit.

Pas quand il pouvait rester avec elle et surveiller ses arrières.

Malheureusement, elle lui avait clairement fait comprendre qu'elle avait l'intention d'affronter seule cette menace. Ses yeux foncés l'avaient silencieusement mis en garde contre le fait même de lui offrir son aide. Elle voyait apparemment cette situation comme un défi qu'elle devait relever seule afin de conserver l'estime d'elle-même.

Il ne lui avait donc pas offert de rester.

Mais cela ne signifiait pas qu'il ne veillerait pas sur elle, qu'elle le veuille ou non.

Il s'éclipsa dans la nuit froide, relevant le col de sa veste pour se protéger du vent.

Il avait craint que les policiers n'eussent bloqué son pick-up mais ils lui avaient laissé une étroite voie de dégagement. De toute façon, il n'avait pas l'intention d'aller bien loin.

Il recula et descendit l'allée étroite jusqu'à la route. Cela faisait quelques années qu'il ne s'était promené dans ce secteur de Sandler Ridge mais si sa mémoire était fiable il y avait un virage, cinquante mètres plus haut, où il pourrait se garer et attendre que les policiers soient partis. Avec les arbres qui commençaient à perdre leur feuillage, il aurait probablement une vue convenable du bungalow. Quand les lumières s'éteindraient, il pourrait s'approcher sans encombre et s'installer pour monter la garde durant la nuit.

Son téléphone portable se mit à sonner peu de temps après qu'il se fut garé, émettant un bruit discordant dans la cabine silencieuse du pick-up. Il jeta un coup d'œil à l'écran. Quinn, bien sûr. Qui d'autre l'appellerait à cette heure tardive ?

— Que se passe-t-il, patron ?

— J'ai cru comprendre qu'il y avait eu un cambriolage au bungalow de madame Lindsey ?

Comment diable était-il au courant ?

— En effet.

— A-t-on emporté des objets de valeur ?

— Toutes ses notes sur le meurtre de Renée Lindsey. Heureusement pour elle, elle est très entourée.

— Malheureusement pour nous, quelqu'un sait tout ce qu'elle a appris sur cette affaire.

— Si ça peut être une consolation, il n'y a pas grand-chose.

Caïn grimaça à cette idée.

— Au fait, j'ai failli tomber sur Joyce Lindsey ce soir. Combien de temps supposez-vous qu'il lui faudra avant de comprendre que vous m'avez assigné l'enquête sur la mort de sa fille ?

— Pas longtemps, je le crains. Vous devriez par conséquent découvrir le plus de choses possible avant que cela n'arrive, répondit Quinn avec bon sens. En parlant de cela, du nouveau sur l'affaire ?

— Nous essayons toujours d'obtenir l'ADN de Jim Allen.

— Nous ?

— Sara Lindsey et moi.

Caïn jeta un œil en direction du bungalow : la première des trois voitures de police faisait marche arrière dans l'allée.

— Elle travaille avec vous ? poursuivit Quinn.

— Nous avons le même objectif. Et elle a des contacts en interne dont je n'oserais même pas rêver.

Le patron poussa un léger soupir à l'autre bout de la ligne.

— Etes-vous certain que vous ayez réellement le même objectif ? Il y a peu de temps encore, nous nous demandions si elle avait pu être responsable de la mort de son époux.

— Ça n'a pas été le cas. Elle veut la vérité autant que nous.

— Rappelez-vous, vous êtes mon employé, pas le sien.

— Compris.

Il raccrocha.

Plus loin dans la rue, les deux autres voitures de police quittèrent l'allée de Sara.

Caïn observa le bungalow. Combien de temps faudrait-il à Sara pour se mettre au lit ?

Non que ce fût important. Il n'avait l'intention d'aller nulle part.

— Je vais bien, papa. J'ai cloué la porte du cellier, et j'ai sorti mon Walther PPK.

Coinçant son téléphone portable sous son menton, Sara finit de débarrasser le désordre de la grande pièce, jetant les vestiges ravagés des coussins du canapé à la poubelle. Aussi fatiguée qu'elle fût, elle ne supportait pas l'idée de s'éveiller le lendemain dans le chaos qui l'avait accueillie quand elle avait franchi la porte plus tôt dans la soirée.

A défaut d'autre chose, conclut-elle, cette intrusion précipiterait sa prise de décision concernant le bungalow de son grand-père. Si elle décidait de le vendre, elle n'aurait aucune raison d'acheter un nouveau canapé.

— Je persiste à penser que tu devrais venir habiter avec ta mère et moi, insista Carl, l'inquiétude assombrissant sa voix.

— Papa, j'ai vécu seule à Birmingham pendant trois ans. Crois-moi, c'est beaucoup plus dangereux que de passer la nuit dans ce bungalow.

Elle n'était pas sûre de dire la vérité mais s'enfuir à la maison avec papa et maman serait un pas en arrière, pas en avant.

— Sais-tu ce que les intrus cherchaient ? lui demanda son père.

Ainsi, Brad Ellis ne lui avait pas fait part de cet élément de l'enquête. Elle lui en était reconnaissante.

— On a seulement emporté des papiers, répondit-elle vaguement. Rien qui ait vraiment de la valeur. Pas en termes monétaires, en tout cas.

— Quel genre de papiers ?

Bonjour la discrétion.

— Des notes et d'autres choses.

— Sur le meurtre de Renée Lindsey ?

— Oui.

Son père demeura silencieux un long moment, puis reprit la parole d'une voix grave et intense :

— On ne m'a pas donné l'autorisation de divulguer cette information mais je ne vais pas te la dissimuler, étant donné que tu es personnellement impliquée dans cette affaire. Brad m'a appris que l'on avait procédé en priorité à l'analyse ADN du dossier Ariel Burke.

Sara arpenta la pièce en direction de la fenêtre en façade, la gorge nouée.

— La comparaison de l'ADN avec celui du bébé que portait Renée ?

— Oui.

La voix de son père se résuma à un grommellement rauque.

— Et ?

— Les fœtus avaient le même père.

13

L'analyse ADN établissait une correspondance ! Sara l'avait soupçonné. Elle l'avait même espéré. Mais que son père le formule à voix haute fut comme un coup de poing.

— L'ADN peut-il nous renseigner sur le père ?

— Nous savons seulement qu'il est de type caucasien. J'imagine que si le comté pouvait s'offrir une analyse plus détaillée, nous pourrions déterminer de quelle région du monde ses ancêtres sont originaires, mais ce qu'il nous faut surtout, c'est un suspect. Sans cela, l'ADN ne nous sera pas d'une grande utilité.

Elle commença à se détourner de la fenêtre mais, au-dehors, un reflet lumineux attira son regard. Ouvrant les rideaux, elle observa la colline : un pick-up était garé de l'autre côté de la route, face au bungalow. L'ombre le dissimulait en grande partie. Seul le reflet de la lune sur le pare-chocs avant trahissait sa position.

Le pick-up de Caïn, s'étonna-t-elle. N'était-il pas parti depuis des heures ?

— Et si je venais t'aider à remettre de l'ordre ?

— Papa, ce n'est pas nécessaire…

— Est-ce un crime de vouloir voir sa fille ? Fais-moi ce plaisir, s'il te plaît.

Elle ne put réprimer un sourire.

— Très bien. Mais demain matin. Je vais aller me coucher.

Enfin ! ajouta-t-elle en silence, le regard toujours fixé sur le pick-up stationné au bout de l'allée.

— Appelle-moi à ton réveil demain matin, ajouta son père d'un ton ferme.

— Je n'y manquerai pas. Je t'aime papa. Embrasse maman pour moi.

Mettant fin à l'appel, elle se rapprocha de la fenêtre, s'efforçant de mieux distinguer le pick-up de Caïn. Elle finit par aller chercher l'antique paire de jumelles de son grand-père.

Caïn était assis sur le siège du conducteur, la tête renversée contre l'appuie-tête et les yeux clos. L'espace d'un instant angoissant, elle craignit le pire mais alors il se mit à bouger, fronçant les sourcils. Au bout d'un moment, son expression se détendit.

Manifestement, il avait projeté de rester là toute la nuit. Jouant les sentinelles pour elle.

Partagée entre la gratitude et l'exaspération, elle alla prendre une veste dans sa chambre. S'il avait l'intention de s'improviser garde du corps pour la nuit, il pourrait tout aussi bien le faire au chaud à l'intérieur du bungalow.

— Tu connais la légende des chutes de la Mère éplorée, n'est-ce pas ?

La voix de Renée flotta jusqu'à lui, depuis l'autre bout du pont de bois. Il s'était avancé d'un pas vif, évacuant sa colère, tandis qu'elle s'attardait pour cueillir les fleurs sauvages qui s'épanouissaient en une débauche de couleurs près du pied des chutes.

— Tu veux parler de la femme qui s'est jetée du pont parce que son compagnon avait été tué au combat ? railla-t-il. Ma grand-mère dit que c'est une idiotie. Aucune femme qui se respecte ne se montrerait aussi stupide.

Renée lui adressa une grimace.

— Tu n'es pas le moins du monde sentimental, n'est-ce pas ?

Je le pourrais, songea-t-il en embrassant du regard sa beauté naturelle tandis qu'elle le contemplait, debout à l'autre extrémité du pont, la tête penchée et le regard songeur.

Je pourrais être aussi sentimental que tu le souhaites. Aussi sentimental qu'il le faudrait, pour toi.

— Je suis enceinte, lança-t-elle.

Il fallut un instant pour que ses paroles pénètrent la brume de son désir. Et même lorsqu'elles prirent sens dans son cerveau confus, il ne put y croire.

— Tu es quoi ?

Elle traversa lentement le pont, s'arrêtant à un mètre de lui. L'expression de son visage oscillait entre la tristesse et l'espoir tandis qu'elle posait la main sur son ventre encore plat.

— Je suis enceinte. Et je vais garder le bébé.

Le froid le saisit, remontant de ses jambes jusqu'à sa poitrine où son cœur battait à un rythme lent et sourd, empreint de désarroi.

— Qui est-ce ?

Elle secoua la tête.

— Je ne le dirai à personne. C'est mieux ainsi.

— Mais il te doit…

— Peut-être. Mais il n'est pas prêt à me donner ce dont j'ai besoin. J'ai fini par m'en rendre compte.

Elle toucha sa main qui était posée sur le garde-fou du pont.

— Tu es tellement intelligent, Caïn. Trop intelligent pour te laisser pervertir par des notions sentimentales. C'est pourquoi tu n'auras jamais le cœur brisé.

Sur le moment, son cœur se brisa justement en mille

morceaux mais elle avait raison sur une chose. Il n'avait jamais entretenu l'espoir qu'elle soit sienne. Il l'avait désiré, oui. En avait rêvé, peut-être. Mais il ne l'avait jamais espéré.

— Qu'a dit le père quand tu le lui as appris ?

— Il l'ignore. Tu es la seule personne à qui je l'aie confié.

— Dans ce cas, comment sais-tu quelle serait sa réaction ?

— Il n'a pas de place dans sa vie pour mon bébé. Plus maintenant. Je ne l'obligerai pas à choisir.

Les lèvres de Renée esquissèrent un pâle sourire.

— Ce serait inutilement cruel de lui demander de choisir lequel il veut.

Un coup sonore frappé à la vitre arracha Caïn à son sommeil. Une lumière vive apparut, le faisant cligner des paupières. Une femme brune se tenait debout près de la portière.

Renée, pensa-t-il.

Puis il se ressaisit : c'étaient les yeux bruns de Sara Lindsey.

— Tu comptes rester ici toute la nuit ? lui demanda-t-elle à travers la vitre.

Il se redressa et entreprit de baisser la vitre. Mais elle se dirigeait déjà de l'autre côté du pick-up. Se penchant, il déverrouilla la portière pour la laisser monter.

Elle s'installa sur le siège près de lui, arquant un sourcil.

— Tu allais rester dehors toute la nuit ?

— Tu as seulement dit que tu n'avais besoin de personne pour veiller sur toi…

Il se frotta la mâchoire.

— Tu n'as pas interdit que quelqu'un traîne dans les parages pour surveiller ta maison.

Les lèvres de Sara s'étirèrent.

— Désolée, je t'ai surpris. Je veux dire, quand j'ai frappé à la vitre.

— Pas de problème, j'étais en train de rêver...

Il fronça les sourcils, s'efforçant de se remémorer des bribes de ce rêve.

— En fait, il s'agissait plutôt d'un souvenir. Remontant à la dernière fois que j'ai vu Renée avant sa mort. Nous nous étions retrouvés aux chutes de la Mère éplorée. Nous nous y retrouvions souvent... c'était pratiquement son endroit préféré sur terre.

— Oh ! Je vois. Cette légende sentimentale de suicide...

— Oui.

Il frotta ses yeux ensommeillés, son esprit s'égarant en direction de ce jour lugubre au sommet des chutes de la Mère éplorée.

— C'était le jour où elle m'a appris qu'elle était enceinte.

Sara se tourna pour le regarder.

— Pourquoi n'as-tu jamais parlé à personne de sa grossesse ?

— Elle m'avait demandé de ne pas le faire. Pas avant qu'elle ait pu le dire à ses parents. Je suppose qu'elle n'en a jamais eu l'occasion.

Il réprima un bâillement.

— Mais je pense que je viens de me rappeler quelque chose d'important. Une chose qu'elle m'a dite à propos du père du bébé.

— Une chose que tu ne t'étais pas rappelée jusque-là ?

— Ce n'est pas tant que je ne me la sois pas rappelée. Je ne lui ai simplement pas accordé la même importance à l'époque. Tu dois garder à l'esprit qu'alors je tentais d'éviter la prison.

— Tu n'étais donc pas disposé à fournir des informations. Mais la grossesse était un mobile de meurtre. Si le père a su…

— Il ne l'a pas su. Elle ne le lui a pas dit.

— Elle ne le lui a pas dit ?

Sara parut surprise.

— Je sais que nous présumons que la grossesse a été le mobile du meurtre de Renée…

— Ainsi que de celui d'Ariel, rappela Sara.

— Nous ne savons même pas si ces grossesses sont liées !

— Si, nous le savons à présent. Mon père m'a appelée, il avait des infos : l'analyse ADN a prouvé que les deux fœtus avaient le même père.

Tandis qu'il prenait conscience de toute l'implication de cette révélation, un frisson parcourut son corps, similaire à celui qu'il avait ressenti ce jour-là, dix-huit ans plus tôt, sur le pont des chutes de la Mère éplorée.

— Mon Dieu, je veux dire… nous soupçonnions que c'était possible, peut-être même probable…

— J'ai eu la même réaction, confia-t-elle en resserrant sa veste autour d'elle.

La nuit était devenue d'un froid glacial, réalisa Caïn. Ils devraient être au chaud, à l'intérieur du bungalow de Sara, pas assis dehors dans son pick-up.

— Je ne sais pas pour toi, mais je suis sur le point de me transformer en bloc de glace. Tu penses que tu pourrais t'accommoder de quelqu'un qui veillerait sur toi à l'intérieur de ton agréable bungalow chauffé ?

Comme elle hochait la tête, il mit le moteur en marche et remonta l'allée pour se garer derrière son pick-up. Il monta derrière elle les marches de la terrasse et attendit qu'elle ouvre la porte.

L'intérieur du bungalow était chaud et beaucoup plus propre que lorsqu'il en était parti.

— Désolée, le canapé est fichu mais prends une chaise. Tu as faim ?

Elle enleva son pull, révélant un T-shirt moulant à longues manches, s'arrêtant à la ceinture de son jean. Lorsqu'elle prit une poêle à frire dans le placard, le vêtement dévoila son ventre nu.

— Je ne suis pas très bonne cuisinière mais je peux tout de même préparer une omelette.

— Ça me convient.

Il tira une chaise et s'assit à la table de cuisine, d'où il pouvait l'observer.

— Il t'a fallu combien de temps pour remettre de l'ordre ?

— Deux heures.

Elle posa la poêle sur le brûleur et sortit une boîte d'œufs du réfrigérateur.

— Deux ou trois œufs ?

— Deux, ce sera parfait.

Il observait chacun de ses gestes.

— Es-tu vraiment sûr que Renée n'ait pas parlé de sa grossesse au père du bébé ? demanda-t-elle.

— Tout à fait sûr. Elle est morte le lendemain.

Il se rappela une autre chose à propos de cette journée, une chose qu'il avait oubliée avant que ce rêve ne l'évoque.

— Et elle a dit quelque chose de vraiment étrange ce jour-là. Elle a dit qu'elle ne lui demanderait pas de choisir.

— De choisir quoi ?

Sara le regarda par-dessus son épaule.

— Entre elle et une autre fille ?

Il acquiesça.

— Je suppose que j'ai toujours présumé que c'était le sens de ses paroles. Mais ce qu'elle a vraiment dit, c'est qu'il était inutilement cruel de lui demander lequel il voulait.

Elle se retourna, posant sur lui un regard scrutateur.

— Lequel ?

Il hocha la tête.

— C'est ce qu'elle a dit. « Lequel ».

— Que crois-tu qu'elle entendait par là ?

— Je l'ignore, reconnut-il. A la façon dont elle l'a dit, peut-être n'était-elle pas la seule fille que son mystérieux amant ait mise enceinte.

— Y a-t-il eu d'autres grossesses au lycée de Purgatory à cette époque ?

Il secoua la tête.

— Pas que je me souvienne. Mais peut-être n'était-ce pas une fille du lycée ?

Sara fronça soudain les sourcils.

— Jim Allen a un fils de dix-sept ans.

— Tu as raison, approuva-t-il, soudain écœuré.

— Ce qui veut dire que Becky Allen et Renée ont dû tomber enceintes à peu près au même moment. Et peut-être Renée a-t-elle découvert que Becky attendait un enfant.

— Cela aurait changé toute l'équation.

— Si elle le croyait prisonnier d'un mariage malheureux, peut-être était-elle suffisamment sentimentale pour penser pouvoir le ravir à Becky, avança Sara à voix basse. Mais marié, avec un bébé en route…

— Elle a dû comprendre qu'il avait déjà fait son choix, compléta Caïn.

Nombre des commentaires énigmatiques de Renée finissaient par prendre sens de manière assez pathétique.

Sara se retourna lentement vers la cuisinière et continua à préparer leurs omelettes en silence. A la raideur de sa posture, ce qu'ils venaient d'évoquer l'avait profondément affectée, devina Caïn.

— Je ne voulais pas croire que ce soit Jim Allen, reprit-elle après un moment. Je me suis convaincue, après la séance avec ta grand-mère, que je confondais peut-être les jours. Que, peut-être, je me rappelais une visite qui n'avait pas eu lieu le soir de l'accident.

— Mais tu étais prête à le confronter. Tu voulais recueillir son ADN.

— Je pense que je voulais le disculper, reconnut-elle en retirant la poêle du brûleur et en coupant la flamme. Je veux toujours croire qu'il y a une autre explication. Donnie tenait l'entraîneur en haute estime.

— Il y a d'autres jeunes de dix-sept ans à Ridge County. Cela aurait pu être un autre futur père. Ou quelqu'un qui avait déjà un enfant. Renée n'aurait pas voulu enlever un homme à sa famille, en particulier s'il y avait un autre enfant impliqué.

Sara secoua la tête.

— Nous devons prendre en considération les faits, pas ce que j'ai envie de croire. Le fait est que Renée travaillait au service des sports pour Jim Allen. Le fait est que Jim n'était pas marié depuis longtemps. Et je t'ai dit que Donnie soupçonnait que les Allen avaient des problèmes conjugaux à l'époque.

— Donc, l'entraîneur a peut-être pensé que son mariage battait de l'aile et il aura couché avec Renée, qui n'avait que quelques années de moins que lui. Elle était tout à fait le genre de fille sentimentale et facile à vivre capable de confondre sympathie et amour, désir et engagement.

— Mais alors Jim a appris que Becky était enceinte et tout a changé, compléta Sara.

Elle prit deux assiettes dans le placard au-dessus de l'évier et y déposa les omelettes.

— Peut-être a-t-il annoncé la grossesse de Becky à Renée avant qu'elle n'ait eu l'occasion de lui parler de la sienne, poursuivit Caïn.

— Et Renée a pris conscience qu'elle ne pouvait lui demander de choisir entre son enfant et celui de son épouse.

Caïn lui prit les assiettes des mains et les disposa sur la table pendant qu'elle sortait les fourchettes.

— Renée l'aimait peut-être assez pour prendre le risque qu'il quitte Becky pour elle, mais une fois qu'un enfant s'est trouvé impliqué…

Assise face à lui, Sara picora son omelette, donnant l'impression que la dernière chose qu'elle eût envie de faire était de la manger.

Caïn couvrit sa main de la sienne.

— Je sais que tu ne veux pas penser que l'entraîneur Allen ait pu faire une chose aussi terrible. Mais nous devons suivre cette piste aussi loin qu'elle nous mènera.

Elle le regarda, son expression soudain difficile à déchiffrer.

— Si nous avons raison et que Jim Allen est le père du bébé de Renée, alors il est aussi celui du bébé d'Ariel Burke.

— Et il les a presque certainement tuées toutes les deux.

Caïn baissa les yeux sur son omelette, tout appétit disparu lui aussi. Il adressa à Sara un regard d'excuse et repoussa son assiette.

— Je n'ai pas aussi faim que je le pensais.

— Moi non plus.

Elle s'adossa à sa chaise, sous le choc.

— Mais pourquoi tuer Renée ? Si elle n'avait aucune intention de lui parler du bébé, comment aurait-il appris qu'elle était enceinte ? Aurait-elle pu changer d'avis ?

Caïn s'accorda un moment de réflexion. Renée lui avait paru si résignée à avoir son enfant sans aucune aide du père. Il l'avait crue quand elle lui avait affirmé qu'elle n'avait pas l'intention de lui parler du bébé.

— Quelque chose aurait-il pu la faire changer d'avis ? répéta Sara.

— Elle m'a dit qu'elle ne révélerait à personne qui était le père. Elle le pensait vraiment.

— En ce cas, comment le père du bébé l'a-t-il découvert ?

— Je l'ignore.

Sara se releva d'un bond, comme mue par un excès d'énergie que son corps mince ne pouvait plus contenir. La détermination triste dans ses yeux le troubla.

— Où vas-tu ?

Elle se dirigeait vers la porte du bungalow.

— Chercher des réponses.

En passant devant le bureau près de la porte, elle fit une halte, le temps d'ouvrir le tiroir central et d'en sortir un rutilant Walther PPK dans un holster. Elle l'attacha à la ceinture de son jean et attrapa une épaisse veste de laine au portemanteau de l'autre côté de la porte.

— Et où as-tu l'intention d'aller les chercher ? lui demanda-t-il.

Il la rattrapa avant qu'elle n'ouvre la porte et referma sa main sur la sienne, posée sur la poignée.

Les yeux de Sara étincelaient de colère.

— Auprès de Jim Allen, bien sûr.

Un élan de désir se manifesta dans son ventre mais il le repoussa.

— Tu ne peux pas aller chez lui au milieu de la nuit, agiter ton arme sous son nez et exiger des réponses.

— Tu me crois vraiment stupide à ce point ?

Elle tenta de se dégager mais il resserra son étreinte.

— Je ne te crois pas stupide. Je pense que tu as désespérément besoin de réponses et que tu crois que Jim Allen peut te les fournir.

— Et s'il le peut ?

Le ton de sa question la révélait plus vulnérable qu'il ne s'y attendait.

— Je ne peux simplement pas rester assise à ne rien faire, il faut que je sache ce qui est arrivé, poursuivit-elle.

— A Renée ? Ou à Donnie et toi ?

— A nous tous, répondit-elle dans un souffle rauque. A moi. Je dois savoir pourquoi je nous ai précipités du haut de cette falaise.

Il la prit dans ses bras, cueillant sa nuque dans la paume de sa main. Elle résista légèrement puis s'abandonna à son étreinte, appuyant sa joue chaude contre son épaule.

Quelques instants plus tard, il se mit à lui caresser doucement le dos à un rythme hypnotique chargé de séduction qui électrisa l'atmosphère. Les meilleures intentions du monde n'auraient pu empêcher la réaction instantanée et attendue de son corps au contact de Sara.

Elle leva la tête, le regardant avec une détermination farouche.

— Tu aurais dû me faire savoir plus tôt que tu étais dehors, murmura-t-elle.

La gorge de Caïn se noua.

— Pour que tu puisses me renvoyer chez moi ?

— Pour que je puisse t'inviter à entrer, chuchota-t-elle, se hissant jusqu'à ce que ses lèvres effleurent les siennes.

Il ouvrit la bouche à son baiser et glissa la main sur la courbe de sa hanche pour l'attirer contre lui afin qu'elle sente l'effet qu'elle avait sur lui. Sa langue se mêla à la sienne, elle avait un goût de café et la suavité sous-jacente de la passion.

Elle le poussa en direction du salon, atteignant les vestiges du canapé. Quand elle prit conscience de l'état du sofa, elle eut l'air si perplexe qu'il éclata de rire.

— Il semblerait que je n'aie plus de canapé, pouffa-t-elle à son tour.

— Tu as un lit.

Elle rosit délicieusement.

— C'était le lit de mes grands-parents, dit-elle à voix basse. Je ne peux pas faire l'amour dans le lit de mes grands-parents !

Il rit de plus belle, la frustration cédant la place à une affection d'une intensité presque douloureuse.

— D'accord. Je n'oserai suggérer le sol. Ta grand-mère l'a probablement balayé.

Elle lui donna un léger coup de poing sur le bras.

— Hilarant.

Il prit son visage entre ses mains.

— Je pourrais retourner dehors dans le pick-up.

— Non. Nous allons trouver un moyen.

Elle était si adorable, livrée à ce conflit intérieur, qu'il faillit l'embrasser de nouveau. Toutefois le précédent baiser avait été à l'origine de cette situation confuse.

— Tu as un sac de couchage ? Je pourrais l'étaler sur ce qu'il reste du canapé.

Elle fixa le sofa avec scepticisme.

— Tu es certain ?

— Catégorique.

Elle exerça une pression sur sa main.

— Je reviens dans un instant.

Il fit le tour du salon, tentant d'apaiser le feu que son contact avait attisé en lui. Des bruits étouffés lui parvenaient du couloir où elle avait disparu.

Quand elle revint, portant un solide sac de couchage plié sur son bras, il était raisonnablement maître de sa libido quoique l'expression de consternation impuissante sur le visage toujours empourpré de Sara menaçât d'embraser de nouveau ses sens.

— Je suis désolée.

Elle lui fourra le sac de couchage dans les bras.

— Je ne suis pas aussi sexuellement libérée que je le croyais.

Il se retint de rire.

— Si cela peut t'aider à te sentir mieux, je ne me sentirais pas non plus vraiment à l'aise à l'idée de faire l'amour dans le lit de ma grand-mère. Surtout parce qu'elle me chaufferait les oreilles.

— Tu es très compréhensif.

Il ne put s'empêcher de lui toucher la joue. Ni d'ailleurs de laisser transparaître le désir dans sa voix quand il lui chuchota :

— Je suis très patient.

Le regard sombre de Sara s'embrasa en retour.

— Tant mieux.

Elle se hissa vers lui, effleurant sa bouche de ses lèvres avec une ardeur intense qui faillit le faire renoncer à ses bonnes résolutions.

Ecartant sa bouche, elle recula et lui lança un regard malicieux.

— Ne sois pas trop patient.

Un excès de patience ne serait pas le problème, songea-t-il alors qu'elle disparaissait dans la chambre.

Un rayon de lumière oblique s'insinua entre les rideaux et réveilla Sara, l'arrachant à regret à son rêve. L'espace d'un instant, un bruit de mouvement à l'avant du bungalow mit tout son corps en alerte jusqu'à ce qu'elle se rappelle comment s'était terminée sa soirée mouvementée.

Avait-elle vraiment renoncé à faire l'amour avec Caïn Dennison parce qu'elle ne pouvait se résoudre à ce que cela se passe dans le lit de ses grands-parents ?

Ramenant ses genoux sous sa poitrine, elle enfouit son visage brûlant dans ses mains. Pourquoi une chose aussi naturelle et normale que le sexe faisait d'elle une adolescente effrayée ? Cela faisait plus d'une décennie qu'elle n'était plus vierge. Donnie et elle avaient partagé une vie sexuelle excitante et épanouissante. Même durant la période plus stressante de leur vie conjugale, le sexe ne leur avait jamais posé problème.

Là était peut-être justement le problème. Faire l'amour avait toujours été merveilleux mais avec un seul et même homme.

Sans même parler d'aimer de nouveau… et si jamais elle ne parvenait pas à satisfaire un autre homme ?

Le bruit d'un coup frappé à l'avant de la maison lui vrilla les nerfs. Etait-ce la porte ?

Des pas résonnèrent dans le couloir puis il y eut un bruit de grattement à la porte de sa chambre.

— Sara ?

Elle attrapa le jean qu'elle avait enlevé la veille et l'enfila.

— Oui ?

— Ton père est à la porte d'entrée.

Le froid la saisit.

— Bon sang ! Il avait dit qu'il appellerait avant de venir.

Elle mit à la hâte son soutien-gorge et passa un pull par sa tête tout en se dirigeant vers la porte.

Tandis qu'elle l'ouvrait brusquement, Caïn recula.

— Tu savais qu'il viendrait ce matin et tu n'as pas pensé à m'avertir ?

— J'ai oublié, dit-elle avec un regard d'excuse. Mais il avait précisé qu'il appellerait.

— Je pourrais m'enfuir par l'arrière mais il a certainement remarqué mon pick-up garé dehors.

Il semblait très près de céder à la panique. Réfrénant une soudaine envie de rire, elle lui saisit les bras et le força à la regarder.

— C'est bon. J'ai largement dépassé l'âge de devoir demander le consentement de mon père.

— Mais il est armé.

Elle ne put s'empêcher de laisser échapper un petit rire.

— Oh oui, moque-toi de moi, marmonna-t-il. Ce n'est pas toi qu'il va poursuivre avec son fusil.

Elle riait toujours quand elle ouvrit la porte à son père. Mais l'expression grave du visage de Carl Dunkirk lui ôta toute envie de faire de l'humour. Accordant à peine un regard à Caïn, il entra accompagné d'un courant d'air froid et posa ses mains sur les épaules de Sara.

Une chape de plomb s'abattit sur elle.

— Il y a un problème ? C'est maman ?

Son père secoua la tête.

— Ta mère va bien. Il s'agit de Jim Allen.

Caïn s'approcha.

— Que se passe-t-il concernant Jim Allen ?

Carl laissa finalement son regard se poser sur Caïn, une légère curiosité animant un instant son visage.

— Un étudiant l'a découvert dans sa voiture garée sur le parking du lycée il y a une heure. Il semblerait qu'il se soit tiré une balle dans la tête.

— Il est mort ? s'enquit Sara, partagée entre la surprise et la consternation.

— Pas encore. Mais les médecins ne pensent pas qu'il survive.

14

L'élégante façade du centre médical de Westridge évoqua de désagréables souvenirs à Sara. Tandis qu'elle pénétrait dans l'hôpital avec Caïn et son père, l'odeur légèrement aseptisée des lieux la heurta de plein fouet et elle trébucha sur le tapis de l'entrée.

La main de Caïn se glissa sous son coude, l'aidant à retrouver son équilibre. Elle lui adressa un sourire incertain et il posa sur elle un regard inquiet mais ne fit aucun commentaire. Il continua de la soutenir tandis qu'ils allongeaient le pas pour rattraper son père.

La réceptionniste les orienta vers la salle d'attente des urgences. Quelques policiers en civil s'y tenaient près de la machine à café ainsi que l'inspecteur Brad Ellis. Il était assis à côté de Becky Allen et des trois enfants de celle-ci, visiblement en état de choc. Becky avait les yeux rougis et portait une tenue stérile, nota Sara.

Caïn dut le remarquer également car il lui chuchota à l'oreille :

— Sara, tu savais que madame Allen était infirmière ?

— Avant, elle travaillait chez un médecin de Barrowville, répondit-elle à voix basse. Je suppose que c'est toujours le cas.

— Sais-tu quel type de médecin ?

Quelque chose dans le ton de Caïn ramena son attention sur lui. Il regardait toujours Becky, l'air suspicieux.

— Je ne m'en souviens pas. Pourquoi ?

— Je me demandais seulement comment Jim Allen aurait pu avoir connaissance de la grossesse de Renée. Ou de celle d'Ariel Burke.

— Tu penses qu'il les a apprises par son épouse ?

— Nous devrions nous renseigner sur l'employeur de Becky. Et s'il s'avère qu'il est gynécologue obstétricien, nous devrons découvrir si Renée et Ariel étaient ses patientes.

La façon la plus rapide d'en avoir le cœur net serait de le demander à Becky elle-même, songea Sara. Mais avec tact et diplomatie vu la situation.

— Je vais aller parler à Becky, dit-elle à Caïn. Mais ce serait sans doute mieux que j'y aille seule.

Il hocha la tête, exerçant une pression sur son coude, comme s'il comprenait combien elle craignait ce qu'elle était sur le point de faire. Certes, elle le redoutait. Cela ravivait les souvenirs douloureux de son réveil dans ce même hôpital, deux semaines après son accident, lorsqu'elle avait appris que ces cauchemars décousus et terrifiants qui avaient hanté son coma n'étaient rien en comparaison de la perte qu'elle avait subie en réalité.

Elle s'avança vers la rangée de chaises où Becky et ses enfants étaient assis, ne sachant pas vraiment que dire. « Je suis désolée » paraissait totalement inapproprié. Elle n'avait jamais été le genre de personne qui pouvait rester assise pendant des heures, offrant une oreille compatissante. Elle était davantage dans l'action, dans la réparation.

— Sara…

Becky prit la parole avant qu'elle ne puisse trouver ce qu'elle allait lui dire. Elle tendit la main vers Sara et Sara la lui prit, la serrant doucement.

— Comment tenez-vous le coup ? demanda-t-elle, même si c'était une piètre entrée en matière.

— Aussi bien que nous le pouvons. Je ne parviens…

Elle regarda ses deux plus jeunes enfants, une expression peinée dans ses yeux rougis. Baissant la voix, elle ajouta :

— Je ne parviens pas à comprendre pourquoi c'est arrivé.

Sara se tourna vers Jeff, l'aîné des garçons. Comme sa mère, il avait les yeux emplis de larmes et semblait sous le choc.

— Bonjour Jeff, dit doucement Sara. Que dirais-tu d'aller chercher à la boutique une carte de prompt rétablissement pour ton père ?

Il hocha la tête et Becky chercha dans son sac une pièce de monnaie.

— Tiens, Jeff. Et emmène les petits, s'il te plaît.

Une fois qu'ils furent tous trois partis, Becky adressa un clin d'œil humide à Sara.

— Merci. Je ne pouvais pas parler librement devant les enfants. Ils ne comprendront jamais ce qu'a fait leur père. Je ne le comprends pas moi-même.

— Vous ne soupçonniez pas qu'il puisse être assez perturbé pour faire une telle chose ?

Becky secoua la tête, se tamponnant les yeux avec un mouchoir en papier.

— Non, pas quelque chose d'aussi tragique.

— Mais vous saviez que quelque chose l'inquiétait ?

Sara insista aussi délicatement qu'elle le put.

Après avoir inspiré profondément, Becky affronta son regard.

— Il était tracassé. Et secret. C'est devenu plus sérieux le soir de la réunion des anciens du lycée. Vous vous rappelez ? Vous étiez présente.

— Le soir où le shérif a annoncé la mort d'Ariel Burke ?

Becky parut plus affectée encore. Etait-elle au courant

de la grossesse d'Ariel ? se demanda Sara. Soupçonnait-elle Jim d'être le père de l'enfant ?

Craignait-elle qui l'ait tuée ?

— Ariel était-elle l'une de ses élèves ? s'enquit prudemment Sara.

Dans un lycée de taille aussi modeste que celui de Purgatory, les entraîneurs donnaient souvent des cours aux élèves en plus de la prise en charge sportive des équipes. Lorsque Sara y étudiait, l'entraîneur Allen enseignait l'histoire.

— Non, pas une élève, répondit Becky d'une voix sourde.

— Toutefois, il la connaissait ?

— La vedette de l'équipe des pom-pom girls ? Oh oui, il la connaissait.

L'amertume dans la voix de Becky était affilée comme un rasoir. Elle leva soudain les yeux comme si elle se rendait compte de ce qu'elle venait de révéler.

Sara fut déchirée entre son envie de chercher à obtenir plus d'informations et le souci de laisser Becky Allen gérer son chagrin en privé. Bien qu'elle eût fréquemment interrogé les membres d'une famille endeuillée au cours de ses enquêtes sur des homicides à Birmingham, quelque chose dans la douleur vive et l'humiliation de Becky l'incita à la ménager.

Elle jeta un regard en direction de son père : il conversait avec Brad Ellis. Caïn, quant à lui, avait disparu.

Se tournant vers Becky, elle ouvrit la bouche pour la prier de l'excuser un instant mais, avant qu'elle n'ait pu prononcer un mot, Becky saisit son bras avec une force surprenante et pencha la tête vers elle.

— Il y a une chose que je dois vous révéler, dit-elle, ses doigts s'enfonçant presque douloureusement dans le bras de Sara. Une chose que vous devez savoir, dont j'aurais dû parler depuis longtemps à quelqu'un. Mais Jim m'en a empêchée.

Oubliant la douleur dans son bras, Sara se pencha en avant.

— Quelle chose ? En rapport avec Jim ?

— Avec Jim. Et avec Donnie et vous.

Le visage de Becky se déforma.

— Jim m'a ordonné de ne rien dire. Il a prétendu que nous impliquer ne ferait que nous compliquer la vie. Que ce n'était pas comme si cela aurait changé quoi que ce soit.

— Est-ce à propos du soir de l'accident ? s'enquit Sara. Et de la visite que Donnie et moi nous vous avons rendue plus tôt dans la soirée ?

Sous l'effet de la surprise, les yeux de Becky s'agrandirent.

— Oh mon Dieu, vous vous en souvenez ?

— Pas complètement, reconnut Sara. Je ne me rappelle pas vraiment vous avoir vus ce soir-là. Je me souviens seulement que je me tenais à l'extérieur de votre maison. Je pense que c'était peu après le coucher du soleil, et Donnie et moi nous disputions.

Le front de Becky se creusa.

— A quel propos ? A cause de nous ?

— De Jim et de vous ?

Sara secoua la tête.

— Pourquoi penser une telle chose ?

— Sans raison. J'imagine que je cherche un indice expliquant le geste de Jim. Il ne m'a jamais expliqué pourquoi nous n'étions pas censés parler de cette soirée. Il a seulement prétendu qu'il serait fâcheux pour nous de nous en mêler. Il tentait d'obtenir une augmentation au lycée et je briguais le poste de présidente de la Ligue des femmes de Ridge County à l'époque. Il m'a fait remarquer que quelqu'un pourrait m'accuser de vous avoir trop fait boire ce soir-là.

— Je ne bois pas, lui répondit Sara. Et surtout pas quand je conduis.

— Je sais que vous n'avez pas bu ce soir-là. Je vous répète seulement ce que Jim m'a dit.

Becky pinça les lèvres.

— Vous semblez le suspecter de quelque chose d'autre. Est-ce parce qu'il a tenté de se tuer ? Vous pensez qu'il se sent coupable de quelque chose ?

Sara n'eut pas l'occasion de répondre. Jeff Allen était revenu de la boutique de cadeaux avec son frère et sa sœur. Sara se leva, faisant de la place aux enfants sur les chaises près de Becky.

— Je vais voir si quelqu'un a du nouveau, annonça-t-elle en lui tapotant l'épaule.

Elle rejoignit son père et Brad Ellis qui discutaient toujours à voix basse. Tandis qu'elle se joignait à leur petit comité, ils levèrent les yeux, l'air sombre.

— Du nouveau ? s'enquit-elle.

— Il est toujours en vie, répondit Brad, en lançant un regard furtif à Becky et aux enfants. Apparemment, ce n'est pas une fine gâchette, heureusement pour lui. Mais il est encore trop tôt pour savoir s'il va s'en sortir.

— Comment est-ce arrivé ? demanda Sara. Qui l'a découvert ?

— L'un des jeunes de l'équipe de base-ball. Davy Lavelle. Le pauvre gamin est complètement bouleversé, comme tu peux l'imaginer.

— Y avait-il une note ?

— S'il en existe une, nous ne l'avons pas trouvée, admit Brad. Mais nous ne sommes pas encore allés chez lui… nous préférions attendre d'en savoir plus sur son état de santé avant d'ennuyer Becky avec cela.

— Je pense que nous devons relever son ADN, décréta Sara.

Brad afficha une expression perplexe.

— Son ADN ?

Le père de Sara posa sur elle un regard inquisiteur.

— Tu penses qu'il est peut-être le père de l'enfant d'Ariel, c'est ça ?

Elle hocha la tête.

— Et aussi celui du bébé de Renée Lindsey.

— Voyons, intervint Brad, qu'est-ce qui pourrait t'amener à soupçonner Jim Allen ?

Il jeta de nouveau un regard à Becky et aux enfants, et Sara imagina aisément ce qu'il pensait. Même les yeux rougis et en état de choc, Becky Allen était toujours aussi belle que lorsqu'elle avait été élue reine du bal du lycée de Purgatory et qu'elle avait volé le cœur du garçon le plus craquant de l'équipe de base-ball. Pourquoi un homme marié à une telle femme aurait-il même l'idée d'aller voir ailleurs ?

Elle ne connaissait pas la réponse. Elle avait seulement appris, grâce à son expérience d'inspecteur de police, qu'une épouse séduisante n'était pas la garantie qu'un homme soit fidèle.

— Caïn Dennison t'a-t-il mis cette idée en tête ? lui demanda son père.

— Je suis capable d'avoir des idées par moi-même, rétorqua-t-elle d'un ton plus âpre qu'elle n'en avait l'intention.

— Très bien.

Elle lança un regard d'excuse à son père.

— Je me suis souvenue de quelque chose, concernant le soir de l'accident, qui m'a amenée à me demander si Jim Allen ne cacherait pas quelque chose.

Elle leur raconta sa dispute avec Donnie devant la maison des Allen.

— Et Becky vient de me confirmer que nous y étions allés ce soir-là.

— Tu plaisantes ?

Son père semblait interloqué.

— Nous avons lancé un appel à témoins pour tenter de déterminer ce que vous faisiez en ville ce fameux soir. Personne ne s'est manifesté. Et tu m'affirmes à présent que, depuis tout ce temps, Jim et Becky savaient où vous étiez ?

— Becky m'a expliqué que Jim l'avait convaincue de ne pas en parler. Il lui aurait dit qu'ils n'avaient pas besoin de se retrouver mêlés à une enquête de police alors qu'il était enseignant au lycée et qu'elle se présentait au poste de présidente de la Ligue des femmes.

— Ce n'est pas une raison, protesta Brad.

— Te rappelles-tu pourquoi vous leur avez rendu visite ? s'enquit Carl, refermant sa main, chaude et ferme, sur l'épaule de Sara.

Elle fit un signe de dénégation.

— Et je n'ai pas vraiment eu l'occasion de poser la question à Becky avant que les enfants ne reviennent de la boutique de cadeaux.

— Je ne m'étais pas rendu compte que Donnie et toi étiez amis avec les Allen, confia Brad.

— Nous ne l'étions pas. C'est ça le plus étrange.

Un mouvement dans son champ de vision périphérique attira son attention : Caïn était debout près de la sortie. Il fit un léger signe de tête dans sa direction.

— Excusez-moi un instant, dit-elle, s'éloignant déjà de son père et de Brad.

Caïn l'attira dehors vers un banc au soleil.

— J'ai préféré ne pas traîner dans la salle d'attente au risque d'irriter ton père et d'attirer l'attention. Qu'avait à dire Becky ?

— Davantage que je ne le pensais.

Elle lui fit part des révélations faites par l'épouse de Jim.

— C'était tellement bizarre de l'entendre parler d'un événement qu'elle se rappelait si clairement. Alors que je ne me souviens de rien.

— Peut-être que si tu pouvais retourner chez eux…

— Sous quel prétexte ?

— Prendre des choses pour Becky ? Il semblerait que Jim ait une chance de survivre mais, si c'est le cas, il restera hospitalisé un long moment. Pas en raison de sa blessure mais aussi pour l'évaluation psychiatrique.

— Et si je lui proposais de ramener les enfants chez eux ? Du moins les plus jeunes. Rester ici et voir Jeff et leur mère en proie à un tel tourment doit être terrifiant pour eux. Je pourrais rester avec eux jusqu'à ce que Becky puisse prendre ses dispositions pour les faire garder.

Et pendant qu'elle se trouverait sur place, elle pourrait jeter un coup d'œil pour voir si quelque chose raviverait sa mémoire.

— Bonne idée, approuva Caïn.

— Dans l'intervalle, essaie de découvrir où travaille Becky, ajouta-t-elle. Si c'est pour le médecin de Renée, c'est peut-être ainsi que Jim a appris qu'elle était enceinte.

— Es-tu sûre de vouloir aller seule chez les Allen ?

Presque vexée, elle lui lança un regard oblique.

— J'ai été inspecteur de police pendant des années, tu sais ? Je peux prendre soin de moi. Ou alors est-ce la partie baby-sitting qui t'inquiète ?

Il esquissa un sourire à cette dernière remarque puis redevint sérieux.

— A vrai dire, je pensais au fait qu'il subsiste un vide important dans ta mémoire et qu'une partie des souvenirs manquants est reliée à cette maison. Et si tu te rappelais quelque chose ? Quelque chose que tu n'aies pas envie de te rappeler ?

Son estomac se révulsa à cette idée. Il avait raison. S'il n'y avait pas de cause physique expliquant qu'elle soit incapable de se rappeler les heures manquantes de cette soirée, pourquoi ne parvenait-elle pas à se les rappeler ?

Qu'avait-elle vécu que son subconscient se refusait à évoquer ?

— Peut-être ne devrais-tu pas aller seule chez Becky.

— Je ne peux pas vraiment lui proposer de garder les enfants puis demander à emmener un ami.

Elle se releva.

— Je vais bien. Je ramènerai les enfants et je tâcherai de les distraire de leurs soucis. Puis, si j'en ai l'occasion, je jetterai un coup d'œil à la maison. Je verrai si quelque chose réveille mes souvenirs.

Caïn se leva aussi, lui effleurant le bras de ses doigts. Un frisson de pure attirance physique la traversa à ce contact fugace, aussitôt éclipsé par la douce chaleur tonifiante qui sembla les envelopper.

Tout cela ne se résumait pas à une simple attraction sexuelle, comprit Sara. Plutôt une véritable connexion. Quelque chose qui pourrait avoir une chance de durer, si c'était ce qu'elle voulait.

Etait-ce ce qu'elle voulait ?

— Si tu as besoin de moi, appelle-moi, reprit-il.

— Je n'aurai pas besoin de toi, protesta-t-elle en s'arrachant à son contact.

Ils devenaient trop proches, trop rapidement. Elle n'était pas prête à ressentir quelque chose d'assez puissant pour chambouler son existence. Caïn la regarda, l'air perplexe.

— Quelque chose ne va pas ?

Elle secoua la tête, refoulant un soudain accès de peur.

Puis elle regagna les urgences et s'avança vers Becky, toujours assise avec ses enfants, le regard apeuré.

— Aucune information de la part des médecins ?

Becky secoua la tête.

— Ils ont dit qu'il faudrait sans doute un moment avant qu'il n'y ait du nouveau.

— Et si je ramenais vos plus jeunes enfants chez vous ? suggéra Sara en s'asseyant sur la chaise libre près de Jeff. Cela leur ferait probablement du bien d'être soustraits à toute cette tension. Je pourrais les installer devant un film et rester avec eux le temps que vous trouviez quelqu'un d'autre.

Becky pencha la tête, ses yeux bleus empreints de gratitude.

— Cela ne vous ennuierait pas ?

— Pas du tout. Par contre, il faudrait que vous m'indiquiez le chemin. Cela fait un moment que je ne suis pas allée dans ce secteur.

— Bien sûr.

Pendant que Sara cherchait un stylo et du papier dans son sac, Becky s'adressa à ses deux plus jeunes enfants :

— Gracie et Jonah, vous aimeriez retourner à la maison ? Mademoiselle Sara est l'une de nos vieilles amies, à votre papa et moi. Elle vous laissera regarder des vidéos.

— Je pourrai aussi vous préparer du pop-corn, si vous le voulez, leur proposa Sara tout en tendant stylo et papier à Becky afin qu'elle lui note l'itinéraire.

La proposition ne suscita pas la moindre excitation chez les deux cadets mais ils suivirent Sara d'assez bonne grâce.

— Ne les laissez pas piocher dans les bonbons en haut du placard de cuisine, l'avertit Becky. Je les réserve pour Halloween.

— C'est entendu.

Avec un sourire d'encouragement à l'adresse de Becky et de son fils aîné, Sara emmena les deux plus jeunes enfants à l'extérieur puis jusqu'à son pick-up. Elle lança un bref regard à Caïn lorsqu'elle passa devant lui en sortant et il lui répondit par un haussement de sourcils.

Une fois qu'elle eut bouclé la ceinture de sécurité des deux enfants assis à l'arrière, elle prit l'autoroute en direction de Purgatory. Tandis qu'elle conduisait, elle réfléchit au chemin à prendre après la sortie de Purgatory. Il y avait des moyens plus rapides d'atteindre la maison des Allen à Quarry Heights mais, une fois qu'elle eut tourné en direction de la ville, elle opta pour Black Creek Road. La route de montagne était de loin la plus sinueuse et périlleuse mais, pour une raison inexplicable, c'était celle qu'ils avaient choisie, Donnie et elle, le soir de l'accident.

Peut-être qu'emprunter cette même route lui rafraîchirait la mémoire.

Le meilleur moyen de rallier l'autoroute menant à Birmingham était de prendre Madison Park Boulevard et non Black Creek Road. Il était donc peu probable qu'ils s'apprêtaient à quitter la ville ce soir-là. Mais ils n'avaient pas appelé ses parents, ni ceux de Donnie, pour les avertir qu'ils étaient en ville et qu'ils comptaient y rester. Et, pour autant que l'on ait pu le découvrir, ils n'avaient loué de chambre dans aucun des motels de la région. Les policiers avaient pourtant étendu leurs recherches jusqu'à Knoxville et Chattanooga. Apparemment, ils avaient prévu de passer la nuit sur place.

Mais pour faire quoi ?

Elle tenta de s'imaginer au volant du vieux pick-up de Donnie, celui qu'elle conduisait la nuit de l'accident.

Elle avait dû alors rouler sur cette route, quoique venant de la direction opposée.

Qu'avait-elle vu ? Qu'est-ce qui lui avait fait quitter la route ?

Et quel rapport cela avait-il avec Jim Allen ?

15

Caïn avait eu trente-six ans en juin. Il avait passé des années à l'armée, des années à parcourir le monde, faisant son chemin et forgeant sa propre personnalité.

Pourquoi diable se sentait-il alors comme un adolescent frappé de mutisme lorsqu'il envisageait de s'adresser à Carl Dunkirk ?

Le moyen le plus rapide de découvrir où travaillait Becky Allen, à défaut de le lui demander directement, était de s'adresser à quelqu'un qui la connaissait. Or, Carl Dunkirk connaissait tout le monde à Ridge County, probablement mieux que certains ne le souhaiteraient. Il avait été shérif adjoint pendant des décennies.

Mais il avait aussi été l'un des plus grands détracteurs de Caïn lorsque le corps de Renée Lindsey avait été retrouvé au pied des chutes de la Mère éplorée. Il avait traqué Caïn, certain que l'amitié que lui portait Renée avait causé la perte de la jeune fille.

Après tout, peut-être cela aurait-il fini par être le cas, songea Caïn. Lui-même n'avait jamais compris pourquoi elle semblait si déterminée à s'accrocher à leur amitié. Elle était le genre de fille qui aurait pu faire de grandes choses dans la vie si elle l'avait voulu.

Renée n'avait pas besoin de quelqu'un comme lui qui ne réussirait qu'à la freiner mais, chaque fois qu'il avait tenté de s'éloigner d'elle, elle avait refusé de le laisser partir.

— Vous avez quelque chose à me dire ?

La voix grave de Carl arracha Caïn à ses réflexions. Il leva les yeux : le père de Sara l'observait, l'air méfiant. Brad Ellis était allé parler à Becky Allen, laissant Carl seul près du bureau des admissions.

Caïn fit un pas en avant, tendu et nerveux, comme s'il était coupable. Il n'avait rien fait de mal pourtant. Enfin... rien excepté avoir tenté de mettre la fille de cet homme dans son lit. Et espérer pouvoir recommencer...

Prenant soin de dissimuler ses pensées, il baissa la voix.

— Savez-vous où travaille Becky Allen ?

La question sembla surprendre Carl.

— Pourquoi me demandez-vous cela ?

— J'ai remarqué qu'elle portait une tenue stérile. Travaille-t-elle dans un hôpital ?

— Elle travaille pour le docteur Reed Clayton, à Barrowville.

— Dans un cabinet privé ?

Carl hocha la tête.

— L'unique gynécologue obstétricien du comté.

Caïn exhala un long soupir.

— Y travaille-t-elle depuis longtemps ?

— Depuis des années. Pourquoi cela ?

— Y travaillait-elle il y a dix-huit ans ?

Carl ne répondit pas aussitôt, il semblait réfléchir à toute vitesse.

— Oui, lâcha-t-il finalement d'un ton lugubre.

Le ventre de Caïn se noua.

— Le docteur Clayton était-il le gynécologue de Renée ?

Carl hocha lentement la tête.

— Probablement aussi celui d'Ariel Burke.

— Quelqu'un devrait vérifier cela.

Caïn se frotta la mâchoire, tournant son regard en

direction de Becky Allen : elle tenait serrée la main de son fils tout en répondant aux questions de Brad Ellis.

— Vous pensez que c'est par ce biais que Jim Allen a découvert que les filles étaient enceintes ? Vous croyez qu'il était le père de ces enfants ?

La voix rocailleuse de Carl détourna le regard de Caïn du visage couvert de larmes de Becky.

— En effet. Nous avons besoin de cet échantillon d'ADN.

— J'en parlerai à Ellis.

Deux hommes portant l'uniforme du service des urgences de Ridge County s'avancèrent à grands pas vers la porte tout en discutant. Brad Ellis se leva et se hâta de les intercepter avant qu'ils n'atteignent la sortie.

Quand Carl alla se joindre à eux, Caïn lui emboîta le pas. Tous deux les rejoignirent au moment où Brad leur demandait :

— A-t-il été conscient à un moment de l'intervention ?

— Seulement brièvement, juste après que nous sommes arrivés, répondit le plus grand des deux auxiliaires médicaux, ses yeux bleus jetant un regard furtif à Caïn.

Ils avaient été autrefois dans la même classe, réalisa Caïn. Cet homme était l'un des amis de Josh Partlow dans l'équipe de football. Mais quel était son nom ?

— A-t-il au moins dit quelque chose ? leur demanda Carl.

Si Brad Ellis fut irrité par l'ingérence de son aîné dans l'interrogatoire, il n'en montra rien.

— Je dois dire que c'était plutôt bizarre, reconnut l'autre auxiliaire médical. Cet homme s'est tiré une balle dans la tête. D'ordinaire, ces patients ne se montrent pas très bavards. Je dirais qu'il a mal visé et qu'il a eu de la chance. C'était aussi un petit calibre… sinon nous attendrions l'entrepreneur des pompes funèbres.

— Qu'a-t-il dit ? insista Caïn.

Carl et Brad Ellis lui jetèrent tous deux un regard étonné.

— Il a dit : « Elle est folle. Ne la laissez pas lui faire de mal. Elle est en danger. »

Brad Ellis parut perplexe mais Carl plongea son regard dans celui de Caïn.

— « Elle » ?

— C'est ça, mais il l'a dit à deux reprises, précisa le plus grand des deux hommes. Ensuite, il a perdu conscience et nous l'avons emmené.

Ellis les remercia.

Après le départ des deux hommes, il s'adressa à Carl :

— Sais-tu de quoi il retourne, Carl ?

Carl posa un regard morne sur Becky Allen.

— Je crains de commencer à comprendre.

Sara n'avait aucun souvenir conscient de sa précédente visite à la maison des Allen mais un sentiment de déjà-vu s'attacha à ses pas tandis qu'elle remontait l'impeccable allée pavée jusqu'à la jolie maison. Derrière celle-ci, un vaste jardin se terminait par une clôture à environ vingt mètres d'un à-pic peu profond surplombant Warrior Creek.

A moins d'un kilomètre en aval, Warrior Creek déversait ses eaux sur les chutes de la Mère éplorée.

Il devait être facile pour Jim Allen de longer la berge du ruisseau jusqu'aux chutes, songea Sara. Et Renée Lindsey adorait s'y rendre, lui avait confié Caïn. C'était une sentimentale, émue par l'idée d'un amour tragique. Etait-ce elle qui avait suggéré les chutes de la Mère éplorée comme lieu de leurs rendez-vous secrets ?

Qu'en était-il pour Ariel Burke ? Jim Allen s'était-il remémoré ses rendez-vous galants avec Renée Lindsey aux chutes et avait-il persuadé cette jeune écervelée qu'était Ariel de le retrouver également là-bas ?

— Pouvons-nous regarder Scoubidou ? demanda Jonah avant qu'ils n'aient franchi la porte d'entrée.

Sara observa Gracie, l'aînée des deux enfants. Agée de onze ans, elle était à l'aube de l'adolescence et promettait d'être aussi belle que sa mère. Elle était aussi la plus grave des deux, le poids de la tragédie assombrissant ses doux yeux verts.

— C'est bon, fit-elle, maman le laisse tout le temps regarder.

— Va pour Scoubidou, déclara Sara, refermant la porte à clé derrière eux.

Gracie alla chercher le DVD dans une vitrine du salon et mit le disque dans le lecteur tandis que Jonah s'installait devant la table basse, ses petits doigts errant au-dessus du jeu d'échecs qui occupait la moitié du plateau de verre. Il prit des pièces et les reposa, le front creusé alors qu'il regardait l'échiquier.

Gracie pressa quelques-unes des touches de la télécommande et le film commença. Jonah prit le roi noir sur l'échiquier et le garda serré dans son petit poing alors qu'il s'installait pour regarder le film.

Gracie se tourna vers Sara, ses yeux verts emplis d'une maturité poignante.

— Papa joue avec les pièces noires, lui expliqua-t-elle. Il apprend à Jonah à jouer.

Elle poussa un profond soupir qui brisa le cœur de Sara.

— Je veux dire, il lui apprenait à jouer.

Sara eut envie de prendre la petite fille dans ses bras et de la serrer si fort que plus rien jamais ne puisse lui arriver, mais il émanait de Gracie toutes sortes de signaux défensifs. Elle se résigna donc à lui adresser un sourire doux.

— Il lui apprendra de nouveau. Aussitôt qu'il rentrera à la maison.

Gracie leva les yeux vers elle comme si elle la perçait parfaitement à jour. Toutefois, elle n'ajouta rien. Elle se contenta d'aller s'asseoir près de son frère sur le canapé. Puis elle glissa subrepticement sa main vers l'échiquier, subtilisa la reine noire et referma son propre petit poing autour de la pièce.

Clignant des paupières pour réprimer ses larmes, Sara battit en retraite dans la cuisine. C'était une grande pièce spacieuse, emplie de couleurs chaudes et d'odeurs accueillantes. A l'une de ses extrémités, une table rectangulaire occupait un vaste coin-repas. Sara alla s'y asseoir, s'efforçant de se rappeler.

Donnie et elle s'étaient trouvés là, dans cette maison, ce soir-là. Pourquoi était-elle incapable de s'en souvenir ?

Elle tenta de se représenter Jim Allen assis en bout de table. Il avait toujours été un homme amical, un homme qui parlait facilement, qui plaisantait librement et racontait de bonnes histoires. Un homme charmant. Un homme qui n'avait jamais rencontré un adversaire dont il ne pût se faire un ami.

Quelle était cette histoire qu'il lui avait racontée une fois, à propos de l'éleveur de porcs et du vendeur de bibles…

Elle se redressa. Jamais il ne lui avait raconté une telle histoire. Elle n'avait jamais été proche de lui. Alors pourquoi se remémorait-elle cette blague ?

— Mademoiselle Sara ?

La voix de Gracie envoya une pure décharge d'adrénaline le long de sa colonne vertébrale.

Mais elle réussit à afficher un sourire à l'adresse de la petite fille au visage grave.

— Oui ?

— Mon chaton est devenu grand maintenant. Vous voulez le voir ?

Une bribe de souvenir titilla la mémoire de Sara. Un minuscule chaton blanc avec seulement une touche de chocolat sur le nez, les pattes et la queue.

— Bien sûr, acquiesça-t-elle en se levant pour prendre la petite main que lui tendait Gracie.

La fillette la conduisit à l'étage, dans une chambre aux murs lavande où se trouvait un petit lit couvert d'une couette blanche au motif de petites violettes. Sur l'oreiller, un chat siamois au poil soyeux cligna des yeux à leur arrivée.

— Il était tout petit la dernière fois que vous l'avez vu, commenta Gracie en prenant le chat dans ses bras. Il est mignon, n'est-ce pas ?

Le chat ronronna de contentement, tendant une patte pour l'enrouler autour du cou de Gracie. Sara sourit : enfant, elle avait toujours aimé les chats. Cela lui avait manqué de ne pas avoir eu d'animal de compagnie lorsque Donnie et elle vivaient à Birmingham, mais leurs emplois du temps les auraient empêchés d'accorder à un animal l'attention qu'il méritait.

— Il est magnifique, renchérit Sara.

La voix de Donnie murmurait à son oreille aussi sûrement que s'il se tenait dans la pièce avec elles.

Il s'y était tenu, se souvint-elle soudain. Il s'était tenu là exactement, près d'elle dans la chambre de Gracie, tandis que la fillette — trois ans plus jeune, ce soir fatidique — leur avait montré son chaton pendant que ses parents mettaient la table au rez-de-chaussée.

« Quand tout ceci sera terminé, avait-il murmuré à Sara, nous prendrons un chat. Je te le promets, nous allons lever le pied et reprendre le contrôle de notre vie. »

Des larmes lui brûlèrent les yeux tandis qu'elle tendait

la main pour caresser les oreilles foncées du chat. Le ronronnement vibrant contre la pulpe de ses doigts, elle croisa le regard doux de Gracie.

— Gracie, tu te rappelles m'avoir déjà rencontrée, n'est-ce pas ?

L'enfant hocha la tête.

— Vous et votre mari. Il était gentil.

Sara sourit.

— Il l'était, en effet.

— Maman dit qu'il est mort. Je suis vraiment désolée.

Sara résista à l'envie de caresser la joue de la fillette.

— Merci.

Gracie cligna des yeux, comme refoulant ses larmes.

— Je vais aller voir ce que fait Jonah. Il pourrait faire une bêtise si je ne le surveille pas. Maman dit qu'il faut toujours garder un œil sur lui, sinon il se met dans des situations impossibles.

Elle reposa le chat sur son oreiller où il se roula en boule, s'apprêtant à se rendormir.

Sara la suivit au rez-de-chaussée, comme flottant sur une mer de glace.

Tandis qu'elle laissait la fillette dans le salon avec son frère, retournant pour sa part dans la cuisine, des frissons glacés parcoururent ses bras et ses jambes.

Elle s'assit à la table, s'agrippant à son bord tandis que le bloc de glace mental volait en un millier d'éclats, chacun des fragments représentant une bribe de souvenir. Cette table. Cette pièce. Le chaton. Le sourire édenté de Gracie. Le genou récemment écorché de Jonah.

« Il est aussi maladroit que son père », avait constaté Becky avec un sourire contrit…

Et l'inquiétude dans les yeux de Jim Allen lorsque Donnie avait commencé à poser des tas de questions gênantes après le dîner.

Des questions à propos de sa relation avec Renée.

Pas plus que Jim, Sara ne s'était attendue à cet interrogatoire serré et elle avait tenté de persuader Donnie de partir : une embuscade n'était pas le moyen d'obtenir les réponses qu'il cherchait. Tout ce qu'il avait réussi à faire était de s'aliéner Jim et de rendre Becky extrêmement nerveuse. Elle s'était affairée, jouant les hôtesses accomplies, tentant de calmer cette tempête inopinée.

— Mademoiselle Sara ?

La voix douce de Jonah la ramena brusquement au présent. Clignant des paupières, elle chassa ces souvenirs et croisa le regard du petit garçon aux yeux rougis.

— Oui ?

— J'ai faim.

Sara consulta sa montre : il était presque midi.

— Qu'est-ce qui te ferait plaisir ?

— Un potage de poulet aux vermicelles.

— Je peux te préparer ça, lui répondit-elle avec un sourire en se levant.

Elle maîtrisa le tremblement de ses genoux et se dirigea vers le placard.

— Et pour Gracie ?

— Je n'ai pas faim, lui répondit celle-ci depuis le salon.

— Eh bien fais comme si c'était le cas. Qu'aimerais-tu manger ?

Gracie resta muette pendant un moment puis elle conclut :

— Un potage de poulet aux vermicelles, moi aussi.

Sara se tourna vers Jonah qui l'observait avec des yeux curieux.

— Tu as besoin d'autre chose ?

— Mon papa va mourir ?

Le cœur de Sara se serra. S'agenouillant, elle posa les

mains sur les épaules de Jonah et le regarda droit dans les yeux.

— Je sais qu'il est dans un très bon hôpital avec des médecins vraiment excellents.

Westridge était l'un des meilleurs hôpitaux de l'Etat pour les traumas. Si Jim Allen avait une chance de survivre à la blessure qu'il s'était infligée, il était au bon endroit pour cela.

— Et puis, il est fort, n'est-ce pas ? C'est un homme solide et résistant.

Jonah hocha la tête.

— Il est comme un super-héros.

— Exactement. Alors tu continues de penser comme ça, d'accord ? Ton père va lutter aussi fort qu'un super-héros pour aller mieux et rentrer à la maison auprès de vous. Entendu ?

— Entendu.

Pendant que Jonah retournait dans le salon, Sara retint un soupir. Pourvu qu'elle ait raison !

Elle ouvrit le placard au-dessus de l'évier. Il n'y avait pas de conserves mais plusieurs petits sachets en plastique contenant des bonbons. Toute une variété de couleurs… des rouges, des verts et des jaune pâle assez alléchants. Sara prit le sachet de bonbons jaunes et l'ouvrit. Une odeur âcre s'en éleva et lui piqua le nez.

Des bonbons au citron, songea-t-elle, un autre souvenir fusant à travers les brumes de sa mémoire fragmentée.

« Je les ai faits moi-même », avait déclaré Becky avec un sourire trop enjoué tandis qu'elle leur présentait une coupe remplie de bonbons au citron enrobés de cristaux de sucre, image même de l'hôtesse tentant désespérément de ramener de l'ordre dans le chaos qu'avait semé Donnie avec ses questions incisives.

Elle-même mal à l'aise face à son comportement soudain

agressif, Sara avait affiché un sourire d'excuse et pris un bonbon. Mais après avoir goûté la confiserie trop acide, elle l'avait discrètement glissée dans une serviette qu'elle avait jetée dans une poubelle proche.

Donnie, en revanche, avait mangé son bonbon au citron sans sourciller, tel un requin qui jouerait avec sa malheureuse proie. Sara n'avait encore jamais remarqué cette facette de la personnalité de son époux et cela avait été extrêmement perturbant.

« Elle vous a aidé à noter des devoirs, avait poursuivi Donnie, refusant de se laisser distraire par les convenances. Renée passait beaucoup de temps avec vous, n'est-ce pas ? Après le départ de tout le monde… »

Son ton avait été sans appel.

Jim avait blêmi mais Becky… Becky avait presque semblé ravie. Son expression était restée assez placide, mais une lueur de satisfaction avait animé ses yeux bleus froids comme si elle se réjouissait secrètement de l'embarras de son époux.

Elle savait, pensa Sara, son ventre se nouant. Becky était au courant de la liaison de Jim avec Renée. Et elle avait pris plaisir à voir son époux se débattre.

Donnie n'avait pas été le seul prédateur dans la pièce, ce soir-là.

16

S'empêcher de scruter Becky Allen fut plus difficile que Caïn ne l'aurait cru. Mais il ne voulait pas effrayer l'épouse de l'entraîneur.

— Nous ne pouvons négliger le fait que Jim Allen se soit tiré une balle dans la tête, fit remarquer Brad Ellis à voix basse. Même si Becky l'a mis au courant des grossesses, cela ne signifie pas qu'elle ait su qu'il était le père, ni qu'aucun d'eux ait mis à profit ces informations pour tuer ces filles.

— Nous ignorons même si cette tentative de suicide est reliée à l'un des meurtres, admit Carl.

— Sommes-nous certains qu'il s'agisse d'une tentative de suicide ? s'enquit Caïn.

Les deux autres hommes le regardèrent.

— Vous pensez qu'une autre personne lui a tiré dessus ?

— Je ne suis sûr de rien.

Il glissa un regard oblique en direction de Becky Allen. Elle regardait fixement l'accès aux urgences, comme si elle attendait qu'un médecin en sorte pour lui donner des nouvelles.

— Combien de temps encore avant que quelqu'un ne puisse confirmer qu'Ariel Burke était bien une patiente du docteur Clayton ?

Ellis se frotta le menton.

— Les Burke étaient absents lorsque j'ai appelé. Et

le cabinet du docteur Clayton ne nous fournira aucune information sur ses patientes sans un mandat.

— La fille est morte.

— Cela ne semble pas faire de différence concernant le secret médical.

Frustré, Caïn mit les mains sur ses hanches. Au même moment, son téléphone vibra dans sa poche. Il le sortit et consulta l'écran : il avait manqué un appel de Sara.

Il sortit à l'extérieur et la rappela mais l'appel fut aussitôt orienté vers la boîte vocale. Il laissa un message et revint dans la salle d'attente.

L'inspecteur Ellis et Carl Dunkirk y étaient en conversation avec un homme portant une tenue stérile de chirurgien. Il rejoignit le petit groupe au moment où le médecin déclarait :

— Il faudra des jours avant que nous ne puissions le sortir du coma. Le fait que le coup de feu ne l'ait pas tué ne signifie pas que les lésions cérébrales ne termineront pas le travail. Et je ne voudrais pas vous donner de faux espoirs quant à sa capacité à se souvenir de grand-chose.

— Est-il possible qu'il ne se soit pas lui-même infligé cette blessure ? s'enquit Carl.

Le médecin lui adressa un regard perplexe.

— Je ne suis pas un expert médico-légal. Je vous dirai qu'il y avait des pointillés autour du point d'entrée de la balle. Je suppose donc que le canon de l'arme était à moins de quinze centimètres de sa tête quand celle-ci a fait feu.

Cependant, cela ne signifiait pas que Jim avait appuyé sur la détente, songea Caïn en balayant la salle d'attente du regard. Becky les observait-elle ? Que déduirait-elle de ce conciliabule impliquant des policiers, un médecin et le monstre de Ridge County ?

Jeff Allen était toujours assis à la même place, recroquevillé vers l'avant, portant toute la misère du monde sur ses frêles épaules.

Toutefois, Becky Allen n'était pas là.

Il jeta de nouveau un regard circulaire, cherchant les cheveux blonds de Becky, mais elle avait disparu.

Il saisit le bras de Carl Dunkirk. Surpris, celui-ci fit volte-face.

— Quoi ?

— Becky Allen n'est plus dans la salle d'attente.

Le regard de Dunkirk suivit le même itinéraire que le sien… D'abord vers la rangée de chaises où était assis, souffrant en silence, le fils aîné de Jim Allen puis il fit le tour de la pièce.

— Avez-vous vu où elle est allée ?

— Non.

Dunkirk traversa la pièce à grandes enjambées en direction de Jeff. Réglant son pas sur le sien, Caïn le mit en garde dans un murmure :

— N'effrayez pas ce gamin, monsieur Dunkirk.

Dunkirk ralentit le pas et se tourna vers Caïn.

— Est-ce ce que je vous ai fait ?

L'espace d'un instant, Caïn se retrouva dans la salle d'interrogatoire du bureau du shérif de Ridge County, transpirant et tremblant tandis qu'il attendait que Dunkirk cesse de le regarder fixement et commence à lui poser des questions. Il avait déjà été sérieusement ébranlé par la douleur de la perte de son amie à laquelle venait s'ajouter la fureur sur le visage du shérif adjoint.

Avant qu'il ait pu trouver les mots pour répondre à la question de Dunkirk, celui-ci posa une main sur son épaule.

— Je suis désolé. Nous voulions tous des réponses et vous sembliez être le suspect tout désigné.

— Tout comme nous pourrions nous tromper concernant Jim et Becky Allen, lui rappela Caïn à voix basse.

— Mais vous ne le pensez pas, n'est-ce pas ?

Caïn secoua la tête.

— Gardez seulement votre calme avec leur fils. Il est peu probable qu'il soit au courant de quoi que ce soit.

Dunkirk lança un regard à Jeff.

— Vous avez raison.

Ils continuèrent à s'avancer vers le jeune homme d'un pas plus mesuré et vinrent s'asseoir de chaque côté de lui. Lorsque Dunkirk prit la parole, sa voix était amicale.

— Tu tiens le coup Jeff ? Tu veux quelque chose à boire ? Quelque chose à manger ?

Jeff secoua la tête, l'air anéanti.

— Maman m'a proposé de me rapporter quelque chose en revenant tout à l'heure, mais je pense que je ne pourrai rien avaler.

— Où est-elle allée ? demanda Caïn.

Jeff leva les yeux vers lui, l'air perplexe.

— Est-ce que je vous connais ?

Caïn secoua la tête.

— Je connais ton père. Du lycée.

Les lèvres de Jeff esquissèrent un pâle sourire.

— Tout le monde semble connaître papa du lycée.

— C'est une petite ville, expliqua Caïn, lui souriant en retour. Ta mère est-elle rentrée à la maison ?

— Je pense. Elle a dit qu'elle devait aller chercher des formulaires d'assurance et elle m'a demandé si ça ne me gênait pas de rester seul ici.

Il releva son menton tremblant.

— Je vais devoir être l'homme de la maison jusqu'au retour de papa. Autant commencer maintenant.

Dunkirk tapota l'épaule de Jeff.

— Tu t'en sors bien, mon garçon. Ton père sera vraiment fier quand il l'apprendra.

Son regard croisa celui de Caïn au-dessus de la tête du garçon.

— Nous venons de parler au médecin, reprit Caïn. Il donne l'impression de penser que ton père est un véritable battant.

— Il l'est, renchérit Jeff avec une fermeté que démentit le tremblement de ses mains. Il est l'homme le plus endurant que je connaisse.

— Nous allons nous assurer que le médecin vienne te parler en l'absence de ta mère, déclara Dunkirk en se levant.

D'un signe de tête, il enjoignit à Caïn de le suivre.

Caïn le rattrapa aux admissions des urgences.

— Pensez-vous qu'elle soit vraiment rentrée chez elle ?

Dunkirk haussa les épaules.

— Peut-être. Probablement.

Son front se creusa soudain et il parcourut de nouveau la salle des yeux.

— Où est Sara ?

Carl n'avait pas dû la voir emmener les enfants, réalisa Caïn. Il était en pleine conversation avec Brad Ellis à ce moment-là.

— Elle a emmené les cadets des Allen chez eux pour les soustraire à ce stress.

Dunkirk parut soucieux.

— Est-ce tout ?

De toute évidence, il connaissait bien sa fille.

— Elle voulait jeter un coup d'œil à la maison, voir si se trouver là raviverait sa mémoire. A propos du soir de l'accident.

— Et si c'est le cas ? s'enquit Dunkirk d'un ton lugubre. Que se passera-t-il si Becky débarque au moment où elle a un flash et qu'elle découvre que Sara se rappelle une chose qui pourrait les incriminer, Jim ou elle ?

Caïn ravala un juron et vérifia son téléphone. Pas de nouvel appel de Sara depuis celui qu'il avait manqué, pas même une réponse au message qu'il lui avait laissé. Il rappela et tomba de nouveau sur la boîte vocale. Puis il croisa le regard de Dunkirk. Celui-ci hocha la tête.

— Allez-y. Je demande à Ellis d'envoyer une voiture de police en renfort. Pendant ce temps, je vais voir si nous pouvons accélérer la recherche de correspondance d'ADN.

— Entendu.

— On reste en contact, lança Dunkirk.

Caïn gagna la sortie à toute allure puis fonça à travers le parking, évitant piétons et véhicules, pour rejoindre son pick-up.

Sara resserra son étreinte autour du sachet de bonbons au citron, saisie d'une sensation étrange, comme si des milliers de petites bulles se formaient derrière ses yeux. Le monde était soudain déphasé, la Terre avait légèrement basculé de son axe et tout tournait une fraction de seconde trop vite.

Ses papilles lui renvoyèrent le souvenir de l'acidité du bonbon, de la brûlure aigre qui l'avait amenée à le faire glisser dans la paume de sa main puis dans une serviette avant que les cristaux de sucre n'aient fini de fondre sur sa langue. Donnie aimait les saveurs acidulées. Sara préférait les friandises plus onctueuses et consistantes comme le bon chocolat et les caramels au beurre salé.

Les Allen connaissaient-ils les goûts de Donnie ? Lui avaient-ils donné quelque chose dans les bonbons au citron qui l'aurait étourdi ? Etait-ce la raison pour laquelle elle conduisait le Silverado ce soir-là ?

Elle massa son front soudain douloureux, tentant de se rappeler ce qui s'était passé ensuite. Il avait mangé le bonbon tandis qu'il cuisinait Jim Allen à propos de sa relation avec Renée : il avait entendu les rumeurs sur ses liaisons récurrentes, chaque année, avec des élèves de terminale du lycée.

Cependant, tandis que la tension s'était exacerbée dans le salon, les mouvements de Donnie étaient devenus incertains et agités, et son élocution approximative jusqu'à ce que son discours ne s'apparente finalement à du charabia.

Elle en avait été terrifiée, craignant que son obsession pour le meurtre de sa sœur ne l'ait en fin de compte fait basculer dans la démence. Qu'il ait finalement craqué, sous le poids de la douleur et de la colère. Elle l'avait donc maîtrisé et entraîné dehors en direction du pick-up, mais sans savoir que faire ensuite. Devait-elle l'emmener chez ses parents ? Le ramener à Birmingham quand bien même ses divagations commençaient à l'effrayer ?

En définitive, elle avait pensé à son père. Son père saurait quoi faire.

Mais ils n'étaient jamais parvenus jusqu'à lui.

Sara resserra encore son étreinte autour du sachet de bonbons, le levant pour l'exposer à la lumière comme si elle pourrait voir, à travers l'opacité des morceaux de sucre, le poison qu'ils recélaient. S'agissait-il des mêmes bonbons ?

— Vous ne pouvez pas manger ça !

La voix de Gracie Allen était pétrie d'alarme. Sara se retourna vivement : la fillette était debout sur le seuil de la cuisine, les yeux écarquillés, fixant le sachet de bonbons dans la main de Sara.

— C'est seulement pour les personnes mauvaises.

— Pour les personnes mauvaises ?

— Les personnes qui veulent nous faire du mal,

expliqua Gracie, sans quitter les bonbons des yeux. Vous devez les ranger. Maman dit que nous ne devons même pas les toucher parce qu'ils sont seulement pour les personnes mauvaises.

Le ventre de Sara se tordit.

— C'est ta mère qui les a faits ?

Gracie hocha la tête.

— Elle dit que parfois il y a des personnes mauvaises qui veulent nous faire du mal et que donc, il nous faut une potion magique pour les en empêcher.

— Et où fabrique-t-elle cette potion magique ?

— Dans la chambre noire.

— La chambre noire ?

Un autre souvenir affleura à la mémoire de Sara. La voix amusée de Jim Allen. « Nous l'appelons son "laboratoire secret du donjon", leur avait-il déclaré en souriant lorsque l'un des enfants avait fait mention de la chambre noire qu'il avait aménagée pour Becky au sous-sol. Elle dit qu'elle développe des photographies pour son cours du soir mais nous pensons tous qu'en réalité, elle fabrique le monstre de Frankenstein à ses heures perdues. »

— Puis-je voir la chambre noire ? demanda-t-elle à Gracie.

Le visage de la petite fille pâlit.

— Non. Seule maman peut aller dans la chambre noire ! Il y a des produits chimiques nocifs à l'intérieur.

— Oh. Entendu.

Sara adressa à l'enfant le sourire le plus rassurant possible, quoiqu'elle fût sur le point de vomir.

Des produits chimiques nocifs…

Elle songea aux cristaux de méthamphétamine que Caïn avait trouvés dans la réserve à bois de sa grand-mère. La méthamphétamine était explosive et dangereuse mais facile à fabriquer.

Becky avait-elle placé la drogue dans la réserve à bois de Lila ? Pour dissuader Caïn d'enquêter sur la mort de Renée ?

Sara tenta de s'éclaircir l'esprit. Elle devait avant tout éviter d'effrayer Gracie.

— Tu devrais aller t'assurer que Jonah va bien, ne crois-tu pas ? Je vais remettre les bonbons au citron là où je les ai trouvés.

Semblant soulagée, Gracie tourna les talons et retourna dans le salon. Sara observa le sachet de bonbons, pensant à ce qui était arrivé à Donnie peu de temps après qu'il eut mangé l'une de ces sucreries.

Il avait commencé à disjoncter.

Donc, un hallucinogène ? Quelque chose qui pouvait être fabriqué à la maison dans un laboratoire de fortune ? s'interrogea Sara.

Elle commençait à avoir mal à la tête. Pourquoi Becky avait-elle drogué Donnie et tenté de la droguer elle aussi ? Pourquoi ne pas simplement les empoisonner ?

Etait-il possible que Jim Allen n'eût aucune idée de ce que complotait son épouse ?

La plupart des poisons qui agissaient assez rapidement pour tuer étaient décelables lors des analyses. Du moins, les toxines que l'on pouvait synthétiser facilement chez soi. Qu'en était-il, toutefois, des hallucinogènes ?

Elle avait un peu vu cela dans son travail à Birmingham.

Le LSD était une possibilité, quoique ce qu'elle se souvenait de l'agitation de Donnie semblât beaucoup plus violent que ce qu'elle avait jamais constaté chez quelqu'un tripant sous acide.

La DMT — diméthyltryptamine — pouvait être fabriquée à la maison, si l'on savait ce que l'on faisait, quoiqu'elle soit d'ordinaire fumée et non ingérée parce que le corps métabolisait trop aisément la DMT, éliminant la montée.

Elle se frotta le front, commençant à perdre le fil. Elle laisserait les techniciens du laboratoire scientifique s'inquiéter de ce qu'il y avait dans les bonbons au citron. Dans l'immédiat, elle avait plus urgent : était-il possible que Becky Allen ait tué Renée Lindsey et Ariel Burke ?

Ils avaient présumé que l'assaillant avait été un homme pour ces deux meurtres parce que la strangulation manuelle n'était pas la façon la plus simple de tuer une personne adulte. Jim Allen aurait été capable de maîtriser chacune des filles sans trop de problèmes ; c'était un homme grand et musclé. Mais Becky était-elle assez imposante et forte pour maîtriser ces deux filles ?

Probablement. Bien que svelte, Becky était presque aussi grande que son époux et le fait d'entretenir sa forme lui avait permis de conserver force et santé. Mieux : Renée Lindsey était menue, et Ariel Burke, d'après les photographies du dossier, pas bien grande non plus.

Si Becky les avait surprises d'une manière ou d'une autre et qu'elle les eût rapidement maîtrisées, alors oui. Elle avait pu étrangler les deux filles.

Sara avança jusqu'à la porte du salon pour jeter un œil aux enfants. Tous deux étaient captivés par le film, bien que Jonah serrât contre sa poitrine une couverture dépenaillée et semblât un peu plus préoccupé que nécessaire face aux pitreries de la bande à Scoubidou.

Pauvres chéris, songea-t-elle, son cœur se serrant.

Si j'ai vu juste concernant votre mère, toute votre vie est sur le point de basculer.

Elle retourna dans la cuisine et inspecta autour d'elle, tâchant de se rappeler davantage de choses sur le soir où Donnie et elle étaient venus dîner avec les Allen. Elle n'avait pas imaginé qu'il comptait confronter Jim Allen. Cela avait été un choc pour elle, autant que pour l'entraîneur et son épouse. A cette époque, Donnie avait gardé secrète une grande partie de son enquête sur le meurtre de sa sœur, créant des tensions dans leur vie de couple.

Cependant, avant que ne commence l'inquisition, ils avaient eu une conversation normale avec les Allen. Elle avait parlé de ce qui s'était passé au lycée depuis leur remise de diplôme. Bien sûr, Jim avait aussi mentionné le fait que Becky faisait les photographies de classe de l'université de Barrowville et qu'il lui avait aménagé une chambre noire au sous-sol afin qu'elle puisse développer ses propres photographies.

Sara avait demandé à voir cette chambre noire. Elle-même était photographe amatrice mais elle n'avait jamais tenté de développer ses propres films et l'idée l'avait intriguée.

Cependant, Becky avait refusé de la lui montrer, prétextant qu'elle était en désordre.

Ou alors y avait-il autre chose ?

Elle devait trouver cette chambre noire. Immédiatement.

Jim avait dit qu'elle se trouvait au sous-sol. Où était donc la porte du sous-sol ?

Elle devait éviter de le demander aux enfants. A en juger par la réaction de Gracie devant le sachet de bonbons au citron, Becky s'était arrangée pour que ses secrets soient protégés par la sacro-sainte terreur qu'ils inspiraient à ses enfants. Si elle avait installé dans sa chambre noire au sous-sol une sorte de laboratoire pour y fabriquer de la drogue, elle s'était assurée de façon certaine que ses enfants n'y descendraient jamais pour y jeter un œil.

Passant devant l'entrée du salon, Sara s'engagea dans l'étroit couloir. Une petite volée de marches menait à l'étage, où se trouvaient les chambres, mais, quelques mètres avant ces marches, sur la gauche, il y avait une porte dans le mur.

Elle testa la poignée. La porte était fermée à clé.

C'était prometteur.

Plongeant la main dans la poche de son jean, elle en sortit son porte-clés. Puis, dans la trousse à outils qu'elle gardait attachée à la chaîne, elle prit un simple crochet de serrurier qu'elle avait acheté des années plus tôt lorsqu'elle s'était engagée dans les forces de police. La capacité à crocheter une serrure faisait partie des compétences de base de tout policier et, quoique cette serrure pût être efficace pour empêcher les enfants des Allen de descendre au sous-sol, elle ne s'avéra pas un problème. Le pêne coulissa et elle ouvrit la porte aussi silencieusement que possible.

Le sous-sol était plongé dans l'obscurité et s'il y avait un interrupteur d'un côté ou de l'autre de l'escalier, elle ne le trouva pas tandis qu'elle descendait à tâtons.

Arrivée au bas des marches, elle se débattit avec son porte-clés jusqu'à ce qu'elle trouve la petite lampe qui y était attachée. Elle l'alluma et un faible faisceau lumineux éclaira un passage étroit devant elle. Elle éclaira les alentours jusqu'à remarquer une ampoule rouge avec une chaîne attachée. Elle tira sur la chaîne et un cercle de lumière rouge se forma au milieu du sous-sol.

L'installation était, à première vue, presque identique à celle d'une chambre noire. Une longue table occupait le centre de la pièce, garnie de bouteilles de révélateur, de vinaigre blanc et de fixateur.

Quatre cuvettes plates en plastique étaient alignées sur la table, des pinces posées près d'elles, et à l'extrémité de la table se trouvait une pile de papier photographique noir et blanc.

Toutefois, il y avait plus intéressant : derrière la table, un grand placard était fermé par un rutilant cadenas…

Il fallait qu'elle parle à Caïn pour lui apprendre ce sur quoi elle était tombée. Si elle se montait trop la tête avec ses soupçons, il la raisonnerait. Mais si elle avait raison…

Prenant son téléphone dans sa poche, elle l'alluma mais la batterie était déchargée. Dépitée, elle le rempocha et repartit vers l'escalier dans l'intention d'utiliser le téléphone des Allen.

Mais avant qu'elle n'arrive au pied de l'escalier, la porte s'ouvrit, la lumière du jour inondant le sous-sol dans un éclair aveuglant. Une silhouette élancée apparut au sommet des marches, la forme sans équivoque d'une arme serrée dans sa main droite.

Le cœur de Sara se mit à battre la chamade.

— Je regrette vraiment que vous ayez fait cela, déclara Becky Allen.

17

Sara ne répondait toujours pas au téléphone, pesta Caïn. Certes, elle mettait souvent son portable sur vibreur et ne l'entendait pas toujours. Mais il y avait tout de même de quoi s'inquiéter : Becky Allen était en route pour la maison, et c'était peut-être elle la meurtrière.

Caïn roula donc à tombeau ouvert jusque Purgatory. Au plus, Becky Allen avait dix à quinze minutes d'avance sur lui.

Cela suffirait-il pour mettre la vie de Sara en danger ?

Désespéré, il tenta de nouveau de la joindre. De nouveau, l'appel échoua directement dans la boîte vocale. Le transfert rapide vers celle-ci suggérait soit qu'elle était en ligne, soit qu'elle avait éteint le téléphone.

S'arrêtant à l'intersection où Sequoyah Highway coupait Old Quarry Road, il appela les Portes, négligeant la ligne directe de Quinn au profit de celle du bureau des agents. Ava Trent répondit à la deuxième sonnerie.

— Les Portes.

— Ava, c'est Caïn Dennison. J'ai besoin d'une adresse.

Sara recula lentement d'un pas tandis que Becky Allen descendait l'escalier, braquant sur sa tête le petit pistolet qu'elle serrait dans sa main droite.

— Voyons, que faites-vous, Becky ?

Celle-ci rejoignit le sous-sol.

— Vous vous rappelez, n'est-ce pas ?

— Me rappeler quoi ?

Sara jouait les innocentes.

— Je ne suis pas idiote, tonna Becky.

Elle fit un signe de tête en direction du sachet de bonbons que Sara avait encore à la main.

— Vous vous êtes rappelé ces bonbons, j'ai raison ?

Sara cessa de faire semblant. Becky ne serait manifestement pas dupe. Par ailleurs, elle voulait des réponses même si elles devaient être les dernières qu'elle aurait jamais.

— Donnie a mangé l'un de ces bonbons au citron. Et ensuite, il s'est mis à agir bizarrement.

Becky sourit presque.

— Je n'étais pas certaine que cela fonctionnerait. C'est pourquoi j'ai payé l'un des toxicomanes que je connais pour saboter vos freins pendant le dîner. Juste au cas où.

Le ventre de Sara se noua douloureusement.

— Vous avez saboté les freins ?

— Seulement pour les rendre mous. Vous connaissez ces routes de montagne. Un seul faux mouvement…

Mon Dieu, songea Sara, écœurée.

— Pourquoi ? Parce que Donnie soupçonnait que Jim avait tué Renée ?

— Parce qu'il savait que Jim ne pouvait apprendre que par moi qu'elle était enceinte.

— Vous l'avez appris du docteur Clayton. Et vous l'avez dit à Jim.

— Je ne l'ai pas dit à Jim.

Le sourire qu'esquissa Becky fit à Sara l'effet d'un coup de poing.

— Il a été aussi surpris que quiconque lorsqu'il a appris pour le bébé.

— Ce n'est pas lui qui l'a tuée, n'est-ce pas ?

Becky se mit à rire.

— Il n'en aurait pas eu le cran. Il aurait voulu agir pour le bien de cette fille. Revendiquer la paternité de l'enfant. M'humilier devant toute la ville.

— Vous ne pouviez pas laisser se produire une telle chose.

Becky releva le menton, agressive.

— Non, je ne le pouvais pas.

— Et Ariel Burke ?

Les lèvres de Becky affichèrent une moue de dégoût.

— Il n'a jamais appris. Ni de Renée, ni des autres…

— Des autres ?

— Vous pensez qu'il n'a jamais eu d'aventure avec d'autres reines du bal entre Renée et Ariel ?

Elle se rembrunit.

— Chaque fille de Ridge County consulte le docteur Clayton. Il est le seul gynécologue du comté… vous savez comment cela fonctionne. Savez-vous combien de fois l'une de ces ravissantes petites choses a franchi les portes du cabinet pour se procurer un mode de contraception ou un test de grossesse et combien de fois j'ai dû me demander si Jim couchait aussi avec elle ?

— Pourquoi vous ne l'avez pas simplement quitté ?

Becky la regarda comme si elle avait perdu l'esprit.

— Vous connaissez Purgatory. Vous savez à quelle vitesse la rumeur se serait propagée. J'aurais été la risée de la ville… la mégère vieillissante incapable de garder son époux fidèle tandis que l'étalon, le héros sportif, peut encore satisfaire les mignonnes petites étudiantes.

— Vous nous avez donné quoi ?

Sara secoua le sachet de bonbons.

Une lueur de fierté brilla dans les yeux de Becky, procurant un frisson à Sara.

— Je vous ai seulement donné des bonbons au citron.

— Donnie s'est mis à trébucher presque aussitôt que nous sommes sortis de chez vous !

Les images fragmentées que son cerveau avait assemblées au cours des dernières heures avaient commencé à former un souvenir cohérent du soir de l'accident.

— Il m'a frappée au visage, assez fort pour m'assommer, alors que nous arrivions au virage en épingle à cheveux. Donnie n'a jamais levé la main sur moi de sa vie.

Elle secoua rageusement le sachet de bonbons.

— C'était quoi ?

— De la DMT, répondit enfin Becky d'un ton presque las. De l'ayahuasca, pour être plus précise. Mélangé à du sirop de citron puis solidifié. C'est un franc succès auprès des consommateurs inconditionnels.

— Avec moins de risques d'explosion à la fabrication que la méthamphétamine, murmura Sara en promenant son regard sur le sous-sol et les boîtes rangées sur des étagères au fond.

Il n'était pas difficile de transformer une chambre noire en un laboratoire clandestin, si l'on disposait de l'équipement et des ingrédients adéquats.

Becky sourit.

— J'ai des enfants. Croyez-vous que j'irais fabriquer de la méthamphétamine ?

— Vous l'avez pourtant fait, n'est-ce pas ? Vous en avez fabriqué assez pour tenter de faire chanter Caïn Dennison et le persuader de renoncer à son enquête.

— Vous ne pouvez pas le prouver.

Sara désigna d'un geste l'équipement du laboratoire.

— Dans quoi d'autre versez-vous ? Les champignons hallucinogènes peut-être ? Le GHB ?

— Je tâte de ceci et de cela. Une femme doit s'assurer un train de vie décent et Dieu sait que Jim ne gagnera jamais grand-chose en entraînant une équipe de base-ball de lycée.

Elle se mit à rire sans une pointe d'humour.

— Il m'a promis qu'il ferait sa place en ligue majeure. Que si je restais ici avec lui, notre avenir serait tout tracé.

— Jim ne vous a jamais demandé d'où provenait cet argent supplémentaire ?

— Jim ne veut pas le savoir.

— Est-ce pourquoi il a tenté de se tuer ?

Sara désigna les boîtes au fond du sous-sol.

— Ou a-t-il découvert que vous aviez tué Renée et Ariel ?

— Après Renée, il s'est montré prudent.

Becky secoua la tête.

— Cela l'a effrayé d'apprendre qu'elle était enceinte après sa mort. Il avait supposé qu'elle était sous contraceptif. L'imbécile.

— Que s'est-il passé avec Ariel ? demanda Sara, tentant de gagner du temps.

Elle n'avait pas d'arme, Becky si.

— Elle lui a assuré qu'elle prenait la pilule. Qu'ils n'avaient pas besoin de préservatif.

— Elle a menti ?

— Elle avait une prescription. J'ai vérifié. Mais elle voulait davantage que quelques parties de jambes en l'air à l'arrière de sa voiture sur une route de terre au milieu de nulle part. Elle a cru qu'un bébé l'obligerait à me quitter pour elle.

Becky agita le pistolet en direction de Sara, lui faisant signe de s'enfoncer plus profondément dans le sous-sol.

Sara ne bougea pas.

— Sa ruse aurait-elle fonctionné ?

— Qu'importe.

— Est-ce vous qui vous êtes introduite dans mon bungalow hier soir ?

Becky se contenta de la regarder.

Sara insista :

— Vous avez entendu dire que j'assistais Brad Ellis dans son enquête, n'est-ce pas ? Vous avez dû vous demander si je m'étais rappelé quelque chose à propos de ce soir-là. Vous avez donc pénétré chez moi et vous avez emporté mes notes.

— Cette effraction était censée vous effrayer, répondit Becky avec franchise. Vous amener à penser que vous étiez en danger. Vous chasser de nouveau de Purgatory. Mais il a fallu que vous vous incrustiez.

— Je ne suis pas une jeune écervelée amoureuse. Je ne m'effraie pas aussi facilement.

— C'est dommage pour vous, persifla Becky.

Elle fit un geste plus insistant avec le canon de son arme.

— Allez au fond du sous-sol. Il y a là-bas une toile de protection. Je veux que vous l'étendiez et que vous vous teniez debout au milieu.

Le cœur de Sara cogna contre sa poitrine.

— Pour faciliter le nettoyage ?

Becky s'abstint de lui répondre.

— Les enfants vont entendre les coups de feu.

— Je les ai prévenus que j'allais donner des coups de marteau afin de préparer une jolie surprise à leur père pour son réveil.

Becky secoua la tête.

— Il ne se réveillera pas mais ils n'ont pas besoin de le savoir. Pas avant un moment.

— Je suis supposée me conformer à vos désirs ? Vous faciliter la tâche pour me tuer et dissimuler votre crime ?

Relevant le menton avec détermination, Sara secoua la tête, s'efforçant de ne pas penser à tout ce qu'elle laisserait derrière elle. Il y avait eu un temps, pas si vieux, où elle avait songé que suivre Donnie dans l'autre monde ne serait pas une si mauvaise idée.

Mais ce n'était plus d'actualité. Elle avait ses parents. Des amis tels que Kelly et Josh. Ce bon vieux Brad Ellis. Et même Joyce et Gary Lindsey qui pourraient enfin commencer à faire réellement le deuil de leurs deux enfants, si toutefois elle s'en sortait vivante pour leur rapporter ce qui s'était passé.

Et il y avait Caïn. Cet ours bourru au cœur tendre qui lui avait fait ressentir toutes les sensations conflictuelles, douloureuses et merveilleuses qui allaient de pair avec la redécouverte de sa vie. Il méritait de trouver le bonheur, et elle aussi. Ensemble ?

Elle voulait le savoir.

Toutefois elle ne pourrait obtenir aucune de ces choses si elle se vidait de son sang dans le sous-sol de Becky Allen. Elle devait trouver le moyen de reprendre l'avantage.

Mais comment avoir raison d'un calibre 38 chargé ?

Les Allen habitaient un cul-de-sac cerné par la forêt dense et accolé à Warrior Creek. La proximité avec les chutes de la Mère éplorée n'échappa pas à Caïn tandis qu'il se garait derrière le pick-up de Sara dans la rue.

Il y avait une berline Honda verte stationnée dans l'allée. Caïn s'avança vers la maison, touchant le capot de la Honda au passage. Encore chaud. Becky ne l'avait pas devancé de beaucoup.

Il remonta l'allée dallée en direction de la petite maison pimpante avec sa pelouse parfaitement entretenue et ses buissons d'azalées flanquant le perron.

Les Allen étaient soucieux des apparences. Au point de tuer pour les préserver ?

Il s'apprêta à frapper à la porte puis hésita, envisageant les options qui s'offraient. La porte serait probablement fermée à clé, bien qu'il puisse passer outre à cet obstacle. Mais pouvait-il entrer sans alerter Becky Allen de sa présence ?

Son téléphone portable se mit à sonner, envoyant une décharge électrique dans sa colonne vertébrale. Il le réduisit aussitôt au silence en répondant.

— Dennison.

— C'est Carl Dunkirk. Je suis en route pour vous rejoindre.

— Il s'est passé quelque chose ?

— Brad Ellis a finalement mis la main sur l'ex-petit ami d'Ariel Burke. Il s'avère que la dernière fois qu'il a vu Ariel remonte au matin de la veille de sa mort. Et devinez avec qui elle discutait.

— Jim Allen ?

— Becky Allen.

Le ton de Dunkirk s'assombrit.

— Je suis à environ dix minutes de la maison. Vous feriez mieux de m'attendre.

Un craquement sourd se fit entendre à l'intérieur de la maison, mettant à rude épreuve les nerfs de Caïn.

— Pas le temps, grommela-t-il, refermant le téléphone et abaissant la poignée.

A sa surprise, la porte s'ouvrit.

La détonation retentit sans sommation et la force de l'impact dans l'étagère de bois derrière la tête de Sara envoya voler des échardes dans ses cheveux. L'une d'entre elles lui taillada même la joue mais elle n'y prêta pas attention tant son corps entier n'était qu'une boule de nerfs à vif.

— Prenez la toile de protection, ordonna Becky. Maintenant.

Certainement pas, pensa Sara, relevant le menton. Il n'y avait aucun moyen de sortir vivante de ce sous-sol, mais elle n'allait pas aider Becky à commettre un nouveau meurtre et à s'en tirer sans être inquiétée.

— Vous feriez aussi bien d'en finir et de me tuer sur-le-champ. Je ne coopérerai pas.

— Vous n'avez pas peur de la mort ? Pas même un peu ?

Becky s'approcha de quelques pas, inclinant la tête et examinant Sara comme elle observerait un insecte au microscope.

— La perte de Donnie vous a-t-elle à ce point affectée ? Peut-être êtes-vous impatiente de le rejoindre dans l'au-delà ?

— Je ne veux pas mourir, reprit Sara avec autant de calme que possible. Mais, comme je vous l'ai dit, si je dois mourir aujourd'hui, je ne lèverai pas le petit doigt pour vous faciliter la tâche.

— Je peux toujours aller chercher les enfants là-haut. Les faire descendre et leur demander de prendre pour moi la toile de protection. Je leur dirai qu'il s'agit d'un jeu. Que tout ce qu'ils ont à faire est de la prendre et de se tenir debout au milieu. Ils le feront sans poser de questions. Ils me font confiance. Je suis leur mère.

Sara faillit vomir.

— Seigneur, Becky. Ce sont vos enfants.

— Ce sont les enfants de Jim. Et il est la plus grosse erreur que j'aie jamais commise.

Les lèvres de Becky se tordirent de dégoût.

— Je me rappelle, j'étais si heureuse lorsque j'ai appris que j'étais enceinte de Jeff. Je croyais que cela résoudrait tous ces petits problèmes que nous avions, suite à l'éviction de Jim du base-ball professionnel. Puis, j'ai entendu cette stupide gamine parler au jeune Dennison de son bébé. Et j'ai compris. Voyez-vous, j'avais vu Jim avec elle. Il avait eu beau prétendre qu'il ne faisait que compatir à ses problèmes, m'accusant d'être paranoïaque, je savais. Parfois, je sentais son odeur sur lui. Basilic et citron. Dans ses cheveux. Sur sa chemise. Sur sa peau.

— Ce n'est pas la faute de Jeff. Ni celle de Gracie ou de Jonah…

— Ils me rappellent constamment l'homme à qui je me suis enchaînée. Je pensais qu'il était un bon choix. Qu'il allait faire du chemin.

Becky rit de nouveau, d'un rire amer.

— Le seul chemin qu'il ait pris fut celui qui l'a ramené à Purgatory où il pouvait séduire de petites étudiantes et continuer à se prendre pour l'étalon le plus sexy du campus.

Un bruit léger provenant de l'étage filtra à travers la voix de Becky, alarmant soudain Sara. L'un des enfants, poussé par la curiosité, avait-il décidé de venir voir sa mère ?

Je vous en prie, les chéris, restez là-haut, pria-t-elle en silence.

Elle était de plus en plus désespérée mais s'efforçait de ne pas détourner son attention du visage de Becky.

Quoi qu'il arrive, restez là-haut.

Le doigt de Becky glissa vers la détente, laissant juste assez de temps à Sara pour éviter l'autre balle qui frappa l'étagère derrière elle.

— Prenez la toile de protection. Maintenant. Ou je ferai descendre les enfants. Je vous jure que je le ferai.

Sara la fixa, tentant de deviner quelles étaient véritablement ses intentions. Bluffait-elle ? Ou était-elle vraiment prête à tuer ses propres enfants ? Serait-ce sa manière de mettre un point final à sa vie déréglée ? Tuer d'abord Jim, puis ses enfants. Se libérer pour commencer une nouvelle vie, sous un nouveau nom, loin, très loin de Purgatory ?

Elle ne pouvait pas prendre le risque. Si elle coopérait, il y avait une chance que Becky ne fasse pas de mal aux enfants.

Elle se tourna donc et se dirigea lentement vers les étagères au fond du sous-sol.

— Où est la toile de protection ?

— Dans cette boîte avec le couvercle bleu.

Becky semblait s'impatienter.

Sara ouvrit la boîte et en sortit une feuille de plastique soigneusement pliée.

— Apportez-la au milieu du sous-sol et dépliez-la.

Sara s'exécuta, son pouls s'accélérant sous l'effet d'une terreur croissante. Elle ne voulait pas mourir. La volonté de vivre pulsait en elle, électrisant ses terminaisons nerveuses et coulant dans ses veines comme une pure adrénaline.

Mais elle était à court d'options.

Un mouvement furtif derrière Becky attira son regard. La porte du sous-sol s'ouvrait. La curieuse petite Gracie avait-elle décidé de venir voir si tout allait bien pour sa mère ?

Aux abois, Sara scruta de nouveau Becky, tâchant d'estimer ses chances de la maîtriser sans qu'elle-même ou l'un des enfants ne soit tué.

Pas terribles.

Derrière Becky, la porte grinça. Elle détourna, l'espace d'un instant, son attention de Sara, lui offrant une minuscule ouverture.

Sara la saisit, se jetant sur elle et la plaquant au sol au moment même où elle pressait la détente.

Un troisième coup de feu accueillit Caïn avant qu'il ne puisse ouvrir la porte du sous-sol, faisant se propager un frisson de terreur dans son corps. D'instinct, il se baissa mais dans le même temps il accéléra, dévalant l'escalier.

Arrivé au bas des marches, il s'arrêta juste assez longtemps pour comprendre : Sara se battait par terre avec Becky Allen. A proximité une toile de protection en plastique recouvrait le sol.

Il se rua en avant, écrasant de son pied la main armée de Becky Allen. Elle poussa un cri à la fois de douleur et de frustration. Dans la foulée, Sara fit glisser l'arme au loin.

— Aide-moi à la retourner, lança-t-elle, levant vers Caïn un regard mêlant le soulagement à une autre émotion plus intense et sombre qu'il ne parvint pas vraiment à identifier.

Il se conforma à ses ordres, usant de la force pour maintenir au sol Becky qui luttait et jurait, tandis que Sara allait prendre sur une étagère un rouleau de ruban adhésif ultrarésistant.

Il s'assit à califourchon sur les cuisses de Becky pour l'immobiliser, et Sara attacha fermement les mains de celle-ci. Elle lui scotcha également les chevilles, lui relevant les pieds pour la maintenir entravée sur place.

Un bruit de pas à l'étage attira le regard affûté de Sara vers la porte du sous-sol.

— Garde-la ici. Je dois empêcher les enfants de descendre.

Caïn la suivit du regard, la poitrine gonflée d'un grisant mélange d'admiration et d'affection. Sara se considérait peut-être comme une dure à cuire, et elle l'était à maints égards, mais elle était assez compatissante pour essayer de protéger un peu plus longtemps ces pauvres gosses des épreuves que la vie était sur le point de leur infliger. C'était une femme incroyable et il devrait absolument le lui dire.

Il tourna son attention vers Becky qui l'invectivait tout

en se débattant pour échapper à sa poigne d'acier. S'il avait eu des doutes sur l'implication directe de Becky Allen dans le meurtre de Renée Lindsey, ils s'étaient envolés. Il avait assez assemblé d'indices — les coups de feu, la toile sur le sol — en plus des bribes de la conversation entre les deux femmes, pour avoir une idée précise de ce qui se passait.

Etrangler Sara Lindsey n'aurait pas été la solution comme cela l'avait été avec Renée et Ariel. Becky n'avait pas eu le luxe de la surprise et Sara était aussi grande et forte qu'elle, à la différence des deux jeunes filles qu'elle avait prises au dépourvu. Voilà pourquoi elle s'était munie du pistolet.

— Vous alliez la tuer sur la toile de protection. Afin de limiter au maximum les traces. Mais d'ailleurs, pourquoi la tuer ? s'enquit-il.

La réponse de Becky se résuma à une grossière offense à ses parents.

— J'ai lancé de pires injures à mon père, rétorqua-t-il avec un sourire morne. Encore juste une question. Avez-vous aussi tiré sur votre époux ?

Becky se mura dans le silence.

Il prit cela pour un oui et grimaça. Puis son regard se porta sur la porte ouverte au sommet de l'escalier. La voix douce de Sara résonnait à l'étage, se mêlant aux réponses plaintives des petits Allen.

Il ferma les yeux, plaignant ces enfants. Leur vie ne serait plus jamais la même. Pourvu qu'ils aient quelqu'un auprès d'eux comme lui avait eu sa grand-mère, pria-t-il. Ils en auraient besoin.

Quelques heures plus tard, Sara avait fini son entretien avec Brad et rejoignit son père qui l'attendait dans le couloir.

Il la serra très fort dans ses bras, déposant un baiser sur le sommet de sa tête. Elle se laissa faire, s'enveloppant de son odeur rassurante. Elle avait peut-être plus de trente ans mais il n'y avait toujours rien au monde qui égalât l'amour d'un père pour rendre ce monde mauvais un peu moins effrayant.

— Les parents de Jim vont assurer la garde des enfants, l'informa-t-il après un moment.

— Au moins une bonne nouvelle. Du nouveau sur l'état de santé de Jim ? demanda-t-elle.

— Ils pensent avec un optimisme prudent qu'il devrait s'en sortir. On ne peut pas encore estimer l'étendue des dommages cérébraux qu'il pourrait avoir subis.

Carl cessa de l'étreindre mais laissa son bras autour de ses épaules.

— Tu es libre de partir ?

— Presque. Brad doit taper ma déposition et me la faire signer.

Elle ne put retenir un soupir. Elle était assez secouée, et l'afflux d'adrénaline qui l'avait portée jusque-là avait commencé à décliner.

— As-tu vu Caïn ?

— Pas depuis que je suis arrivé ici.

Brad émergea de la salle d'interrogatoire. Il donna une tape dans le dos de Carl et posa sa main sur le bras de Sara.

— Je vais faire taper cette déposition et tu pourras la signer très rapidement.

— Sais-tu si Caïn Dennison est toujours en salle d'interrogatoire ? lui demanda-t-elle alors qu'il tournait les talons.

— Nous l'avons libéré il y a environ un quart d'heure. Il n'avait pas autant de faits à rapporter que toi, je suppose.

Brad se dirigea vers son bureau, situé un peu plus loin dans le couloir.

Sara fronça les sourcils. Elle avait besoin de parler à Caïn mais il aurait sans doute été stupide de croire qu'il resterait au bureau du shérif pour l'attendre. Elle connaissait son aversion pour les postes de police.

Par ailleurs, elle lui avait clairement fait comprendre, plus tôt à l'hôpital, qu'elle n'était pas prête à poursuivre cette relation qui naissait entre eux.

Comment pourrait-il savoir qu'elle avait changé d'avis ?

Son père la poussa doucement vers un banc à proximité.

— J'ai appelé ta mère pour la mettre au courant de ce qui se passait, la prévint-il tandis qu'ils s'asseyaient pour attendre Brad. Elle n'est pas très contente de nous.

Sara posa sa tête sur l'épaule de son père.

— J'imagine que ce ne doit pas être le bon moment pour lui apprendre que je compte rester à Purgatory et postuler à un emploi au bureau du shérif.

— Je pense qu'elle s'y attend depuis l'instant où tu t'es laissé entraîner dans l'enquête sur ce meurtre, lui répondit son père, la voix empreinte de fierté. Tu as ça dans le sang. Depuis toujours. Je l'ai compris la première fois que je t'ai surprise à regarder en douce dans mes dossiers.

Brad Ellis revint quelques minutes plus tard et lui fit signer la déposition imprimée.

— Tu vas encore rester un moment dans les parages, n'est-ce pas ? lui demanda Brad avec un regard entendu. Pour le cas où nous aurions d'autres questions ?

— Oui, je serai dans les environs, répondit-elle avec un sourire.

Son père et elle longèrent le couloir vers la sortie en façade. Elle avait garé son pick-up sur le parking réservé aux visiteurs. A sa surprise, Caïn Dennison l'y attendait, les bras appuyés sur son hayon. Il adressa un signe de tête à son père mais son regard se riva au sien, résolu et torride. Son bas-ventre la tirailla immédiatement.

— Merci d'être venu papa, dit-elle, arrachant assez longtemps son regard de Caïn pour serrer très fort son père dans ses bras. Je passerai plus tard à la maison pour que maman soit rassurée.

Son père lui toucha brièvement la joue, répondit au signe de tête de Caïn et se dirigea vers son propre pick-up, la laissant seule avec lui.

— Partons d'ici, lui dit Caïn.

Epilogue

Le rugissement des chutes de la Mère éplorée gagna en intensité alors que Caïn suivait avec Sara le chemin sinueux qui menait au ruisseau. Il se pencha vers elle.

— Tu as faim ? Peut-être pourrions-nous aller manger un morceau, un peu plus tard.

Souriant, elle lui décocha un regard.

— Ensemble ? En public ?

Il lui retourna son sourire, la note railleuse dans sa voix ne lui ayant pas échappé.

— J'aime vivre dangereusement.

— Ne le prends pas mal mais je préférerais acheter quelque chose à emporter. Rien ne me fait plus envie que de me détendre et de ne plus bouger jusqu'à lundi.

— Seulement jusqu'à lundi ?

— Je projette de postuler à un emploi au bureau du shérif de Ridge County.

Elle lui lança un regard furtif comme si elle se demandait comment il prendrait la nouvelle. Il avait trop souvent fait état de ses relations conflictuelles avec la police pour le lui reprocher. L'opinion qu'il s'en faisait avait cependant évolué au cours des semaines précédentes. En particulier, si Sara portait l'insigne.

— Tu seras pour eux un atout.

Elle lui adressa un sourire touchant.

Devant eux, les arbres commençaient à se faire plus rares à mesure qu'ils approchaient du sommet des chutes. Il lui prit la main et l'entraîna.

— Faisons-le, shérif adjoint Lindsey.

— Faisons quoi ?

Elle haussa les sourcils, l'air intrigué. Il se contenta de sourire et, d'un signe de tête, l'invita à le suivre sur le pont surplombant les chutes de la Mère éplorée.

Puis ils se frayèrent un chemin le long de la pente légèrement glissante qui flanquait les chutes. A son air curieux, elle ne s'était jamais aventurée jusque-là. Peu de gens le faisaient… le chemin était escarpé et seuls les casse-cou et les fous en prenaient le risque.

Il avait été l'un d'eux, à la fois casse-cou et fou. Il avait surtout été un enfant qui estimait ne rien avoir à perdre et il lui avait semblé impossible de résister à ce défi.

Il avait cependant constaté que la descente était moins scabreuse qu'elle ne le paraissait et qu'elle valait la peine de prendre ce léger risque…

— Oh ! murmura Sara, le souffle coupé par la stupéfaction.

Devant eux, le chemin s'incurvait en direction des chutes, là où des marches de pierre naturelle menaient à une caverne dissimulée derrière la cascade.

— Quelqu'un a-t-il taillé ces marches dans la pierre ? lui demanda-t-elle alors qu'ils commençaient à les descendre.

— Soit les Cherokees, soit Dieu. Fais ton choix.

Les marches s'arrêtaient là où le sol de la caverne rejoignait un affleurement rocheux.

— Je n'avais aucune idée de l'existence de cet endroit, murmura Sara, son sourire s'élargissant tandis qu'elle s'extasiait devant la splendeur de cette vue intérieure des chutes.

— Rares sont les personnes qui en ont connaissance.

Il la conduisit vers une saillie rocheuse qui formait un banc de fortune au fond de la caverne. Il l'y installa et s'assit près d'elle.

— Ma grand-mère m'a montré cet endroit lorsque j'étais enfant. Je pense que cela a été sa manière de m'enseigner que je ne devais pas laisser la peur et la colère m'empêcher de découvrir la beauté en ce monde. Peut-être davantage de personnes connaissaient l'existence de cet endroit à l'époque. Mais après la mort de Renée…

— Peu de gens continuèrent à venir aux chutes.

— Personne d'autre que moi. Et quelques adolescents en quête de frisson.

Souriant, il se pencha et ramena les pieds de Sara sur ses genoux. Enlevant ses chaussures, il entreprit de lui masser les pieds. Une expression de plaisir se répandit sur son visage et une réaction équivalente frappa au creux de son ventre.

— Cela commence à s'avérer pratique de t'avoir dans les parages, chuchota-t-elle, visiblement troublée.

Il caressa la peau sensible juste sous sa cheville.

— J'y compte bien, reconnut-il. Je projette de me rendre indispensable.

La caresse remonta jusqu'à son mollet, lui causant un nouvel émoi.

— Irrésistible.

Le dos de Sara se cambra légèrement sous ses doigts, attisant son désir.

— Tu es rusé. Je crois que j'aime ça.

Il plongea son regard dans le sien, ne lui cachant pas le désir qui le consumait.

— J'ai plus d'un tour dans mon sac, tu serais étonnée.

Elle retira ses jambes de ses genoux et se blottit contre lui. Il glissa son bras autour de ses épaules, l'attirant plus près, avide du contact intime de son corps contre le sien.

Elle posa sa main à plat au centre de sa poitrine, puis elle la fit glisser légèrement, dans une caresse empreinte de tentation, jusqu'au-dessus de la ceinture de son jean.

— Je connais quelques tours moi aussi. Tu veux en voir un ?

Plus qu'il n'aurait su le dire. Mais il n'y avait pas d'urgence. Aucun d'eux ne comptait s'éloigner dans un avenir proche.

— Plus tard, peut-être, lui répondit-il, effleurant son oreille de ses lèvres. Plus tard, assurément, rectifia-t-il aussitôt, la faisant rire.

Avec un léger soupir oscillant entre la frustration et le contentement, elle nicha sa tête dans le creux de son cou et se détendit.

— Je veillerai à ce que tu tiennes cette promesse, Caïn.

— J'y compte.

Il déposa un baiser sur sa tempe.

— Je sais que tout ceci t'effraie…

— Non, l'interrompit-elle aussitôt, levant les yeux vers lui, son expression si sincère qu'il en eut un pincement au cœur. C'était le cas auparavant, je le reconnais. Mais ça ne l'est plus à présent. Lorsque j'étais dans ce sous-sol avec Becky, j'ai eu l'occasion de réfléchir à une foule de choses. Et l'une de mes pires craintes a été que je ne meure avant d'avoir pu te dire que je n'étais plus effrayée. J'ai… des attentes te concernant.

Il ne put réprimer un sourire.

— Bien. Moi aussi, j'ai des attentes te concernant.

Elle lui retourna son sourire, se lovant contre lui.

— Bien. J'aime avoir des objectifs.

Il posa son menton sur la tête de Sara et orienta son regard en direction de la cascade. Le ruissellement incessant des chutes de la Mère éplorée lui apportait à la fois espoir et réconfort.

— Moi aussi, chuchota-t-il dans ses cheveux.

DELORES FOSSEN

Danger et sentiments

Traduction française de
HERVÉ PERNETTE

BLACK ROSE

HARLEQUIN

Titre original :
OUTLAW LAWMAN

Ce roman a déjà été publié en 2014

1

Un léger cliquetis résonna aux oreilles d'Harlan.

Il prêta l'oreille, attendit… Un second bruit rompit le silence de la nuit.

Doucement, Harlan repoussa la couverture de son lit, s'empara de son arme sur sa table de chevet et se leva.

Quelqu'un ouvrit alors la porte arrière de sa maison.

Cela pouvait-il être un de ses frères ? Parfois, ils passaient sans prévenir. Mais pas à 2 heures du matin. Ils étaient marshals, comme lui : ils savaient qu'il était armé et avait le sommeil léger.

La porte se referma puis il y eut un bruit de pas. L'intrus semblait se diriger vers le bureau.

Il n'avait pas le temps de passer un pantalon. Il lui faudrait l'affronter en caleçon.

Il s'approcha lentement de la porte de sa chambre et risqua un regard dans le couloir. Toutes les lumières étaient éteintes mais la lune diffusait son éclat : une silhouette avançait. A quelques mètres de lui.

Il resta immobile et silencieux. L'intrus était-il armé ou pas ?

— Mains en l'air ! s'exclama-t-il d'une voix ferme, brisant le silence.

L'intrus poussa un gémissement de surprise et fit volte-face pour s'enfuir. Mais Harlan se jeta sur lui et le plaqua au mur. C'était une femme. Des seins se pressaient contre son torse…

— C'est moi, Harlan ! déclara la femme, le souffle court.

Il identifia immédiatement la voix et tendit le bras pour presser l'interrupteur derrière lui.

Caitlyn Barnes.

Il ne l'avait plus revue depuis plusieurs années, mais elle n'avait pas changé.

Et ses seins contre son buste étaient une expérience qu'il avait déjà connue et lui rappelait des souvenirs très agréables. Mais c'était il y a longtemps. Depuis, les choses avaient changé…

Il recula d'un pas et fixa ses grands yeux bleus.

Elle soutint son regard d'un air de défi. Elle ne semblait pas du tout impressionnée par l'arme qu'il lui braquait sur la tempe.

— En général, les visiteurs frappent avant d'entrer. Même ceux que je n'attends pas, dit-il avec froideur en abaissant son arme.

Caitlyn émit un grognement et lui posa une main sur le torse pour le repousser.

— Je ne pensais pas que tu serais là.

Cela n'expliquait pas pourquoi elle était entrée chez lui par effraction. D'autant que son ranch était isolé, à une bonne vingtaine de kilomètres de Maverick Springs, où il travaillait.

Il continua à la fixer avec hostilité : il attendait de plus amples explications.

Caitlyn laissa passer quelques secondes puis baissa les yeux sur son torse. Puis plus bas. Sur son caleçon. Mais, comme elle l'avait déjà vu dans cette tenue, il ne bougea pas.

Toutefois, un frisson de désir le parcourut.

Adolescents, ils avaient fait l'amour, une fois.

Manifestement, le désir était toujours là. Mais il n'allait pas la laisser gagner. Elle était tout de même entrée à son insu.

Comme il l'aurait fait avec n'importe quel criminel, il lui saisit le bras et la fit se tourner face au mur. Elle poussa un nouveau gémissement et se débattit, mais il la maintint fermement et s'empara du revolver qu'elle avait glissé sous sa ceinture.

Non seulement elle avait pénétré chez lui, mais en plus elle était armée.

Il la tourna de nouveau face à lui et lui brandit cette arme sous le nez.

— Aux dernières nouvelles, tu étais journaliste, Caitlyn.

— Je le suis toujours, répliqua-t-elle.

Mais, cette fois, elle ne parvint pas à soutenir son regard et détourna les yeux.

— Je suis venue ici parce que j'avais besoin de réponses.

Encore une fois, cela n'expliquait pas sa présence, encore moins le fait qu'elle soit armée. Il agita l'arme qu'il avait en main pour l'inciter à continuer.

Elle releva les yeux.

— Tu veux me tuer ?

Harlan s'attendait à tout sauf à cette question.

— Bien sûr que non, rétorqua-t-il. Pour quelle raison voudrais-je ta mort ?

— Il pourrait y en avoir plusieurs.

Cette déclaration le déstabilisa, l'irrita, même. Il n'était pas du genre patient. Où Caitlyn voulait-elle en venir avec ces propos énigmatiques ?

— Un ranger du Texas est venu me voir, reprit-elle.

Il déglutit. Soudain, c'était plus clair.

— A propos de Kirby ? lança-t-il.

Mais c'était inutile qu'il pose la question. Les rangers venaient de rouvrir l'enquête sur le meurtre de Jonah

Webb, l'infâme directeur de l'orphelinat où ses frères adoptifs et lui avaient grandi.

Caitlyn avait elle aussi vécu dans cet orphelinat.

Le meurtre avait eu lieu seize ans plus tôt, mais cela faisait seulement quelques mois, sur la base de nouveaux éléments, que les rangers avaient établi que Jonah Webb avait été assassiné par sa propre épouse. Webb était un type brutal et elle l'avait tué un jour où il avait levé la main sur elle. Mais les rangers étaient persuadés qu'un complice l'avait aidée à faire disparaître le corps. Ni Harlan ni ses frères n'étaient considérés comme suspects. En revanche, les rangers soupçonnaient Kirby Granger, leur père adoptif. D'autant qu'il avait un mobile.

Ou plutôt six.

Six, c'était le nombre d'enfants que Kirby avait sortis de cet orphelinat. Harlan et ses cinq frères adoptifs.

— Qu'as-tu dit à ce ranger ? demanda Harlan.

Caitlyn n'avait pas intérêt à avoir tenu des propos compromettants pour Kirby. Sinon…

— Je lui ai dit que je ne savais rien, répondit-elle.

Elle repoussa de son visage une mèche de cheveux blonds.

— Mais il ne m'a pas cru, ajouta-t-elle. Il semblait penser que je couvrais l'un de vous, même si je lui ai affirmé que je n'avais plus de relations avec ta famille depuis la fermeture de l'orphelinat de Rocky Creek.

Ça, c'était la vérité. Caitlyn avait été placée dans un autre orphelinat tandis que ses frères et lui étaient partis vivre chez Kirby. Pendant quelque temps, il lui avait écrit, puis ils avaient perdu contact.

Jusqu'à ce soir.

Mais, même sans avoir eu de contacts directs avec elle, il connaissait son parcours. Elle était devenue journaliste d'investigation, et il l'avait vue deux ou trois fois à la télévision.

— Je ne souhaite en aucun cas ta mort, déclara-t-il avec conviction. Mais je ne veux pas non plus que tu racontes quoi que ce soit qui conduirait à l'arrestation de Kirby. Il est malade, il subit un lourd traitement pour lutter contre un cancer. Alors je refuse de laisser quiconque lui rendre la vie encore plus pénible. Compris ?

Elle acquiesça.

— C'est bien pour cela que je me suis demandé si tu ne cherchais pas à m'éliminer. Pour que je ne puisse pas mettre en cause Kirby dans le meurtre de Webb.

Harlan roula des yeux et se posa une main sur la hanche.

— En temps normal, je porte un insigne à la ceinture et j'ai fait le serment de faire respecter la loi…

— Un serment que tu n'hésiterais pas une seconde à rompre pour protéger Kirby, dit-elle.

Harlan secoua la tête.

— Je ne peux pas prétendre le contraire. Mais aller jusqu'à tuer ? Tu m'en crois réellement capable ?

— Eh bien, disons que ces dernières années tu ne me portais plus vraiment dans ton cœur.

Ce n'était pas faux. En tant que journaliste, elle avait plusieurs fois enquêté sur le travail et les pratiques des marshals fédéraux et elle ne s'était pas montrée tendre. Elle avait même révélé le nom de certains agents qui, selon elle, avaient commis des erreurs en service. Et lui-même en faisait partie. Il y avait donc bien un contentieux entre eux. Mais son comportement n'en restait pas moins étrange.

— Si tu croyais que je voulais te tuer, pourquoi venir précisément chez moi ? demanda-t-il.

— Comme je te l'ai dit, je ne pensais pas que tu serais là. Je voulais fouiller la maison, à la recherche de preuves.

— Allons bon. Mais des preuves de quoi ?

— Des preuves que tu avais engagé quelqu'un pour m'éliminer.

Harlan dut faire un énorme effort pour contenir sa colère. Mais il lui fallait comprendre.

— Reprends tout depuis le début, s'il te plaît.

Elle posa de nouveau les yeux sur son caleçon.

— Habille-toi. Ton dossier est dans ma voiture.

Il resta immobile.

— Mon dossier ?

— En tant que journaliste, je collecte toujours un maximum d'informations.

Il poussa un juron.

— Ecoute, je n'ai engagé personne. Et je veux voir ce dossier.

— Dans ce cas, passe un pantalon, car je suis garée à l'entrée du chemin.

Il poussa un nouveau juron. Pourquoi diable Caitlyn avait-elle pensé qu'il serait prêt à la tuer ?

Il se tourna en direction de la chambre mais se ravisa aussitôt et saisit Caitlyn par le poignet pour la tirer derrière lui.

Une fois dans la chambre, il posa les deux armes sur sa table de nuit et s'habilla.

— Comment as-tu su que j'habitais ici ? lui demanda-t-il.

— J'ai fait quelques recherches, répondit-elle en regardant autour d'elle.

Il n'y avait pas grand-chose à voir, pensa-t-il. Un lit, une table de nuit, une penderie. L'ensemble de la maison était ainsi, meublé a minima, sans décorations aux murs. C'était comme cela qu'il se plaisait.

— Cette maison appartenait au père de Kirby, dit-elle. Et le bâtiment d'habitation principal du ranch, où vivent Kirby et tes frères, se situe à environ cinq cents mètres d'ici.

Elle avait donc bel et bien fait des recherches, mais pas si précises que cela.

— Non, mon frère Dallas ne vit plus là-bas, rétorqua-t-il avec plaisir.

Elle acquiesça et reprit :

— En effet, car Dallas a épousé Joelle et ils ont fait bâtir leur propre maison sur le domaine.

A l'orphelinat, se rappela Harlan, Joelle était l'une des meilleures amies de Caitlyn. Mais il était peu probable que Caitlyn ait confié ses soupçons sur lui à Joelle. Ce qui n'empêchait pas de lui poser la question plus tard…

Il passa une chemise et un jean, enfila ses bottes et glissa son arme à sa ceinture.

— Et pourquoi croyais-tu que je serais absent ? lui demanda-t-il en se dirigeant vers la porte.

— Le détective privé que j'ai engagé m'a affirmé que tu étais censé transférer un prisonnier à Dallas.

L'information était correcte, mais il était rentré plus tôt que prévu. Un transfert de prisonnier n'était pas une info ultraconfidentielle, sauf dans des cas très précis, mais il faudrait quand même qu'il détermine comment ce privé avait pu l'obtenir.

— Comment s'appelle ce détective ? demanda-t-il en lui ouvrant la porte.

— Je préfère ne pas te le dire.

— Et moi, je préférerais que tu me donnes son nom, insista-t-il. Je pourrais très bien t'arrêter pour effraction, alors n'ajoute pas un refus de coopérer à la liste des charges qui seraient retenues contre toi.

Caitlyn fit volte-face.

— Tu n'oserais pas m'arrêter.

— Qu'est-ce que tu en sais ? Quel est le nom de ce détective ?

— Mazy Hinton, dit-elle entre ses dents.

Puis elle se retourna vers le chemin.

Harlan haussa les épaules. Ce nom ne lui disait rien mais il ne lui faudrait pas longtemps pour tout savoir sur ce privé.

Il emprunta le chemin à son tour. Tout au bout était garé un véhicule.

Autour d'eux, l'air était chaud et moite. Il pesta contre le mois d'août.

— Et qu'espérais-tu découvrir exactement chez moi ?

Caitlyn secoua la tête.

— Je ne sais pas vraiment. Un e-mail, peut-être, ou un document quelconque qui aurait prouvé que tu avais bien engagé quelqu'un. Je comptais aussi chercher un papier qui aurait porté ton écriture et fouiller ton ordinateur.

Elle aurait toujours pu chercher. Il n'avait rien à se reprocher.

— Et t'adresser à la police ne t'est pas venu à l'idée ?

— Je ne suis pas certaine de pouvoir faire confiance à la police.

Elle ralentit son allure et s'essuya le front du revers de la main.

— Je doute de pouvoir faire confiance à quiconque, d'ailleurs. Comme je te l'ai dit, on cherche à me faire peur… ou pire encore.

— Etant donné ton métier, ce n'est pas très étonnant. Avec tes articles, tu t'es mis pas mal de monde à dos, il me semble. En plus de moi, bien sûr.

Elle tourna la tête et, dans la faible lumière, lui parut étrange.

— Des gens me détestent, c'est certain, lança-t-elle. Mais, là, c'est autre chose. Les menaces que j'ai reçues contenaient des détails intimes.

— Intimes ?

Il la rattrapa et, même s'ils n'étaient pas encore à la voiture, l'arrêta et l'obligea à lui faire face.

Ils se retrouvèrent à quelques centimètres l'un de l'autre et son délicat parfum le saisit.

— Intimes, répéta Caitlyn. Ces menaces étaient tapées à l'ordinateur et me prévenaient que, si je révélais quoi que ce soit sur le meurtre de Jonah Webb, je le regretterais. Toutes portaient ton nom.

— Mais n'importe qui pourrait les avoir rédigées.

— Non, pas n'importe qui, répliqua-t-elle. Tu te souviens de cette nuit à Rocky Creek où nous étions ensemble ?

Ils avaient passé de nombreuses nuits à l'orphelinat de Rocky Creek mais elle ne pouvait faire référence qu'à une seule.

— C'est cette nuit-là que Jonah Webb a disparu, reprit-elle. Ensuite, nous avons appris que l'orphelinat allait être fermé et que nous allions tous être dispersés dans divers établissements. A l'exception des garçons de Kirby Granger, qui iraient vivre avec lui.

— Il ne pouvait pas t'adopter, lui rappela-t-il. Il n'avait pas pu localiser ton parent le plus proche pour lui demander l'autorisation de devenir ton tuteur légal.

Elle secoua sèchement la tête, comme si ce rappel était inutile, et se remit en marche.

— Cette nuit-là, nous nous sommes retrouvés à la buanderie.

C'était leur lieu de rendez-vous habituel. Ils y étaient restés à bavarder et à flirter pendant des heures. A l'époque, ils avaient seize ans à peine. Cela faisait un mois qu'ils sortaient ensemble et, ce soir-là, ils avaient fait l'amour.

Caitlyn avait une réputation sulfureuse à Rocky Creek. Pourtant, elle était encore vierge ce soir-là.

— Tu te souviens de ce que tu m'as déclaré ? lui demanda-t-elle. Après…

Oh, que oui, il s'en souvenait ! Même si, depuis, seize années étaient passées.

Pour Caitlyn, c'était la première fois. Pas pour lui, qui avait déjà eu une ou deux expériences avec d'autres filles. Des expériences bien fades en comparaison de ce qu'il avait vécu avec elle, qui, en plus, lui avait offert sa virginité.

« Tu resteras toujours ma première fois, Caitlyn », lui avait-il déclaré. Et, à l'époque, dans son esprit d'adolescent, cela voulait dire beaucoup, même s'il ne lui avait pas dit qu'il l'aimait.

Ce qui n'était sans doute pas plus mal étant donné la façon dont leur histoire s'était terminée.

Caitlyn arriva à la voiture et ouvrit la portière côté passager.

— As-tu raconté à quelqu'un ce que tu m'as dit cette nuit-là ?

— Non, jamais, répondit-il spontanément. Ce n'est pas le genre de choses qu'un adolescent a envie de partager avec ses copains.

Caitlyn acquiesça et ouvrit la boîte à gants. Elle en sortit un dossier kraft, l'ouvrit et se servit de son portable comme lampe de poche pour éclairer les pages.

Harlan les contempla : les trois premières étaient de brefs messages tapés à l'ordinateur.

Chaque fois, son nom apparaissait en bas de page.

Il lut attentivement chaque message. Le premier disait :

« Parle de Kirby aux rangers et tu le regretteras. »

Dans le second message, la menace montait d'un cran :

« Si tu parles aux rangers, tu es morte. »

L'estomac noué, il lut le troisième message :

« NE M'OBLIGE PAS À TE TUER.
Tu resteras toujours ma première fois. »

— Bon sang ! s'écria Harlan.

Pendant quelques secondes, il ne trouva rien d'autre à dire.

— Je t'assure que ce n'est pas moi qui t'ai envoyé ces lettres, reprit-il enfin. Si j'avais voulu m'assurer de ton silence, je serais venu te voir en personne.

Caitlyn le scruta longuement, comme si elle le jaugeait.

— Ce n'est pas terminé, Harlan. Regarde la page suivante.

Il tourna la page : c'était une brève liste de noms et de coordonnées.

— Je suppose que ces noms te sont familiers, dit Caitlyn.

Effectivement. En plus de celui de Caitlyn, il y en avait deux autres : deux filles qui partageaient avec elle un des dortoirs de Rocky Creek.

Sherry Summers et Tiffany Brock.

— Nous vivions toutes les trois dans le dortoir qui jouxtait l'appartement de la famille Webb, rappela Caitlyn. C'est pourquoi, à la disparition de Webb, on nous a toutes trois longuement interrogées.

Harlan secoua la tête.

— Tu penses que c'est l'une d'elles qui t'a envoyé ces menaces ?

— Non. Tiffany est décédée dans un accident de la route près de San Antonio il y a deux semaines. Son fiancé m'a appris que, avant sa mort, elle aussi avait reçu des lettres de menaces pour l'inciter à garder le silence sur le meurtre de Jonah Webb. Je pensais que ces lettres pouvaient venir de toi, d'un de tes frères ou de Kirby.

— Sûrement pas ! répliqua Harlan avec véhémence. Ces menaces portaient-elles également mon nom ?

— Non. Et, jusqu'à ce que je lui parle, le fiancé de Tiffany n'avait aucune idée de qui avait pu les lui envoyer.

— Comme c'est gentil de ta part de lui avoir donné quelques pistes ! Evidemment, ç'aurait été mieux si tu t'étais d'abord assurée de détenir la vérité plutôt que te baser sur de stupides spéculations ! Et Sherry ? ajouta-t-il en pointant son nom du doigt.

Caitlyn poussa un soupir.

— Elle est portée disparue depuis près de trois semaines. Je suis donc la seule des trois qui reste et, plus tôt dans la soirée, j'ai trouvé ça scotché sur le pare-brise de ma voiture, ajouta-t-elle en lui montrant une autre page.

Il n'y avait que deux lignes rédigées sur la feuille :

« Le moment est venu, Caitlyn.
Demain, tu es morte. »

Le sang d'Harlan se glaça. Qu'est-ce que c'était que cette histoire ?

2

Le moment est venu, Caitlyn. Demain, tu es morte.

Elle n'avait pas besoin de relire cette menace. Elle l'avait fait tant de fois que les mots étaient gravés dans sa mémoire. Harlan, en revanche, fixa longuement ces deux courtes phrases laconiques.

— Je l'ai trouvé avant minuit, déclara-t-elle, ce qui signifie que demain, c'est en fait aujourd'hui.

Harlan en avait certainement déjà pris conscience. Mais le plus important était de déterminer s'il était lié à ces menaces.

Vu sa réaction, probablement pas. En revanche, quelqu'un de très proche de lui pouvait l'être.

Il releva la tête et regarda autour d'eux, comme pour s'assurer qu'ils étaient seuls et ne risquaient rien.

— Tu n'es pas allée voir la police locale avec ce mot ?

Caitlyn poussa un petit soupir de dépit.

— Je n'étais déjà pas sûre de pouvoir te faire confiance, alors aller voir la police locale…

— La situation est sérieuse, Caitlyn. Tu m'as dit que Tiffany était morte, et Sherry, portée disparue. Et celui qui a rédigé ces lettres t'a clairement dans son collimateur. Mais comment as-tu pu penser que c'était moi qui étais derrière ces agissements ?

— En partie à cause de notre dernière conversation téléphonique.

Elle lui laissa quelques secondes pour se remémorer ce coup de fil, puis il répondit par une petite grimace. Il s'en souvenait donc très bien.

— Tu nous avais vertement critiqués, moi et l'ensemble du corps des marshals, dans un de tes soi-disant articles d'investigation, répliqua-t-il. Et je t'ai expliqué ce que ça m'inspirait.

En effet.

Mais elle avait relaté des faits avérés, même si sa version différait de celle d'Harlan. Le fond du problème restait néanmoins le même : un dangereux criminel s'était échappé alors qu'il était sous la surveillance des marshals.

Et le responsable de cette surveillance était justement Harlan.

Elle avait le devoir d'en parler, et le même devoir de préciser plus tard qu'Harlan avait été mis hors de cause par sa hiérarchie, qui avait jugé qu'il n'avait commis aucune négligence. Mais cela n'avait pas calmé Harlan.

— Cette conversation téléphonique n'était pas une menace, dit-il. J'étais furieux parce que tu n'as pas attendu d'avoir tous les éléments pour parler de cette affaire à la télévision.

— Ce n'était pas seulement cette conversation, répliqua-t-elle en tapotant les papiers, qu'il tenait toujours, pour attirer son attention.

Mais sa main effleura accidentellement la sienne et un petit frisson d'excitation la parcourut.

Elle se maudit aussitôt.

Comment pouvait-elle encore être attirée par Harlan ?

Elle n'était plus une adolescente ingénue. Elle avait trente-deux ans. Pourtant, un simple petit contact suffisait à la mettre dans tous ses états. Sans doute parce qu'il était toujours aussi séduisant avec ses cheveux noirs, ses yeux gris. Et peu d'hommes avaient autant d'allure vêtus d'un simple jean.

Mais elle n'avait pas le droit d'être attirée par un individu dangereux. Ou potentiellement dangereux.

Quand elle était ado, elle était fascinée par les mauvais garçons. Heureusement, tout cela était derrière elle.

— Ce n'était pas seulement cette conversation, répéta-t-elle. Il y avait également les mots que tu m'as dits dans la buanderie à Rocky Creek. Personne d'autre que nous ne sait que tu m'as tenu ces propos. N'est-ce pas ?

— Moi aussi, je croyais que nous étions les seuls à le savoir, répondit-il d'un ton sombre. Mais apparemment nous nous trompions. Tu es sûre de n'en avoir jamais parlé à quiconque ?

— Catégorique. Et je n'ai jamais tenu de journal intime ni de blog sur lequel j'aurais raconté ma vie. Et ça ne m'a pas non plus échappé un soir d'ivresse.

Elle avait cherché longtemps avant d'en arriver à cette conclusion : seul Harlan pouvait rapporter ces paroles.

Ou alors quelqu'un qu'il connaissait très bien.

— Peut-être un de tes frères a-t-il entendu notre conversation ? suggéra-t-elle.

— Et il t'enverrait des menaces seize ans plus tard ? rétorqua-t-il avec un regard noir. Je n'y crois pas une seconde.

— Harlan, tu sais très bien que vous n'êtes pas une bande d'enfants de chœur. Kirby, tes frères et toi, vous avez tous la réputation d'avoir de temps en temps contourné la justice.

— La justice, jamais, seulement la loi, répondit-il en la fixant droit dans les yeux, comme pour la mettre au défi de contester.

Elle ne put réprimer un soupir. Elle connaissait la

différence entre la loi et la justice mais, pour le moment, ce qu'elle voulait, c'était la vérité.

— Et Kirby ? Tu ne penses pas qu'il pourrait m'avoir envoyé ces menaces pour me dissuader de parler aux rangers ?

— Non, impossible, il est trop malade. Et puis, il préférerait se sacrifier plutôt que risquer que mes frères et moi, nous soyons soupçonnés.

Sur ce point, elle était d'accord. Kirby ferait toujours tout pour ses fils adoptifs. Et, si Harlan avait voulu la menacer, il ne lui aurait pas envoyé des mots rédigés à l'ordinateur en mettant son nom en bas de page. Il aurait été plus direct.

S'il n'y avait pas eu cette petite phrase intime que seul lui était censé connaître, jamais elle ne l'aurait soupçonné.

Harlan relut encore une fois la dernière lettre de menaces.

— Ce sont exactement les mots que j'ai prononcés dans la buanderie. C'est donc que quelqu'un nous a entendus. Et épiés.

Caitlyn s'était fait la même réflexion, mais l'entendre prononcée à haute voix la mit un peu mal à l'aise.

Quelqu'un les avait peut-être regardés faire l'amour. C'était vraiment dérangeant.

— Finalement, ç'aurait été plus simple si c'était toi, l'auteur de ces menaces.

Il la regarda d'un air abasourdi.

— Au moins, je ne me demanderais plus qui est derrière tout ça, expliqua-t-elle.

— Possible, mais il semble évident que quelqu'un cherche à me piéger. Quelqu'un qui était à Rocky Creek cette fameuse nuit, répliqua-t-il en regardant de nouveau de tous côtés. Viens, ne restons pas là. S'il y a quelque part un déséquilibré déterminé à te tuer, il ne faut pas que tu restes à découvert.

Cette affirmation la rendit encore plus nerveuse. Mais elle avait pris ses précautions.

— C'est pour ça que je suis venue armée. Et puis je me suis assurée que personne ne me suivait.

— Ou alors tu ne t'en es pas rendu compte, rétorqua-t-il. Il ferma la portière de la voiture, se mit le dossier sous le bras et lui posa la main sur l'épaule pour l'inciter à le suivre jusqu'à la maison.

Caitlyn voulut protester. Elle était tellement fatiguée et tendue qu'elle avait envie de pester contre tout et tout le monde.

— Retournons à l'intérieur. J'aimerais procéder à quelques vérifications sur mon ordinateur, ajouta Harlan. En dehors de ces menaces écrites, y a-t-il eu autre chose ?

— J'ai eu quelques ennuis il y a quelque temps. Mais ça n'avait pas de rapport avec cette affaire.

Il lui retourna une moue inquiète.

— Tu veux dire qu'il y a plus d'une personne qui te menace ?

— De nombreuses personnes cherchent à m'intimider, répondit-elle. Avec mon métier, je ne me fais pas que des amis.

— Je veux bien le croire, marmonna Harlan. Tu penses à quelqu'un en particulier ?

Elle haussa les épaules.

— Il y a un dénommé Jay Farris qui m'a harcelée pendant quelque temps. Il m'envoyait des bouquets de roses avec des demandes en mariage. Quand je l'ai envoyé paître, les fleurs et les demandes en mariage se sont transformées en rats crevés et menaces de mort.

Elle poussa un long soupir. Parler de cette histoire n'était pas facile pour elle et Jay Farris lui provoquait encore des cauchemars.

— Un soir, il m'a vue en compagnie d'un autre homme.

Il est devenu fou et s'est jeté sur moi en hurlant qu'il était le seul à m'aimer.

— Eh bien. Un vrai séducteur, s'exclama Harlan. Et qu'est-il devenu ?

— On lui a diagnostiqué des symptômes de paranoïa et schizophrénie. Il a été interné dans une institution spécialisée. Cela fait près d'un an que je n'ai plus entendu parler de lui.

Ce qu'elle ne précisait pas, c'était que Farris la hantait toujours. Au point qu'elle avait déménagé plusieurs fois et travaillait au maximum chez elle pour se rendre le moins possible au bureau.

— Tu es sûre que ce Farris ne peut pas t'avoir envoyé ces menaces ?

Caitlyn fit non de la tête.

— C'est impossible qu'il ait pu apprendre ce que tu m'as dit à Rocky Creek. Il a sept ans de moins que nous, ce qui signifie qu'à l'époque où nous étions ensemble il avait neuf ans. Or il n'y avait pas d'enfants aussi jeunes à l'orphelinat. Et puis, s'il avait fréquenté Rocky Creek, je l'aurais identifié. Je me souviens du visage de tous les pensionnaires.

Elle revoyait notamment très bien à quoi ressemblaient Tiffany et Sherry.

A Rocky Creek, c'étaient ses amies. Tiffany partageait le même dortoir qu'elle, elles partageaient tous leurs secrets. Toutefois, Caitlyn n'avait pas eu le temps de révéler à Tiffany qu'elle avait perdu sa virginité avec Harlan. Car, deux jours après, elles avaient toutes deux été envoyées dans d'autres établissements. Caitlyn était partie à Austin, Tiffany, à San Antonio.

— Même si Farris n'a jamais vécu à Rocky Creek, il a pu apprendre ce que je t'ai dit ce soir-là de la bouche de celui qui nous a entendus, insista Harlan.

Ce n'était pas totalement impossible, admit Caitlyn. Et, malgré la chaleur de la nuit, des frissons la parcoururent.

Grand Dieu.

Farris était issu d'une famille qui avait fait fortune dans le secteur des logiciels. Il avait de l'argent et pouvait avoir engagé quelqu'un pour l'éliminer.

Mais pourquoi Farris aurait-il cherché à la dissuader de parler aux rangers ?

Ça n'avait pas de sens.

Farris n'avait aucun rapport avec Rocky Creek et le meurtre de Jonah Webb. Du moins, à première vue. Il faudrait tout de même qu'elle s'en assure.

— Comment as-tu appris que Tiffany avait eu un accident et que Sherry avait disparu ? lui demanda Harlan, qui continuait de regarder à droite et à gauche.

Cela la rendait encore plus nerveuse mais, heureusement, la maison n'était plus très loin.

— Le fiancé de Tiffany m'a appelée pour m'apprendre la nouvelle. Il m'a demandé d'avertir les anciens de Rocky Creek qui, selon moi, souhaiteraient savoir ce qui lui était arrivé. Je n'avais pas gardé de contacts avec d'anciens pensionnaires mais j'ai quand même essayé de retrouver la trace de Sherry. C'est comme cela que j'ai su qu'elle dirigeait une firme d'investissements à Houston avec un certain Curtis Newell. Et, le jour où j'ai appelé, Newell m'a annoncé que Sherry avait disparu sans prévenir.

— Peut-être Sherry ne souhaite-t-elle pas qu'on sache où elle est, déclara Harlan avec un haussement d'épaules. Elle pourrait très bien avoir besoin de se retrouver seule quelque temps.

Caitlyn fit non de la tête : elle avait déjà envisagé cette possibilité et creusé la question.

— Personne parmi ses amis ne sait où elle se trouve. Personne. C'est d'autant plus étrange que personne ne semblait non plus au courant qu'elle aurait traversé une passe difficile qui aurait pu justifier un besoin de faire un break.

Harlan resta songeur quelques secondes.

— J'essaierai de me renseigner. Cette disparition pourrait ne pas en être une. Mais, compte tenu de tout ce que tu m'as raconté, il y a de quoi se poser des questions.

Ils avaient atteint la porte de la maison. Au moment de l'ouvrir, il suspendit son geste et se tourna vers elle.

— Quoi qu'il arrive à l'avenir, ne te mets plus jamais en tête que je cherche à te tuer. Et ne pénètre plus chez moi par effraction.

Elle allait répondre quand Harlan fronça les sourcils et fit volte-face vers le salon. Elle mit une seconde à comprendre.

Une silhouette avait bougé dans l'ombre. Quelqu'un dans la maison pointait une arme sur Harlan.

Mais ce n'était pas un revolver.

C'était un pistolet Taser.

Il y eut un grésillement. Harlan poussa un gémissement de douleur, fut pris d'une convulsion et s'effondra.

Caitlyn fut horrifiée. Elle voulut crier mais aucun son ne sortit de sa bouche. Elle eut tout de même l'idée de se pencher pour s'emparer de l'arme d'Harlan.

Mais elle n'en eut pas le temps. A peine avait-elle tendu le bras qu'une violente décharge la traversa de la tête aux pieds.

Elle se retrouva tétanisée, incapable de bouger ou de crier. Une voix métallique, déformée, résonna alors dans la pièce :

— Le moment est venu, Caitlyn.

Puis elle sombra dans l'inconscience.

3

Harlan avait si mal à la tête qu'il ne put réprimer une grimace.

Péniblement, il ouvrit les yeux. La lumière du soleil l'assaillit et rendit sa douleur à la tête quasiment insupportable.

Mais il n'avait pas le temps de récupérer. Il devait se défendre.

Il devait les sauver, Caitlyn et lui.

Une décharge d'adrénaline lui donna la force de se redresser et de porter la main à sa hanche pour saisir son arme.

Mais elle n'y était pas.

Il battit des paupières pour se concentrer et chercher son revolver du regard.

Non seulement il n'avait plus son arme mais il était en caleçon.

Bon sang.

Qu'est-ce que ça signifiait ?

Il respira bouche ouverte pour recouvrer ses esprits. Le fils des événements lui revint : il était dans l'encadrement de la porte de sa maison quand quelqu'un lui avait tiré dessus avec un Taser. Mais désormais il n'était plus chez lui.

Alors où ?

Apparemment, sur le lit d'une chambre de motel. Et il n'était pas seul. Caitlyn était allongée à côté de lui.

Elle était, elle aussi, en sous-vêtements. Des sous-vêtements légers, ne put-il s'empêcher de noter.

Elle était inerte.

Il faillit crier son nom, mais se ravisa aussitôt. Son bras droit était menotté au bras gauche de Caitlyn. Ce n'était certainement pas elle qui les avait menottés ensemble. Quelqu'un l'avait fait. Quelqu'un qui était peut-être toujours là…

— Caitlyn ? chuchota-t-il.

Elle ne bougea pas. Il lui posa deux doigts sur le cou : son pouls était fort et régulier. Il fut soulagé, mais leur situation n'en restait pas moins inquiétante.

Il tenta de nouveau de la réveiller tout en inspectant les lieux. Ils étaient dans une chambre toute simple, avec un lit, une penderie, deux tables de nuit et une télévision pour seul mobilier. Il n'y avait pas de téléphone. La porte de la salle de bains était grande ouverte mais, d'où il était, il ne pouvait pas voir à l'intérieur.

Ils ne s'étaient quand même pas retrouvés là tout seuls !

Il observa de nouveau la pièce : leurs vêtements n'étaient pas là. De toute évidence, on les retenait prisonniers et il fallait qu'ils trouvent au plus vite le moyen de s'enfuir ou, au minimum, de se défendre.

Il secoua Caitlyn par le bras et, cette fois-ci, elle poussa un faible gémissement.

— Réveille-toi, insista-t-il, nous devons filer au plus vite.

C'était plus facile à dire qu'à faire. Il avait un terrible mal de crâne, ils étaient menottés l'un à l'autre et il ne pouvait pas bouger sans l'aide de Caitlyn.

Il la prit par les épaules pour la redresser et l'appuya dos contre le bois de lit pour qu'elle ne retombe pas.

Elle finit par ouvrir les yeux et, tout comme lui, regarda partout, désorientée.

— Où sommes-nous ?

— Si seulement je savais, marmonna Harlan.

Elle baissa la tête et fixa ses sous-vêtements, puis les menottes entre eux deux. Elle poussa un grognement.

— Tu te souviens de ce qui s'est passé après que j'ai reçu une décharge de Taser ? lui demanda-t-il.

— Non, pas du tout, souffla-t-elle.

Il posa les pieds au sol, puis aida Caitlyn à se lever en même temps que lui.

Elle voulut porter la main à son front, sans doute parce qu'elle souffrait elle aussi d'une forte migraine. Mais, à cause des menottes, dans le même mouvement, le bras d'Harlan vint effleurer ses seins.

— Pardon, marmonna-t-elle, l'air confus.

Elle parut faire un effort pour se souvenir :

— Je t'ai vu t'effondrer devant moi. J'ai voulu prendre ton arme, ou plutôt mon arme, que tu avais glissée à ta ceinture.

Il se souvenait en effet être tombé lourdement sur le parquet. Au-delà, c'était le blanc total. Caitlyn avait été neutralisée après lui, elle en avait donc vu davantage.

— Tu as une idée de qui s'en est pris à nous ?

— Non, répondit-elle. Je n'ai aucun souvenir d'avoir été emmenée ici ni d'avoir été déshabillée. Ce n'est pas toi qui m'as ôté mes vêtements, n'est-ce pas ?

Il fit non de la tête. Il ne l'avait pas déshabillée et n'avait pas vu quiconque le faire devant lui.

— On a dû nous faire prendre un somnifère. Sinon nous ne serions pas restés inconscients aussi longtemps, dit-il.

C'était la seule explication possible, mais qu'est-ce que tout cela signifiait ?

— Mon Dieu ! s'exclama soudain Caitlyn en se posant une main sur la bouche.

— Qu'est-ce qu'il y a ? demanda Harlan, inquiet.

Elle tourna la tête vers lui, elle semblait paniquée.

— J'ai vaguement entendu une voix déformée après avoir reçu une décharge de Taser. Un homme m'a dit : « Le moment est venu, Caitlyn. »

Ses yeux s'emplirent de larmes et elle se mit à trembler de tous ses membres. Elle était terrorisée.

— Ça va aller, dit-il pour la rassurer.

Mais il avait bien du mal à prendre un ton convaincant : ils étaient en fâcheuse posture.

— Tu es en vie, Caitlyn. Ce type n'a pas mis sa menace à exécution.

Mais pourquoi n'en avait-il rien fait ?

C'était extrêmement pénible à admettre mais, s'il l'avait voulu, leur agresseur aurait pu les éliminer tous deux.

Harlan prit Caitlyn par le bras pour qu'elle le suive, puis se dirigea vers la fenêtre. Avec précaution, en prenant soin que Caitlyn reste derrière lui, il écarta le rideau. Ils étaient bien dans un motel, et la fenêtre de la chambre donnait sur le parking, où quelques véhicules étaient garés. Mais il n'y avait ni sa camionnette ni la voiture de Caitlyn.

— Est-ce que le Starlight Inn te dit quelque chose ? demanda-t-il en lisant le nom du motel sur l'enseigne au bout du parking.

— Non, répondit-elle en se serrant contre lui pour regarder par-dessus son épaule. Et les lieux ne me semblent pas familiers.

Ils ne l'étaient pas davantage pour lui. Mais ce qui était certain, c'était qu'ils n'étaient pas à Maverick Springs. Il y vivait depuis seize ans et connaissait la ville et ses alentours comme sa poche.

Alors où étaient-ils et qui les avait emmenés ici ?

Il observa Caitlyn, posa les yeux sur ses seins, son ventre. Elle ne portait pas de traces de coups ou d'éraflures.

— Qu'est-ce que j'ai ? lui demanda-t-elle d'un air inquiet en le voyant la scruter ainsi.

— Rien, répondit-il immédiatement.

Rien de visible, en tout cas. On leur avait sans doute fait prendre un sédatif quelconque mais, pour le moment, il n'avait pas le temps de spéculer sur sa nature ou ses effets possibles.

— Il faut que je jette un œil à la salle de bains.

Il traversa la chambre avec Caitlyn à sa suite et pénétra prudemment dans la salle de bains, même si leur agresseur n'y était probablement pas.

Le rideau de douche était tiré. Il tendit la jambe et, du bout du pied, écarta le rideau.

Vide.

Ou plutôt il n'y avait personne dans la douche, mais en revanche leurs vêtements étaient soigneusement pliés et posés dans le bac.

Il se baissa pour déplier les vêtements et les secouer. Leurs armes avaient disparu. Et il n'y avait pas non plus de clé pour ouvrir les menottes qui les liaient l'un à l'autre.

— Qu'est-ce que ça veut dire ? demanda Caitlyn.

Elle ramassa son jean puis le passa.

Il attendit qu'elle l'ait boutonné pour enfiler le sien, car les menottes gênaient leurs mouvements.

— Je n'en sais rien, répondit-il. Mais tout porte à croire que c'est l'auteur des menaces que tu as reçues qui est derrière tout ça. Soit nous avons affaire à quelqu'un qui veut t'empêcher de parler aux rangers, soit au type qui t'a harcelée, le dénommé Farris. Il pourrait avoir engagé quelqu'un pour nous enlever, ou alors il est sorti de l'asile.

Parfois, des déséquilibrés étaient remis en liberté sans que leurs victimes en soient averties.

— Non, fit-elle en remettant ses chaussures. Si Farris était sorti, il m'aurait tuée. Il ne nous aurait pas drogués pour nous emmener ici.

Harlan déglutit. Pour que Caitlyn raisonne ainsi, le dénommé Farris avait dû lui faire vivre des moments très pénibles. Il en eut l'estomac noué. Mais les criminels changeaient parfois de manière de procéder, alors il n'allait pas le rayer de sa liste de suspects aussi facilement. Au contraire.

Il enfila ses bottes puis enroula sa chemise autour de son bras, car il ne pouvait pas la remettre.

Caitlyn, elle, déchira une manche de son chemisier pour pouvoir être décemment couverte. C'était également mieux pour lui : il n'avait vraiment pas besoin d'être distrait par la vue de ses formes tentantes et les souvenirs qui l'assaillaient.

Ils retournèrent dans la chambre et il se mit en quête d'un objet quelconque qu'il pourrait utiliser pour crocheter la serrure des menottes. Mais il n'y avait absolument rien. Dans un tiroir, il trouva un annuaire téléphonique. C'était vraiment une arme de fortune mais, en désespoir de cause, il le prit et le glissa sous sa ceinture. Si leur agresseur les attendait dehors, il ne pourrait même pas se défendre correctement à mains nues.

— Reste bien derrière moi, ordonna-t-il à Caitlyn au moment d'ouvrir la porte.

Il l'entrebâilla lentement et jeta un regard à l'extérieur. Il était encore tôt, il ne devait pas être plus de 7 heures du matin et il n'y avait personne sur le parking. Sur la route, une voiture passa devant le motel, mais il ne prit pas le risque de sortir pour faire signe au conducteur.

Quelqu'un les observait, il le sentait.

Et de toute façon c'était logique : pourquoi aurait-on

pris la peine de les neutraliser et de les emmener ici pour finalement les laisser fuir tranquillement ?

Il sortit et longea le mur du bâtiment, en direction de la réception du motel, près de la route. De là-bas, il pourrait appeler ses frères, qui, à cette heure, devaient déjà se demander où il était. Car, normalement, il aurait dû se trouver au bureau des marshals de Maverick Springs.

Ils étaient encore à une bonne quinzaine de mètres de la réception quand une camionnette bleue entra sur le parking. D'instinct, Harlan incita Caitlyn à se baisser pour être à l'abri derrière une voiture.

La camionnette ralentit et longea le bâtiment en marquant un arrêt devant chaque porte de chambre. Pour vérifier le numéro ? S'assurer qu'il n'y avait pas de témoins ? se demanda Harlan.

Possible, car il y avait d'autres véhicules sur le parking, donc d'autres résidents dans le motel. Finalement, la camionnette s'arrêta pile devant la porte de la chambre dont ils venaient de s'enfuir.

Il resta recroquevillé, s'assura que Caitlyn était bien cachée et observa en retenant son souffle. Il ne pouvait pas tenter d'intercepter le conducteur de la camionnette, il n'avait aucune liberté de mouvement et Caitlyn serait en danger.

La portière de la camionnette s'ouvrit et le conducteur descendit. C'était un homme vêtu de sombre. Il tournait le dos à Harlan. Sa silhouette lui était inconnue, en revanche, l'inconnu portait manifestement une arme à la ceinture.

Harlan continua à l'examiner et, mentalement, enregistra le maximum de détails sur son allure ainsi que le numéro de la plaque d'immatriculation de son véhicule. A la façon dont il ouvrit brusquement la porte de la chambre, il comprit que ce type était fou de rage.

Caitlyn et lui devaient détaler, songea Harlan.

— Tu connais ce type ? demanda-t-il à Caitlyn.

— Difficile à dire.

Elle respirait bouche ouverte, elle était pressée contre lui, tendue comme un arc.

— Mais ce pourrait être Farris, murmura-t-elle. Il faut absolument déterminer s'il est toujours interné ou pas.

Il n'y manquerait pas. Cependant, s'ils parvenaient à voir son visage, Caitlyn pourrait peut-être lui confirmer sans attendre si c'était Farris ou pas. Mais comment s'y prendre sans que ce type s'en aperçoive ?

De l'intérieur de la chambre, un bruit de fracas leur parvint, comme si quelqu'un avait violemment jeté un objet contre un mur. Après quelques secondes, l'homme ressortit comme une furie.

Caitlyn poussa un grognement de dépit.

Ils ne pouvaient pas distinguer ses traits : l'homme portait un masque de ski. Il remonta dans sa camionnette et démarra sèchement. Il avait déjà dépassé la voiture derrière laquelle ils étaient cachés quand il donna un brusque coup de freins.

— Qu'est-ce qu'il fait ? chuchota Caitlyn d'une voix inquiète.

Harlan ne répondit pas, pour rester le plus silencieux possible. Il s'aplatit au sol et regarda par-dessous la voiture.

La portière de la camionnette se rouvrit, et un mauvais pressentiment envahit Harlan. Des bottes noires se posèrent sur le bitume. L'homme resta immobile, un long moment. Harlan eut tout le temps d'imaginer les pires scénarios.

« Remonte dans ta camionnette », lança-t-il intérieurement à l'inconnu.

Mais il ne fut pas exaucé.

L'homme avança d'un pas. Puis d'un autre.

Bon sang.

Ce type armé se dirigeait droit vers eux.

4

Caitlyn avait rassemblé toutes ses forces pour rester calme mais, s'il n'y avait pas eu le bras d'Harlan sur le sien, elle aurait été incapable de rester en place. Son instinct lui hurlait de prendre ses jambes à son cou et de fuir loin de ce type masqué qui se rapprochait à grande vitesse. Sauf que si elle partait en courant elle se ferait tirer dessus.

Et Harlan aussi.

Ce type était armé, avait-elle remarqué. Armé et en colère. Tout dans son langage corporel indiquait qu'il bouillait intérieurement, contre eux deux, de toute évidence.

Mais pourquoi ?

Elle aurait voulu comprendre, mais ils couraient le danger de se faire tuer sans savoir ce que cet homme leur reprochait.

Elle faisait de son mieux pour rester silencieuse mais son cœur battait très fort et elle ne pouvait faire autrement que respirer bouche ouverte. Harlan, au contraire, faisait preuve d'un sang-froid remarquable. Il était totalement concentré sur l'homme qui s'approchait, sans montrer le moindre signe de frayeur.

Elle regarda autour d'eux, à la recherche d'un objet dont elle aurait pu se servir comme arme. A part quelques cailloux, il n'y avait rien à portée de main. Elle les ramassa et attendit. Si seulement ils avaient eu un téléphone pour appeler la police !

L'homme s'arrêta net et elle retint son souffle. Ne pouvait-il faire demi-tour et retourner à sa camionnette ?

Non.

Il plia les jambes pour se baisser. Manifestement, il souhaitait regarder sous les voitures.

Avec un peu chance, il ne les verrait pas, espéra Caitlyn. Ou quelqu'un allait passer sur le parking et le faire fuir. Avec son masque de ski, il ne passait pas inaperçu.

Harlan tourna doucement la tête vers elle.

— Prépare-toi à bouger, articula-t-il tout bas.

A ces mots, elle paniqua. Bouger pour aller où ? Qu'ils partent à droite ou à gauche, l'homme les repérerait fatalement.

Soudain, Harlan la saisit par le bras et la tira à lui. Dans la même seconde, un coup de feu retentit et déchira le silence.

Le bruit fut tellement assourdissant qu'il produisit un écho. Les autres résidents du motel l'avaient forcément entendu. Quelqu'un allait alerter la police !

Mais les policiers risquaient d'arriver trop tard, pensa-t-elle, d'autant que des pas résonnaient de nouveau sur le bitume. L'homme s'était remis en marche.

Harlan réagit. Il se redressa et la tira derrière lui pour leur faire contourner le véhicule.

Même si le sang lui battait aux tempes, elle n'avait aucun mal à suivre les pas de l'homme derrière eux. Il martelait le sol comme un damné, fou de rage.

Mais pourquoi cherchait-il à les tuer maintenant alors qu'il aurait pu le faire pendant qu'ils étaient inconscients, à sa merci ?

Elle n'eut pas le temps de chercher une réponse.

Un second coup de feu retentit. La balle alla se ficher dans le capot de la voiture tout près d'eux.

Harlan se dirigea vers un autre véhicule. Ils furent à découvert l'espace d'une seconde, ce qui suffit pour qu'elle aperçoive le tireur. Celui-ci fit de nouveau feu. Cette fois, il toucha un pare-chocs.

Harlan ne s'arrêta pas. Il la tirait derrière lui et se dirigeait vers la réception du motel. Mais leur agresseur était toujours après eux. Alors, il y eut d'autres bruits.

Des cris.

Quelqu'un s'exclama qu'il fallait appeler le 911. Mais, l'homme à leur poursuite étant armé, personne ne pouvait prendre le risque de sortir pour venir à leur rescousse.

Harlan continua d'avancer. Trois véhicules les séparaient encore de l'entrée de la réception. C'était trop pour qu'ils s'y précipitent en courant et, de toute façon, après avoir entendu les coups de feu, l'employé de la réception avait certainement verrouillé la porte.

— Bon sang, marmonna Harlan.

Elle comprit pourquoi. L'homme à leur poursuite s'était mis à courir et fonçait droit sur eux.

Harlan marqua un bref temps d'arrêt et lança le plus fort possible l'annuaire qu'il avait trouvé dans la chambre. Il y eut un bruit étouffé, comme s'il avait atteint sa cible. Mais Caitlyn n'eut pas le temps de s'en assurer : Harlan était reparti pour qu'ils se mettent à l'abri derrière une autre voiture, encore un peu plus près de la réception.

Il y eut un nouveau tir, mais très imprécis.

Une balle alla se ficher dans l'aile d'une voiture et, cette fois-ci, un système d'alarme se déclencha, émettant un son strident et régulier.

Les pas de leur poursuivant furent un instant masqués par le bruit, mais Caitlyn ne tarda pas à le repérer.

Il allait contourner la voiture derrière laquelle ils s'étaient réfugiés et brandissait déjà son arme.

Harlan repartit mais elle se débrouilla néanmoins pour se retourner et jeter à leur agresseur les cailloux qu'elle avait ramassés un peu plus tôt.

Un geste salutaire.

L'homme fit un mouvement de côté et n'eut pas le temps de faire feu avant qu'ils puissent trouver un nouvel abri.

Leur agresseur poussa un grognement de rage.

Il fit feu, sans avoir la moindre chance de les atteindre. Avait-il perdu ses nerfs ?

Malgré l'alarme assourdissante, un autre son résonna dans l'air. Celui de sirènes de police. Tout près.

Harlan se baissa pour regarder sous la voiture qui les dissimulait.

— Il s'en va.

Elle devina plus qu'elle entendit ses paroles. Un immense soulagement s'empara d'elle. Un soulagement de courte durée. Si leur agresseur réussissait à s'enfuir, ils risquaient de ne jamais découvrir son identité ni pourquoi il s'en était pris à eux.

Harlan se redressa et jeta prudemment un regard par-dessus le capot de la voiture. Il poussa un juron. Deux secondes plus tard, la camionnette du tireur passa à leur hauteur et quitta le parking.

Ils se relevèrent complètement.

Avec un peu de chance, les policiers étaient suffisamment près pour intercepter la camionnette, espéra Caitlyn. Hélas, le véhicule s'éloigna sans être inquiété.

Harlan l'invita à le suivre vers la réception.

— Garde les mains bien en évidence pour que tout le monde puisse les voir, lui dit-il.

Bien sûr. Elle n'avait même pas envisagé qu'on pourrait

croire que c'étaient eux qui étaient à l'origine des coups de feu. Mais, dans la confusion, tout pouvait arriver.

Au moment où ils levèrent les mains, une voiture de police entra sur le parking et freina brutalement.

Deux policiers descendirent de voiture et pointèrent leurs armes en restant à l'abri derrière le véhicule.

— Je suis le marshal Harlan McKinney, leur cria Harlan pour se faire entendre malgré l'alarme. Vous devez poursuivre la camionnette bleue que vous avez certainement croisée.

Il leur précisa la plaque d'immatriculation.

Les policiers ne bougèrent pas, ce qui était compréhensible, songea Caitlyn. Harlan et elle étaient menottés l'un à l'autre. Ils n'avaient certainement pas l'air de victimes d'un enlèvement.

Hélas, ils perdaient un temps précieux et il y avait fort à parier qu'ils ne rattraperaient pas leur agresseur.

La porte de la réception du motel s'entrebâilla et un homme osa passer la tête à l'extérieur.

— Le type qui s'est enfui dans la camionnette a tiré plusieurs fois sur ces deux personnes, déclara-t-il aux policiers.

Les policiers se regardèrent, et l'un d'eux lança un ordre que Caitlyn ne comprit pas. Mais Harlan se mit à genoux et elle l'imita.

Enfin, les policiers quittèrent leur abri et s'avancèrent vers eux. L'alarme de la voiture finit par s'interrompre et ils purent s'adresser à eux sur un ton normal.

— Marshal McKinney ? appela un des deux policiers.

— Oui, c'est moi, répondit Harlan. Je pense qu'on doit avoir signalé ma disparition.

— En effet, répliqua le policier qui regardait son téléphone.

Sans doute pour comparer l'apparence d'Harlan à une

photo de lui, comprit Caitlyn. Les frères d'Harlan avaient dû alerter les autorités.

— En revanche, personne n'a signalé votre disparition, reprit le policier en s'adressant à elle, mais votre visage me semble familier. N'êtes-vous pas journaliste ?

Elle acquiesça timidement car, à cause de ses enquêtes critiques, elle était rarement en odeur de sainteté auprès des policiers. Cependant, cette fois, elle était heureuse de les voir.

Le policier se baissa et les aida à se relever. Immédiatement, Harlan se dirigea vers les voitures.

— Il faut partir au plus vite à la poursuite de ce type ! s'exclama-t-il sur un ton qui tenait plus de l'ordre que de la requête. Et enlevez-nous ces fichues menottes.

Le policier ne discuta pas et, quand Harlan et elle approchèrent des voitures, un autre agent parlait dans sa radio pour transmettre la plaque d'immatriculation de la camionnette. Finalement, peut-être n'était-ce pas trop tard.

Elle leva la tête et regarda au loin.

Mince, ils étaient tout près d'une voie d'accès à l'autoroute. La camionnette devait déjà être bien loin.

Elle jeta un regard à Harlan : il avait l'air aussi dépité qu'elle.

— Que vous est-il arrivé ? leur demanda l'officier de police.

Sergent Eric Tinsley, d'après sa plaque d'identification.

Au lieu de répondre, Harlan ouvrit la portière de la voiture de police et monta à l'arrière.

— Je ne peux pas vous laisser faire ça, lança Tinsley.

Harlan le fixa droit dans les yeux.

— Ce type nous a kidnappés puis a tenté de nous tuer. Hors de question qu'il s'échappe…

Tinsley l'interrompit :

— Quand l'employé du motel a appelé le 911, il a

donné une description du véhicule. Le signalement a certainement déjà été transmis à toutes les patrouilles.

— Ça ne suffit pas, insista Harlan. Je dois retrouver ce type.

Tinsley regarda autour de lui, comme s'il se demandait quoi faire, puis désigna la voiture de la tête.

— C'est bon, serrez-vous pour que mon collègue puisse monter aussi. Je ne peux pas agir sans renforts et vous n'êtes pas en état de nous aider.

Harlan acquiesça à contrecœur et incita Caitlyn à monter. Une grille métallique séparait l'arrière de la voiture de l'avant : le véhicule servait habituellement au transport de prisonniers, mais peu importait. Elle aussi, elle voulait qu'ils se lancent à la poursuite du tireur, même si c'était probablement en pure perte.

Le collègue de Tinsley sortit une clé de la boîte à gants, la passa à Harlan puis monta à son tour en voiture.

— C'est une clé universelle pour tous types de menottes, expliqua-t-il tandis qu'ils démarraient.

Harlan s'empressa d'ouvrir les menottes. Elle avait la main complètement engourdie et elle dut se masser vigoureusement l'avant-bras pour faire revenir la sensibilité. Elle avait également toujours une migraine atroce mais, s'ils parvenaient à comprendre ce qui leur était arrivé, tout cela serait vite oublié.

Toutefois, comme elle le redoutait, il n'y avait aucune camionnette bleue parmi les véhicules sur l'autoroute.

Mais peut-être que la chance allait être avec eux et qu'ils finiraient par repérer l'agresseur.

— C'est qui, ce type ? s'enquit Tinsley.

Harlan n'eut pas le temps de répondre car le téléphone de Tinsley sonna.

Quelques secondes plus tard, il raccrocha et secoua la tête.

— Vous êtes sûr de ne pas vous être trompé quand vous avez relevé la plaque de la camionnette ?

— Oui, je suis catégorique, rétorqua Harlan, tout en gardant son attention rivée sur la circulation.

— Dans ce cas, notre homme utilise de fausses plaques, déclara Tinsley.

Caitlyn ne put retenir un grognement de dépit. Désormais, s'ils ne le retrouvaient pas, ils ne sauraient même pas qui était le propriétaire de la camionnette.

Harlan la regarda brièvement puis se tourna vers Tinsley.

— Notre homme n'opère pas seul. Quelqu'un nous a neutralisés avec un pistolet Taser, puis on nous a drogués et emmenés dans cette chambre de motel.

— Vous avez vu plusieurs personnes ? demanda Tinsley.

— Non, mais en arrivant au motel le tireur a cherché notre chambre. Si c'était lui qui nous y avait amenés, il n'aurait pas eu à le faire.

Caitlyn repensa à ces moments d'angoisse avant les coups de feu. Effectivement, il ne s'était pas dirigé directement vers leur chambre. Il avait donc certainement un complice.

Qu'ils n'aient pas affaire à un seul homme était encore plus inquiétant.

Combien étaient-ils en tout ?

— Un homme seul n'aurait sûrement pas pu me porter, renchérit Harlan, comme s'il avait deviné ses pensées.

Il avait raison. Harlan était grand et musclé. Il avait certainement fallu deux hommes pour le porter de la maison à une voiture puis de la voiture à la chambre de motel.

— Il y a forcément un rapport avec Rocky Creek,

dit-elle à Harlan. Ces menaces ne peuvent pas être une coïncidence.

Pourtant, un élément ne collait pas.

Le moment est venu, Caitlyn. Demain, tu es morte.

C'était la dernière menace qu'elle avait reçue, et elle n'avait pas été mise à exécution. L'homme au Taser ne l'avait pas tuée, même s'il avait eu l'opportunité de le faire. D'autant que ç'aurait été plus facile que de les droguer et de les emmener à ce motel.

On les avait laissés dans cette chambre comme s'ils avaient été une sorte d'appât.

— Quel jour sommes-nous ? demanda-t-elle.

Les policiers parurent surpris.

— Le 14, répondit néanmoins Tinsley.

— Celui qui t'a envoyé ces menaces peut encore tenir sa promesse, affirma Harlan. Et je parierais que le tireur était là pour s'en assurer.

Et il s'en était fallu de peu qu'il réussisse. Elle n'avait pas compté combien de fois il leur avait tiré dessus, mais il voulait les tuer, c'était clair.

— Ce n'était pas un tireur aguerri, ajouta Harlan. Et son comportement semblait être celui d'un type qui cherche à régler un compte personnel.

Elle ne voyait rien à redire à ce raisonnement.

— Ce qui nous ramène à Farris, dit Harlan.

Caitlyn hocha la tête et pensa demander un téléphone pour s'assurer que Farris était toujours interné. Mais la camionnette bleue apparut alors devant eux. Immobile, sur la bande d'arrêt d'urgence.

— La voilà, lança Harlan aux policiers.

Tinsley alluma la sirène et les gyrophares, appela des renforts par radio et se gara derrière la camionnette.

Caitlyn se redressa pour essayer de voir à l'intérieur du

véhicule mais Harlan la retint par les épaules et l'incita à se baisser.

— Reste à l'abri, lui ordonna-t-il.

Tinsley se retourna et le regarda comme s'il pouvait s'appliquer cette consigne à lui-même. Mais il ne l'empêcha pas de descendre également quand son collègue et lui sortirent de voiture.

Caitlyn releva légèrement la tête pour voir ce qui se passait.

Les deux policiers dégainèrent leurs armes et restèrent derrière les portières, tournés vers la camionnette.

Celle-ci avait des vitres fumées : il était impossible de savoir s'il y avait quelqu'un à l'intérieur.

Tinsley somma le conducteur de la camionnette de sortir les mains en l'air mais n'obtint pas de réponse. A la seconde sommation non plus.

Les secondes s'égrenaient et Caitlyn avait beau tout faire pour rester calme, son cœur battait à tout rompre. Avant même de se rendre chez Harlan, elle se savait en danger mais elle n'avait pas imaginé que lui aussi pourrait se retrouver en péril.

Pourtant, il risquait de se faire tuer.

Si par malheur le conducteur surgissait de son véhicule et faisait feu…

Elle refusait qu'il lui arrive malheur, elle n'avait même pas voulu l'entraîner dans cette histoire. Mais les choses étaient peut-être plus compliquées que cela.

Car, d'une manière ou d'une autre, Harlan était impliqué.

Une des lettres de menaces citait les paroles qu'il avait prononcées la nuit où ils avaient fait l'amour à Rocky Creek. L'expéditeur de ces lettres l'avait peut-être fait sciemment, en sachant que, si elle soupçonnait Harlan, elle finirait par aller le voir.

Si c'était cela, alors elle était tombée dans le panneau.

Elle se redressa un peu plus pour mieux voir : Harlan et les policiers avançaient vers la camionnette. Elle retint son souffle.

Tinsley s'approcha de la portière côté conducteur, son partenaire passa de l'autre côté. Harlan était juste à côté de Tinsley, et celui-ci se pencha pour regarder par la vitre. Il dit quelque chose à Harlan qu'elle n'entendit pas. Harlan ouvrit alors la portière et jura fort.

N'y tenant plus, elle se redressa et descendit de voiture.

Comme elle s'y attendait, la camionnette était vide. Elle tourna la tête de tous côtés : le tireur s'était peut-être enfui à pied ou au volant d'une autre voiture. Mais non, il n'était nulle part.

— Il a laissé quelque chose, déclara Harlan.

Elle suivit son regard : un papier était posé sur le volant.

— Attention, nous allons procéder à des relevés d'empreintes, dit Tinsley.

Mais Harlan ne chercha pas à s'emparer du papier.

— Il y a un message rédigé sur ce papier, indiqua Tinsley.

— Oui, en effet, reprit Harlan d'un air dégoûté. Un message qui t'est destiné, Caitlyn, ajouta-t-il en tournant la tête vers elle.

5

A l'hôpital de Maverick Springs, Harlan maudit la mauvaise réception téléphonique qui l'empêchait d'entendre la moitié de ce que lui apprenait Slade, son frère. Toutefois, même entrecoupés, les propos de Slade n'annonçaient rien de bon.

Declan, un autre de ses frères, lui avait rapporté un peu plus tôt son téléphone portable. Mais, à l'instant, il aurait surtout eu besoin de bonnes nouvelles.

Selon Slade, il n'y avait aucune trace du tireur et le motel de Cross Creek, où on les avait emmenés, Caitlyn et lui, n'était pas équipé de caméras de vidéosurveillance. Tout cela était déjà suffisamment décourageant, mais ce n'était pas tout.

Un peu plus tôt, le sergent Tinsley lui avait appris qu'il ne semblait pas y avoir d'empreintes exploitables dans la camionnette ou sur le mot laissé par son conducteur. Un mot laconique et limpide adressé à Caitlyn.

« Ce n'est pas terminé. Tu es une femme morte. »

Harlan était déterminé à tout faire pour que cette menace ne se produise jamais mais, tant que le tireur et ses complices étaient toujours dans la nature, Caitlyn était en grand danger.

— Tu as des infos sur Jay Farris ? demanda Harlan à son frère.

— Il faut que je continue à me renseigner. Je sais déjà qu'il a été transféré dans un établissement privé il y a environ un mois.

Il y eut de nouvelles interférences, mais à ce que comprit Harlan cet établissement refusait de livrer des informations tant qu'on ne lui fournirait pas un ordre écrit émanant d'un tribunal.

— Tu dois rappeler les rangers, Harlan, déclara Slade quand la communication redevint audible.

Il aurait préféré ne pas comprendre cette partie de la conversation : c'était certainement Griffin Morris, le ranger chargé de l'enquête sur le meurtre de Jonah Webb, qui souhaitait lui parler. Or, Morris n'avait probablement rien d'intéressant à lui apprendre. Il voulait l'interroger en tant que suspect potentiel de ce meurtre.

Mais Harlan n'avait pas de temps à perdre.

La porte de la salle d'examens de l'hôpital s'ouvrit, et Harlan mit fin à la communication avec son frère. Il devait s'assurer que Caitlyn allait bien.

Elle apparut derrière l'épaule du médecin, très pâle et l'air faible.

Cheryl Landry, le médecin, se retourna et se posta face à lui.

— Elle va s'en remettre, Harlan. A votre tour, maintenant. Vous voulez bien passer dans la salle d'examen à côté ?

— Ça peut attendre.

En revanche, il avait fait une prise de sang pour avoir une idée de la substance qu'on leur avait injectée, et il aurait bien aimé avoir les résultats.

Cheryl fronça les sourcils mais ne protesta pas. Sans doute parce que cela faisait plus de dix ans qu'elle voyait passer ses frères et lui dans son service. Chaque fois, ils refusaient de rester plus longtemps que nécessaire à l'hôpital et ils n'étaient jamais très coopératifs.

Elle s'éloigna en marmonnant et en notant quelque chose.

Caitlyn était assise sur la table d'examen, vêtue de la même blouse verte d'hôpital que lui. Leurs vêtements leur avaient été retirés pour être analysés, même si les chances de retrouver des traces exploitables dessus étaient infimes. Mais mieux valait ne rien laisser au hasard.

Harlan entra dans la pièce et ferma la porte derrière lui. Il avait une question à lui poser, mais il ne savait pas très bien comment s'y prendre. Il retourna les mots dans sa tête mais, à son expression, Caitlyn dut deviner à quoi il pensait.

— Je n'ai pas été agressée sexuellement, déclara-t-elle.

Il fut soulagé, même si, quand ils s'étaient réveillés tous deux en sous-vêtements, il n'avait pas remarqué sur son corps de traces inquiétantes.

Mais la voir à côté de lui en tenue légère avait réveillé le souvenir de ce qui s'était passé entre eux seize ans plus tôt. Même après toutes ces années, cette réminiscence était toujours aussi forte.

— Je suppose que l'enquête n'a pas progressé, reprit-elle en écartant ses cheveux de son visage.

Il secoua la tête.

— On essaie d'obtenir des infos sur Farris auprès de la direction de l'établissement où il est traité. Tu savais qu'il avait été transféré dans un autre asile ?

— Non.

Elle soupira et le fixa de ses yeux bleus fatigués.

— Je me suis complètement fait avoir en pensant que ces menaces venaient de toi.

Qu'elle ait pu le croire capable du pire le contrariait. Mais leur dernière conversation, à propos de l'article qu'elle avait publié, avait été si houleuse que cela pouvait se comprendre.

— Nous devrions retourner chez moi et attendre d'en apprendre davantage, suggéra-t-il. Tu as besoin de te reposer et de manger un morceau. Et je pourrai également passer quelques coups de fil pour essayer d'accélérer les procédures.

Pour bien faire, il aurait également fallu qu'il passe au bureau, mais il avait besoin de souffler un peu.

— Ma voiture est-elle toujours devant chez toi ? lui demanda-t-elle.

— Oui.

Slade le lui avait confirmé au téléphone. Et rien n'avait été touché non plus dans la maison.

— Mais, pour le moment, tu ne dois aller nulle part toute seule, Caitlyn. C'est trop risqué.

Il se prépara à l'entendre protester car elle était encore plus têtue que lui. Mais la fatigue devait être trop forte : elle se contenta de hausser les épaules.

— Tout ce que je veux, c'est coincer le type qui nous manipule.

Evidemment, sur ce point, ils étaient sur la même longueur d'onde.

Elle posa les pieds au sol, fit un pas et vacilla. D'instinct, il la rattrapa et elle se retrouva dans ses bras. Elle était vraiment très faible et se laissa aller contre lui.

Ce n'était pas bon.

Ils étaient serrés l'un contre l'autre. Ils se regardèrent droit dans les yeux.

Le temps lui parut se figer.

Des souvenirs l'assaillirent. Pas ceux de l'agression, qui aurait pourtant dû occuper ses pensées, mais des images beaucoup plus agréables. Des images de baisers échangés.

Et plus que des baisers.

Un coin de la bouche de Caitlyn se souleva : ce frêle demi-sourire était à l'image de son état.

Elle lui tapota le bras et effleura son torse du bout des doigts. Mais elle ne s'écarta pas.

Il ne bougea pas non plus.

Bon sang, il n'avait pourtant pas besoin de cela maintenant. Ni plus tard, d'ailleurs. Non seulement ces réminiscences étaient d'une puissance dévastatrice mais, en plus, son corps commençait à ne plus lui obéir.

Il devait se maîtriser. A tout prix.

— Même la rancœur ne peut dissiper ça, marmonna Caitlyn.

Elle se redressa, lui effleura les lèvres puis se retourna pour ouvrir la porte et sortit.

Il lui emboîta le pas mais il lui fallut plusieurs secondes pour se remettre de sa remarque et de son esquisse de baiser. Il n'aurait pas dû se sentir dans un tel état pour si peu.

— Je n'ai pas de rancœur contre toi, articula-t-il enfin. Je t'en ai simplement voulu pour ce que tu as écrit. Je n'aime pas qu'on mette en cause mon honneur et mon travail.

— Mais cet article, c'était mon travail de l'écrire, protesta-t-elle. Si je ne l'avais pas fait, un autre s'en serait chargé.

C'était certainement vrai, songea Harlan, mais ça ne changeait rien à l'affaire. Son article les avait montrés, le corps des marshals et lui, sous un mauvais jour, et il en avait pris ombrage. Ce qu'il lui avait fait savoir quand il l'avait appelée.

— Je ne suis pas méchante, ajouta-t-elle, mais, parfois, je dois prendre des décisions qui ne me font pas plaisir.

Quand ils sortirent de l'hôpital, Caitlyn s'arrêta et observa le parking.

Il en fit de même. Declan, son frère, les attendait, appuyé

contre sa voiture. Celle-ci était garée à côté du véhicule de service qu'on avait mis à sa disposition.

— Declan ! s'exclama Caitlyn.

Elle courut presque vers lui pour le serrer dans ses bras.

Harlan n'était pas d'un naturel jaloux mais qu'elle salue son frère avec autant d'affection l'irrita un peu.

Declan sourit à Caitlyn et lui prit une mèche de cheveux entre deux doigts.

— La dernière fois que je t'ai vue, tu avais des mèches roses et un anneau dans le nez.

Caitlyn lui retourna son sourire.

— Et moi, la dernière fois que je t'ai vu, tu n'étais pas plus grand que moi.

Declan se pencha et lui glissa un mot à l'oreille. Caitlyn en fit de même, puis tous deux s'écartèrent l'un de l'autre.

— Nous ferions mieux de ne pas traîner là, à découvert, marmonna Harlan.

Ce n'était pas tant le fait qu'ils soient à découvert qui le contrariait, plutôt la complicité évidente entre Declan et Caitlyn, il devait bien le reconnaître.

Il était vexé d'éprouver de la jalousie. Aussi, il repensa à l'article que Caitlyn avait écrit et à ses soupçons envers lui.

Cela l'aiderait à garder la tête froide.

Il prit Caitlyn par le bras pour l'inciter à monter dans la voiture.

— Slade m'a appris qu'il y avait des problèmes pour obtenir des infos sur Farris, lança-t-il à Declan.

— Oui, l'hôpital psychiatrique refusait de confirmer avoir un patient portant ce nom-là sans ordre écrit d'un tribunal. Mais comme obtenir un ordre judiciaire aurait pris trop de temps, Dallas a menacé de les faire fermer pour dissimulation de fugitif.

— Parfait.

Cette menace était du bluff. Mais ils menaient une

enquête pour tentative de meurtre et la confidentialité avait ses limites.

— Farris est sorti, n'est-ce pas ? demanda Caitlyn.

Harlan observa son frère. Comment Caitlyn en était-elle arrivée à cette conclusion ? Rien dans l'attitude de Declan n'indiquait qu'il s'apprêtait à leur annoncer cette nouvelle.

Cependant, il acquiesça.

— Il n'a passé que quelques jours dans cet établissement privé avant d'être autorisé à sortir.

Caitlyn ne dit rien mais se laissa tomber avec fatalisme sur le siège de la voiture.

— Comment a-t-il pu sortir ?

— Pour le moment, nous l'ignorons, expliqua Harlan. Le tribunal devrait nous le dire, mais nous disposons de sa photo qui illustrait d'anciens articles de presse.

Des articles qui dataient sans doute de l'époque où il harcelait Caitlyn. Harlan était déterminé à ce que ce type ne l'approche plus jamais. Qu'il s'en soit déjà pris à elle le mettait en rage.

— L'ensemble des autorités de l'Etat aura son signalement, ajouta Declan.

Certes, acquiesça intérieurement Harlan. Mais, selon Caitlyn, Farris était issu d'une famille qui avait de l'argent. Il disposait peut-être de suffisamment de ressources pour avoir déjà quitté le pays. Du moins s'il avait renoncé à son projet de les éliminer. Sinon, il n'était sans doute pas loin et, tôt ou tard, ils entendraient de nouveau parler de lui.

— Mais rien ne prouve que Farris est bien l'homme qui s'en est pris à vous, leur rappela Declan. Ce serait une erreur de nous focaliser sur lui et de ne pas explorer d'autres pistes.

Harlan était d'accord.

— Je vais passer au bureau pour faire le point et voir dans quelle direction nous devons orienter nos recherches.

— Non, pas avant demain, dit son frère. Ordre de Saul. Il t'a mis d'office au repos pour vingt-quatre heures et ne veut pas te voir débarquer aujourd'hui. C'est un ordre officiel qu'il a mis par écrit.

Génial, s'emporta Harlan. Vraiment génial. Saul Warner, son patron, le mettait au repos forcé. Repos dont il avait bien besoin, ceci dit. Mais il aurait préféré travailler sur l'enquête et, pour cela, il n'y avait pas de meilleur endroit que le bureau.

Il monta en voiture, démarra et, de dépit, enfonça la pédale d'accélérateur, faisant crisser les pneus.

— Tu es en colère contre moi, contre Farris ou contre ton patron qui t'empêche d'aller travailler ? s'enquit Caitlyn.

Il bougonna. C'était inutile de mentir.

— Les trois.

Elle émit un grognement à son tour, comme pour lui faire savoir qu'elle s'attendait à cette réponse.

— Ne t'inquiète pas, je vais m'arranger pour m'installer ailleurs, déclara-t-elle en s'emparant de son téléphone, qui dépassait de sa poche de veste.

Il lui reprit immédiatement le téléphone des mains.

— Ailleurs ?

— Oui, chez des amis, par exemple.

— Sans blague ? Tu souhaites que tes amis et toi, vous vous fassiez tuer ? La dernière menace en date n'était pas une plaisanterie, Caitlyn. Cette histoire est loin d'être finie.

Elle pâlit et il s'en voulut aussitôt. Ce n'était pas son intention de lui crier dessus et de lui faire peur, mais ce serait encore pire s'il lui laissait croire qu'elle ne risquait plus rien.

— Au ranch, nous avons des employés qui se chargeront de monter la garde pour s'assurer que personne ne tentera de t'approcher, ajouta-t-il.

Et lui, il renforcerait la sécurité de sa propre maison et se montrerait vigilant.

— Si je reste avec toi, tu seras toi aussi en danger, répliqua-t-elle d'un ton grave.

— Je suis déjà en danger. Les menaces que tu as reçues avaient pour but de te faire venir à moi pour me demander des comptes. Le type qui nous a attaqués au Taser nous attendait chez moi.

Que ce type l'ait pris pour cible au même titre que Caitlyn n'était pas franchement plaisant, mais c'était un fait.

— Par ailleurs, reprit-il, je suis marshal. Alors, tant que l'enquête sera en cours, tu restes avec moi.

Elle haussa un sourcil.

— Vraiment ? dit-elle avec scepticisme. Tu comptes assurer ma protection personnellement ?

Une fois encore, qu'elle mette en doute ses intentions le hérissa.

— Oui, je te protégerai, affirma-t-il. Que j'en aie envie, c'est une autre histoire. Et tu pourras également compter sur mes frères.

Y compris Declan. Il repensa à l'épisode du parking.

— Qu'as-tu chuchoté à l'oreille de Declan, tout à l'heure ?

Cela l'agaçait de se voir lui poser cette question, mais il avait envie de savoir.

— Oh ! Une vieille plaisanterie entre nous, répondit-elle avec un petit sourire, sans plus s'étendre.

Il n'apprécia pas qu'elle lui réponde de façon si évasive, mais son téléphone sonna, et il le ressortit de sa poche pour consulter l'écran.

— Le ranger Griffin Morris, dit-il entre ses dents.

Il laissa l'appareil sonner. Comme il l'avait déjà fait précédemment, Morris allait certainement laisser un message.

— Morris, répéta Caitlyn. C'est le type chargé de l'enquête sur le meurtre de Webb. Il t'a déjà interrogé ?

— Plus d'une fois. Pas toi ?

— Si, il est venu me voir. Il est persuadé que l'un des pensionnaires de l'orphelinat a aidé Sarah Webb à tuer son mari.

Il attendit qu'elle continue, mais elle n'ajouta rien.

— Et qu'est-ce que tu lui as dit ?

— La vérité, répliqua-t-elle sans hésiter. Que, comme tous les autres, je détestais Webb mais que je ne suis pour rien dans sa mort.

— Morris t'a crue ? Tu lui as donné ton alibi ?

Cette fois-ci, elle eut une brève hésitation.

— Oui, je pense qu'il m'a crue. Encore une fois, je lui ai dit la vérité. Que j'étais avec toi à l'heure supposée du meurtre. Pourquoi ?

— Eh bien, parce qu'il semble avoir davantage de mal à me croire. Il doit se dire qu'à l'époque j'étais sans doute déjà assez grand et costaud pour porter le corps d'un homme mort dans un escalier.

— Ce qui n'est pas faux.

Elle marqua une pause puis poussa un bref soupir et ajouta :

— J'imagine que mon passé sulfureux ne me rend pas forcément digne de confiance aux yeux de la loi.

Probablement pas, pensa-t-il. Même si, quand elle avait eu affaire aux autorités, elle était mineure et que, par conséquent, son dossier était confidentiel, les rangers avaient dû apprendre qu'elle était passée par une maison de redressement et qu'à Rocky Creek elle avait été impliquée dans quelques bagarres.

— Mon passé de mauvaise fille revient nous hanter, marmonna-t-elle. Tu m'en vois désolée.

Même si elle avait prononcé ces paroles entre ses

dents, elle semblait sincère. Mais il ne voulait pas qu'elle s'excuse de son passé. D'autant plus qu'à l'époque son comportement de bagarreuse n'était qu'une façade, se souvenait-il.

— Tu n'étais pas une mauvaise fille mais tu voulais que tout le monde le pense, déclara-t-il en lui adressant un regard appuyé pour la mettre au défi de dire le contraire.

Quand ils avaient fait l'amour ensemble, pour elle, c'était la première fois. Et pourtant elle avait déjà « mauvaise réputation ».

— Tu seras toujours ma première fois, chuchota-t-elle.

A ces mots, une drôle d'impression s'empara d'Harlan. En se servant de ces paroles dans ses menaces, leur agresseur les avait dévoyées.

Harlan réprima un soupir. Comment ce type avait-il pu avoir connaissance de ces mots intimes ? Ainsi que l'avait dit Caitlyn, tout portait à croire que, cette nuit-là à Rocky Creek, quelqu'un les avait espionnés. Mais qui ?

Encore une question à laquelle ils devraient essayer de trouver une réponse.

— Pourquoi moi, Caitlyn ? demanda-t-il. Pourquoi t'es-tu donnée à moi ?

C'était une interrogation qu'il avait en tête et il l'avait exprimée à haute voix presque à son insu. Mais la réapparition de Caitlyn dans sa vie le remuait terriblement.

Elle écarta les mains, comme si c'était une évidence.

— J'avais vraiment un faible pour toi et je savais que tu ne te servirais pas de moi comme d'un trophée. Car j'étais au courant que, pour toi, ce n'était pas la première fois, ajouta-t-elle en tournant la tête vers lui. Mais le fait que tu me dises que je serais toujours ta première fois m'a touchée. J'ai trouvé que c'était gentil de ta part.

L'expression « gentil de ta part » ne lui plut pas. Cette nuit-là, il lui avait fait cette déclaration spontanément, sans y réfléchir et avec une entière sincérité. En effet, pour lui, c'était la première véritable fois qui avait compté. Mais il garda ses réflexions pour lui.

C'était mieux ainsi. Ils avaient suffisamment de préoccupations comme cela.

Il s'engagea sur la route qui menait à Blue Creek Ranch et, mentalement, dressa la liste de tout ce qu'il avait à faire : passer des coups de fil, mettre en place des mesures de sécurité, faire le point sur tous les aspects de l'enquête. La liste ne cessait de s'allonger mais il y avait une autre priorité qu'il devait placer tout en haut.

Retrouver Sherry Summers, qui avait été à l'orphelinat avec eux.

Plus que tout autre, elle détenait peut-être des réponses à ce qui leur arrivait en ce moment. Encore fallait-il qu'elle soit toujours en vie.

Il fallait également qu'il passe de nouveau en revue la liste des suspects du meurtre de Jonah Webb.

Pour les rangers, Caitlyn et lui faisaient partie de ces suspects.

Mais ils se trompaient, et si Sarah Webb avait bien eu un complice il courait toujours.

— A ton avis, qui aurait pu aider Sarah Webb ? demanda-t-il à Caitlyn.

— Rudy Simmons, répondit-elle sans réfléchir.

— L'ancien concierge de l'orphelinat ? J'y ai pensé aussi. Mais aucun élément de l'enquête ne le désigne comme suspect. Et puis Simmons et Webb étaient amis. Webb n'avait peut-être même jamais eu d'autres amis que lui.

— Alors Kirby, suggéra Caitlyn tout bas.

Harlan prit sur lui de ne pas réagir. Il ne supportait pas qu'elle croie son père adoptif coupable de complicité de meurtre. Kirby les avait justement adoptés, lui et ses frères, pour les sortir des griffes de Webb, un type violent.

— Il y avait des rumeurs contradictoires, à l'époque, ajouta Caitlyn. Rocky Creek était censé fermer, mais certains prétendaient que Webb avait trouvé un subterfuge pour que l'orphelinat reste ouvert. Alors si Kirby a cru qu'il ne pourrait finalement pas vous sortir de là…

Il n'était peut-être pas parvenu à maîtriser sa colère, compléta Harlan intérieurement. Son père adoptif aurait alors eu un mobile.

Cette pensée lui noua l'estomac. Mais il n'y avait pas que ça.

— L'alibi de Declan me tracasse, dit-il.

Ou plutôt son manque d'alibi, en l'occurrence. La nuit du meurtre, Declan était censé être à l'infirmerie, car Webb lui avait infligé une sévère correction. Mais personne n'avait confirmé sa présence à l'infirmerie et, chaque fois que le sujet avait été abordé, Declan ne s'était pas montré très chaud pour s'expliquer. Bien sûr, Harlan n'avait pas trop insisté : si par malheur son frère avouait être mêlé au meurtre de Webb, il serait obligé d'agir.

Evidemment, Declan en était également conscient.

— En fait, il y a de nombreux autres suspects, ajouta Caitlyn.

Cherchait-elle à disculper Declan ? se demanda Harlan. Leur accolade chaleureuse sur le parking de l'hôpital lui revint de nouveau à l'esprit.

Mais lui non plus n'avait pas envie de voir son frère comme un possible complice de meurtre. Et puis, à l'époque, Declan avait à peine treize ans. Surtout, beaucoup de monde aurait été prêt à aider Sarah Webb à en finir avec sa caricature de mari. Y compris Billy Webb, son propre fils.

— Les rangers n'ont pas retrouvé Billy, rappela-t-il. Et personne ne semble savoir ce qu'il est devenu. Et toi, tu en as une idée ?

— Pas la moindre, répliqua Caitlyn. Je sais que son père lui infligeait de mauvais traitements et qu'il a fait une tentative de suicide. Il était très fragile mentalement mais, de toute façon, Webb nous a tous plus ou moins blessés, physiquement ou psychologiquement.

Elle disait vrai et l'agression dont ils avaient été victimes quelques heures plus tôt avait fait remonter ces mauvais souvenirs à la surface. Cela rendait la situation encore plus pénible.

Ils approchèrent de l'endroit où Caitlyn avait laissé son véhicule.

— Il faut que je prenne des affaires dans ma voiture, déclara-t-elle.

— Non, répliqua-t-il. Je demanderai à un employé du ranch de venir les chercher.

La route était bordée d'arbres et de buissons qui constituaient autant de cachettes possibles pour quelqu'un de malintentionné.

Il s'arrêta devant sa maison. Son frère Slade l'attendait sous le porche, et deux employés du ranch, armés, étaient en faction dans la pâture qui séparait sa maison du bâtiment principal du ranch. Slade avait donc déjà pris des mesures de sécurité.

Cependant, il en faudrait davantage.

Assis dans un fauteuil à bascule avec sa carabine sur les genoux et vêtu d'un vieux jean délavé, de bottes et d'une chemise noire, Slade ressemblait à un hors-la-loi de western.

— Harlan, dit-il pour le saluer au moment où ils descendirent de voiture.

Slade posa alors ses yeux bleus sur Caitlyn. Celle-ci ne se précipita pas vers lui pour le prendre dans ses bras et, d'ailleurs, celui-ci ne paraissait pas particulièrement ravi de la voir. Lui aussi était marshal et il n'avait pas apprécié l'article qu'elle avait écrit.

— Allons à l'intérieur, lança Harlan en incitant Caitlyn à ne pas traîner dehors. A-t-on déjà procédé aux relevés d'empreintes et à la recherche de preuves dans la maison ?

Slade acquiesça.

— Sans résultats pour le moment, mais le labo n'a pas encore terminé les analyses.

De toute façon, Harlan n'en attendait rien. Il n'avait qu'entraperçu l'homme qui les avait neutralisés au Taser, mais celui-ci portait certainement des gants.

— Tous les employés du ranch sont armés, poursuivit Slade. Et Wyatt ne va pas tarder à revenir de l'hôpital avec Kirby et Stella.

— De l'hôpital ? répétèrent en chœur Harlan et Caitlyn.

— Kirby avait un rendez-vous de suivi de traitement. Dès que Stella et lui seront de retour, Wyatt s'occupera de vérifier tous les accès du ranch.

Parfait, pensa Harlan. Kirby était trop faible pour se défendre contre un intrus et Stella, sa compagne, avait déjà suffisamment à faire en s'occupant de lui.

— Stella ? répéta Caitlyn, visiblement troublée. S'agit-il de celle qui travaillait à Rocky Creek ?

Harlan acquiesça. A Rocky Creek, Caitlyn était proche de Stella.

— Depuis combien de temps Stella vit-elle ici ? insista-t-elle.

— Pas très longtemps, répondit vaguement Harlan, qui n'avait pas envie de s'éterniser sur le sujet. Je veux que quelqu'un surveille la route, dit-il à son frère.

— J'ai déjà demandé à deux hommes de s'y poster et d'autres surveilleront la clôture à l'arrière de la maison, répondit Slade.

Bien. C'était important car cette zone constituait le

point faible du ranch. Les pâturages derrière la maison étaient destinés à accueillir du bétail, pas à empêcher des inconnus de s'introduire dans les bâtiments du ranch.

— Je suppose qu'il n'y a pas de nouvelles du type qui nous a tiré dessus, reprit Harlan en regardant autour de lui.

Slade fit non de la tête. Il allait ouvrir la bouche au moment où un bruit de moteur attira leur attention. Tous trois tournèrent la tête. Un SUV remontait l'allée et se gara devant la maison. Wyatt était au volant, Stella, sur le siège passager, et Kirby, les traits tirés et fatigués, installé sur la banquette arrière.

Le téléphone de Slade sonna et celui-ci sortit son appareil, puis s'éloigna pour prendre l'appel.

Harlan et Caitlyn se dirigèrent, eux, vers le SUV. Stella en sortit la première et salua Caitlyn avec un cri de joie.

— Mon Dieu, Caitlyn ! s'exclama-t-elle en la prenant dans ses bras. Tu es magnifique !

— Toi aussi, Stella, répondit Caitlyn. Tu n'as absolument pas changé depuis tout ce temps.

Stella passa avec un petit rire la main dans ses cheveux châtains qui commençaient à blanchir.

— Wyatt ne cesse de me le dire également. Je sais que ce n'est pas vrai, mais ça fait toujours plaisir de recevoir des compliments.

Caitlyn porta alors son attention sur Kirby.

— Bonjour, marshal Granger, dit-elle d'une voix légèrement incertaine.

Sans doute était-elle ébranlée de voir Kirby aussi affaibli. Ce qui était compréhensible, songea Harlan.

Une de ses plus grandes peurs était que Stella et Kirby ne leur disent pas tout sur l'état de santé et le pronostic vital de son père adoptif.

— Caitlyn, répondit Kirby, qui lui adressa un petit

sourire mais ne bougea pas. Est-ce que ça veut dire qu'Harlan et toi, vous êtes de nouveau ensemble ?

Vraisemblablement, personne ne lui avait parlé de l'agression. Tant mieux. Ce n'était pas le moment de l'inquiéter davantage.

— Caitlyn est seulement venue nous rendre visite, déclara Harlan, cherchant l'explication la plus neutre possible à sa présence.

Kirby les observa tous deux en silence pendant quelques secondes.

— Je suis sûr que c'est plus qu'une simple visite, répondit-t-il enfin. D'ailleurs, j'ai toujours pensé que vous étiez faits l'un pour l'autre, même si vous aviez du mal à vous en convaincre.

Harlan déglutit et chercha ses mots. Mais, à ce moment-là, Slade s'approcha de lui et s'éclaircit la voix pour attirer son attention.

Pitié, pas d'autres mauvaises nouvelles.

— Je pense que tu devrais raccompagner Kirby à la maison pour qu'il se repose, dit-il à Stella, qui acquiesça et remonta en voiture.

Puis il échangea un regard avec Wyatt, qui lui fit signe qu'il repasserait plus tard.

— Le coup de téléphone concernait-il Jay Farris ? demanda Caitlyn à Slade.

Slade secoua négativement la tête.

— Non, pour le moment, nous ne savons rien de plus sur Farris. Ce coup de fil vous concernait tous les deux, ajouta-t-il en les regardant alternativement. Les rangers ont un mandat d'arrêt contre vous et sont déjà en route pour venir vous chercher.

6

Caitlyn fixa Slade d'un regard incrédule tout en retournant dans sa tête les mots qu'il venait de prononcer. C'était absurde.

— Un mandat d'arrêt contre nous ? répéta-t-elle. Mais pourquoi ? C'est nous qui avons failli nous faire tuer !

Slade garda un visage fermé.

— Cela n'a rien à voir avec l'agression dont vous avez été victimes. Du moins je ne pense pas. A ce que j'ai compris, quelqu'un a fait parvenir anonymement aux rangers des soi-disant preuves de votre responsabilité dans la disparition de Sherry Summers et la mort de Tiffany Brock.

Caitlyn était complètement abasourdie. Elle avait beau chercher à raisonner concrètement, la question revenait en boucle : comment pouvait-on sérieusement penser qu'Harlan et elle étaient impliqués dans la disparition de ces deux femmes ?

— Des preuves ? demanda Harlan. Quelles preuves ?

Slade secoua la tête.

— Ça, les rangers ne l'ont pas précisé aux marshals, donc j'ignore ce qu'ils détiennent réellement. Tout ce que je sais, c'est que Morris a déclaré que vous deviez être placés tous deux en garde à vue dans les plus brefs délais. J'ai demandé à quelques collègues de m'avertir s'ils en apprenaient davantage, alors peut-être serons-nous fixés rapidement.

L'air songeur, Harlan se passa la main sur la mâchoire.

— Le mieux serait encore de poser directement la question à Morris à son arrivée.

— Non, je ne pense pas que ce soit une bonne idée pour vous deux de vous attarder ici, répliqua Slade. Pour les rangers, vous êtes des suspects en cavale, ils ne vous laisseront même pas le bénéfice du doute.

Caitlyn jeta un regard à Harlan : il n'en laissait rien paraître, mais il devait être profondément blessé de cette accusation, lui qui était d'une droiture exemplaire.

— Et comme vous serez certainement inculpés pour meurtre, continua Slade, vous ne pourrez pas compter sur une libération sous caution. Ce qui signifie que vous risquez de vous retrouver en prison pour un moment.

Caitlyn était consternée. Elle écoutait Slade, elle comprenait ce qu'il disait, mais ses propos lui semblaient toujours aussi surréalistes.

— Il n'y a même pas de preuves que la mort de Tiffany est bien le résultat d'un meurtre, dit-elle, cherchant à s'accrocher à tout ce qui pouvait les innocenter. J'ai parlé à Devin Mathis, son fiancé, et il m'a dit qu'elle était décédée dans un accident de la route.

— Un accident suspect, précisa Slade.

Effectivement, Devin lui avait avoué croire que cet accident n'en était pas un, mais la police n'avait pas trouvé d'éléments qui l'auraient prouvé. Peut-être que, depuis, l'enquête avait progressé, mais comment de quelconques nouveaux éléments auraient-ils pu les désigner, Harlan et elle ? D'autant qu'elle n'avait plus eu de nouvelles de Tiffany depuis plusieurs années.

Il y avait également la disparition de Sherry. Bien sûr, c'était un événement troublant et c'était même cela qui lui avait fait croire qu'Harlan — ou quelqu'un d'autre — tentait d'éliminer les anciens pensionnaires de Rocky Creek.

— J'ai rencontré Curtis Newell, l'associé en affaires de Sherry, dit-elle. Il est convaincu que sa disparition est anormale car elle n'a pas retiré d'argent ni emporté de vêtements et le disque dur de son ordinateur a été complètement effacé. Il a même engagé un détective privé pour la rechercher.

Elle se tourna vers Harlan mais celui-ci se contenta de secouer la tête.

— Quelles que soient les preuves dont disposent les rangers, elles sont forcément fausses. Nous devons leur parler pour tirer cette affaire au clair.

Alors qu'il allait retourner à l'intérieur, Slade lui barra la route et le fixa droit dans les yeux.

— Tu m'as entendu, oui ou non ? Si vous êtes encore là à leur arrivée, vous serez arrêtés et il faudra un temps fou pour que vous soyez innocentés. Vous devez rester libres de vos mouvements et découvrir qui cherche à vous nuire. Si vous êtes derrière les barreaux, ce sera beaucoup plus compliqué.

Un frisson parcourut Caitlyn. Dans son adolescence, elle avait déjà passé quelques jours en prison avant d'être transférée en maison de redressement. Elle n'avait aucune envie de rééditer l'expérience, d'autant moins que, selon toute vraisemblance, quelqu'un avait fabriqué de fausses preuves pour les incriminer.

— Peux-tu rappeler les rangers pour essayer d'apprendre ce qu'ils ont exactement ? demanda-t-elle à Slade.

Slade fit une moue dubitative mais sortit néanmoins son portable pour passer un coup de fil.

Harlan regardait de tous côtés, comme s'il s'attendait à découvrir un homme caché dans les fourrés, puis il fit signe à Caitlyn de le suivre à l'intérieur.

— Il me faut un téléphone, lui dit-elle une fois rentrée. Je peux retrouver la trace de Farris. C'est certainement lui qui a envoyé ces fausses preuves.

— Farris n'était pas à Rocky Creek, lui rappela Harlan. Or, tout semble tourner autour de l'orphelinat.

Il secoua la tête et ajouta :

— Et pourtant rien n'a de sens.

— Sauf si Tiffany ou Sherry savaient quelque chose sur le meurtre de Webb, répliqua-t-elle.

Elle avait déjà réfléchi à cette possibilité.

— Si c'est le cas et si Sarah Webb avait bien un complice, maintenant qu'elle est passée aux aveux, ce complice se retrouve sur des charbons ardents. Alors peut-être a-t-il voulu éviter qu'on remonte à lui en faisant disparaître Sherry et Tiffany.

Harlan fit un signe de tête approbateur.

— Ou alors, Farris s'en est pris à Tiffany et Sherry pour t'obliger à te découvrir.

Effectivement, c'était une autre possibilité. Avant la disparition de ses anciennes amies, elle vivait dans la plus grande discrétion, en sortant le moins possible et en travaillant surtout depuis chez elle. Mais les récents événements l'avaient forcée à se montrer de nouveau. Que Farris se soit peut-être attaqué à ses amies pour l'atteindre lui donnait la nausée.

— Il me faut un téléphone, répéta-t-elle. Je peux réussir à apprendre quand Farris est sorti de l'asile.

Toutefois, même si elle apprenait qu'il était toujours interné au moment de l'accident de Tiffany puis de la disparition de Sherry, cela ne signifierait pas automatiquement qu'il était innocent. Car Farris avait les moyens d'engager quelqu'un pour faire le boulot à sa place.

Mais, encore une fois, un élément ne collait pas.

— Si Farris avait tué Tiffany pour me faire réagir, il

n'aurait pas cherché à maquiller le meurtre en accident. Et il en va de même pour Sherry. Un meurtre a un impact émotionnel plus violent qu'une disparition.

Harlan murmura son approbation et la dévisagea. Il semblait aussi épuisé et accablé qu'elle. Il prit une longue inspiration et soupira en lui passant doucement le bout des doigts le long du bras.

Ce geste tout simple lui fit un bien fou.

Et, quand il glissa brièvement sa main dans la sienne, en dépit de la fatigue et de la situation, elle parvint même à lui adresser un léger sourire.

Slade pénétra alors dans la pièce. Il s'efforça de rester impassible mais ses sourcils se soulevèrent d'un centimètre.

— Je vous dérange en pleine séquence nostalgie ?

Harlan retira sa main et tous deux reculèrent d'un pas.

— Je suppose que tu as quelque chose à nous dire ? demanda sèchement Harlan à son frère.

— En effet. Est-ce que par hasard l'un de vous deux s'est trouvé à proximité de l'endroit où l'accident de Tiffany s'est produit ? leur demanda Slade.

— Non, répondirent-ils à l'unisson.

— Je m'en doutais. Pourtant, quelqu'un a envoyé aux rangers deux dépositions de témoins visuels qui affirment le contraire.

— Ces soi-disant témoins sont des menteurs, déclara Caitlyn.

Ce qui serait facile à établir si Harlan et elle avaient un solide alibi pour ce jour-là.

— Les rangers ont-ils autre chose ? s'enquit-elle.

— Selon mon contact, ils ont également reçu la copie de nombreux e-mails que vous auriez envoyés à Sherry. Des e-mails dans lesquels vous lui disiez qu'elle avait intérêt à garder le silence.

La fureur s'empara de Caitlyn.

— Garder le silence à propos de quoi ?

Slade secoua la tête.

— Je n'en sais rien mais je suppose que ça a un rapport avec l'enquête sur le meurtre de Webb.

Evidemment. Il n'y avait pas d'autre explication possible.

— Mais je ne lui ai jamais envoyé des e-mails ! s'exclama Caitlyn. La seule fois où j'ai cherché à la joindre, c'était au sujet des menaces que j'avais reçues.

— Et moi je n'avais plus le moindre contact avec elle depuis l'époque de Rocky Creek, dit Harlan. Je ne savais même pas qu'elle était portée disparue. C'est Caitlyn qui me l'a appris cette nuit.

— Je demanderai à un collègue de se pencher sur la question des e-mails et de se renseigner sur l'identité de ces fameux témoins, annonça Slade. En attendant, je vous conseille encore une fois de faire profil bas pour que les rangers ne puissent pas mettre la main sur vous. Il est évident qu'on essaye de vous piéger et, si vous vous faites arrêter, vous êtes fichus.

Slade disait vrai, songea Caitlyn. Car alors ils ne pourraient plus mener l'enquête et comprendre ce qui leur arrivait.

Elle se tourna vers Harlan pour savoir ce qu'il décidait mais, à ce moment-là, son téléphone sonna.

— C'est le sergent Tinsley, de Cross Creek, leur précisa-t-il.

Pourvu que le sergent ait de bonnes nouvelles, espéra Caitlyn.

— Marshal McKinney, répondit Harlan au téléphone d'une voix à la fois pleine d'espoir et d'appréhension.

Caitlyn n'entendait pas ce que disait Tinsley mais, à l'attitude et à l'expression d'Harlan, elle comprit que leur situation n'était pas sur le point de s'arranger.

— Merci de m'avoir prévenu, déclara Harlan, et rappelez-moi dès que vous l'aurez trouvé.

Il mit fin à la communication et se tourna vers elle.

— Des empreintes ont été détectées sur le mot de menace qu'on a trouvé dans la camionnette.

Elle ne s'y attendait absolument pas, d'autant que Tinsley leur avait dit qu'aucune empreinte exploitable n'avait été isolée dans l'habitacle du véhicule.

— C'étaient les empreintes de Billy Webb, ajouta Harlan.

Elle poussa une exclamation de surprise. Billy, le fils de Jonah et Sarah Webb. Bien sûr, lui aussi était suspecté d'avoir été le complice de sa mère. Mais surtout c'était le seul suspect dont les rangers n'avaient pas retrouvé la trace.

— Billy, répéta Slade. Personne ne sait ce qu'il est devenu depuis la disparition de son père.

— Il s'est évanoui dans la nature, en effet, renchérit Harlan. Il n'y avait ni carte de crédit, ni compte bancaire ni permis de conduire à son nom. Même sa propre mère prétendait ne pas savoir ce qu'il était devenu. A vrai dire, je pensais qu'il n'était même plus de ce monde.

— Mais pourquoi s'en prendrait-il à Harlan et moi ? se demanda Caitlyn à voix haute. Et pourquoi de cette façon ? Tous trois restèrent silencieux quelques secondes, songeurs.

— Peut-être s'est-il lancé dans une sorte de vengeance, suggéra Slade.

A ces mots, Harlan regarda Caitlyn : il venait manifestement d'avoir une idée.

— Finalement, il n'est pas certain que Billy souhaitait la mort de son père. Il est possible qu'il s'attaque à tous ceux qui, selon lui, pourraient avoir aidé sa mère.

Une inquiétude s'empara soudain de Caitlyn.

— Si Billy s'est lancé dans une vendetta, est-ce qu'il

pourrait s'en prendre à Sarah ? Après tout, elle est dans le coma, incapable de se défendre.

— Sarah Webb est dans une chambre d'hôpital surveillée vingt-quatre heures sur vingt-quatre, dit Harlan.

— Mais pourquoi Billy aurait-il attaqué Tiffany et Sherry ? demanda Slade. Autant que je me rappelle, elles avaient toutes deux de solides alibis pour la nuit du meurtre de Jonah Webb.

Solides, mais peut-être pas suffisamment aux yeux de Billy, se dit Caitlyn.

— Rien ne nous dit que Billy n'en sait pas plus que nous sur cette fameuse nuit, déclara-t-elle. L'heure du meurtre de Webb n'a jamais été établie précisément. N'importe qui dans l'établissement pourrait être coupable.

Imaginer que Billy s'était lancé dans le projet de tous les éliminer les uns après les autres avait de quoi donner la chair de poule. Mais cela n'expliquait pas pourquoi il avait commencé par Tiffany, éventuellement continué avec Sherry avant de s'attaquer à eux.

— Avez-vous la moindre idée de ce à quoi ressemble Billy aujourd'hui ? demanda-t-elle. Car c'est impossible de trouver une photo récente de lui, même sur internet.

Slade et Harlan secouèrent négativement la tête. La même pensée devait les avoir traversés tous les trois : même si toutes les forces de police de l'Etat recherchaient Billy, sans photo ni signalement précis, l'identifier et l'arrêter serait compliqué.

Un bruit de moteur attira alors leur attention et ils tournèrent la tête vers la route. Une voiture de sport rouge approchait de la maison.

Ce n'était pas le genre de véhicule qu'utilisaient habituellement les rangers.

— Est-ce quelqu'un que vous connaissez ? lança Caitlyn à Harlan et Slade.

Sans répondre, ils firent tous deux un pas en avant pour se poster devant elle et la protéger. Slade avait sa carabine en main, Harlan avait dégainé son revolver.

La voiture s'arrêta en faisant crisser les graviers sous ses pneus, soulevant un nuage de poussière. Sans attendre, le conducteur ouvrit sa portière et descendit.

— Tu le connais ? demanda Harlan à son frère.

Slade fit non de la tête.

Caitlyn se mit sur la pointe des pieds pour voir le nouveau venu.

Grand Dieu.

Elle en resta bouche bée.

— Caitlyn, dit l'homme avec un grand sourire. Ça fait longtemps, pas vrai ?

Elle ouvrit la bouche mais il lui fallut plusieurs secondes pour parvenir à en faire sortir un son.

— C'est Jay Farris, soupira-t-elle finalement.

7

Avec son frère Slade, Harlan encadra Caitlyn et tous deux braquèrent leur arme sur l'homme qui s'avançait vers la maison.

— Ne bougez plus, lui ordonna Harlan.

Farris s'arrêta net, sans pour autant se départir de son sourire. Soit ce type était vraiment cinglé — ce qui n'était pas impossible —, soit il appréciait de mettre à vif les nerfs des gens qu'il croisait, car son sourire avait quelque chose d'effrayant. En outre, il n'y avait franchement pas de quoi sourire.

Harlan n'avait jamais vu Farris. En tout cas, avec ses cheveux peroxydés et son teint bronzé, il ne risquait pas de passer inaperçu. Vêtu d'un pantalon kaki et d'un T-shirt blanc, il ressemblait davantage à un m'as-tu-vu en vacances qu'à un désaxé.

Est-ce que c'était Farris qui portait ce masque de ski au motel et qui leur avait tiré dessus ? Harlan n'aurait su le dire. D'autant moins que la découverte des empreintes de Billy Webb dans la camionnette avait encore ajouté à la confusion.

— Caitlyn, dit de nouveau Farris, comme pour l'inviter à s'approcher.

Harlan la regarda de biais : elle ne semblait pas vouloir bouger d'où elle était. Au contraire, elle paraissait tétanisée. Elle était très pâle et il y avait de la peur dans son regard.

— Que voulez-vous ? lança-t-elle à Farris avec hostilité.

Elle fixait l'homme qui avait fait de sa vie un enfer et avait même tenté de la tuer.

Et pourtant il était là, devant elle, libre comme l'air.

Harlan se promit d'y remédier très vite. L'interdiction pour ce type d'approcher Caitlyn sous peine de poursuites avait peut-être expiré, mais ils en obtiendraient une nouvelle.

— Il fallait que je te voie, déclara Farris, qui semblait indifférent aux deux armes braquées sur lui. J'ai entendu aux infos que tu avais été enlevée et qu'on t'avait tiré dessus. Ils ont également parlé du marshal McKinney, alors j'ai cherché son adresse sur internet car je me disais que tu étais peut-être là.

Harlan se maudit. Il avait complètement oublié de prendre des mesures pour que cette histoire ne parvienne pas aux médias. Toutefois, si Farris était le type qui les avait pris pour cible au motel, il n'avait pas appris aux infos qu'on les avait agressés.

Le mystère restait entier.

Car si Farris souhaitait réellement la mort de Caitlyn, il aurait eu tout le temps de la tuer alors qu'elle était inconsciente après avoir été neutralisée au Taser. Farris était-il dérangé au point d'avoir agi à l'encontre de toute logique ? Avait-il voulu prolonger le calvaire de Caitlyn, faire durer la peur le plus longtemps possible ?

— Tu vas bien ? Tu n'as pas été blessée ? demanda Farris à Caitlyn.

Celle-ci eut un éclat de rire nerveux.

— Venant de vous, c'est une question pour le moins surprenante. La dernière fois que je vous ai vu, vous avez essayé de m'étrangler.

A cette déclaration, Harlan bouillit intérieurement.

Imaginer que ce type avait osé s'en prendre à elle et qu'elle aurait pu y rester le rendait malade.

Le sourire de Farris finit par s'effacer.

— Oui, c'est vrai, répondit-il en se grattant nerveusement la tête. Mais à l'époque je n'allais pas bien. Depuis, je me suis soigné, j'ai eu de l'aide, et, désormais, je vais beaucoup mieux.

— Excusez-moi si j'ai un peu de mal à vous croire, rétorqua Caitlyn.

Harlan était impressionné par son aplomb. Elle avait terriblement peur, et pourtant elle n'en laissait rien paraître, tenant tête à cet homme.

— Je comprends ton scepticisme, répliqua tranquillement Farris, mais, sincèrement, si je suis là aujourd'hui, c'est pour proposer mon aide.

— Votre aide ? répéta Caitlyn, incrédule.

— De quelle manière pourriez-vous nous aider ? ajouta Harlan. Et soyez bref dans vos explications car, dans deux minutes, vous aurez quitté ce ranch.

Encore une fois, Farris resta impassible, ce qui conforta Harlan dans son opinion : ce type était fêlé.

— Je dois sortir quelque chose de ma poche. Ce n'est pas une arme, alors ne tirez pas, d'accord ?

— Qu'est-ce qu'il y a dans votre poche ? demanda Harlan.

— Une photo. Une photo que vous devriez voir tous deux.

La curiosité d'Harlan fut piquée, tout comme celle de Caitlyn.

— Quel genre de photo ? demanda-t-elle.

— Il s'agit d'un cliché sur lequel tu figures en compagnie du marshal. On me l'a envoyée tôt ce matin.

Caitlyn regarda Harlan en secouant la tête. Pas plus que lui, elle ne semblait comprendre ce que Farris racontait.

— Sortez très lentement cette photo en laissant vos doigts visibles, ordonna Harlan. Ensuite, faites un seul pas en avant et jetez la photo vers nous.

Farris suivit les consignes à la lettre. Quand la photo tomba à quelques mètres d'eux, Caitlyn poussa un gémissement de surprise.

On les voyait tous deux allongés côte à côte en sous-vêtements sur le lit du motel.

— Inutile de préciser que, quand j'ai vu ce cliché, j'ai eu un choc, reprit Farris.

A ces mots, il avait contracté la mâchoire, nota Harlan. Depuis son arrivée, c'était la première émotion qui transparaissait sur son visage.

Une émotion qui ressemblait fort à de la jalousie.

Formidable. Exactement ce qu'il leur fallait. Un jaloux maladif, fragile mentalement et sujet à des pulsions violentes.

— Qui vous a envoyé ça ? lui demanda Harlan.

— Aucune idée, répondit Farris, qui baissa les yeux sur la photo et serra la mâchoire encore plus fort. Ce matin, quelqu'un a sonné à ma porte. Quand j'ai ouvert, il n'y avait personne, seulement une enveloppe posée sur le seuil avec la photo et un mot à l'intérieur.

Farris releva les yeux et fixa Caitlyn.

— Je ne savais pas que tu avais renoué avec ton ancien amoureux.

— Mais ce n'est pas le cas ! répliqua-t-elle.

Farris regarda de nouveau brièvement la photo.

— Pourtant tu es au lit avec lui.

— C'était involontaire de notre part, déclara Harlan. On nous a drogués et menottés ensemble.

Farris redressa les épaules et secoua la tête.

— Je ne vois pas de menottes.

— Et pourtant je vous assure que nous en avions, dit

Harlan en exhibant son poignet gauche, qui portait encore des marques d'irritation. Et que disait le mot ?

Farris mit quelques secondes à répondre. Certes, il jouait peut-être la comédie, se dit Harlan, mais il paraissait sincèrement surpris par la révélation des menottes.

— Le mot était tapé à l'ordinateur et disait que vous étiez dans la chambre 109 du Starlight Inn à Cross Creek.

— Mon Dieu, soupira Caitlyn.

Elle se crispa davantage, sentit Harlan. Puis elle lui posa une main en bas du dos, comme si elle craignait de ne pouvoir tenir debout toute seule. Mais il y avait de quoi s'effondrer : après avoir été droguée et s'être fait tirer dessus, elle se retrouvait maintenant face à l'homme qui l'avait harcelée et s'en était pris à elle physiquement. Cependant, il devait garder la tête froide et considérer la situation du point de vue d'un enquêteur. Car cette photo était une preuve qu'on cherchait à les piéger.

Du moins si Farris disait la vérité, ce qui restait encore à établir.

— Je suppose que, quand vous avez vu cette photo de Caitlyn et moi, vous n'avez pas été ravi.

— Non, répondit spontanément Farris.

Soudain, il releva la tête et fixa Harlan.

— Attendez une minute, vous n'êtes pas en train de suggérer que ça m'a tellement mis en colère que j'ai essayé de vous tuer !

Harlan haussa les épaules, mais c'était exactement la direction de ses pensées.

— A vous de me le dire.

— Non, je suis innocent ! s'exclama Farris. On m'a aidé à soigner mes problèmes psychologiques. Je ne suis plus un homme violent.

— Je ne vous crois pas, dit Caitlyn. Un homme est bien venu au motel pour essayer de nous tuer.

— Ce n'était pas moi !

Farris avait quasiment crié, mais cet accès de colère s'estompa très vite. Il se passa une main sur le visage et reprit :

— Ecoute, je suis venu ici pour m'assurer que tu allais bien et parce que j'ai considéré que je devais te parler de cette photo. Quelqu'un te veut du mal, Caitlyn.

— On dirait, oui, répondit-elle avec sarcasme. Mais je l'avais déjà compris avant que vous veniez ici. Se faire tirer dessus est suffisamment convaincant.

— Je n'en doute pas. Mais à quoi rime tout cela ? Est-ce à cause d'un de tes articles ?

Harlan aurait aimé que ce soit aussi simple. A vrai dire, il aurait été heureux de pouvoir arrêter Farris sur-le-champ pour le pousser à avouer que c'était lui qui avait monté ce piège.

Mais la découverte des empreintes de Billy Webb remettait tout en question.

Après tout, Billy pouvait très bien être le cerveau de cette machination et s'être servi de Farris comme d'une marionnette. Car, il avait beau prétendre être guéri, Farris semblait toujours fragile et facilement manipulable.

— Le marshal Slade Becker va vous escorter en ville, déclara Harlan en désignant son frère de la tête. Vous allez subir un test pour qu'on détermine s'il y a des résidus de poudre sur vos mains.

Il s'attendait à ce que Farris proteste, mais celui-ci se contenta de hausser les épaules.

— Je ne me suis pas servi d'une arme à feu.

— Dans ce cas, vous n'avez aucune inquiétude à avoir, n'est-ce pas ? répliqua Harlan.

Farris tourna la tête vers sa voiture et la route. Harlan se prépara à le voir partir en courant. Mais il n'en fit rien. Il se tourna de nouveau vers eux et acquiesça.

— J'espère simplement que ça ne prendra pas trop longtemps. J'ai un rendez-vous de suivi thérapeutique dans deux heures.

— Je ferai vite, répliqua Slade. Je vais vous suivre jusqu'au bureau des marshals sur Main Street, et ne cherchez pas à me semer, sinon, je vous préviens, je vous traquerai sans relâche.

Venant de Slade, l'avertissement faisait son effet et Harlan remercia son frère d'un petit signe de tête.

— Je vous conseille de déguerpir avant l'arrivée de Morris, chuchota Slade à Harlan. Vous devez rester libres de vos mouvements pour prouver votre innocence au cas où les tests ne confondraient pas ce type.

Il descendit les marches du perron pour rejoindre sa camionnette.

— Je prendrai des nouvelles, Caitlyn, lança Farris, comme s'il était venu leur rendre une visite amicale.

Soit ce type était un idiot, soit il était très malin.

Cette incertitude ne manquait pas d'inquiéter Harlan.

— Que se passera-t-il si on découvre des résidus de poudre sur ses mains ? demanda Caitlyn. Ça suffira pour l'arrêter ?

— Cela permettra de le retenir au moins quelque temps.

Il la prit par le bras et l'invita à rentrer dans la maison. Il n'avait pas envie que Farris la reluque dans son rétroviseur et, par ailleurs, une nouvelle attaque était toujours possible.

Quand ils pénétrèrent dans le salon, Harlan inspecta son intérieur. Les tiroirs du meuble de télévision étaient ouverts. Des objets avaient été déplacés, mais il n'y avait pas de désordre. De la poudre de relevé d'empreintes avait également été vaporisée un peu partout. Après avoir constaté qu'il n'était pas chez lui, ses frères avaient dû remuer ciel et terre pour essayer de déterminer ce qui lui était arrivé.

Caitlyn se laissa tomber sur le canapé avec un soupir.

— Que faisons-nous au sujet de ce mandat d'arrêt contre nous ?

Elle n'allait probablement pas apprécier, et d'ailleurs ce n'était peut-être pas la bonne décision, mais Harlan avait décidé de suivre le conseil de Slade.

— Nous devrions partir sans attendre.

Elle allait poser la tête sur le coussin derrière elle et cette déclaration l'arrêta net. Il crut qu'elle allait au minimum s'enquérir de ce qu'il comptait faire, mais elle garda le silence.

Elle se leva et posa les yeux sur les vêtements qu'elle portait.

— Laisse-moi au moins le temps de prendre mon sac dans ma voiture pour que je dispose d'une tenue de rechange.

Il acquiesça.

— Je vais également rassembler quelques affaires. Je n'en ai pas pour longtemps. Si tu entends le moindre bruit de moteur, ne reste surtout pas près des fenêtres.

Il se rendit dans sa chambre et sortit un jean et une chemise de rechange de l'armoire. Son lit était défait et quelques affaires avaient là aussi été déplacées : leur agresseur avait certainement fouillé un peu partout.

Mais à la recherche de quoi ?

De preuves que Caitlyn et lui couchaient ensemble ? D'éléments en rapport avec le meurtre de Webb ?

Il changea de jean et allait boutonner celui qu'il venait de passer quand un bruit de pas résonna dans le couloir. Immédiatement, il sortit son arme.

Mais c'était Caitlyn.

— Ce n'est que moi. Mais je suis également sur les

nerfs, ajouta-t-elle en posant la main sur le montant de la porte. Une idée m'a traversée. Celui qui a orchestré notre agression n'a pas commis la moindre erreur…

Elle s'interrompit et il suivit la direction de son regard. Elle avait les yeux fixés sur son torse dénudé et son pantalon, qu'il n'avait pas eu le temps de fermer.

— Pardon, marmonna-t-elle, confuse.

— Ce n'est rien, répliqua-t-il. De toute façon, nous nous sommes déjà vus en petite tenue au réveil ce matin.

Ce souvenir aurait dû lui rappeler le danger qui les menaçait, et rien d'autre. Pourtant, il n'était pas près d'oublier cette vision de Caitlyn en sous-vêtements.

Les seize années écoulées l'avaient rendue encore plus belle et désirable.

Elle s'éclaircit la voix et détourna les yeux.

— Comme je le disais…

Mais il lui fallut plusieurs secondes supplémentaires pour retrouver ses mots. Il en profita pour boucler son jean et passer une chemise.

— Notre agresseur a fait en sorte que je vienne te voir puis a attendu que nous soyons réunis pour nous neutraliser au Taser sans nous laisser le temps de nous défendre.

Harlan acquiesça.

— Je vois ce que tu veux dire. Tout avait été minutieusement préparé. Alors pourquoi avoir laissé des empreintes sur ce mot dans la camionnette ? C'est cela qui te tracasse ?

Elle opina du chef.

— Oui, exactement.

Désormais, il leur faudrait retrouver Billy pour lui demander des explications. Ce qui ne serait pas facile.

Harlan termina de prendre ses affaires et ouvrit le tiroir de sa table de nuit. Son arme de secours y était toujours et, là encore, c'était surprenant. Pourquoi leur assaillant ne l'avait-il pas emportée avec lui ?

Il s'en empara et prit également son insigne et des munitions supplémentaires.

— Où allons-nous ? lui demanda Caitlyn.

Il approcha de la porte, et elle recula d'un pas pour le laisser passer. Certainement pour mettre aussi un peu de distance entre eux.

Il le comprenait très bien : l'attirance entre eux était toujours aussi forte. Que Caitlyn ne veuille pas y céder était une bonne chose. Cependant, les heures et jours à venir seraient une épreuve, car ils allaient rester ensemble en permanence.

Ils allaient dans un chalet qui appartenait à Declan mais Harlan se garda de le lui dire et regarda autour de lui. L'homme qui avait fouillé la maison avait eu le temps d'y laisser un micro. Certes, la probabilité qu'il l'ait fait était mince puisque, vraisemblablement, son intention était de les éliminer, mais il n'avait pas envie de courir le risque.

— Je te le dirai quand nous serons sortis d'ici, déclara-t-il.

Le regard de Caitlyn s'agrandit et elle fureta de tous côtés d'un air inquiet. Puis elle tourna les talons et partit à grands pas vers la porte. Ils allaient sortir quand le téléphone d'Harlan sonna.

— Par pitié, dis-moi qu'il n'y a pas un problème avec Farris, dit Caitlyn.

Il consulta l'écran et fit non de la tête.

— C'est Curtis Newell.

Curtis Newell, l'associé en affaires de Sherry Summers, qui était portée disparue.

— J'ignorais que tu le connaissais, commenta Caitlyn.

— Je ne le connais pas, répliqua-t-il.

Puis il prit l'appel :

— Allô ? Ici le marshal McKinney.

— Bonjour, marshal, répondit son interlocuteur, qui paraissait soulagé de l'avoir en ligne. C'est le bureau des marshals qui m'a transmis votre numéro car je cherche à joindre Caitlyn Barnes. J'ai entendu parler de l'agression dont vous avez été victimes.

Intérieurement, il poussa un grognement. Combien de personnes allaient chercher à les joindre pour s'assurer qu'ils allaient bien et leur transmettre des messages de sollicitude ? Il n'avait vraiment pas le temps d'y répondre !

— Caitlyn va bien, répliqua-t-il immédiatement.

— Tant mieux mais, à vrai dire, ce n'est pas le motif de mon appel, rétorqua Curtis, qui parlait très vite et semblait très agité. Il faut vraiment que je lui parle.

Bien, il s'était trompé sur la nature de ce coup de fil. Il tourna la tête vers Caitlyn, qui lui fit signe d'activer le haut-parleur.

— Curtis, je suis là, dit-elle. Qu'est-ce qui se passe ? Avez-vous retrouvé Sherry ?

— Non, nous ne l'avons pas retrouvée, répondit Curtis. Mais je suis de plus en plus inquiet. Bon sang, Caitlyn, qu'est-ce qui se passe ?

Harlan n'aimait pas le tour que prenait la conversation et Caitlyn semblait partager son sentiment.

— Pourquoi cette question ? Il y a du nouveau ? insista-t-elle.

— Je me suis rendu chez Sherry pour relever son courrier et vérifier s'il n'y avait pas de nouveaux messages sur son répondeur, comme je le fais depuis qu'elle a disparu. Mais quelqu'un s'était introduit chez elle par effraction, avait mis l'appartement à sac et laissé une lettre de menace.

Eh bien. Si la tentative de meurtre contre eux et cet événement étaient liés, leur agresseur avait été très occupé depuis le début de la journée.

— Que disait cette lettre de menace ? s'enquit Caitlyn.

Curtis poussa un soupir oppressé.

— Elle disait : « Ce n'est pas terminé. Tu es une femme morte. »

Caitlyn se plaqua une main sur la bouche.

C'était le même message que celui laissé à son intention dans la camionnette, se rappela Harlan.

— Mais ce n'est pas tout, reprit Curtis. Je viens de recevoir un coup de fil de Devin Mathis. Vous le connaissez ?

Harlan fronça les sourcils : ce nom lui était vaguement familier mais il n'aurait su le replacer précisément.

— Oui, répondit Caitlyn, c'était le fiancé de Tiffany Brock, l'ancienne pensionnaire de Rocky Creek décédée récemment dans un accident.

— D'après Devin, il s'agissait d'un meurtre, pas d'un accident, déclara Curtis. Et lui aussi a reçu une lettre. Enfin, c'était plutôt un message très clair qu'il a retrouvé ce matin sous l'essuie-glace de sa voiture. Le message disait : « Tu es mort. »

Encore une fois, Harlan chercha à considérer tous ces événements avec une vision d'enquêteur. Le matin même, Caitlyn et lui étaient à Cross Creek. Mais, si sa mémoire était bonne, l'appartement et les bureaux de Sherry se situaient à Houston. Ce qui signifiait que leur agresseur avait forcément un complice, car il n'aurait pas pu se rendre d'un endroit à l'autre dans un délai aussi court.

— Y avait-il des empreintes sur ces deux mots ? demanda Caitlyn d'une voix tendue.

— Oui, la police a trouvé des empreintes sur les deux lettres, répondit Curtis, et c'est aussi pour cela que je devais vous demander ce qui se passe exactement.

— J'aimerais pouvoir répondre à cette question mais je

n'en sais rien, répondit Caitlyn. Etaient-ce les empreintes de Billy Webb qui figuraient sur ces lettres ?

— Non, répliqua Curtis Newell, qui marqua une pause puis continua. Caitlyn, ces empreintes étaient celles du marshal McKinney et les vôtres. Qu'est-ce que ça signifie ? Avez-vous un rapport avec la disparition de Sherry ?

Bon sang, s'emporta Harlan intérieurement. Cette révélation était une véritable bombe. Ils s'attendaient à tout sauf à cela.

— Non, répliquèrent-ils tous deux à l'unisson.

Elle le regarda en secouant la tête, aux abois.

— Comment est-ce possible ? demanda-t-elle.

Harlan n'avait pas plus de réponse pour elle que pour Curtis Newell. Leur situation était de plus en plus inquiétante. Le bruit d'un véhicule en approche capta alors son attention. Prudemment, il jeta un regard par la fenêtre : c'était la voiture du ranger Morris, qui était accompagné de deux hommes.

Le piège qu'on leur avait tendu, à Caitlyn et lui, était sur le point de se refermer. Et, avec ces nouvelles preuves contre eux, ils auraient encore plus de mal à en sortir.

— Nous vous rappellerons prochainement, dit-il à Curtis Newell.

— Non, attendez… protesta Newell.

Il mit néanmoins un terme à la communication, prit Caitlyn par le bras et la tira à sa suite en direction de la porte arrière.

— Allez, on file.

8

Caitlyn ne se donna même pas la peine de demander à Harlan où ils allaient. Celui-ci négociait à toute allure les virages de la petite route de campagne sur laquelle ils étaient engagés.

Caitlyn fixa la route. Tout ce qu'elle souhaitait, c'était se retrouver dans un endroit sûr, loin de celui qui voulait leur mort.

Et loin des rangers, également.

Vu ce qu'ils avaient appris juste avant de prendre la fuite, se faire arrêter maintenant signerait un aller simple pour la prison. Quelqu'un jouait au chat et à la souris avec eux. Pourquoi, ils ne le savaient toujours pas. Mais, chaque fois qu'elle retournait tout cela dans sa tête, elle en revenait toujours au même endroit.

Rocky Creek.

Rocky Creek et un événement précis : le meurtre de Jonah Webb.

Au moment de prendre la route, Harlan avait eu le temps d'attraper son ordinateur portable et elle comptait bien s'en servir pour effectuer quelques recherches.

— C'est la première fois de ma vie que je joue les fugitifs, déclara Harlan entre ses dents.

Elle haussa les épaules.

— Pas moi. Quand j'avais quatorze ans, j'étais montée en voiture avec des copains, sans savoir que c'était un véhicule volé. Mais quand les flics nous ont repérés nous avons pris la fuite. Ne t'inquiète pas, Harlan, une fois passée la crampe à l'estomac, tu te feras à ton nouveau statut de fugitif.

Il lui jeta un regard de travers. Elle ne cherchait pas à considérer leur situation de manière désinvolte — elle avait peur, elle était fatiguée et accablée — mais, avec tout ce qui leur arrivait, que les rangers ne sachent pas où ils étaient n'était pas le premier de ses soucis.

Pour compliquer le tout, l'attirance qu'adolescents ils avaient éprouvée l'un pour l'autre s'était réveillée.

Etrangement, c'était ce qui la perturbait le plus. Elle avait du mal à comprendre comment c'était possible. Certes, Harlan était toujours séduisant et il pouvait se montrer délicat.

Mais, depuis l'époque où ils avaient été ensemble, seize longues années s'étaient écoulées et elle avait brièvement partagé la vie de plusieurs hommes.

Elle réprima un soupir. Aucun de ces hommes ne lui avait donné l'impression d'être aussi précieuse et importante. Avec Harlan, elle avait vécu sa première fois, et cette première fois restait la meilleure qu'elle ait jamais connue, alors qu'elle avait à peine su ce qu'elle faisait. Contrairement à Harlan.

Elle se passa la main sur le visage, ses joues étaient presque chaudes, son souffle, court.

— A quoi penses-tu ?

Elle tourna la tête vers lui. Il avait remarqué son émoi, et lui aussi semblait respirer un peu plus rapidement. Ses lèvres étaient entrouvertes.

Elle était au supplice.

— Euh, je songeais que c'était à cause de moi que nous avions failli nous faire tuer.

Ce n'était pas un véritable mensonge car cette réflexion lui avait tourné dans la tête un nombre incalculable de fois.

Il battit des paupières, fronça les sourcils mais ne prit pas la peine de la contredire.

— Si je ne t'avais pas soupçonné, Harlan, je ne serais pas venue chez toi et…

— Le type qui tire les ficelles aurait trouvé un autre moyen de nous réunir.

C'était sans doute vrai, mais tout de même, si elle n'était pas venue chez lui, ils n'auraient pas des ennuis avec les rangers et, surtout, ils ne seraient pas confrontés à cette attirance de plus en plus prégnante.

Il jeta un regard dans son rétroviseur, ce qu'ils avaient fait tous deux à maintes reprises depuis leur départ, mais ils étaient seuls sur la route.

Il fit un bref arrêt pour acheter un téléphone prépayé et envoya le numéro à ses frères, puis il reprit la route et emprunta un axe secondaire.

Un kilomètre plus tard, ils débouchèrent devant un petit chalet niché à l'orée des bois.

— Ce chalet est à Declan, lui dit-il.

Il se retourna pour attraper les sacs qu'ils avaient jetés sur la banquette arrière et descendit de voiture.

Caitlyn écarquilla les yeux. Elle avait toujours pensé que Declan était plutôt du genre nomade et que jamais il ne posséderait sa propre maison.

Mais elle était également inquiète.

— Et si les rangers viennent nous chercher ici ? demanda-t-elle à Harlan. Après tout, Declan est ton frère adoptif.

— Non, aucun danger qu'ils viennent jusqu'ici car le chalet n'est pas enregistré à son nom. En fait, c'est un parent éloigné à lui, natif d'Irlande, qui le lui a transmis il y a deux ans.

Elle hocha la tête. Durant leurs fréquents bavardages à Rocky Creek, Declan lui avait dit avoir des origines irlandaises. Mais qu'un Irlandais devienne propriétaire d'un chalet au beau milieu du Texas et le transmette à Declan était tout de même étonnant.

— Et pourquoi ce parent ne s'est-il pas fait connaître quand Declan a été placé à Rocky Creek ?

— Je n'en sais rien, répliqua Harlan, qui s'activait sur un boîtier électronique pour déverrouiller la porte d'entrée. Disons que Declan a ses secrets et restons-en là.

Cette réponse la mit mal à l'aise.

— Des secrets qui ne concernent pas Rocky Creek ou plus précisément le meurtre de Webb, j'espère.

Harlan haussa les épaules et ouvrit la porte. Apparemment, il n'avait aucune envie de s'épancher sur les côtés énigmatiques de son petit frère.

Mais Caitlyn se promit d'éclaircir ce point. Car, pour le moment, tout le monde était suspect.

Sauf Harlan, bien sûr.

Qu'il se retrouve dans la même situation qu'elle était une preuve supplémentaire de son innocence.

En revanche, vu l'article qu'elle avait publié sur les marshals, les frères d'Harlan — à l'exception de Declan — ainsi que son père adoptif n'auraient certainement pas été contrariés de la voir subir un tel calvaire.

Mais, dans ce cas, pourquoi Kirby avait-il déclaré qu'elle et Harlan étaient faits l'un pour l'autre ?

D'autant que c'était faux.

Harlan referma la porte derrière elle et déposa les sacs sur la table basse dans la pièce principale.

Cet intérieur semblait tout droit sorti d'un magazine. Un parquet impeccable, une vaste cheminée et un canapé de cuir occupaient l'espace. Dans un coin, il y avait même un petit bureau équipé d'un ordinateur.

— Il y a de quoi manger dans le réfrigérateur et nous avons également des conserves au cas où nous devrions rester plusieurs jours. Les chambres sont à l'étage.

— Il y a deux chambres ? demanda-t-elle d'un ton plus inquiet qu'elle ne l'aurait désiré.

— Deux, oui, répondit-il en lui retournant un regard impassible.

Toutefois, sa pomme d'Adam montait et descendait. Il était plus embarrassé qu'il ne voulait le laisser paraître. Décidément, ça n'allait pas être facile, songea Caitlyn.

Elle devait lutter contre ses ardeurs et, visiblement, Harlan aussi.

— Pourquoi ne montes-tu pas te reposer ? lui suggéra-t-il.

Elle prit une grande inspiration pour tenter de s'éclaircir l'esprit.

— Je préférerais travailler un peu. Et me changer, dit-elle en baissant les yeux.

Harlan allait répondre quand son téléphone sonna.

— C'est Slade.

A priori, cela signifiait que l'enquête avait progressé, pensa Caitlyn.

Toutefois, Harlan n'activa pas le haut-parleur, comme s'il redoutait d'apprendre d'autres mauvaises nouvelles.

Pendant qu'Harlan parlait au téléphone, elle se rendit à l'ordinateur et l'alluma. Le mieux pour se remettre un peu les idées en place était de travailler. Elle se connecta à sa boîte e-mail et passa en revue les dizaines de courriers non lus. Il y en avait deux de son patron : il lui demandait où en étaient les deux articles qu'elle était censée publier prochainement.

Elle en eut un nœud à l'estomac.

Elle n'avait pas oublié ces articles mais, avec les récents événements, elle n'avait pas eu le temps de s'y consacrer.

Le premier concernait l'arrestation d'un fugitif qui avait assassiné sa famille avant de disparaître. Elle avait assisté en direct à sa capture et son patron lui avait demandé de rédiger un dossier sur l'ensemble de l'affaire. Par écrit, mais également en commentaire audio destiné à accompagner les images du reportage télé sur la capture de l'individu. Ce ne serait ni très long ni très compliqué, mais il fallait seulement qu'elle puisse s'y atteler.

Le second, en revanche, serait beaucoup plus difficile.

Elle ouvrit la version de travail en cours, qu'elle avait sauvegardée sur un serveur en ligne, et lut le titre qu'elle avait donné à son article. Un certain malaise la gagna.

— Des ennuis ?

Elle était tellement absorbée par ses pensées qu'elle sursauta et fit volte-face en levant les mains.

— De mauvaises nouvelles ? ajouta Harlan en se penchant vers l'écran.

Elle fit non de la tête et changea de position pour lui cacher l'écran.

— Je ne faisais que consulter mes e-mails. Et de ton côté, quelles sont les infos ?

Il haussa les épaules.

— Eh bien, les tests sur Farris sont négatifs. Il n'y avait pas de résidus de poudre sur lui.

Elle poussa un grognement de dépit.

— Donc il est reparti libre.

— Absolument, répondit-il. Mais cela ne veut pas dire qu'il est innocent. S'il portait des gants en latex quand il nous a tiré dessus, c'est normal qu'aucune trace n'ait été retrouvée sur ses mains.

Elle chercha à se remémorer la scène : le tireur portait-il des gants ou pas ? Elle n'aurait su le dire.

— Et Farris a-t-il un alibi pour l'heure où les coups de feu ont été tirés ? demanda-t-elle.

— Il a prétendu qu'il était tout seul chez ses parents mais que la femme de ménage serait peut-être en mesure de le confirmer.

— Ou de mentir pour le couvrir, marmonna-t-elle.

Si le test avait été positif, Farris ne serait pas libre de ses mouvements et ce serait un souci de moins pour elle.

Harlan poursuivit :

— Farris a laissé à Slade la photo et le mot qu'on a déposés chez lui. Mon frère a envoyé le tout au labo pour analyse. On verra s'il y a des empreintes dessus.

— Nos empreintes, par exemple, dit-elle avec amertume. Comme sur les lettres de menace adressées à Curtis et Devin.

Harlan haussa de nouveau les épaules avec fatalisme.

— Je suppose que, pendant que nous étions inconscients, c'était facile de déposer nos empreintes sur n'importe quoi.

Des frissons la parcoururent à cette idée. Quelles nouvelles preuves les incriminant allaient bientôt surgir ?

— Mais pourquoi fait-on cela ? demanda-t-elle, en colère. Pourquoi cherche-t-on à nous piéger ?

— Pour que nous soyons inculpés du meurtre de Webb, peut-être.

Il marqua une pause, soupira.

— Pourtant, je suis certain que, si tout s'était passé comme prévu, nous serions morts dans cette chambre de motel.

Elle aussi en était persuadée mais qu'Harlan le dise à haute voix n'en restait pas moins effrayant. De nouvelles pensées l'assaillirent. Billy Webb était devenu le principal suspect. Il était possible qu'il les ait agressés et emmenés au motel avant de déposer une photo chez Farris dans l'espoir que celui-ci, fou de rage de les voir ensemble, tente de les tuer.

Si c'était bien cela, ce plan machiavélique était passé tout près de réussir.

Elle poussa à son tour un soupir.

Harlan observa son visage, ses yeux. Il imaginait sans mal ce qu'elle éprouvait. Pour lui, c'était encore pire. Il avait une famille. Que ses frères puissent se retrouver en danger à cause de lui le révulsait. Et qu'ils soient marshals n'y changeait pas grand-chose.

— Et au motel ? demanda Caitlyn. Y a-t-il des témoins de la scène qui ont pu donner une description plus précise du tireur ?

— Non, aucun. Il y a une caméra de surveillance à l'entrée de la bretelle d'accès à l'autoroute, mais elle n'est pas tournée vers le motel.

Sans doute leur agresseur ne les avait-il pas emmenés là-bas par hasard.

— Pour le moment, nous ne savons toujours pas où est Billy Webb, ajouta-t-il. En revanche, nos analyses sanguines ont révélé que nous avons été drogués à l'étorphine hydrochloride.

— J'en ai déjà entendu parler…

Elle parut faire un effort pour se souvenir.

— Oui, c'est une substance à laquelle, normalement, seuls les vétérinaires ont accès, reprit-elle en claquant des doigts. Ils s'en servent pour endormir les animaux. Voilà peut-être une piste à creuser.

Harlan secoua la tête.

— Non. En fait, un vol de grande ampleur a eu lieu dans un laboratoire qui produit cette substance il y a deux mois et, depuis, on la retrouve sur le marché noir un peu partout dans le pays. N'importe qui peut s'en être procuré et ce sera compliqué de trouver un dealer qui accepte de donner l'identité de ses clients.

Caitlyn hocha la tête :

— En effet. Et puis, que le coupable soit Farris ou Billy Webb, il s'est certainement procuré la drogue par l'intermédiaire d'un tiers afin qu'on ne puisse pas remonter jusqu'à lui.

Elle soupira.

— Et sinon, as-tu au moins une bonne nouvelle à m'annoncer ?

— Possible. Slade s'occupe d'entrer en contact avec Devin Mathis et Curtis Newell. Si tout se passe bien, nous devrions les rencontrer demain matin.

Le fiancé de Tiffany et l'associé de Sherry. Tous deux avaient également reçu des menaces. Leur parler pourrait permettre d'avancer. Mais rien n'était sûr.

— Ils ne vont pas venir ici, n'est-ce pas ?

— Non et nous ne pouvons pas les rencontrer au bureau des marshals. C'est pour cela que Slade s'occupe de trouver un lieu de rendez-vous discret et sûr. Maintenant, tu devrais aller te reposer, dit-il en lui posant la main sur le bras.

Caitlyn en avait bien besoin. Tout son corps était raide, ses muscles lui faisaient mal. Se reposer lui donnerait également l'occasion de s'éloigner un peu d'Harlan, d'arrêter de fantasmer sur lui.

Elle était sur le point de monter à l'étage quand Harlan laissa descendre sa main sur son bras et son poignet.

Il n'y avait absolument rien de sensuel dans ce petit geste, et pourtant c'était comme s'il l'avait caressée à un endroit sensible.

Elle se tourna vers lui, fixa sa bouche et, hypnotisée,

ne put s'empêcher de s'avancer pour joindre ses lèvres aux siennes.

Ce contact lui procura une décharge électrique dans tout le corps. Et il dut éprouver la même émotion car il poussa un gémissement rauque et passa un bras autour de sa taille pour l'attirer à lui.

La rencontre de leurs lèvres se transforma en véritable baiser passionné, fougueux. La puissance de ses bras autour d'elle la fit vibrer de tout son être. Elle se plaqua contre son torse musclé, et ce baiser n'en fut que plus délicieux.

Harlan embrassait divinement bien.

Il était à la fois doux et fort.

Il lui passa la main dans les cheveux, lui caressa la nuque, et elle se laissa faire tellement elle était bien.

Son parfum brut la renversait et de nombreux souvenirs lui revinrent, à la fois lointains et familiers. Elle se pressa contre lui, contre ses pectoraux qui tendaient sa chemise, puis contre ses hanches qui… durent faire place à une érection de plus en plus vigoureuse.

Mais cela ne calma pas ses ardeurs, au contraire. Ce n'était pas raisonnable, bien sûr, elle devait arrêter avant qu'ils n'aillent trop loin, mais elle n'en avait pas la force. Elle glissa les mains entre leurs deux corps et caressa ses muscles bien dessinés, son ventre plat et ferme.

Elle avait envie de descendre plus bas. Elle avait envie de faire l'amour avec lui, et ce désir était réciproque, elle le savait.

Sans cesser de l'embrasser, il la fit reculer pour qu'elle puisse s'asseoir sur le rebord du bureau. Il se retrouva juste entre ses cuisses.

S'ils n'avaient pas été habillés, il aurait pu la pénétrer sur-le-champ.

Mais Harlan recula d'un pas. Il luttait contre leur

désir, hésitait, prêt à lui arracher ses vêtements, crut-elle un instant.

Il resta debout face à elle un long moment, la respiration saccadée.

Puis il ferma les poings et les serra fort.

Bien. Il y en avait au moins un des deux qui se comportait en adulte responsable et lucide. Mais une terrible frustration la gagna.

— C'était une erreur, il faut que nous en soyons tous deux convaincus, dit Harlan.

Elle resta quelques secondes silencieuse, à reprendre son souffle.

— Cherchons plutôt un compromis, répliqua-t-elle. Les torts sont partagés et c'était… très bon.

Il éclata de rire. C'était tellement inattendu qu'elle resta interdite un instant, puis lui retourna son sourire. Il avait vraiment beaucoup d'armes à sa disposition, et ce sourire irrésistible en était une. Mais il s'effaça très vite pour céder la place à une expression figée.

— Qu'est-ce que c'est que ça ? s'exclama-t-il.

Elle eut tellement peur que, d'abord, elle n'osa pas suivre son regard. Mais soudain elle comprit : il fixait l'écran de l'ordinateur, qui affichait toujours l'article sur lequel elle travaillait. Le titre, en gros caractères, était éloquent :

« Le service des marshals cherche-t-il
à étouffer le meurtre de Jonah Webb ? »

Le point d'interrogation avait son importance : la théorie qu'elle développait dans son article n'était peut-être pas fondée. Mais Harlan, lui, n'aurait que faire de ces subtilités. Il lisait déjà le premier paragraphe.

« Le marshal à la retraite Kirby Granger a-t-il joué un rôle dans le meurtre de Jonah Webb ? A-t-il échappé à la justice grâce à l'aide de ses fils adoptifs ? »

— Je peux tout t'expliquer, déclara-t-elle.

Mais la fureur avait inondé le visage d'Harlan.

— Epargne-toi cette peine ! rétorqua-t-il.

Puis il prit son sac et monta à l'étage sans un regard pour elle.

9

Harlan était consterné.

Son frère Slade les conduisait, lui et Caitlyn, à l'orphelinat de Rocky Creek !

— Tu ne pouvais pas trouver un autre endroit pour ce rendez-vous ? s'exclama Caitlyn dans la voiture.

Pour la première fois depuis la veille, Harlan était d'accord avec elle.

De nouveau, ils se retrouvaient au pays des mauvais souvenirs et il en avait plus qu'assez. Il aurait voulu tirer un trait définitif sur cette période, tout oublier, y compris Caitlyn, qui semblait toujours prête à saisir la moindre occasion de dénigrer ses frères et son père adoptif.

— Je me suis dit que ce serait bien le dernier endroit où les rangers vous chercheraient, répondit Slade. Et puis, je sais de source sûre que le bâtiment est vide et Joelle m'a donné les clés.

Joelle, leur belle-sœur, avait dirigé les investigations au tout début de l'enquête, se rappela Harlan. C'était pourquoi elle disposait d'un jeu de clés même si, depuis, les rangers avaient repris la main.

— Rudy Simmons, le concierge, est absent pour quelques jours, ajouta Slade. Nous ne serons pas dérangés.

— Génial, dit Caitlyn en poussant un soupir. Si j'avais su que nous viendrions ici, j'aurais bu deux ou trois tequilas ou n'importe quel alcool fort.

Là encore, Harlan était d'accord. Le bâtiment de brique rouge et les pelouses étaient impeccables, l'endroit était accueillant, et pourtant jamais il n'y serait revenu de son plein gré.

— Aucun de nous n'a de bons souvenirs de cet endroit, déclara-t-il.

Slade émit un grognement, comme pour indiquer qu'il en était bien conscient, même si c'était lui qui avait pris cette initiative de les faire revenir à l'orphelinat.

— Tu ne m'as jamais raconté comment tu t'étais retrouvé à Rocky Creek, dit Caitlyn en tournant la tête vers Harlan.

— Par manque de chance.

C'était la réponse habituelle qu'il donnait chaque fois que le sujet était abordé, ce qui n'arrivait pas très fréquemment. Mais Caitlyn ne se contenterait pas de cette explication : se retrouver orphelin, ce n'était jamais un coup de chance.

— Ma mère m'a abandonné quand j'avais trois ans. J'ai vécu avec ma grand-mère jusqu'à sa mort.

— Quel âge avais-tu ?

Elle semblait sincèrement intéressée. Ou alors, elle faisait la conversation seulement pour ne pas laisser s'installer le malaise de se retrouver ici après toutes ces années. Il le comprenait très bien mais il n'avait pas envie d'être distrait par la conversation : il devait rester à l'affût.

— Douze ans, répliqua-t-il en regardant autour de lui. Mais je faisais beaucoup plus que mon âge à cette époque et je pense que c'est en partie pour cela qu'aucune famille d'accueil n'a souhaité m'adopter. Je ne correspondais pas à l'image du jeune ado qu'on a envie de voir grandir.

— Ouais, fit-elle, songeuse. Pour moi, c'était un peu pareil. Très jeune, je me suis fait faire des piercings et des couleurs de cheveux excentriques. Je devais faire peur aux gens.

— Il me semble également me rappeler que tu étais d'un caractère plutôt belliqueux, déclara Slade.

Caitlyn émit un petit grognement : il n'avait pas tort.

Le téléphone de Slade bipa au même moment.

Il consulta l'écran, puis passa l'appareil à Harlan : c'était un e-mail de leur frère Clayton.

— Ah, c'est le résultat des enquêtes de routine que j'avais demandées sur Curtis et Devin, dit Harlan.

Il lut le message à voix haute :

— Curtis Newell a trente-sept ans et un casier judiciaire vierge. Il est titulaire d'une maîtrise en droit, a hérité de sa grand-mère une grosse somme d'argent et l'a investie dans la société de gestion d'actifs qu'il a créée avec Sherry. Bon, jusque-là, rien d'alarmant.

Harlan poursuivit son compte rendu :

— Leur société n'est pas extrêmement rentable mais rien n'indique non plus qu'elle est en difficulté. Le seul élément potentiellement suspect est que, même avant la disparition de Sherry, et même si c'est elle l'actionnaire majoritaire, Curtis a pris des décisions stratégiques importantes. Pour cela, Sherry a forcément dû lui déléguer ses pouvoirs. C'est plausible, mais cela peut aussi laisser penser que Curtis gagnerait gros si par malheur Sherry perdait la vie. Car il deviendrait l'actionnaire unique de la société. Des gens sont prêts à tuer pour moins que ça.

A l'arrière de la voiture, Caitlyn intervint :

— Et que dit ton frère de Devin ?

Harlan se replongea dans l'e-mail :

— C'est nettement plus inquiétant. Les flics de San Antonio ont commencé par croire que Devin avait provoqué l'accident de Tiffany. Plusieurs amis de Tiffany ont déclaré à la police que sa relation avec Devin s'était détériorée et qu'elle était sur le point de rompre leurs fiançailles.

Harlan réfléchit. Evidemment, cette précision donnait un mobile à Devin. Mais ça n'expliquait pas la disparition de Sherry ni pourquoi on s'en était pris à Caitlyn et lui.

Il reprit sa lecture :

— Le hic, c'est que Devin a un alibi solide : il n'était pas en ville depuis deux jours au moment de l'accident et plusieurs témoins ont confirmé qu'en son absence c'était Tiffany qui se servait de la voiture.

Caitlyn protesta :

— Ça signifie juste que Devin n'a pas trafiqué en personne la voiture. Rien ne dit qu'il n'a pas payé quelqu'un pour le faire.

Harlan acquiesça mollement. Une fois de plus, ils ne pouvaient qu'en rester au stade des hypothèses. Curtis et Devin avaient beau avoir chacun un mobile pour s'en être pris à Sherry et Tiffany, il n'y avait aucune preuve contre eux.

Slade s'arrêta devant l'orphelinat.

— Curtis devrait arriver d'une minute à l'autre, dit-il en tendant un trousseau de clés à Harlan. Il sera accompagné du détective privé qu'il a engagé. Si tu veux mon avis, ce type lui sert surtout de garde du corps. Curtis a la trouille.

Harlan acquiesça. Avec la découverte de leurs empreintes, à Caitlyn et lui, sur les lettres de menace, c'était compréhensible.

— Je vais aller me garer un peu plus loin pour monter la garde et pouvoir intervenir en cas de besoin, ajouta Slade. Devin Mathis est censé prendre une chambre en ville dans le courant de la matinée. A son arrivée, il m'appellera. Je me suis dit que vous n'auriez pas envie de rencontrer Devin et Curtis en même temps.

Bonne intuition. En effet, mieux valait qu'ils entendent la version des deux hommes l'une après l'autre pour démêler le vrai du faux.

— Merci pour tout, Slade.

Harlan n'était pas ravi de se retrouver là, mais il devait néanmoins une fière chandelle à son frère pour avoir tout organisé.

Caitlyn et lui descendirent de voiture.

Slade redémarra et s'éloigna, les laissant tous deux contempler la façade.

— Allons-y, dit Caitlyn entre ses dents.

Il la suivit, pensif. Ce n'était peut-être pas seulement les mauvais souvenirs liés à l'orphelinat qui l'avaient troublée à leur arrivée. Rocky Creek, c'était également l'endroit où ils s'étaient rencontrés et où ils avaient fait l'amour. Et le baiser qu'ils avaient échangé la veille au soir avait plus que ravivé l'intensité de ce qu'ils avaient vécu seize ans auparavant.

A l'époque, ils formaient un couple parfaitement improbable. Elle avait un look gothique, elle était bagarreuse et était allée en maison de redressement. En comparaison, il était un vrai boy-scout. Pourtant, ils s'étaient trouvés l'un l'autre.

Et, la veille, ils s'étaient pour ainsi dire retrouvés.

On avait coutume de dire que les contraires s'attiraient, non ?

Sauf que, dans leur cas, il fallait que cela cesse. Mais comment allait-il s'y prendre ?

— Je suis désolée pour cet article, déclara soudain Caitlyn de but en blanc.

Il ne la regarda pas et se contenta d'ouvrir la porte.

— Tu es désolée que je sois tombé dessus ou de l'avoir écrit ?

— Les deux. En fait, je me suis lancée dans sa rédaction de manière impulsive après avoir commencé à recevoir des menaces. A ce moment-là, je te soupçonnais de les avoir envoyées et je souhaitais disposer d'une sorte d'assurance. Tu comprends, je me disais que si jamais il m'arrivait malheur, au moins, la publication de cet article éviterait que tu t'en sortes sans avoir de comptes à rendre.

Cette fois-ci, il tourna la tête vers elle.

— Et quand penses-tu l'envoyer à ton patron ?

— Je ne l'enverrai pas. Je l'ai effacé ce matin avant notre départ.

Il ne s'y attendait pas.

— Et cela ne va pas affecter ta… carrière ?

C'était un coup bas mais il avait été tellement vexé de l'existence de cet article qu'il ne voyait pas pourquoi s'en priver.

— Mon patron m'est redevable, répliqua-t-elle sans relever sa pique. Donc ça n'aura pas trop de conséquences.

Pas trop. Renoncer à publier cet article lui coûterait tout de même un peu, comprit Harlan.

— Pourquoi l'as-tu détruit ? lui demanda-t-il.

— A cause du baiser que nous avons échangé, répondit-elle en baissant les yeux.

Il jura intérieurement. Ce baiser avait été intense et fort pour lui aussi, mais que cela l'ait poussée à modifier son comportement l'étonnait.

— Soyons clairs, ajouta-t-elle, tu n'essaies pas de me tuer, et moi, je ne cherche pas à te nuire. Et je ne cherche pas non plus à causer d'ennuis à ta famille.

Ça faisait du bien de l'entendre, mais il n'était qu'à moitié convaincu.

— Alors tu penses que Kirby est innocent ? insista-t-il.

— Non, rétorqua-t-elle sans hésiter. Mais, s'il a aidé Sarah à tuer Webb, il mérite davantage de recevoir une médaille que de se retrouver en prison.

Certes, d'un point de vue moral, c'était sans doute la vérité. Mais Kirby n'avait rien à se reprocher et Caitlyn pensait toujours le contraire. Alors il n'était pas prêt à lui pardonner cet article, qu'elle avait bel et bien écrit, même s'il ne paraîtrait jamais.

Son téléphone vibra. Il décrocha. C'était Slade :

— Curtis Newell vient d'arriver.

Le moment des explications était venu. Il raccrocha, rangea son téléphone et défit la lanière de sécurité de son étui de revolver.

Caitlyn haussa les sourcils.

— Simple précaution, lui dit-il.

Contrairement à lui, elle n'avait sans doute pas envisagé que Curtis ait pu être suivi. En outre, il ne connaissait pas ce type. Dans ces conditions, il était hors de question qu'il lui fasse une confiance aveugle. Et Newell était certainement dans le même état d'esprit.

Celui-ci se gara devant l'entrée, et Harlan ne put retenir un long soupir.

Avant de venir, il avait cherché une photo de Curtis pour avoir une idée de son aspect et, quand il descendit de voiture, c'était bien le même homme trapu aux cheveux poivre et sel. Il portait un costume sombre, comme s'il se rendait à un rendez-vous d'affaires.

L'individu qui l'accompagnait avait une carrure imposante et dissimulait à coup sûr une arme sous sa veste. Curtis passa la porte et entra dans l'orphelinat. Son acolyte resta sur le seuil.

— Merci d'être venu, déclara Harlan.

Curtis répondit d'un petit signe nerveux de la tête puis posa immédiatement le regard sur Caitlyn.

— Pouvez-vous me certifier que vous n'êtes pas à l'origine de la disparition de Sherry ?

— Absolument, ce n'est pas nous, répliqua-t-elle. Et nous ne lui avons pas non plus envoyé d'e-mail lui ordonnant de garder le silence.

— Pourtant, les autorités pensent le contraire, insista Curtis.

— Ce qui ne veut pas dire que nous l'avons fait. Harlan et moi, nous avons été kidnappés et drogués. Nous soupçonnons que, pendant que nous étions inconscients, notre ravisseur a apposé nos empreintes sur la lettre de menace que Devin Mathis a reçue et celle que vous avez retrouvée chez Sherry.

Curtis continua à la fixer. Il avait les yeux cernés et injectés de sang, comme s'il lui manquait de nombreuses heures de sommeil.

— Mais qui fait ça ? demanda-t-il.

— Nous n'en savons rien, répondit Caitlyn. Mais le responsable de tout cela a également essayé de nous tuer.

— A-t-il tenté de tuer Sherry ? demanda Curtis d'une voix brisée.

— Nous n'en savons rien, répondit à son tour Harlan.

Curtis poussa un gémissement.

— Je suis amoureux d'elle, vous savez. Mes sentiments ne sont pas réciproques, mais je ne peux pas m'empêcher de l'aimer. Comme dit le proverbe, on ne peut pas aller contre l'élan de son cœur.

Harlan et Caitlyn se regardèrent mutuellement. Il fronça les sourcils et elle haussa légèrement les épaules. Qu'avait-elle pensé ? Que c'était justement ce qu'ils faisaient ? Lutter contre l'élan de leur cœur ?

— Je fais tout mon possible pour essayer de retrouver Sherry, ajouta Curtis. Mais les flics n'ont aucune piste. C'est comme si elle s'était évanouie dans la nature.

Harlan aurait aimé lui redonner un peu d'espoir mais il n'avait pas le droit de lui mentir.

— Je pense que sa disparition, comme tous les événements récents, est liée à cet orphelinat et à la mort de Jonah Webb il y a seize ans. Sherry vous a-t-elle déjà parlé de cette affaire ? Vous a-t-elle confié avoir vu quelque chose la nuit du meurtre ?

Curtis secoua négativement la tête mais, soudain, il s'interrompit, comme si un souvenir venait de le traverser.

— Il me semble qu'elle a laissé échapper un commentaire le jour où les restes du corps de Jonah Webb ont été découverts il y a quatre mois.

Harlan se rappelait très bien cette journée. Une équipe de la compagnie d'électricité avait découvert le corps de Webb en creusant une tranchée pour enterrer des câbles à environ cinq cents mètres de Rocky Creek.

— Sherry semblait inquiète, dit Curtis, et, quand je lui ai demandé ce qui la tracassait, elle a déclaré que, cette fameuse nuit, elle s'était peut-être retrouvée au mauvais endroit au mauvais moment.

Harlan et Caitlyn échangèrent un nouveau regard troublé.

— J'ai appelé Sherry quelques jours après cet événement, déclara Caitlyn, mais elle ne m'a rien dit de tel. Savez-vous ce qu'elle sous-entendait ?

— Non, mais tout ce que je peux vous dire, c'est qu'elle avait peur.

Cette révélation était un élément nouveau, songea Harlan. A priori, Sherry n'avait rien appris d'intéressant aux rangers, ni à Joelle quand elle avait été chargée de l'enquête préliminaire. Sherry n'avait jamais constitué un témoin clé. Donc, si elle savait ou avait vu quelque chose, c'était son secret.

— Un jour, j'ai entendu Sherry parler de Rocky Creek au téléphone en prenant des notes, affirma Curtis. Ce qu'elle a écrit est resté sur son bureau et, plus tard, j'ai vu qu'il s'agissait d'une liste de noms.

Il sortit un papier plié de sa poche et ajouta, en le tendant à Harlan :

— J'ai retrouvé cette liste.

Harlan déplia le papier et Caitlyn s'approcha de lui pour voir aussi. Les noms avaient apparemment été notés rapidement, mais ils étaient lisibles : Tiffany Brock, Caitlyn Barnes, Kirby Granger, Harlan McKinney. Enfin, un dernier nom figurait sur cette liste, noté un peu à l'écart des autres.

Billy Webb.

— J'ai effectué des recherches sur ce Billy Webb, déclara Curtis. J'ai appris que c'était son père qu'on avait assassiné et également qu'il avait fait une tentative de suicide. En fait, quand elle a griffonné ces noms, je pense que c'était avec lui que Sherry parlait au téléphone.

— Qu'est-ce qui vous fait dire cela ? demanda Caitlyn.

— Une impression, le fait que son nom soit noté à l'écart. Je sais que ce ne sont que des présomptions et que tout cela ne vous avance pas beaucoup. J'imagine ce que vous devez ressentir car je ne supporte pas d'ignorer où se trouve Sherry et de songer qu'elle est peut-être retenue par un malade.

C'était peut-être pire encore, pensa Harlan. Mais il n'en dit rien.

A ce moment-là, son téléphone vibra. C'était Slade, encore une fois.

— Devin Mathis vient d'arriver en ville. Dois-je lui dire où vous êtes et lui demander de venir ?

Curtis regarda derrière lui :

— Je sais que vous avez d'autres personnes à voir et je ne peux rien vous apprendre de plus pour le moment. Je vais vous laisser. Tenez-moi au courant si vous obtenez la moindre information, c'est tout ce que je vous demande.

— Oui, tu peux lui dire de venir, répondit Harlan à son frère en prenant soin de ne pas prononcer le nom de Devin.

Logiquement, il n'y avait pas de lien entre Devin et Curtis et il devait en rester ainsi. Pas question que les deux hommes unissent leurs forces pour découvrir ce qui était arrivé aux femmes qu'ils aimaient, songea Harlan. Sinon, Caitlyn et lui risquaient de se retrouver de nouveau dans leur collimateur.

Curtis posa les yeux sur le papier qu'Harlan tenait toujours.

— Puis-je le récupérer ? J'aimerais le garder.

Harlan le lui rendit.

— Et remettez-le aux autorités, lui conseilla-t-il.

Même si cela risquait de faire peser encore plus de soupçons sur Caitlyn, Kirby et lui. Mais, au point où ils en étaient, s'ils voulaient prouver leur innocence, ils ne devaient rien dissimuler. Et puis, rien ne prouvait que cette liste avait une quelconque importance. Sherry avait très bien pu noter ces noms parce que c'étaient ceux qui lui étaient venus à l'esprit quand elle repensait à Rocky Creek.

Ou alors, elle envisageait de les piéger…

Il étouffa un cri de surprise.

— Quoi ? lui demanda Caitlyn.

Avant de répondre, il attendit que Curtis soit sorti et ne puisse pas l'entendre.

— Il y a une possibilité que Curtis n'a pas abordée. Et si c'était Sherry qui était à l'origine de toute cette histoire ?

Caitlyn parut vouloir protester mais se ravisa.

— Après tout, ce pourrait être elle la complice de Sarah Webb, suggéra Harlan.

La théorie était un peu tirée par les cheveux et ajouter

un suspect supplémentaire ne faisait que compliquer la situation. Mais il ne voulait négliger aucune piste, aussi improbable soit-elle. Sherry était peut-être animée du désir d'éliminer tous ceux qui risquaient de faire remonter les autorités jusqu'à elle.

Mais il y avait Curtis, aussi.

Il avait admis que Sherry ne l'aimait pas, donc il avait pu la tuer par dépit amoureux. Ou alors à cause d'un désaccord professionnel, d'autant que, en tant qu'actionnaire majoritaire de leur société, Sherry était techniquement sa « patronne ».

Il y avait également la piste Farris. Celui-ci voulait peut-être se venger de Caitlyn. Ou alors il était manipulé par Billy Webb.

Harlan souffla. Tout cela faisait énormément de possibilités et les pièces du puzzle étaient loin d'être rassemblées. Il avait du pain sur la planche.

Son téléphone vibra de nouveau. C'était encore Slade. Pour l'informer que Devin Mathis était en chemin ?

— Harlan…

Il y avait un problème, comprit aussitôt Harlan.

— Je me dirige vers vous, lança Slade. Nous devons filer, et vite !

— Pourquoi, que s'est-il passé ? demanda Harlan tout en prenant Caitlyn par le bras.

— Quelqu'un a prévenu les rangers que vous étiez là. C'est un ami à moi qui travaille au standard qui vient de m'alerter.

Quelques secondes plus tard, la voiture de Slade apparut au bout du chemin. Il s'arrêta juste devant la porte.

Caitlyn et Harlan s'empressèrent de monter en voiture. Sans attendre, Slade redémarra.

— Qui a appelé les rangers ? s'enquit Harlan.

— Je n'en sais rien, répondit Slade, mais tout porte à

croire que c'est Curtis Newell. Le coup de fil a été passé il y a quelques minutes.

Harlan se maudit de ne pas avoir été assez méfiant. Mais Curtis leur avait donné l'impression de chercher des réponses, tout comme eux.

Alors à quoi jouait-il ?

— Curtis aurait voulu nous piéger ? songea-t-il tout haut.

Mais une fois encore ça ne collait pas. Si Curtis avait voulu qu'ils soient arrêtés, il aurait pu prévenir les rangers avant leur rencontre, pas après.

— Peut-être qu'il souhaitait déterminer ce que nous savions avant de nous livrer, suggéra Caitlyn.

Encore une hypothèse, une de plus. Ils en étaient réduits à cela, faire des suppositions, et c'était épuisant.

— Mais, si Curtis tire les ficelles, quel est le rapport avec l'accident de Tiffany ? demanda Slade.

— Pas sûr qu'il y en ait un. Mais Curtis pourrait chercher à nous le faire croire pour brouiller les pistes.

Harlan réfléchit à toute vitesse. Il ne devait pas commettre l'erreur de se focaliser sur Curtis. Ce n'était pas forcément lui qui avait appelé les rangers. Et, même s'il l'avait fait, cela ne prouvait pas sa culpabilité.

Et puis, que devenait Devin dans tout cela ? Le téléphone de Slade sonna au même instant.

— C'est Devin, leur annonça-t-il en tendant le téléphone à Harlan, car il était au volant.

— Ici, le marshal McKinney, déclara Harlan en mettant l'appareil sur haut-parleur pour que Caitlyn et Slade puissent suivre la conversation. Je crois que nous allons devoir reporter notre entrevue car…

— Ce ne sera pas nécessaire, affirma Devin. Je pense même que nous ne pouvons pas la reporter. J'allais quitter le motel quand j'ai reçu une visite.

Les rangers, à coup sûr, se dit Harlan. Ils avaient

probablement placé Devin sous surveillance dans l'espoir qu'il les mène à Caitlyn et lui.

Devin reprit :

— Ce visiteur m'a dit qu'il devait vous parler mais qu'il refusait de se rendre à Rocky Creek.

— S'agit-il du ranger Griffin Morris ? s'enquit Harlan.

— Non, il ne fait pas partie des autorités. Il m'a dit s'appeler Billy Webb.

Harlan s'attendait à tout sauf à cela. La moitié de l'Etat était à la recherche de Billy Webb, et voilà qu'il réapparaissait de lui-même.

— Pourquoi est-il là et que veut-il ?

— Il tient à vous le dire de vive voix. Si vous êtes là dans les trente minutes, il vous révélera tout ce qu'il sait sur la mort de son père.

10

Caitlyn se préparait à devoir argumenter avec Harlan au sujet de ce rendez-vous. Il était sous adrénaline et passait des coups de fil à la chaîne pour tout préparer. Il allait certainement la dissuader de venir avec lui, voire l'en empêcher : ce serait trop dangereux pour elle, ils ne devaient pas courir ce risque…

Mais elle voulait assister à cette entrevue. Elle avait autant besoin que lui d'obtenir des réponses, de comprendre ce qui se passait, quel qu'en soit le prix.

Harlan était au téléphone avec son frère Dallas.

Enfin, il raccrocha et regarda de tous côtés, certainement pour s'assurer qu'ils n'étaient pas suivis, alors qu'ils entraient en ville.

— Dallas est en chemin, déclara-t-il. Si, au motel, je sens que ça risque de mal tourner, je préviendrai le shérif.

— Il sera obligé de nous arrêter, lui rappela Caitlyn.

— Si Billy est un tueur, c'est peut-être mieux, non ? répliqua Harlan.

— Mais pourquoi Billy est-il entré en contact avec Devin ? les coupa Slade tandis qu'il s'engageait sur Main Street en direction du centre-ville.

Caitlyn s'était déjà posé la question, tout comme Harlan, sans doute.

— Dans le meilleur des cas, répondit celui-ci, ça

signifie qu'il était en relation avec Tiffany, dans le pire, qu'il a un rapport avec son accident.

Harlan se retourna vers Caitlyn, l'air préoccupé.

— Tu resteras dans la voiture avec Slade. J'irai parler à Billy et Devin tout seul.

— Billy risque de ne pas te faire les mêmes révélations qu'à moi, protesta-t-elle.

— Eh bien, tant pis, parce qu'il est hors de question que tu l'approches.

Elle soupira. Ses craintes étaient fondées. Comment faire pour convaincre Harlan de le laisser l'accompagner ? Elle voulait vraiment parler à Billy. Mais il avait une expression résolue et l'appui de son frère. C'était perdu d'avance.

— Je te demande au minimum d'appeler le téléphone de Slade et de laisser courir la communication, de façon à ce que je puisse suivre les échanges.

Harlan ne répondit pas. Ils approchaient de l'hôtel où étaient censés se trouver Billy et Devin et il fixait la façade. A l'époque où ils étaient à l'orphelinat, se souvint-elle, c'était une résidence privée. Depuis, elle avait été reconvertie en un établissement tout confort nommé le Bluebonnet Inn.

Slade se gara à une cinquantaine de mètres. Il n'y avait aucune trace de Billy ou Devin mais d'autres véhicules étaient stationnés dans la rue qui longeait l'hôtel et celle-ci était bordée d'arbres. Cela faisait beaucoup d'endroits susceptibles de dissimuler un homme en embuscade.

— Allonge-toi sur la banquette, qu'on ne puisse pas te voir, lui dit Harlan.

Il sortit son arme et descendit de voiture.

— Fais attention à toi, lui lança-t-elle.

Mais Harlan eut à peine le temps de faire deux pas dans la rue que la porte de l'hôtel s'ouvrit. Un homme apparut. Ce n'était pas Billy mais Devin Mathis. Elle ne l'avait jamais rencontré en personne, en revanche, elle l'avait déjà vu plusieurs fois en photo. Il tourna la tête à droite et à gauche, visiblement préoccupé.

— Billy vient de partir, s'exclama-t-il en désignant du doigt le bout de la rue. Sa voiture est là-bas.

Caitlyn tourna la tête : la voiture en question était une grosse berline, une Mercedes, peut-être. Elle n'aurait pas imaginé Billy dans ce genre de véhicule.

Slade sortit son arme et descendit à son tour de voiture.

— J'y vais. Reste ici avec Caitlyn, dit-il à Harlan.

Sans attendre, il partit au pas de course. Devin ne le suivit pas mais se dirigea vers Harlan et elle.

— Pourquoi Billy a-t-il filé ? lui demanda Harlan.

Devin secoua la tête d'un air impuissant.

— Il a reçu un coup de téléphone. Je ne sais pas ce que lui a dit son interlocuteur mais il est devenu blême et il est parti sans la moindre explication.

Qui l'avait appelé ? se demanda Caitlyn. Son complice ? Ou au contraire quelqu'un qui essayait de le piéger, lui aussi ?

Elle se pencha en avant pour ouvrir la boîte à gants et y trouva ce qu'elle espérait : l'arme de secours de Slade.

Elle s'en empara et sortit de la voiture tout en prenant soin de rester derrière Harlan. Celui-ci se retourna brièvement et lui intima de rester dans la voiture, mais elle l'ignora.

— Que voulait nous dire Billy ? demanda-t-elle à Devin.

— Selon lui, on cherche à le piéger. Il a prétendu qu'on avait apposé à son insu ses empreintes sur un mot de menace laissé pour vous.

Harlan et elle avaient été victimes du même subterfuge, mais rien ne garantissait que Billy n'en était pas responsable et ne cherchait pas à s'en prétendre victime.

— Et comment ses empreintes se seraient-elles retrouvées sur ce mot ? ajouta-t-elle.

— Il n'en est pas certain mais il soupçonne que la manœuvre a eu lieu un soir où il était au restaurant. Le serveur qui s'est approché de sa table avait posé une feuille blanche sur une page du menu, soi-disant parce que les plats figurant sur la page n'étaient plus disponibles.

— Et il pense que ce serveur n'en était pas un ? suggéra Harlan d'un ton dubitatif.

Devin acquiesça.

— Billy m'a dit que le serveur était reparti avec le menu mais n'était jamais revenu avec sa commande. Ce soir-là, il a cru qu'il était tombé dans un établissement mal géré, il a perdu patience et il est parti. Mais depuis il se pose des questions et il est de plus en plus convaincu d'avoir eu affaire à un type qui voulait obtenir ses empreintes, pas à un véritable serveur.

— Et, selon lui, qui l'aurait piégé ? insista Harlan.

Devin mit quelques secondes avant de répondre.

— C'est ce qu'il souhaitait vous demander. Il a entendu dire que vous étiez soupçonnés d'avoir envoyé des menaces et il voulait entendre de votre bouche que l'un de vous deux n'avait pas aidé sa mère à tuer son père et ne cherche pas à couvrir ses traces.

Harlan poussa un juron.

— Nous n'avons piégé personne, au contraire, c'est nous qu'on cherche à faire passer pour coupables. Nous sommes innocents.

— Et pourtant Tiffany n'est pas morte par accident, j'en suis persuadé, répliqua Devin sur un ton plus que sceptique.

Harlan soutint son regard sans ciller. Certes, c'était difficile pour Devin de les croire sur parole mais il en avait assez de passer pour un meurtrier en puissance. Et

Devin n'était pas en mesure de se poser en procureur, Harlan tint à le lui rappeler.

— Autant que je sache, votre liaison avec Tiffany avait du plomb dans l'aile. Je me trompe ?

Devin parut déstabilisé.

— Où voulez-vous en venir ?

— Je ne fais que poser une question, il vous suffit d'y répondre.

— Non, vous cherchez un bouc émissaire, rétorqua Devin en pointant un doigt accusateur sur Harlan. Vous vous dites que, si vous parvenez à faire croire que j'ai un rapport avec l'accident de Tiffany, alors vous pourrez me mettre tout ce que vous voulez sur le dos. Mais ça ne marchera pas car je n'ai pas de mobile.

— Faux, protesta à son tour Caitlyn. Tiffany était sur le point de rompre ses fiançailles avec vous. Si elle l'avait fait, vous vous seriez senti humilié.

Devin mit un moment à répondre.

— Partons du principe que j'ai tué Tiffany. Quel rapport y aurait-il entre ce meurtre, Billy Webb et la disparition de cette autre femme ?

Harlan haussa les épaules.

— Peut-être que vous voulez aiguiller l'enquête dans la mauvaise direction.

— Ça n'a pas de sens.

— Ça en a si cela vous permet d'éloigner les soupçons de vous pour les faire porter sur d'autres.

Devin ouvrit la bouche mais n'eut pas le temps de répliquer car Slade revint vers eux en petites foulées.

— Aucun signe de Billy Webb…

Il se tourna vers Devin.

— Quand est-il arrivé ?

— Juste avant que je vous appelle.

Slade secoua la tête.

— Ça ne colle pas car, si Billy était arrivé il y a un quart d'heure, le capot de sa voiture serait encore chaud. Or, là, il est déjà froid.

Devin plissa les yeux.

— Je commence à en avoir assez de vos insinuations. Billy a très bien pu rester plusieurs minutes dans sa voiture avant de se décider à descendre, qu'est-ce que j'en sais ?

Harlan avança d'un pas.

— Pourquoi aurait-il hésité à descendre de voiture ?

— Je n'en sais rien et je m'en fiche. J'étais venu ici dans l'intention de vous aider mais, finalement, je commence à croire que vous n'êtes pas aussi clairs que vous le prétendez !

Il recula en direction de l'hôtel.

— Désormais, si vous souhaitez me parler, adressez-vous à mon avocat.

Il tourna les talons et retourna à l'intérieur de l'établissement en claquant la porte derrière lui.

— Une entrevue très constructive, dit Caitlyn avec sarcasme.

Elle tourna la tête vers la Mercedes.

— Vous croyez que Devin cherche à nous embrouiller, qu'en vérité Billy n'a jamais été là ?

— C'est une possibilité, répondit Harlan. Il se pourrait également que Devin soit en train d'appeler les rangers, si ce n'est pas déjà fait, alors ne traînons pas ici.

Il la prit par le bras pour l'inciter à remonter dans la camionnette.

— Si Devin est encore là à l'arrivée de Dallas, mon frère lui posera quelques questions.

Harlan avait déjà ouvert sa portière quand une silhouette apparut à côté de la Mercedes.

— Regarde, dit Caitlyn. C'est Billy ?

Harlan n'eut pas le temps de répondre : l'individu

s'avançait vers eux, derrière un masque de ski. Il brandissait une arme et fit feu.

Aussitôt, Harlan se jeta sur Caitlyn pour la pousser sur la banquette et la protéger de son corps. Une balle siffla juste au-dessus d'eux.

— Il faut qu'on dégage ! lança-t-il à Slade.

Son frère fit démarrer la camionnette et enclencha sèchement la première. De nouveaux coups de feu retentirent ; le pare-brise vola en éclats et Slade n'eut d'autre choix que de se baisser. Il y eut alors un choc à l'arrière et la camionnette fut prise d'une secousse.

— Qu'est-ce que c'était ? demanda Caitlyn. Il y a un second tireur ?

Apparemment, un autre véhicule avait heurté leur pare-chocs arrière.

Slade se redressa de quelques centimètres pour jeter un regard dans le rétroviseur latéral.

— Non, je ne crois pas. Le conducteur de la voiture qui nous a heurtés a dû prendre peur à cause des coups de feu et perdre le contrôle.

Bon sang, il ne manquait plus que ça, pesta Harlan intérieurement. Comme s'ils n'avaient pas assez d'ennuis, maintenant, des innocents se retrouvaient en danger. D'une manière ou d'une autre, il fallait qu'il arrête ce tireur.

Qui que ce soit.

Il ne l'avait vu que très brièvement : c'était assurément un homme. Mais lequel de leurs suspects ? Curtis, Farris, Billy ? Voire Devin. Il avait eu le temps de retourner à sa chambre pour enfiler un masque et ressortir. Evidemment, agir ainsi était extrêmement risqué, mais s'il était prêt à tout pour couvrir ses arrières…

Ils devaient fuir, par tous les moyens. Si par malheur Slade ou Caitlyn étaient touchés, il s'en voudrait toute sa vie.

— Le shérif devrait arriver d'une minute à l'autre, dit-il, alarmé.

Comme en écho à ses paroles, des sirènes en approche se firent entendre.

Il se tourna vers Caitlyn : elle resserrait sa prise sur son arme. Elle n'avait pas seulement peur pour sa vie, comprit-il. Elle redoutait également de se faire arrêter : aux yeux de la loi, ils étaient des fugitifs.

— Accrochez-vous, déclara Slade en enfonçant la pédale d'accélérateur.

Il ne pouvait pas se relever et devait tout juste voir par-dessus le tableau de bord. La camionnette fut prise d'une nouvelle secousse mais n'avança pas : la voiture qui les avait percutés était accrochée à eux.

Ils risquaient de se retrouver à la merci du tireur. A peine Harlan s'était-il fait cette réflexion que de nouveaux tirs éclatèrent et plusieurs balles se logèrent dans la carrosserie. Il ne pouvait rien faire d'autre que rester recroquevillé et protéger Caitlyn de son corps. S'il se redressait pour répliquer, il risquait le pire.

Les sirènes se rapprochaient mais Slade continua à presser l'accélérateur pour les dégager. Il donna un brusque coup de volant à gauche et, finalement, la camionnette avança avec un crissement de pneus.

Derrière eux, il y eut un dernier tir mais, très vite, ils furent hors de portée.

Harlan releva la tête de quelques centimètres pour regarder par la lunette arrière. Plusieurs voitures de police se dirigeaient vers l'hôtel.

Et un homme courait sur le trottoir en faisant de grands gestes aux véhicules de police. Il ne portait pas de masque et n'était apparemment pas armé. Le tireur s'était-il débarrassé de son masque et de son revolver pour se faire passer pour un innocent pris dans la fusillade ?

Deux officiers de police s'approchèrent de lui. Puis Slade tourna à droite et Harlan ne vit plus rien.

Ils n'étaient pas pour autant tirés d'affaire. Quelqu'un les avait forcément vus partir et le signalement de la camionnette ne tarderait pas à être transmis un peu partout. Les autorités sauraient qui se trouvait à bord de cette camionnette, ce qui n'arrangerait pas leurs affaires.

Harlan étouffa un juron. Apparaître comme un dangereux fugitif qu'il fallait arrêter au plus vite lui était insupportable.

Il avait espéré que cette entrevue avec Devin leur fournirait de nouveaux éléments qui leur permettraient de prouver leur innocence. Au contraire, leur cas s'aggravait. Et ils avaient embarqué Slade dans leurs ennuis.

— Il faut que nous abandonnions la camionnette dès que possible, déclara alors ce dernier.

C'était une évidence, mais cela fit mal à Harlan. Ils étaient obligés de se comporter comme des criminels. Non, ce n'était pas possible ! Mieux valait encore se faire arrêter.

— Fais demi-tour, ordonna-t-il à Slade.

Caitlyn leva la tête et le dévisagea.

— Tu as perdu la raison ?

— Non, au contraire, je recouvre mes esprits. Nous devrons trouver le moyen de faire avancer l'enquête depuis une cellule, mais tant pis. Je veux parler au shérif, lui expliquer ce qui s'est passé et m'assurer qu'il n'y a pas eu de blessés. Fais demi-tour, répéta-t-il en fixant Slade.

Ce dernier poussa un juron, freina brusquement et fit demi-tour en pleine route.

— Tu as plutôt intérêt à savoir ce que tu fais.

Il en était convaincu. Certes, s'ils se faisaient arrêter, ce serait une injustice puisqu'ils avaient été piégés. Mais il préférait se confronter aux autorités et affirmer son innocence que continuer à passer pour un criminel.

Caitlyn poussa un soupir et écarta nerveusement une mèche de cheveux de son visage.

— J'ai toujours su que tu étais un boy-scout.

Dans sa bouche, ce n'était pas un compliment. Pourtant, elle se pencha vers lui et lui déposa un petit baiser sur la joue.

— Moi non plus, je n'avais pas envie de continuer à fuir. La dernière fois, ça m'a valu la maison de redressement.

— Ça ne me plaisait pas non plus, renchérit Slade.

Mais, à son ton de voix, il ne semblait pas convaincu que se rendre était la meilleure chose à faire.

Le téléphone d'Harlan vibra. Il consulta l'écran. C'était Dallas. Il décrocha et actionna le haut-parleur.

— Dallas, nous avons un problème, dit-il sans préambule.

— Oui, j'ai entendu dire qu'on vous avait tiré dessus. Je suis branché sur la fréquence radio des services du shérif et je suis les échanges en direct. Je ne vais pas tarder à arriver à Rocky Creek, je devrais en savoir plus d'ici une demi-heure.

Tant mieux. Quand ils se retrouveraient au poste, ils auraient besoin de soutien.

— Nous aussi, nous revenons vers Rocky Creek.

Dallas mit plusieurs secondes à répondre.

— Restez à l'écart pour le moment et laissez-moi tâter le terrain.

— Non, je refuse que Slade pâtisse de nos ennuis.

— Ne t'inquiète pas pour lui. Si un témoin donne le signalement de la camionnette, je dirai au shérif que j'ai demandé à Slade d'être sur place pour évacuer Caitlyn en cas de nécessité. C'est une civile et elle n'a pas à se retrouver au milieu d'une fusillade. Et j'ajouterai que tu es parti avec eux pour prêter main-forte à Slade dans le seul but de protéger Caitlyn.

Derrière Dallas, la radio grésillait.

— Le ranger Morris cherche à entrer en contact avec le shérif, reprit Dallas, et j'aimerais entendre ses propos.

— Dallas, un passant a peut-être été blessé dans la fusillade, insista Harlan.

— D'accord, je me renseignerai sur son état. Apparemment, le shérif a interpellé un suspect.

Sans doute l'homme qu'il avait vu courir sur le trottoir, songea Harlan.

— Est-ce Devin Mathis ? demanda Caitlyn.

— Non, répondit Dallas. Selon les premières informations, il s'agirait de Billy Webb.

11

Caitlyn se laissa tomber sur le canapé du chalet de Declan et se concentra sur l'image de l'homme aux cheveux bruns affichée à l'écran de l'ordinateur.

Billy Webb.

Peut-être détenait-il les réponses qui leur permettraient de comprendre les rouages de cette affaire. Ou alors il ne ferait que soulever de nouvelles questions qui les plongeraient dans une perplexité encore plus grande.

Elle s'était préparé une tasse de thé, trop fort et trop amer, mais elle la but quand même : elle avait besoin de rester alerte.

D'autant que l'attente risquait de durer des heures.

Si elle ne faisait pas tout pour garder les yeux ouverts, elle s'effondrerait. Elle était à bout et les images de cette nouvelle fusillade lui tournaient en boucle dans la tête.

Elle ne pouvait pas compter sur Harlan pour la réconforter. Bien sûr, elle aurait aimé se laisser aller dans ses bras, poser la tête sur son épaule.

Mais il ne le lui avait pas proposé et elle n'avait pas osé le lui demander. Il avait déjà fort à faire et ce n'était vraiment pas le moment de raviver l'attirance latente qu'ils éprouvaient l'un pour l'autre.

Pourtant, elle avait beau se tenir ce discours, des larmes lui piquaient les yeux, et elle battit des paupières pour les retenir. En vain. Une larme roula sur sa joue et, quand elle voulut l'essuyer du revers de la main, Harlan la fixa d'un air préoccupé.

— Je vais bien, prétendit-elle.

A son expression, il avait deviné que c'était un mensonge, mais il ne répondit pas et reporta son attention sur l'écran de l'ordinateur.

Grâce à Dallas, qui se trouvait au bureau du shérif de Rocky Creek, ils assistaient en direct à l'interrogatoire de Billy Webb, tout comme Slade et ses autres frères, qui étaient, eux, au bureau des marshals du comté. Tous attendaient de savoir ce que Billy avait à déclarer.

Ou à ne pas déclarer, en l'occurrence.

En effet, jusque-là, Billy n'avait ouvert la bouche que pour demander la présence d'un avocat.

Evidemment, Dallas n'avait pas précisé à Bruce Sheldon, le shérif, qu'Harlan et elle avaient accès à la webcam de la salle d'interrogatoire puisqu'il y avait toujours un mandat d'arrêt à leur nom. Ce que, manifestement, Harlan ne digérait pas.

Depuis que Slade les avait déposés au chalet avant de repartir pour Rocky Creek, il était d'une humeur massacrante.

— Si nous n'avions pas pris la fuite, dit-elle pour le calmer, le tireur aurait continué à faire feu dans tous les sens et d'autres personnes auraient pu être blessées.

Ou tuées. Finalement, ils avaient eu de la chance. Dallas leur avait appris qu'il n'y avait eu qu'un seul blessé léger, rapidement pris en charge.

Harlan répondit d'un grognement. Puis il regarda son téléphone, comme il le faisait toutes les cinq minutes. Il se leva et marcha jusqu'à la fenêtre.

— Si Billy se décide à parler, préviens-moi, lança-t-il.

Caitlyn reporta son attention sur l'écran. Billy ne semblait pas prêt à changer d'attitude. Il était assis bras croisés devant une table, l'air impassible. En fait, il n'avait pas du tout l'allure que Caitlyn s'était attendue à lui voir. Le garçon dont elle se souvenait était un être chétif, qui avait peur de son ombre. Là, il apparaissait au contraire large d'épaules, calme et sûr de lui. Il arborait une coupe de cheveux moderne et impeccable et portait un costume gris bien coupé. Pas franchement le portrait d'un homme perturbé et fragile mentalement qui aurait disparu de la circulation pour fuir un passé trop lourd à porter.

Ce qui soulevait de nouvelles interrogations.

Peut-être Dallas serait-il en mesure de les éclairer quand il en aurait terminé avec son enquête de routine. Où était Billy pendant toutes ces années ? Pourquoi était-il vêtu comme un homme d'affaires ?

Et était-ce lui qui leur avait tiré dessus ?

Les premiers tests avaient déjà révélé qu'il n'avait pas de traces de poudre sur les mains. De plus, il n'avait pas d'arme sur lui au moment de son interpellation et aucun indice tendant à démontrer qu'il était à l'origine de l'agression n'avait été découvert dans sa voiture.

Selon Devin, Billy avait prétendu être victime d'une machination, se rappela Caitlyn. C'était peut-être la vérité. Harlan et elle avaient eux aussi été piégés, alors comment ne pas accorder à Billy le bénéfice du doute ?

Harlan soupira de nouveau et posa le front contre le carreau de la fenêtre. Il était certainement aussi épuisé qu'elle, mais son regard brillait toujours de détermination et ce mélange de fatigue et de force lui donnait une allure incroyablement sexy.

Comment allait-elle faire pour tenir son attirance pour lui sous contrôle ?

Ses baisers étaient délicieux et lui donnaient envie d'obtenir plus encore. Elle rêvait de se jeter dans ses bras. Mais il ne souhaitait certainement pas lui donner davantage. Harlan était un type bien : jamais il n'oserait lui offrir un bref moment de plaisir sans engagement sur le long terme.

— Tu ne crois pas qu'un peu de repos te ferait du bien ? lui suggéra-t-elle. L'avocat de Billy risque de ne pas arriver avant un bon bout de temps.

— Un peu de repos ? répéta-t-il en haussant les sourcils.

Mince, avait-il mal interprété sa suggestion ? Ce n'était pas impossible. Elle peinait à masquer son attirance pour lui, encore plus dans cet état de fatigue.

— Toi, tu crois que tu serais capable de te reposer ? reprit-il sur un ton de défi.

Bien, il n'avait donc pas mal interprété son propos. Il souhaitait simplement souligner qu'ils étaient tous deux trop nerveux, trop agités.

L'attente risquait d'être longue.

Mais, à ce moment-là, le téléphone d'Harlan vibra. Il répondit avec un tel empressement qu'il faillit laisser échapper l'appareil.

— Allô, Dallas ? dit-il en activant le haut-parleur.

Caitlyn posa sa tasse et tourna l'écran de l'ordinateur vers Harlan, au cas où l'avocat de Billy arriverait pendant qu'il était au téléphone. Puis elle se leva et s'approcha de lui.

— J'ai les renseignements sur Billy, déclara Dallas. Je comprends mieux pourquoi il roule dans une grosse voiture et porte un costume de marque. Il y a environ dix ans, ses grands-parents paternels lui ont permis d'utiliser un important capital constitué à son intention. Il paye tout exclusivement en liquide et vit dans une maison dont le titre de propriété est au nom de jeune fille de sa grand-mère.

— Et sa mère n'était pas au courant ? demanda Harlan. Comment est-ce possible ?

— Rien ne dit qu'elle n'était pas au courant. Ce qu'il y a de sûr, c'est qu'elle n'en a rien dit.

Evidemment, songea Caitlyn. Et désormais il était impossible de poser la question à Sarah Webb puisqu'elle était dans le coma et n'en sortirait peut-être jamais.

— Sarah n'a pas forcément été sincère quand elle a affirmé ne pas savoir ce qu'était devenu son fils, ajouta Dallas. Surtout s'il a joué un rôle dans le meurtre de son père.

Caitlyn s'efforça de rester calme, mais elle n'en pouvait plus des hypothèses. Billy était-il, oui ou non, leur agresseur ?

— As-tu trouvé un élément qui indiquerait que Billy a une raison précise de chercher à s'en prendre à Harlan et moi, ou à Tiffany ou Sherry ? s'enquit-elle.

— Non, rien du tout, répliqua Dallas avec fatalisme. On pourrait parfaitement avoir prélevé ses empreintes à son insu et, comme aucune trace de poudre n'a été relevée sur ses mains et qu'aucun autre indice n'a été découvert, je doute que le shérif puisse le garder longtemps. Même Devin a déclaré que, selon lui, Billy n'était pas responsable des coups de feu et il est le seul à lui avoir parlé.

Tiens, ça, c'était intéressant, car Devin n'avait pas eu l'air d'être un type ouvertement sympathique prêt à laver de tout soupçon quelqu'un qu'il ne connaissait pas.

Mais ne le connaissait-il vraiment pas ?

— Y a-t-il une possibilité que Devin et Billy soient de mèche ? demanda Caitlyn. Car les menaces que j'ai reçues contenaient une allusion… personnelle.

Harlan et elle tournèrent en même temps la tête et se regardèrent droit dans les yeux.

Tu seras toujours ma première fois, Caitlyn.

Oui, c'était vraiment personnel et intime. Et, chaque fois, cette petite phrase faisait rejaillir en elle d'autres souvenirs de cette nuit. Des souvenirs auxquels se mêlait celui du baiser qu'ils avaient échangé la veille.

Et voilà que, maintenant, son corps réagissait. Une douce chaleur montait inexorablement en elle.

— Personnelle ? répéta Dallas.

Il était hors de question qu'elle lui récite cette phrase et lui explique sa signification, sinon elle était fichue.

— Oui, une phrase que quelqu'un pourrait avoir entendue à Rocky Creek et répétée à celui qui s'en prend aujourd'hui à nous, répondit-elle simplement.

— Et ce quelqu'un pourrait être Billy, par exemple, dit Dallas. Je vais creuser cette piste mais, encore une fois, je doute qu'on puisse le retenir très longtemps. Je vous rappelle dès que j'ai du nouveau.

Harlan mit fin à la communication, l'air profondément dépité, nota Caitlyn. Paradoxalement, le voir ainsi l'aidait à retenir ses larmes. Car, si elle pleurait, il serait encore plus effondré, et ça, elle ne le voulait pas.

Il poussa un soupir et la dévisagea. Elle avait le regard embué mais n'osa pas faire le moindre geste, de crainte qu'il lui demande pourquoi elle avait les yeux humides.

— Tu parlais de te reposer, tout à l'heure, et finalement c'est ce que tu devrais faire, dit-il. Tu as entendu Dallas. Même si l'avocat de Billy arrive, il est probable qu'il demande la libération immédiate de son client et que Billy puisse s'en aller illico.

— Ce qui ne serait peut-être que justice, répondit-elle.

Il fit un pas vers elle et lui passa doucement la main sur la joue.

— Nous avons passé de nombreux mauvais moments à Rocky Creek, mais je ne t'ai jamais vue pleurer.

— Je me l'interdisais. Pour moi, pleurer, c'était faire preuve de faiblesse.

Il haussa les épaules.

— Dans une situation comme celle-ci, pleurer, c'est normal.

— Toi, tu ne pleures pas, lui fit-elle remarquer.

Il esquissa un très léger sourire.

— Ça ne collerait pas avec mon image.

Un coin de sa bouche se souleva également. Elle était trop abattue pour sourire franchement mais partager un moment de complicité avec Harlan lui faisait du bien.

Il ne retira pas sa main et continua à la fixer avec intensité, la faisant fondre de plus en plus. Non, elle devait se reprendre, il n'était certainement pas sur le point de l'embrasser !

— Pourquoi moi ? demanda-t-il.

Elle battit des paupières, un peu perdue.

— Pourquoi t'es-tu donnée à moi à Rocky Creek, Caitlyn ?

De nouveau cette question. Elle lui avait déjà dit qu'elle lui avait offert sa virginité parce que c'était un type bien, mais ce n'était que partiellement vrai.

— Pourquoi n'es-tu pas sortie avec Wyatt ? insista-t-il. Il avait un faible pour toi, lui aussi.

Elle aurait menti si elle avait prétendu ne s'en être jamais aperçue.

— Wyatt était beau garçon, c'est indéniable. Mais toi, tu n'étais pas seulement mignon.

Aïe. Elle ne lui avait pas avoué qu'elle avait des sentiments pour lui, mais ce n'était pas loin.

Il lui retourna un regard troublé. C'était le moment de savoir ce qu'il avait dans le cœur.

— Pourquoi moi, Harlan ?

Il laissa descendre sa main le long de sa joue, tout près de sa bouche. Cette petite caresse était délicieuse. Elle aurait voulu s'y laisser aller, en appeler d'autres, mais elle n'osa pas.

Il secoua la tête.

— Un garçon ne se pose pas ce genre de question. Tu m'as fait comprendre que j'avais un ticket avec toi, alors j'ai foncé.

Elle lui adressa un regard sceptique.

— Il y a plein de filles qui t'envoyaient des signaux, que ce soit à Rocky Creek ou au lycée. Je le sais car, entre filles, ça jacasse beaucoup. Mais, à moins que tu sois parvenu à garder le secret, ce qui serait un véritable exploit, autant que je sache, en dehors de moi, tu n'es sorti qu'avec Amy Simpson.

S'il y avait eu une autre fille, elle l'aurait certainement su : elle n'avait pas fait mystère de ses sentiments pour Harlan auprès de ses copines. Alors, ne serait-ce que par jalousie féminine, s'il en avait fréquenté une autre, ça lui serait revenu aux oreilles.

Il émit un nouveau grognement, comme pour éviter de répondre franchement.

— Tout cela, c'est du passé. De l'eau a coulé sous les ponts, depuis, marmonna-t-il.

— Certes, mais on dirait que l'eau est encore… un peu chaude, rétorqua-t-elle.

Cette fois, il était tout près de vraiment sourire. Et, même si ce qu'ils vivaient ne prêtait pas à rire, que son visage se détende un peu l'apaisait.

Elle ne savait plus trop quoi dire et pensa la discussion terminée.

Mais alors il se pencha vers elle pour l'embrasser, la prenant complètement de court.

La surprise céda vite la place à une myriade de sensations délicieuses qui la transportèrent ailleurs.

Et ce ne fut pas un bref et chaste baiser. Chaque fois, ils ne parvenaient pas à en rester là, c'était trop fort. Elle passa les bras autour de son cou et se plaqua contre lui.

C'était un jeu dangereux, lui dit une petite voix, mais elle la chassa aussitôt.

Serrés l'un contre l'autre, ils s'embrassèrent passionnément et à chaque seconde l'intensité montait d'un cran.

Harlan glissa la main entre leurs deux corps et se mit à explorer ses seins et son ventre, la faisant frissonner de partout.

Ils se retrouvèrent sur le point de manquer d'air et durent interrompre leur baiser. Ils respirèrent tous deux bouche ouverte et se dévisagèrent. Il allait comprendre qu'ils commettaient une erreur, la lâcher et reculer d'un pas, pensa-t-elle.

Mais il captura de nouveau ses lèvres et leur baiser devint frénétique. Ils se caressèrent mutuellement, elle se pressa contre lui pour qu'il lui écrase les seins et, malgré leurs vêtements, son érection pressait contre son intimité.

Ils avaient déjà fait l'amour ensemble : s'ils s'abandonnaient complètement et revivaient un tel moment, même bref, ils y prendraient tous deux beaucoup de plaisir, elle le savait.

Mais, après, qu'éprouveraient-ils ? Eh bien, ils seraient sans doute gênés, incapables de trouver les mots et tentés de se tenir à distance l'un de l'autre. Or, elle n'avait aucune envie de vivre cela alors même que leur vie était en danger.

Elle se le dit une seconde fois, puis une troisième. Enfin, elle parvint à rassembler ses forces et, avec un énorme effort, l'agrippa par les épaules et le repoussa.

Immédiatement, un sentiment d'abandon s'empara d'elle. D'autant plus fort qu'une évidence s'imposait : seize longues années n'avaient en rien émoussé ses sentiments pour Harlan.

Elle poussa un gémissement de dépit, recula de quelques pas.

— Je m'excuse, marmonna-t-il.

Elle secoua la tête.

— Non, ne t'excuse pas. Je suis en train de lutter pour ne pas me jeter de nouveau dans tes bras ; car nous savons tous deux comment ça finira si nous nous embrassons encore une fois.

Songeur, il l'observa plusieurs secondes en silence. Chaque fois qu'il avait ce regard, elle fondait. C'était comme si un lien invisible les reliait depuis seize ans.

Le téléphone d'Harlan les ramena brutalement dans le présent.

Harlan maugréa en sortant son portable et consulta l'écran.

— C'est Slade, annonça-t-il.

Puis il décrocha et activa le haut-parleur.

— J'espère que tu es assis car tu vas avoir du mal à croire ce qui vient de se passer, déclara Slade.

Caitlyn se mordit la lèvre inférieure. Le ton de voix de Slade, toujours légèrement traînant et monocorde, ne pouvait qu'être porteur de mauvaises nouvelles. Elle se prépara au pire.

— Les rangers ont annulé le mandat d'arrêt lancé contre Caitlyn et toi, ajouta Slade.

Ils se regardèrent, complètement abasourdis.

— Pourquoi ? demandèrent-ils à l'unisson.

— Je n'ai pas encore tous les détails mais les preuves réunies contre vous n'ont plus aucune valeur.

Caitlyn secoua la tête.

— Comment est-ce possible ?

— Un type s'est présenté spontanément et a fait des révélations. Farris.

Elle fut interloquée.

— Comment ça ?

— Encore une fois, je ne connais pas tous les détails, mais, d'après ce que je sais, il a déclaré être l'auteur des e-mails de menace envoyés à Sherry.

Elle en eut une boule à l'estomac. Après ce qu'il lui avait fait subir, Farris s'était dénoncé de lui-même ? Pourquoi ?

— Que veut Farris exactement ? demanda-t-elle.

— Je n'en sais rien, répondit Slade, mais toujours est-il qu'en ce moment-même il est dans le bureau du shérif de Rocky Creek et qu'il parle. Alors si vous voulez mon avis, maintenant que vous n'avez plus besoin de vous cacher, vous devriez rappliquer le plus vite possible.

12

A son arrivée avec Caitlyn au bureau du shérif de Rocky Creek, Harlan n'en menait pas large. Elle et lui s'étaient fait tirer dessus à quelques centaines de mètres de là un peu plus tôt dans la journée.

En outre, ils allaient se retrouver face à deux hommes potentiellement responsables de tout ce qui leur arrivait depuis trois jours. Harlan aurait préféré savoir Caitlyn loin d'ici, dans un endroit sûr. Mais, pour le moment, elle ne serait en sécurité nulle part, alors autant qu'elle soit près de lui.

Et puis, il y avait ce baiser qu'ils avaient échangé juste avant de recevoir l'appel de Slade.

Cela ne manquait pas de le perturber. Assurer la sécurité de Caitlyn et, en même temps, éprouver un tel désir pour elle ne faisaient pas bon ménage.

A peine eurent-ils passé la porte qu'ils se retrouvèrent nez à nez avec le shérif Sheldon flanqué de trois de ses hommes. En temps normal, Harlan était habitué à côtoyer des hommes en uniforme, mais cela faisait à peine plus d'une heure que les rangers avaient levé le mandat d'arrêt contre Caitlyn et lui, et la nervosité le gagna d'un coup.

Heureusement, ses frères Slade et Declan émergèrent du couloir. Declan plissa le front avec inquiétude.

— Ça va, vous deux ?

La question semblait davantage adressée à Caitlyn, et Harlan en prit un peu ombrage.

— Ça va, répondit Caitlyn.

Declan lui posa alors affectueusement la main sur le bras et Harlan ne put retenir un accès de jalousie.

Mais aussitôt il se tança intérieurement. Il fallait qu'il se reprenne. Ce qu'il éprouvait était absurde.

— Billy Webb est dans la première salle au bout du couloir, précisa le shérif Sheldon. Il est avec son avocat. Alors, à mon avis, il ne va pas se montrer très loquace. Mais puisque nous n'avons rien de solide contre lui ce n'est pas très grave. Toutefois, il a précisé qu'avant de partir il souhaitait vous parler.

Bien, songea Harlan. Billy avait attendu leur arrivée. C'était déjà ça. Mais était-ce parce qu'il était innocent ou parce qu'il désirait le leur faire croire ?

— Et Farris ? demanda Harlan.

Du menton, le shérif désigna le couloir.

— Il est dans la seconde salle d'interrogatoire. Pour le moment, il est tout seul, mais deux avocats ne vont pas tarder à rappliquer. Toutefois, en ce qui le concerne, il est là pour un moment car il va nous falloir du temps pour vérifier ses dires et les rangers souhaitent également l'interroger.

— Moi aussi, j'aimerais lui poser quelques questions, répliqua Harlan. Ça vous ennuie ?

Sheldon fit non de la tête.

— Si vous parvenez à lui faire avouer que c'est lui l'auteur des coups de feu, vous me ferez gagner du temps. Rocky Creek, ce n'est pas le Far West et je n'ai aucune envie que ça le devienne.

Farris n'irait probablement pas jusque-là, escompta Harlan. En fait, ses aveux spontanés faisaient même probablement partie intégrante du jeu du chat et de la souris dans lequel il avait entraîné Caitlyn. Mais, parfois, même les esprits les plus retors commettaient des erreurs.

— La salle d'interrogatoire est équipée d'une caméra et j'ai d'ores et déjà lu ses droits à Farris, ajouta Sheldon. Il est au courant que tout est filmé et que ce qu'il dira pourra être utilisé contre lui.

Harlan remercia le shérif et songea à demander à Caitlyn de rester avec Slade et Declan. Mais, avant même qu'il ait le temps de prononcer la moindre parole, elle fonça vers la salle d'interrogatoire.

Il la rattrapa et la retint au moment où elle passait devant la première salle, dont la porte n'était pas fermée. Billy Webb les repéra et se mit immédiatement debout.

— Caitlyn... Harlan ! lança-t-il en se dirigeant vers eux.

Son avocat, un type râblé et chauve, se leva également et s'approcha.

— J'aurais préféré qu'on se revoie dans des circonstances plus agréables, déclara Billy.

Il s'exprimait d'une voix claire, sans bégayer, contrairement à l'époque où il était adolescent, nota Harlan. Il semblait sûr de lui et ses vêtements et sa coiffure étaient impeccables.

Pas de doute, Billy Webb avait fait du chemin dans la vie.

Mais cela ne suffisait pas à le disculper.

— Vous croyez que c'est Devin Mathis qui est à l'origine de cette fusillade ? leur demanda Billy sans attendre.

Harlan haussa les épaules.

— Qui a pris l'initiative de votre rendez-vous ? Devin ou toi ?

— C'est moi, mais il cherchait à me retrouver depuis plusieurs semaines. Il avait même engagé un détective privé. Tout comme Curtis Newell, l'associé de Sherry. Et toi, ajouta-t-il en se tournant vers Caitlyn.

Elle acquiesça d'un signe de tête.

— Oui, je crois que beaucoup de monde cherchait à savoir ce que tu étais devenu. Avais-tu des raisons de ne pas vouloir être retrouvé ?

— J'ai tourné la page, répondit-il sans hésiter. Je n'avais aucune envie de voir resurgir un passé que j'ai tout fait pour oublier.

— Pourtant, tu t'es ravisé, lui fit remarquer Harlan.

— Oui, répliqua-t-il avec un soupir. J'ai lu des articles à propos de l'enquête sur la mort de mon père. Puis j'ai appris, toujours par la presse, l'accident de voiture de Tiffany et la disparition de Sherry. Ces deux événements étant survenus peu de temps après… la tentative de fuite de ma mère, j'ai compris que ça ne pouvait pas être une coïncidence.

Harlan hocha la tête. Sarah Webb avait effectivement tenté de fuir quand elle avait compris que tout la désignait comme coupable du meurtre de son mari. Dans un geste désespéré, elle avait ouvert le feu sur des officiers de police pour leur échapper. Finalement, c'était elle qui avait été gravement blessée, et elle s'était retrouvée dans le coma avant d'avoir pu livrer le nom d'un éventuel complice.

Billy était-il cet homme ?

— Qui a aidé ta mère à tuer ton père ? demanda abruptement Harlan.

— Je n'en sais rien. Tout ce que je peux vous affirmer, c'est que ce n'est pas moi, répliqua Billy sans hésiter, une nouvelle fois. D'ailleurs, vous devez vous souvenir qu'à l'époque j'étais un gamin peureux et introverti.

Caitlyn le fixa droit dans les yeux.

— Justement, rien ne dit que tu ne t'es pas fait violence. Nous savons que ton père battait ta mère chaque fois qu'il piquait une colère, ce qui arrivait fréquemment. Tu avais des raisons de te rebeller.

Billy haussa les épaules.

— Je ne dis pas le contraire, mais on peut en dire autant de beaucoup de monde. Par exemple, mon père était parvenu à obtenir l'autorisation de garder l'orphelinat ouvert, au grand dam de Kirby. Et, le soir de sa mort, c'est Declan qui avait reçu une correction de mon père. Et Joelle non plus ne supportait plus ses penchants violents. Vous voyez, je ne suis pas plus suspect que d'autres.

Harlan ne pouvait pas le contredire. Lui-même n'était pour rien dans la mort de Webb et Caitlyn était elle aussi innocente. Au-delà, il n'avait aucune certitude, seulement des convictions. Mais, s'il partait du principe que les membres de sa famille étaient innocents, ce qu'il ne pouvait s'empêcher de penser, que ce soit raisonnable ou pas, cela laissait Billy, Devin et Curtis comme suspects.

Et peut-être également Sherry si sa disparition était une mise en scène.

Il sortit une carte professionnelle de son portefeuille et y nota le numéro du portable prépayé qu'il utilisait, puis tendit la carte à Billy.

— Appelle-moi si tu apprends quoi que ce soit.

— Je n'y manquerai pas, répondit Billy en prenant la carte. Et fais-en de même avec moi si tu as du nouveau.

Il poussa un soupir et reprit :

— Mon père était quelqu'un de méprisable et personne ne le regrette. Mais ça m'a pris dix ans de me reconstruire et laisser derrière moi tout ce qu'il m'a infligé, à moi et aux autres, d'ailleurs. Je n'ai vraiment aucune envie que son fantôme revienne me hanter durablement, alors je tiens à découvrir qui est le responsable de ces attaques et manipulations le plus vite possible pour qu'on ne puisse plus me soupçonner de quoi que ce soit.

— *Je ?* répéta Harlan, inquiet. Que comptes-tu faire ?

— Ce que j'aurais dû faire depuis longtemps. Mener l'enquête pour apprendre qui a tué mon père.

Sans attendre de réponse, Billy leur adressa un signe de tête résolu et traversa le couloir, suivi de son avocat.

— Tu le crois ? demanda Caitlyn à Harlan sans même attendre que Billy soit trop loin pour l'entendre.

Harlan ne répondit pas. Billy avait un mobile pour avoir tué son père et, par conséquent, chercher à étouffer toute trace de son forfait.

Mais il clamait son innocence. Contrairement à Farris.

Harlan tourna la tête vers la seconde salle d'interrogatoire.

— Je t'accompagne, lança Caitlyn d'une voix autoritaire. Je refuse de lui montrer qu'il me fait peur.

Cet aveu et sa détermination à outrepasser son appréhension émurent Harlan au plus haut point. Il lui passa un bras autour des épaules et lui déposa un petit baiser sur la joue.

— Par ailleurs, dit-elle, si jamais Farris cherche une nouvelle fois à s'en prendre à moi, j'attends de toi que tu lui fiches une bonne correction. J'ai conscience que mon attitude est un peu sexiste, mais tu es plus grand et plus fort que moi, donc tu lui feras plus mal. Alors promets-moi que, s'il esquisse le moindre mouvement agressif envers moi, tu le lui feras regretter toute sa vie.

Il ne put s'empêcher de sourire.

— C'est promis.

Faire cette promesse ne lui coûtait pas, il devait bien l'admettre. Les rebondissements successifs l'avaient tellement mis sur les nerfs qu'il ne lui en faudrait pas beaucoup pour qu'il se défoule sur le premier venu.

Il ouvrit la porte de la salle d'interrogatoire. Contrairement à Billy, Farris ne se leva pas. Il se contenta de porter les mains à son visage et déclara :

— Caitlyn, je suis tellement désolé.

Harlan n'avait que faire de ses excuses et, apparemment, il en allait de même pour Caitlyn. Elle croisa les bras et déclara :

— Expliquez-vous. Dites-nous pourquoi vous avez envoyé ces menaces et comment vous avez pu prouver que vous en étiez bien l'auteur.

Farris baissa lentement les mains.

— Vous devriez vous asseoir.

— Expliquez-vous, répéta-t-elle fermement.

Farris chercha dans sa poche et en sortit plusieurs papiers sommairement pliés.

— C'étaient mes ordres, répondit-il.

Cela n'expliquait rien du tout, et Harlan s'approcha pour lire l'inscription en lettres majuscules sur le premier papier :

« FAITES EN SORTE QUE CAITLYN
TROUVE CE MOT. »

— Le mot en question, que je devais laisser à Caitlyn, était celui qui l'avertissait de ne pas parler aux rangers. Ensuite, j'ai reçu un second mot d'instructions, joint à celui qui menaçait Caitlyn de mort si elle parlait aux rangers.

Harlan passa en revue les autres papiers que Farris avait sortis de sa poche. S'il suivait sa logique, Farris avait dû recevoir un ordre joint au mot de menace sur lequel l'auteur avait inscrit :

« Tu seras toujours ma première fois, Caitlyn. »

— Je ne savais pas où vivait Caitlyn, mais la personne qui m'a envoyé ces ordres connaissait son adresse car elle était inscrite sur un des mots que j'ai reçus. Mais, à ce moment-là, je refusais d'obéir, je ne voulais pas lui laisser ces menaces car je me doutais qu'elles la perturberaient.

Caitlyn lui retourna un regard indifférent.

— Et vous espérez que je vais croire que vous étiez ennuyé à l'idée que ces menaces me troubleraient ?

Farris ouvrit la bouche pour répondre mais, à ce moment-là, son regard se posa sur Harlan, qui se tenait juste à côté de Caitlyn, dans une attitude protectrice, ce qui parut lui déplaire. Il détourna les yeux et déglutit.

— Je t'assure que ça me dérangeait, dit-il enfin. Que tu le croies ou non, je ne voulais plus te harceler.

— Pourtant, c'est ce que vous avez fait.

— Seulement parce que j'ai reçu cette lettre, répliqua Farris en pointant du doigt un des papiers posés sur la table devant lui.

Harlan avait déjà lu ce mot :

« Faites ce que je vous dis, sinon, Caitlyn et vous, vous êtes morts. »

— Avec tout ce qui se passait, je me suis dit que je n'avais pas le droit de prendre cette menace à la légère.

— Qui vous a envoyé ces mots ? demanda Harlan, peu convaincu.

Farris avait très bien pu rédiger lui-même ces prétendues instructions.

— J'ignore qui me les a envoyées, mais celui qui l'a fait a tué mon chien, crevé mes pneus de voiture et saccagé mon appartement. Et ensuite il m'a envoyé cette lettre-là, dit-il en ajoutant un nouveau papier sur la pile. Il y est écrit que, si je refusais d'obéir, ma sortie conditionnelle de l'asile serait annulée et que je serais de nouveau interné. Et qu'une fois que je serais de retour là-bas on me tuerait.

Harlan observait le langage corporel de Farris. C'était celui de quelqu'un de choqué. Mais Farris était un homme sujet à des troubles mentaux. Son comportement ne signifiait pas forcément qu'il disait la vérité.

— Le ranger Morris souhaitera examiner ces mots, déclara Harlan. Maintenant, expliquez-nous comment vous avez pu démontrer que les preuves contre nous étaient des faux.

— Ce n'était pas difficile, répondit Farris, qui, de nouveau, évita son regard. J'ai également reçu l'ordre de pirater l'ordinateur de Sherry et de faire croire que c'était vous qui lui aviez envoyé ces e-mails de menace.

Caitlyn poussa un gémissement de surprise.

— Comment vous y êtes-vous pris ?

— En informatique, je me débrouille, répliqua Farris, qui était maintenant sur la défensive et évitait toujours de les regarder en face. Et je sais pirater des ordinateurs, marmonna-t-il. Ma famille dirige une société d'édition de logiciels, alors je connais quelques trucs. Et je me suis également servi de vos ordinateurs personnels.

— Comment ? ajouta Harlan. Et si vous me dites que vous vous êtes introduit chez moi…

— Non, je n'en ai rien fait. Enfin, je veux dire, je n'ai pas pénétré chez vous. En revanche, une fois que j'ai eu l'adresse, je me suis rendu chez Caitlyn et je me suis servi de son ordinateur pour qu'on remonte jusqu'à elle.

Caitlyn pâlit, remarqua Harlan. Apprendre que l'homme qui l'avait harcelée s'était introduit chez elle à son insu avait effectivement de quoi donner des frissons.

Farris se tourna vers Harlan :

— Je me suis dit que ce serait plus compliqué et plus dangereux de pénétrer chez vous. De toute façon, je n'en avais pas besoin. Utiliser l'ordinateur de Caitlyn m'a suffi pour faire croire aux rangers que vous étiez tous deux impliqués.

Caitlyn marmonna un juron et se serra tout contre Harlan. Farris n'allait pas apprécier, pensa Harlan. Très bien. S'il perdait ses nerfs, des propos pourraient lui échapper. Alors, peut-être parviendraient-ils à déterminer si oui ou non il avait agi sur ordre ou de son propre chef.

Harlan en rajouta encore en passant le bras autour de la taille de Caitlyn et fixa Farris.

— Si je n'avais pas tout avoué aux rangers, ils seraient encore après vous, déclara Farris en plissant les yeux.

— Si vous n'aviez pas fait tout cela, les rangers n'auraient jamais eu la moindre raison de nous soupçonner, protesta Caitlyn.

— Ce fameux donneur d'ordres vous a-t-il contacté en personne ? demanda Harlan.

— Non, seulement par l'intermédiaire de ces messages, répondit Farris, qui hésita un instant, puis continua. Je pensais que cette personne était quelqu'un que vous connaissiez à l'époque de Rocky Creek. Ou bien Devin, ou Curtis. Car moi, je n'avais aucune raison de tuer Tiffany dans un faux accident de la route.

— A priori, vous n'aviez aucune raison de chercher à me piéger, déclara Harlan. Ce qui ne vous a pas empêché de le faire.

— Attendez une minute, s'écria Farris en se levant brusquement, vous croyez que j'ai tué Tiffany ? Vous vous trompez. Je parierais qu'elle n'était qu'un pion, tout comme moi.

Harlan réfléchit. Tiffany, un pion ? C'était possible seulement si Devin l'avait tuée et avait voulu faire croire que sa mort avait un rapport avec l'affaire de Rocky Creek.

— Et Sherry ? demanda Caitlyn. C'est un pion, elle aussi ?

— Je n'en sais rien.

Farris parut avoir recouvré son calme et se rassit.

— Toutefois, j'ai découvert des trucs bizarres quand j'ai piraté son ordinateur, ajouta-t-il.

— Comme quoi ? dit Harlan, intrigué, car, selon Curtis, le disque dur de l'ordinateur de Sherry avait été effacé.

Avec un peu de chance, Farris avait gardé des copies des documents qu'il avait ouverts.

— J'ai trouvé des notes, comme si elle tenait une sorte de journal sur son ordinateur, répondit Farris en fixant Caitlyn. Elle avait notamment écrit que, cette nuit-là, à Rocky Creek, elle vous avait vus, Harlan et toi, au sous-sol, et qu'elle avait entendu ce qu'Harlan t'avait dit.

Harlan déglutit. Cette nuit-là ? Inutile de poser la question, il avait déjà deviné à quelle nuit Farris faisait allusion.

Il jeta un regard à Caitlyn. Elle semblait complètement figée.

— Sherry a écrit qu'elle cherchait un endroit pour fumer en cachette, dit Farris. Quand elle vous a vus, elle a fait demi-tour sans bruit mais, au moment de partir, elle vous a entendu parler à Caitlyn. Vous lui disiez qu'elle serait toujours votre première fois, une formule dans le genre.

Harlan encaissa le choc. Désormais, ils savaient qui les avait surpris à Rocky Creek. Cela signifiait-il que Sherry était l'auteur des menaces ?

Il tourna de nouveau la tête vers Caitlyn : elle se posait manifestement la même question.

— Qu'y avait-il d'autre dans l'ordinateur de Sherry ? demanda-t-elle à Farris.

— Justement, il n'y avait rien de ce que je m'attendais à y trouver. Aucun dossier concernant ses affaires ou sa vie personnelle. Seulement cette sorte de journal dans lequel elle ne parlait que d'événements liés à Rocky Creek. Elle se demandait notamment si l'accident de voiture de Tiffany avait un rapport avec le meurtre de Webb.

Voilà qui était étrange, pensa Harlan. Sauf si Sherry était la coupable et cherchait à semer le trouble.

Un bruit de pas rapides résonna dans le couloir et, d'instinct, il se posta devant Caitlyn, portant la main à son arme. Mais c'était une fausse alerte.

— Nous sommes les avocats de Jay Farris, déclara le premier des deux hommes qui pénétrèrent dans la salle d'interrogatoire. Et cet entretien est terminé.

Farris haussa les épaules d'un air désinvolte et désigna de la tête la caméra dans le coin de la pièce.

— Cette caméra doit être coupée immédiatement, ajouta l'avocat.

Farris paraissait de nouveau détendu et affichait même un sourire suffisant, un peu comme s'il avait accompli sa mission et se moquait de ce qui se passerait ensuite.

Mais qu'avait-il accompli exactement ? se demanda Harlan. Venait-il de leur jouer un grand numéro d'acteur ou de leur dire la vérité ?

— Harlan ne peut pas te protéger, tu sais, dit Farris, à l'intention de Caitlyn. C'est pour cela que j'ai tout avoué. Celui qui t'a menacée tiendra parole. Et, si tu restes avec Harlan, vous y laisserez tous deux la vie.

Harlan avança d'un pas et se pencha sur Farris.

— Est-ce une menace ?

— Un avertissement, déclara Farris d'un ton grave. L'esprit qui a imaginé cette machination est très intelligent et, s'il a pu me forcer à me plier à ses ordres, il peut en faire de même avec quelqu'un d'autre. C'est même probablement déjà fait.

A son grand dépit, Harlan ne pouvait pas contester cette affirmation. Il fallait qu'il se surpasse pour boucler cette affaire au plus vite, surtout si aucun élément ne démontrait que Farris avait bien tenté de les éliminer à deux occasions. Car, si les rangers l'inculpaient seulement pour avoir laissé des lettres de menace à Caitlyn et piraté son ordinateur, il ne tarderait pas à bénéficier de la liberté sous caution.

Un des avocats manifesta son impatience et, d'un geste, leur demanda, à Caitlyn et lui, de sortir. Il ne se fit pas prier et invita Caitlyn à le suivre. Elle tremblait de tous ses membres et mieux valait qu'elle soit loin de Farris au plus vite. Afin de lui laisser le temps de digérer cet éprouvant moment, il la tira dans la seconde salle, qui était désormais vide.

— Je n'en peux plus, souffla-t-elle en essuyant une larme qui avait roulé sur sa joue. J'ai peur, je n'arrive plus à réfléchir normalement. J'aurais donné cher pour que tu aies une bonne raison de flanquer une correction à Farris.

— La journée n'est pas terminée, répliqua-t-il dans une tentative maladroite de faire un trait d'humour.

Ça ne lui aurait pas déplu de se défouler sur Farris et, si jamais il en obtenait l'opportunité, il ne s'en priverait pas. Pour un représentant de la loi, avoir de telles pensées n'était pas correct mais, pour évacuer la tension qui tétanisait le visage et les membres de Caitlyn, il aurait fait n'importe quoi.

Intérieurement, il poussa un juron. Il se laissait aller, il n'avait pas le droit de raisonner de la sorte. Et il savait très bien pourquoi il le faisait.

— En fait, peut-être ferions-nous mieux de coucher ensemble sans attendre, histoire d'en finir avec cette fichue tension.

Cette suggestion lui avait échappé, il n'avait pas l'intention de l'exprimer à voix haute. Caitlyn le fixa et battit des paupières.

Puis elle sourit.

Finalement, son manque de maîtrise de lui-même avait peut-être du bon.

— Tu crois que nous devrions faire l'amour ici ? lui demanda-t-elle avec un petit sourire espiègle.

Il fit mine de contempler le carrelage et la table. C'était censé être une blague, mais son pouls s'emballa. Décidément, avec Caitlyn, il ne fallait jamais faire d'allusions sexuelles, même au second degré.

— Euh, désolé, je ne voulais pas vous interrompre… dit Declan, qui venait d'entrer dans la pièce.

Tous deux s'écartèrent vivement l'un de l'autre pour se tourner vers la porte, comme s'ils avaient été pris en faute. Encore une fois, Harlan s'en voulut, car il n'avait pas entendu la porte s'ouvrir. Décidément, il avait du mal à garder la tête froide.

— Qu'est-ce que tu veux ? demanda-t-il sèchement à son frère.

— Je voulais seulement vous avertir que je retourne à Maverick Springs. Désolé de vous avoir dérangés, répéta-t-il en adressant un clin d'œil à Caitlyn.

Puis il porta la main à son Stetson pour les saluer.

Le cœur d'Harlan battait toujours la chamade et que Declan ait adressé un clin d'œil à Caitlyn l'irritait. Mais enfin, pourquoi cette jalousie rejaillissait-elle chaque fois ?

Il éluda aussitôt la question. Il avait trop peur de connaître la réponse.

— Qu'est-ce qui se passe entre Declan et toi ?

Et voilà, là encore, cette question lui avait échappé.

— Que veux-tu dire ? demanda Caitlyn en retour.

Elle semblait sincèrement ne pas comprendre son insinuation.

Il allait devoir s'expliquer et passer pour le jaloux qu'il était…

— Eh bien, l'autre jour, sur le parking, il t'a chuchoté un truc à l'oreille. Là, il te fait un clin d'œil entendu…

— Oh ! Ce n'est qu'une vieille blague entre nous, répondit-elle sans paraître le moins du monde gênée.

Mais, une fois encore, elle en resta là.

Il allait insister, mais son téléphone sonna. Contrarié, il songea à ne pas répondre mais consulta quand même l'écran.

C'était Billy.

Il eut un mauvais pressentiment.

— Billy ? Tu as un souci ? demanda-t-il spontanément.

Caitlyn se rapprocha de lui pour entendre la réponse.

— On peut dire ça, oui. Il faut que vous veniez sans tarder à l'ancien orphelinat de Rocky Creek. Il y a eu un autre meurtre.

13

Caitlyn déglutit. Cette journée était un enfer.

— Qui a été assassiné ? demanda Harlan à Billy.

Pas de réponse.

Harlan répéta sa question mais n'obtint rien d'autre que le silence. Soit Billy avait raccroché, soit la communication était coupée. Il y avait également une troisième possibilité, bien plus inquiétante.

Que Billy ne soit plus en mesure de s'exprimer.

Harlan raccrocha et pressa le bouton de rappel. Caitlyn était tout près de lui, terriblement anxieuse. Ce nouvel appel aboutit directement sur le répondeur de Billy.

Pourvu qu'il ne soit rien arrivé à Billy, songea-t-elle.

Harlan quitta la pièce pour se précipiter dans le vestibule et elle lui emboîta le pas.

— Billy Webb vient d'appeler, annonça Harlan. Il prétend qu'il y a eu un nouveau meurtre à Rocky Creek.

— Allons-y, répondit Slade. J'ai récupéré un nouveau véhicule avant de venir ici, je vous emmène.

Sans un mot, le shérif et deux de ses adjoints attrapèrent leurs chapeaux et les suivirent tandis qu'ils se dirigeaient déjà vers le parking.

Harlan ouvrit la portière côté passager de la camionnette de Slade. Il tourna la tête vers Caitlyn et, soudain, parut hésiter.

— Ce pourrait être dangereux.

— Je sais, répliqua-t-elle en s'engouffrant dans la camionnette. Mais je préfère aller à Rocky Creek avec toi que rester ici en sachant que Farris y est aussi.

D'autant que, le shérif étant parti avec deux hommes, il ne devait plus rester grand monde dans les locaux.

Ils se glissèrent sur la banquette arrière, et Slade démarra.

Harlan tenta de nouveau d'appeler Billy. En vain. C'était la voix du répondeur.

Caitlyn s'efforça de penser à autre chose, de fixer la route. Le soleil était bas dans le ciel. Mais cette journée semblait ne devoir jamais finir.

Qu'est-ce qui les attendait à Rocky Creek ?

Une main effleura la sienne, elle sursauta.

Mais c'était Harlan.

Il couvrit sa main de la sienne et, après quelques secondes, l'inquiétude la quitta. L'attirance entre eux était toujours là, elle était même de plus en plus forte. A un moment ou un autre, il faudrait qu'ils assument ce que cela signifiait. Elle poussa un soupir.

— Tout à l'heure, tu m'as demandé ce qu'il y avait entre Declan et moi et je t'ai répondu que nous ne faisions que partager une vieille blague. C'est la vérité mais j'ai comme l'impression que tu ne me crois pas.

Harlan lui retourna un regard ahuri, comme s'il se demandait de quoi elle parlait. Ce n'était peut-être pas le moment d'en parler, en effet. Mais cela lui permettrait de mettre un peu en sourdine son inquiétude sur le sort de Billy et toutes ses autres interrogations sur cette histoire de fous.

— Declan savait ce que je ressentais pour toi et me taquinait souvent, ajouta-t-elle. Il avait pris l'habitude de s'approcher de moi à l'improviste et de me chuchoter à l'oreille : « Alors, tu en pinces toujours pour Harlan ? »

Et moi, je répondais invariablement : « J'en pincerai pour lui jusqu'à mon dernier souffle. »

Harlan en resta coi. Visiblement, il s'attendait à tout sauf à cela.

Slade se racla la gorge pour se rappeler à leur bon souvenir.

— Je ne peux pas m'éloigner discrètement pour vous laisser tranquilles, là, et je n'ai pas très envie d'entendre vos confidences.

Bien, au moins, il était franc. Et il n'avait pas totalement tort : c'était très personnel, comme discussion.

— Pourquoi me révèles-tu cela maintenant ? lui demanda tout de même Harlan. Tu as peur qu'il nous arrive malheur, de ne plus avoir l'occasion de me le dire ?

— Je ne sais pas, c'est possible, non ?

Après tout, quelqu'un avait déjà essayé de les tuer à deux reprises.

— Mais, surtout, je ne voulais pas que tu penses que je te dissimule des choses.

— Comme le fait que tu écrivais un article sur Kirby, par exemple ? dit Slade sur un ton sarcastique.

— Caitlyn a détruit cet article, rétorqua Harlan.

Devoir se justifier lui avait coûté et qu'Harlan prenne sa défense fit chaud au cœur à Caitlyn. Petit à petit, elle était de plus en plus attachée à lui. Mais, même si leur attirance était réciproque, ils ne passeraient probablement pas le reste de leur vie ensemble. Elle était même persuadée du contraire. S'ils s'en sortaient, une fois que tout serait terminé, ils retourneraient chacun à leur existence. Harlan souhaiterait certainement passer à autre chose. Elle ne pourrait pas lui en vouloir, mais elle en aurait le cœur brisé. Elle en était certaine.

Décidément, c'était une sale journée.

Slade s'engagea sur le chemin de l'orphelinat. Deux

voitures étaient garées devant le bâtiment. L'une était celle de Billy et l'autre, si elle ne se trompait pas, appartenait à Curtis.

— Mais qu'est-ce qui se passe, ici ? s'interrogea Harlan à haute voix.

Il tenta une nouvelle fois d'appeler Billy, sans succès.

Alors qu'ils arrivaient à hauteur des deux véhicules, deux hommes émergèrent du premier : Curtis et l'homme qui lui servait de garde du corps.

En revanche, la voiture de Billy était vide.

Pourtant, la portière côté conducteur était grande ouverte, et les phares, allumés. Billy avait manifestement quitté en urgence son véhicule.

Harlan descendit de la camionnette de Slade.

— Que s'est-il passé ? demanda-t-il à Curtis.

Il sortit son arme, et le shérif et ses adjoints firent de même en descendant de la voiture de patrouille.

— Où est Billy Webb ? s'écria Harlan. Qu'est-ce que c'est que cette histoire de meurtre ?

— De meurtre ? répéta Curtis, interloqué. J'ignore de quoi vous parlez. Billy m'a appelé il y a environ une demi-heure pour me demander de le retrouver ici même.

Curtis s'exprimait d'une voix agitée et ne semblait pas rassuré.

Caitlyn sortit de la camionnette à son tour mais, quand elle voulut s'approcher, Harlan se posta devant elle et regarda partout autour de lui, à l'affût d'un tireur embusqué.

Il s'adressa de nouveau à Curtis :

— Vous êtes venu ici parce que Billy vous l'a demandé, alors qu'un tueur est en cavale ?

Caitlyn était elle aussi dubitative. Soit Curtis était inconscient, soit il mentait.

— Et où est Billy, maintenant ? insista Harlan.

— Je n'en sais rien. Nous sommes arrivés il y a quelques

minutes à peine et nous avons découvert sa voiture ouverte tous phares allumés. Et il ne répond pas au téléphone.

— Mais comment diable Billy a-t-il pu vous convaincre de venir le rencontrer ici ? demanda Caitlyn comme Curtis n'avait toujours pas répondu à cette question.

Curtis baissa la tête et soupira.

— Billy m'a affirmé qu'il était censé rencontrer une personne qui savait ce qui était arrivé à Sherry. Alors, malgré les risques, j'ai accepté de venir. Et puis, Sherry disait toujours qu'elle aimait bien Billy, que c'était un gentil garçon. J'ai pensé que je pouvais lui faire confiance.

— Si vous voulez mon avis, répliqua Harlan, vous feriez mieux de partir du principe que, dans cette affaire, on ne peut pas faire confiance à qui que ce soit. Je vais aller fouiller les environs.

Il se tourna vers Caitlyn :

— Reste là et, au moindre problème, remonte dans la voiture.

Elle ne protesta pas mais l'angoisse l'envahit un peu plus quand Harlan se dirigea vers les bois sombres du parc de l'orphelinat. Heureusement, le shérif Sheldon et un de ses hommes l'accompagnèrent.

— Je veux une arme, murmura Caitlyn à Slade.

Surpris, il hésita quelques secondes puis finit par sortir un petit pistolet de sa ceinture.

— Je n'aurais pas dû faire confiance à Billy, n'est-ce pas ? dit Curtis. Est-ce lui, le tueur ? Est-ce lui qui est derrière tous ces événements ?

— Pour le moment, nous l'ignorons, répliqua Caitlyn.

Du pouce, Curtis désigna le bâtiment derrière lui.

— On ne peut pas aller attendre à l'intérieur ? Ici, nous sommes exposés, je ne suis pas certain que ce soit très prudent de rester plantés là.

— Il y a un cadenas sur la porte, lui fit remarquer son garde du corps.

Harlan avait une clé, ou du moins il l'avait lors de leur précédente visite, se rappela Caitlyn. Mais ils étaient partis précipitamment et Harlan n'avait pas pris le temps de remettre le cadenas. Elle se tourna vers Slade.

— Qui a remis le cadenas en place ?

Slade secoua la tête.

— Ce n'est pas moi. Mais il est possible que Rudy Simmons, le gardien, soit rentré.

Caitlyn hocha la tête. Billy avait-il rencontré le gardien ? Les deux hommes avaient-ils eu une altercation ?

Au loin, Harlan et les deux hommes disparurent parmi les arbres et son cœur se mit à battre à tout rompre. Depuis deux jours, ils vivaient ensemble nombre de péripéties, et ne pas être près de lui, même pour quelques instants, alors que le danger rôdait de nouveau la mettait dans tous ses états.

Soudain, les lumières de sécurité qui balisaient le périmètre de l'orphelinat s'éteignirent. Avant même qu'elle ait le temps de réagir, Slade l'entoura d'un bras pour la protéger et leva son arme.

— Harlan ? cria-t-elle.

Pas de réponse. Elle se prépara au pire, à entendre des coups de feu. Mais il ne se passa rien.

Elle respirait bouche ouverte tant son cœur battait fort, elle aurait voulu courir au secours d'Harlan, mais Slade la tenait fermement par les épaules. Petit à petit, ses yeux s'habituèrent à l'obscurité. Curtis et son garde du corps apparurent dans la lumière des phares de la voiture de Billy. Tous deux avaient également dégainé leurs armes. En revanche, Harlan restait invisible.

— Il a pu tomber dans une embuscade, souffla-t-elle à Slade.

— Harlan ? cria à son tour Slade.

Seul le silence lui répondit, les secondes s'égrenèrent et l'angoisse étreignit Caitlyn. Elle ne pouvait rester sans rien faire alors qu'Harlan était peut-être en péril.

— Je dois aller à sa recherche, dit-elle fermement.

Slade marmonna un juron. Toutefois, il fit un pas en avant et l'invita à le suivre.

— Reste derrière moi et tâche de ne pas te faire tuer.

Elle se tut et se cala dans ses pas. Prudemment, Slade se dirigea vers les arbres derrière lesquels Harlan, le shérif et son adjoint avaient disparu. Il se retourna pour observer ce que faisaient Curtis et son acolyte. Les deux hommes leur firent signe qu'ils ne les suivaient pas et remontèrent dans leur voiture.

Slade reprit sa lente progression. Elle aurait voulu qu'ils se dépêchent mais n'osa pas le lui dire. Les pires scénarios se bousculaient dans sa tête.

Mais alors la voix d'Harlan résonna. A peine eut-elle le temps de tourner la tête en direction de sa voix qu'il émergea de l'abri d'un arbre et la tira à lui. Il faisait trop sombre pour qu'elle puisse voir son visage mais il se pencha vers elle et lui chuchota à l'oreille :

— Ne fais pas de bruit.

Il fit un signe de tête vers la droite.

Elle suivit son regard : un petit halo de lumière émergeait des bois. Celui d'une lampe torche, vraisemblablement, mais une lampe torche posée au sol ou tenue par quelqu'un qui ne bougeait plus.

Etait-ce Billy ?

Etait-il blessé, ou mort ?

Harlan fit signe à Slade de se poster derrière elle. Il s'exécuta et, en compagnie du shérif et de son adjoint, tous les trois se mirent à avancer vers cette lumière. Une légère brise se leva et fit voleter les feuilles. Le vent couvrait le bruit de leurs pas et rendait l'ambiance encore plus oppressante.

Ils étaient encore à une bonne dizaine de mètres de la lumière quand le téléphone d'Harlan sonna.

— C'est Billy, leur chuchota-t-il.

— On a essayé de me tuer ! s'exclama Billy de but en blanc.

Billy avait crié si fort que Caitlyn l'avait entendu et un frisson la parcourut. Alors le tueur était bien là, quelque part, tout près, peut-être.

— Où es-tu ? demanda Harlan à Billy tout en leur indiquant de reprendre la marche.

— Près du ruisseau, répondit Billy. On m'a tiré dessus au moment où je te parlais au téléphone et je me suis enfui.

La voix de Billy était pleine de terreur.

— J'ai laissé tomber ma lampe torche dans les bois. A côté du corps, reprit-t-il.

— Le corps de qui ?

Pour toute réponse, Billy poussa un gémissement.

— J'entends des pas.

Puis la communication fut rompue.

— Slade, ordonna Harlan, dirige-toi vers le ruisseau avec l'adjoint du shérif. Essayez de trouver Billy.

Slade et le policier obtempérèrent sans discuter, mais Caitlyn imagina le pire. Et si c'était un piège ? Si Billy avait passé cet appel pour qu'ils se séparent afin de les éliminer méthodiquement, les uns après les autres ? Elle serra plus fort l'arme que Slade lui avait donnée.

Harlan écarta une branche basse qui obstruait leur vision et Caitlyn regarda par-dessus son épaule.

Le halo de la lampe éclairait les herbes hautes qui dansaient dans le vent.

Ils avancèrent encore un peu, et Caitlyn étouffa un cri.

Un corps gisait, inerte, face contre terre.

Tous trois s'approchèrent. La lampe torche laissait voir un imperméable et un chapeau.

— Faites attention à ce qui se passe autour, les avertit Harlan.

Puis il se pencha sur le corps pour chercher un pouls. Il retira très vite sa main.

— Mort.

Caitlyn en arrêta de respirer. Une nouvelle victime. Le cauchemar continuait.

Harlan déplaça légèrement le chapeau et sortit son téléphone pour éclairer le visage du cadavre. Caitlyn ne mit pas longtemps à l'identifier. Elle tressaillit et recula d'un pas, sous le choc.

Sherry Summers n'était plus portée disparue. Elle était morte.

14

Assis chez lui à son bureau, Harlan regarda sa montre. Il était presque minuit. Cette maudite journée était enfin finie. La suivante pourrait-elle être pire ?

Caitlyn passa la tête par l'embrasure de la porte.

— Tu as du nouveau ?

Il n'avait rien d'intéressant à lui apprendre et se contenta donc de secouer négativement la tête.

Elle avait pris une douche. Il reconnut le parfum de son propre shampoing, mais il sentait meilleur sur elle que sur lui.

— Je n'ai plus que ça comme vêtements propres, dit-elle en baissant les yeux sur le jean et le chemisier qu'elle portait.

Il fallut une seconde à Harlan pour comprendre : elle disait cela parce qu'il avait les yeux fixés sur elle. Ce n'était même pas qu'il l'observait. Il était plutôt transi et dut faire un effort pour détourner le regard. Ce qui ne changea pas grand-chose car son image lui emplissait l'esprit. Son parfum aussi.

Quand elle était dans les parages, il n'était plus tout à fait lui-même et oubliait tout le reste.

Ce n'était pas nouveau. D'ailleurs, elle en était certainement consciente car, depuis qu'ils étaient rentrés à la maison, elle gardait ses distances avec lui. A l'instant, elle restait sur le pas de la porte du bureau et n'osait entrer dans la pièce.

Elle devait être dans le même état d'esprit que lui : après l'affreuse journée qu'ils venaient de passer, au moindre effleurement entre eux, ils ne résisteraient pas à l'envie de se réconforter.

Ils n'iraient peut-être pas jusqu'à faire l'amour tant ils étaient épuisés, mais mieux valait ne pas tenter le diable.

D'autant, songea Harlan, qu'il devait préserver le peu d'énergie qu'il lui restait. Même s'il avait les articulations raides et que l'ensemble de son corps réclamait du repos, il continuait à éplucher les rapports et les e-mails liés à l'enquête. Tout le monde était sur la brèche : les rangers, les marshals, les autorités locales de Rocky Creek. Même le gouverneur souhaitait en savoir plus car le corps de Sherry avait été retrouvé dans le parc de l'ancien orphelinat, bâtiment qui appartenait désormais à l'Etat.

Harlan avait tout lu, et les derniers développements ne lui avaient pas remonté le moral.

Suite au versement d'une caution, Farris avait recouvré sa liberté. Avec de bons avocats et de l'argent, tout était plus facile.

Billy était à l'hôpital, où on le soignait pour une blessure par balle au bras. La blessure était superficielle mais on l'avait retrouvé en état de choc et il avait besoin de repos. Cependant, il ne tarderait pas à sortir.

Devin était introuvable.

Quant à Curtis, selon son avocat, il s'était effondré en apprenant la mort de Sherry et ne serait pas en mesure de répondre à des questions avant plusieurs jours.

Caitlyn s'éclaircit la voix pour capter son attention.

— Sait-on comment Sherry a été tuée ?

Il n'avait pas eu envie de le lui dire, car ce ne serait pas facile pour elle de l'entendre.

— Elle a été étranglée.

Caitlyn se mordit la lèvre inférieure, comme pour ne pas flancher.

— Farris serait capable de l'avoir fait, articula-t-elle avec peine.

Effectivement, Farris pouvait avoir tué Sherry, et ce meurtre, être lié à son obsession pour Caitlyn.

— Le médecin légiste n'a pas encore déterminé précisément à quand remonte le décès mais, à son avis, elle était morte depuis plusieurs jours.

Il se rappela le moment où il l'avait touchée pour chercher un pouls et avait immédiatement compris qu'elle était décédée. N'importe lequel de leurs suspects pouvait avoir commis ce meurtre, tous les scénarios restaient possibles.

— Billy a-t-il expliqué comment il savait où se trouvait son corps ? demanda Caitlyn.

Elle se pencha pour ôter ses chaussures et se masser les pieds avec des mains tremblantes.

— Oui, mais ses propos n'étaient pas très clairs. Il a prétendu s'être rendu à Rocky Creek pour revoir les lieux et éventuellement parler au gardien. Il a entendu du bruit en provenance des bois et est allé voir ce qui l'avait provoqué. Et il a découvert le corps de Sherry.

— Il a prétendu ? Donc, tu ne le crois pas ?

Il haussa les épaules.

— Disons que je ne l'ai pas éliminé de la liste des suspects.

— Liste sur laquelle figurent aussi Devin, Curtis et Farris, répliqua-t-elle.

Elle se tenait sur un pied et vacilla. D'instinct, il se leva pour la retenir. Mais elle se rattrapa sur une main, s'assit sur le sol et leva le bras pour l'arrêter.

— J'adorerais te laisser t'occuper de moi et plus encore,

Harlan. Mais nous savons tous deux comment cela finirait et ce ne serait pas raisonnable.

Il s'était tenu le même discours, et pourtant que Caitlyn le prononce à haute voix lui fit mal. A tel point qu'il faillit céder à ses pulsions. Il en avait assez d'être raisonnable.

Caitlyn esquissa un petit sourire et ajouta :

— Et puis, admettons-le, de toute façon, nous sommes trop épuisés pour faire l'amour.

— Aucune chance, je suis trop orgueilleux pour l'admettre.

Elle éclata de rire. Un rire voilé, retenu et teinté de tristesse et de fatigue.

— Ce dont nous avons besoin, reprit-elle, c'est d'attraper le tueur, nous reposer et ensuite… sortir dîner, par exemple.

— Je préférerais passer un moment au lit avec toi. Mais aller dîner, ce serait un bon début.

Il resta debout devant elle. Combien de temps allait-il encore résister à son envie de l'embrasser ? Il se répéta les propos qu'elle venait de tenir.

« Attraper le tueur. »

S'ils voulaient y parvenir, il n'y avait qu'une solution : le pousser à se découvrir.

Caitlyn inclina la tête pour l'observer.

— Tu as un drôle de regard.

— Je réfléchis.

Il ne pouvait pas en dire davantage mais l'espoir renaissait en lui. Peut-être avait-il trouvé un moyen d'en terminer une fois pour toutes avec cette histoire sordide. Ensuite, Caitlyn et lui pourraient enfin parler de ce qu'ils éprouvaient l'un pour l'autre.

Il prit son téléphone sur son bureau.

— Qu'est-ce que tu fais ? lui demanda-t-elle.

— Je prépare un piège.

Il appela le bureau des marshals et ce fut Slade qui

répondit. Caitlyn et lui n'étaient pas les seuls à ne pas s'accorder de repos.

— Rien de neuf de notre côté, déclara Slade d'emblée. Et toi ?

— Non, rien, du tout, et c'est justement pour cela que je souhaite accélérer le mouvement. Il faudrait qu'une information soit divulguée, mais elle doit sembler officielle et émaner du bureau des marshals.

— Je peux me servir de mon ordinateur de travail, répondit Slade. Qu'est-ce que tu veux que je fasse fuiter ?

— Un mensonge, répliqua Harlan. Ça t'ennuie ?

— Mais encore ? répondit Slade sur un ton méfiant.

— Je voudrais que tu annonces que le médecin légiste est parvenu à isoler des empreintes sur le cou de Sherry, là où elle porte des marques de strangulation, et que les rangers ont dépêché un agent pour venir récupérer ces empreintes à la morgue demain matin à la première heure afin qu'elles soient examinées dans les plus brefs délais.

Slade resta silencieux quelques secondes.

— La plupart des gens savent que c'est extrêmement difficile de relever des empreintes sur un corps.

— Difficile mais pas impossible. Ce que je veux, c'est semer le doute dans l'esprit du meurtrier de Sherry. Suffisamment pour qu'il tente de faire disparaître toute trace de ces prétendues empreintes.

— Je suppose que tu souhaites également que des hommes surveillent la morgue ?

— Absolument. En revanche, il ne doit rester personne à l'intérieur.

— A cette heure-là, il n'y a plus personne. Pas même un agent de sécurité car il y a un système d'alarme.

— Parfait. Alors, avant de lancer l'info, poste discrètement des hommes à proximité de tous les accès. Tu penses pouvoir le faire ?

— Je m'arrangerai, répondit Slade. Je te rappelle dès que tout est en place.

Caitlyn se releva et se frotta les mains sur son jean.

— Si c'est Farris le coupable, il enverra quelqu'un à sa place.

Harlan acquiesça. Farris avait de l'argent. Billy aussi. S'ils avaient quelque chose à se reprocher, tous deux ne se montreraient pas en personne. Restaient Devin et Curtis. Difficile de savoir comment l'un ou l'autre se comporterait.

En outre, même si le stratagème fonctionnait et aboutissait à une arrestation, il leur faudrait encore prouver que le meurtrier de Sherry était aussi responsable de tout le reste : les agissements de Farris, l'accident de Tiffany, leur enlèvement à lui et Caitlyn et les tirs dirigés contre eux.

— Et maintenant ? demanda Caitlyn.

— Il ne nous reste plus qu'à attendre, répondit-il en consultant sa montre. Tu devrais aller te reposer, lui suggéra-t-il.

Il ferait bien d'en faire autant, d'ailleurs.

Pourtant, il ne bougea pas. Pourquoi n'avait-il pas vraiment envie de se reposer ?

— Est-ce vraiment ce que nous voulons ? l'interrogea-t-elle d'une voix chaude.

Il n'avait pas besoin de se poser la question. Et il refusait de continuer à se torturer l'esprit.

Il fit un pas en avant, posa résolument les mains sur la taille de Caitlyn et l'attira à lui. Elle ne résista pas, ne prononça pas la moindre parole qui aurait encore pu le faire hésiter. Il l'embrassa et, en l'espace d'une seconde, tous ses scrupules et états d'âme furent balayés.

C'était tellement bon de la tenir dans ses bras, de sentir son corps contre le sien. Elle était faite pour lui, c'était une évidence.

Elle poussa un gémissement de plaisir et passa les bras

autour de son cou. Elle se pressa contre lui et, immédiatement, il eut envie de la déshabiller complètement pour embrasser chaque centimètre de son corps.

Elle eut la même idée car elle commença à s'affairer sur les boutons de sa chemise. Elle se montrait empressée et maladroite, ce qui ne fit que lui échauffer davantage les sens. Il s'écarta d'elle, mais seulement pour enlever sa chemise.

Le regard de Caitlyn s'illumina, elle sourit et fixa son torse comme si elle avait en tête de le dévorer. Sans doute avait-il la même lueur dans les yeux.

Tandis qu'elle embrassait son torse et faisait monter son excitation, il la débarrassa de son chemisier. Elle portait un soutien-gorge léger bordé de dentelle qu'il ne mit pas longtemps non plus à lui ôter. A son tour, il se baissa et embrassa ses seins avec passion.

— Oh, oui, gémit Caitlyn. Je te préviens, cette fois-ci, tu n'as pas intérêt à t'arrêter brusquement parce que ta conscience te le dicte.

Il leva la tête et la fixa droit dans les yeux.

— Je n'ai aucune intention de m'arrêter, déclara-t-il sans hésiter.

Elle lui retourna un regard espiègle, laissa descendre sa main le long de son ventre, la glissa dans son jean et atteignit l'expression de sa virilité. Il ne put réprimer un long soupir et, brûlant de désir, la prit dans ses bras pour la porter dans sa chambre.

— Par terre, ça ne te convient pas ? dit-elle.

Tout en disant cela, elle continuait à le caresser et à faire monter son excitation.

Lorsqu'ils arrivèrent dans la chambre, il la déposa délicatement sur le lit, s'empressa d'enlever ses bottes et la couvrit de son corps.

Il l'embrassa encore et encore, puis lui ôta son jean et

ses dessous. Elle avait une petite cicatrice sur le ventre et deux lettres tatouées sur la hanche gauche.

Elle suivit son regard et déclara :

— J'avais un piercing dans le nombril. Un souvenir de ma tumultueuse jeunesse.

Après toutes ces années, il redécouvrait son corps. Cette pensée lui provoqua une nouvelle bouffée de désir. Mais les deux lettres tatouées sur sa hanche lui sautèrent de nouveau aux yeux, et il resta interdit.

H.M.

— Harlan McKinney, précisa-t-elle.

— Tu as mes initiales tatouées sur la hanche depuis tout ce temps ? lui demanda-t-il, abasourdi.

— Tu sais, pour une fille, la première fois, c'est important, mais je n'avais pas assez d'argent pour me faire tatouer ton nom entier.

Il fut bouleversé. Et un peu triste aussi de n'avoir pas su ce qu'il représentait pour elle.

— Mais laissons le passé de côté, ajouta-t-elle en l'embrassant avec une telle ferveur que, très vite, seul le moment présent eut de l'importance.

Il lui rendit son baiser avec passion, fit courir ses lèvres sur son cou, ses seins, son ventre et son intimité.

Elle laissa échapper un cri de plaisir et lui passa une main dans les cheveux.

— Enlève tout, je veux te voir nu, dit-elle, sous l'emprise de la passion.

Il se redressa et, sans cesser de l'embrasser, elle fit glisser son jean et son caleçon. Enfin, quand il ne porta plus rien, elle l'attira à elle.

Il se retrouva exactement là où il souhaitait être. Sans attendre, il la pénétra et se mit à aller et venir. Une onde de plaisir inouïe le parcourut, tellement forte qu'elle lui coupa le souffle. S'il ne l'avait pas recouvré, il s'en serait moqué tant il éprouvait le besoin d'assouvir enfin le désir qui le dévorait depuis des jours.

Caitlyn était clairement dans le même état d'esprit car elle se mit à bouger frénétiquement les hanches et se cramponna à ses épaules pour intensifier encore le rythme.

Toute notion de temps disparut, ils étaient lancés dans une folle cavalcade vers les cimes du plaisir.

Soudain, Caitlyn haleta plus fort, et son regard s'agrandit. Elle se serra davantage contre lui et cria son nom.

Il en eut encore plus d'énergie et se mit à aller et venir encore plus fort jusqu'au point de non-retour.

Malgré la fatigue, Caitlyn était toujours éveillée. Elle avait plus ou moins somnolé pendant quelques minutes, pas plus.

Elle avait vécu un moment intense, son corps était rassasié, elle était dans les bras d'Harlan, qui, lui, dormait paisiblement. Elle aurait donc dû en faire autant.

Mais un flot ininterrompu de pensées la submergeait.

Pour la première fois depuis plusieurs jours, ce n'était pas l'enquête qui lui occupait l'esprit. Ce n'était pas non plus d'avoir fait l'amour avec Harlan mais ce que cela signifiait. Seize ans plus tôt, le destin les avait séparés, et elle ne s'était pas plainte de cette séparation subite. A l'époque, ils n'étaient que des adolescents et avaient dû accepter de ne plus se voir. Pourtant, elle en avait beaucoup souffert et, si elle ne s'en était jamais ouverte à Harlan, c'était parce qu'à ses yeux il était trop bien pour elle, et qu'elle avait déjà eu de la chance de vivre sa première fois avec lui.

Aujourd'hui, qu'il puisse se sentir un devoir envers elle la tracassait. Car Harlan était un homme de principes et de valeurs, elle le savait. Alors maintenant qu'ils avaient refait l'amour, il serait fort étonnant qu'il fasse comme si cela n'avait été qu'une passade sans conséquences. Mais pour autant, était-il amoureux d'elle ? Elle ne parvenait pas à s'en convaincre.

— Tu ne t'arrêtes jamais de réfléchir ? dit Harlan.

Il l'observait les yeux mi-clos, encore à moitié endormi.

— Je fais du bruit quand je réfléchis ? lui demanda-t-elle en retour.

— C'est tout comme, répliqua-t-il en la serrant contre lui. A part dans le nombril, où avais-tu des piercings ?

Elle ne put s'empêcher de sourire.

— Tu n'as pas envie de le savoir.

Il recula légèrement pour croiser son regard.

— Si, j'aimerais bien le savoir.

Avec ses cheveux noirs en bataille et son regard endormi, il parvenait encore à être incroyablement sexy.

— J'avais un piercing dans le nez, répondit-elle en posant le doigt sur sa narine, qui n'en portait plus aucune trace. Un autre dans le sourcil, et j'avais des anneaux aux deux oreilles.

Il continua de la dévisager, comme s'il attendait qu'elle continue.

— C'est tout ?

— C'est tout. Désolée de décevoir tes fantasmes sexuels.

— Tu ne me déçois pas, répliqua-t-il en lui passant doucement le pouce sur la lèvre inférieure. Alors à quoi réfléchissais-tu aussi intensément ?

Aïe. Le moment tant redouté était arrivé. Celui de la conversation après l'amour. Or, elle n'y était pas prête et Harlan probablement pas plus.

— J'étais en train de planifier notre mariage, déclara-t-elle avec le plus grand sérieux.

Harlan resta interdit, les yeux ronds.

Elle sourit. C'était exactement l'effet qu'elle souhaitait produire.

— Attends, ai-je dit mariage ? Pardon, en fait, je faisais allusion à ce qui se passe juste après.

Elle glissa une main entre leurs deux corps et commença à le caresser.

— Car je me disais que tu faisais extrêmement bien l'amour, ajouta-t-elle.

— Toi aussi.

Il l'attira à lui pour l'embrasser et il n'en fallut pas davantage pour que son désir se ravive.

Ils continuèrent à s'embrasser. Pas frénétiquement, cette fois-ci, mais au contraire lentement, langoureusement. Ils avaient toujours autant envie l'un de l'autre mais ils étaient bien décidés à prendre leur temps, à faire durer les préliminaires pour explorer le corps de l'autre et prolonger le plaisir.

— Devrais-je te présenter mes excuses ? Te parler à cœur ouvert ? lui demanda-t-il entre deux baisers.

Il souriait.

— Ou bien t'offrir une bague de fiançailles ?

Elle sourit à son tour.

— Pour le moment, je me contenterai de tes baisers et de tes caresses.

Mais le dernier mot avait à peine quitté ses lèvres que le téléphone d'Harlan vibra.

Il poussa un juron, se redressa pour voir où était tombé son jean. Il en sortit l'appareil et répondit.

Il lui tournait le dos mais, à son attitude, elle perçut clairement qu'il était en colère d'avoir été interrompu.

Soudain, il fit volte-face et leurs regards se croisèrent : il paraissait très inquiet.

— Qui ? s'exclama-t-il.

Il n'obtint apparemment pas de réponse car il répéta sa question en haussant le ton.

Troublée, elle se redressa pour se rapprocher de lui et tenter d'entendre ce que disait son interlocuteur.

— Que se passe-t-il ? demanda-t-elle dès qu'il eut raccroché.

— C'était Billy. Il prétend avoir été kidnappé. On l'a fait sortir de sa voiture et on l'a conduit à Rocky Creek.

Elle en eut une boule au ventre. Non seulement parce qu'elle avait peur pour Billy, mais également parce qu'Harlan allait devoir intervenir et mettre sa vie en danger.

— Qui l'a enlevé ?

Il secoua la tête.

— Billy a déclaré que c'était un type qui portait un masque de ski.

Ce pouvait être n'importe lequel de leurs suspects.

Et, une fois encore, ils ne pouvaient pas avoir la certitude que Billy ne cherchait pas à leur tendre un piège.

— Le ravisseur a ordonné à Billy de m'appeler pour me demander de me rendre à Rocky Creek. Et il a précisé que, si je ne venais pas seul, il ouvrirait le feu.

Harlan s'activa sur les touches de son portable puis coinça l'appareil entre son oreille et son épaule pour pouvoir s'habiller, comme si chaque seconde comptait.

Ce qui était probablement le cas.

— Et si c'était un piège ? lui demanda-t-elle, même s'il y avait vraisemblablement déjà pensé.

— Il faut que j'y aille, je n'ai pas le choix, rétorqua-t-il.

Evidemment, qu'il devait y aller. Il était marshal, c'était son travail. Et pourtant elle aurait donné cher pour qu'il n'en fasse rien.

— Slade, déclara Harlan quand il eut son frère au bout du fil, nous avons un souci. Quelqu'un a enlevé Billy. Et aussi Declan.

— Declan ? s'exclama Caitlyn, terrifiée.
— Oui, Declan aussi.
Puis il reprit sa conversation téléphonique :
— Nous devons nous rendre à Rocky Creek sans tarder.

15

Harlan était dans un état de stress comme il en avait rarement éprouvé. Les mauvaises pensées se bousculaient dans sa tête, la peur pour la vie de son frère le dévorait. Néanmoins, il se força à recouvrer son calme et à réfléchir avec lucidité. Il ne pouvait pas se précipiter à Rocky Creek pour au final découvrir qu'il s'était jeté dans un piège.

Il agit donc de façon pragmatique et commença par appeler Declan. Son frère allait peut-être décrocher et lui confirmer que cette histoire n'était qu'une mascarade de plus.

Hélas, il était sur répondeur.

Harlan essaya ensuite le numéro de Billy, qui venait de l'appeler. Mais, cette fois encore, pas de réponse. Il devait partir sans tarder. Aussi, il rassembla armes et munitions.

— Alors Declan s'est vraiment fait enlever lui aussi ? demanda Caitlyn.

Elle était très pâle et semblait parcourue de tremblements nerveux.

— Tout porte à le croire.

Il s'en voulait énormément. C'était sa faute.

— Je n'aurais jamais dû demander à Slade de faire circuler cette fausse info au sujet d'empreintes qui auraient été prélevées sur le cadavre de Sherry.

Caitlyn poussa un soupir fataliste.

— Comment aurais-tu pu deviner que ce type s'en prendrait à Declan ?

Il aurait dû envisager toutes les éventualités. De toutes ses forces, il avait voulu croire que cette histoire d'empreintes ferait réagir le tueur. Et d'ailleurs c'était peut-être le cas. Peut-être le tueur se servait-il de Declan pour détourner leur attention et pouvoir tranquillement faire disparaître les preuves qui le confondraient.

Harlan appela Slade.

— Slade, c'est moi. Assure-toi que la morgue reste bien sous surveillance avant de foncer à Rocky Creek.

— Ce sera fait, déclara son frère.

Harlan raccrocha et s'apprêta à partir.

— Caitlyn, je vais te déposer à la maison au passage. Tu seras avec Kirby et Stella et…

— Je peux t'aider, dit-elle en l'interrompant.

Il la prit par le bras pour la tirer à sa suite.

— Tu pourrais aussi te faire tuer, alors ne discute pas. Tu resteras avec Kirby, Stella et Wyatt. Les employés du ranch sont là aussi et tous sont armés. Tu seras en sécurité.

— Tu crois vraiment que le tueur oserait revenir ici ?

Non, il n'en croyait rien et c'était précisément pour cette raison qu'elle devait rester au ranch. En plus de Wyatt, il y avait une douzaine d'hommes et la maison principale du ranch était équipée d'un système d'alarme dernier cri. Par ailleurs, si le tueur croyait réellement à l'existence de preuves matérielles qui permettraient aux autorités de remonter jusqu'à lui, éliminer Caitlyn ne serait plus sa priorité.

En revanche, s'il découvrait qu'il n'y avait pas de preuves, ce serait une autre paire de manches.

Harlan réprima un soupir. Il était trop tard pour qu'il revoie ses plans. Il se dirigea vers la porte d'entrée sans lâcher la main de Caitlyn. Sa voiture n'était garée qu'à une dizaine de mètres, mais il ne prit pas le risque de sortir dans l'obscurité. Il observa prudemment les environs. Aucune silhouette ne semblait dissimulée dans l'ombre, mais cela ne voulait pas nécessairement dire qu'il n'y avait personne.

— Attends ici, ordonna-t-il à Caitlyn en ouvrant la porte.

A l'affût du moindre bruit ou mouvement, il s'empressa de rejoindre sa voiture. Fort heureusement, tout était calme.

Il s'installa au volant et, sans attendre, mit le contact et enclencha la marche arrière pour reculer le plus près possible du porche. Il se pencha pour ouvrir la portière côté passager et fit signe à Caitlyn de monter.

Elle ne se fit pas prier et claqua la portière derrière elle.

Il démarra et prit la direction de la maison principale, située à environ deux cents mètres.

Il sortit son téléphone dans l'intention d'appeler Stella pour la prévenir mais, avant qu'il ait le temps de composer le numéro, son portable vibra et le numéro de Billy s'afficha à l'écran. Son pouls s'accéléra. Qu'allait-il lui annoncer ?

— Mon ravisseur vient de me transmettre un message écrit pour que je te le lise, déclara Billy.

— Qui est-ce et pourquoi ne me parle-t-il pas directement ?

— Je ne sais pas qui c'est mais je pense qu'il veut éviter que tu entendes sa voix. Le message dit que tu dois venir avec Caitlyn.

Harlan n'hésita pas un instant avant de répondre.

— Hors de question.

— Si tu n'obéis pas, il tuera Declan.

Ils avaient atteint la maison. Il se gara devant.

— Dis à ce type que je veux parler à Declan.

Il ne pouvait pas laisser cet homme les manipuler sans conditions et il avait besoin d'obtenir la certitude que son frère allait bien.

— Maintenant ! insista-t-il comme il n'obtenait pas de réponse.

Il y eut des bruits étouffés et les secondes s'égrenèrent. A côté de lui, Caitlyn l'observait avec un regard inquiet et respirait bouche ouverte tant la tension était grande.

— Harlan, murmura enfin Declan dans le combiné.

Harlan fut à la fois soulagé et terrifié. Certes, son frère était en vie, mais il était en grand danger.

— Declan, qu'est-ce qui s'est passé ?

— Je suis désolé, je suis tellement désolé.

Il avait une voix pâteuse, comme s'il était ivre. Ou plus vraisemblablement drogué.

— J'étais sur le parking à la sortie du travail quand j'ai reçu une décharge de Taser.

La même méthode que celle employée pour Caitlyn et lui.

— Est-ce que ça va ?

— Ça va, mais on m'a fait prendre quelque chose et je crois que je n'aurais même pas la force de me lever.

— Qui t'a enlevé, Declan ?

— Je ne sais pas, mais je suis sûr que ce type n'est qu'un pion et que celui qui l'a engagé reste à l'écart.

Pourquoi ? Le tueur souhaitait-il se servir de Declan pour les attirer à Rocky Creek et pouvoir agir tranquillement ailleurs ?

Harlan n'eut pas le temps de réfléchir plus avant. Il y eut des craquements dans le téléphone, comme si quelqu'un cherchait à s'en emparer brusquement. Declan en avait-il trop dit ?

— Je le tuerai ! s'écria une voix à l'autre bout de la ligne.

Ce n'était ni celle de Declan ni celle de Billy. Harlan ne l'avait même jamais entendue, a priori.

— Qui êtes-vous ? demanda-t-il.

— Qu'est-ce que ça peut te faire ? Je tuerai ton frère

si tu ne suis pas mes consignes, contente-toi de cela ! Caitlyn et toi, vous avez quarante-cinq minutes.

Harlan eut un coup au cœur.

— C'est un délai trop court.

Rocky Creek n'était pas si loin, mais jamais il ne pourrait préparer un plan d'action dans un laps de temps aussi restreint.

— Eh bien, il va falloir que tu te dépêches, alors, reprit l'inconnu d'un ton railleur. Et souviens-toi, soit vous venez seuls, soit tu dis adieu à ton frère.

— Attendez, répliqua Harlan, qui cherchait désespérément à gagner du temps. Comment pouvons-nous savoir que nous ne courons pas à notre perte en suivant vos ordres ? Quelles garanties avons-nous que vous ne nous tuerez pas tous ?

— Aucune, rétorqua sèchement l'inconnu. Mais vous avez déjà la certitude que, si vous ne vous pointez pas, il y aura des morts.

Sur ce, il y eut un bruit sourd, puis plus rien.

— Declan ? Allô ?

Mais Harlan parlait tout seul. La communication était coupée.

Caitlyn se tourna vers Harlan.

— Je te préviens, je ne te laisserai pas sacrifier Declan pour moi.

Sa voix tremblait, mais elle parvint à y mettre suffisamment de conviction. Harlan resta silencieux, il semblait hésiter.

— Declan est un marshal, dit-il, comme s'il cherchait à se convaincre que se retrouver dans une situation délicate faisait partie des risques de son métier. Et je vais trouver un moyen de le sortir de là.

— Mais, si tu te présentes là-bas sans moi, c'est fichu d'avance. Vous y laisserez tous votre peau. Le ravisseur de Declan peut décider de l'éliminer à n'importe quel moment.

Elle en frissonna. Elle devait à tout prix se convaincre que ce type avait besoin de Declan comme appât jusqu'à leur arrivée. Et qu'en était-il de Billy ?

Soit il était lui aussi en danger de mort, soit c'était lui qui tirait les ficelles. Cette incertitude était insupportable.

— Nous perdons un temps précieux, dit-elle. Démarre et prends la direction de Rocky Creek.

Mais il n'en fit rien. Son regard ne cessait d'aller de la maison, où il avait prévu de la laisser, à elle.

— Ecoute, nous passerons en revue les détails le long de la route, ajouta-t-elle. Et si, une fois que nous serons arrivés, tu n'as pas de solution, tu pourras toujours me laisser au bureau du shérif de Rocky Creek.

Il poussa une série de jurons et tapa sur le volant avec dépit. Puis il enclencha sèchement la première et démarra, au grand soulagement de Caitlyn. Elle n'avait aucune envie de se retrouver face au déséquilibré qui leur rendait la vie impossible depuis plusieurs jours mais, si Declan mourait par sa faute, jamais elle ne parviendrait à vivre avec ce fardeau.

Une fois sur la route, Harlan sortit son téléphone et lança un appel.

— Slade, dit-il une fois que son frère eut décroché, il y a un changement de plans. Caitlyn et moi sommes en route pour l'orphelinat de Rocky Creek.

Elle n'entendit pas la réponse de Slade.

— Non, je suis conscient que ce n'est pas une bonne idée, mais si je laisse Caitlyn au ranch, de toute façon, elle cherchera un moyen de me suivre.

Il avait raison, pensa-t-elle. S'il avait refusé de

l'emmener avec lui, c'est ce qu'elle aurait fait. Harlan la connaissait bien.

— Fais en sorte que la morgue reste sous surveillance, ajouta-t-il, mais nous aurons besoin de renforts à Rocky Creek. Des renforts très discrets, précisa-t-il. Tu te souviens comment on peut accéder à l'orphelinat par l'ancienne route du ranch ? Bien, alors emprunte-la pour arriver par l'arrière. J'ignore où Declan est retenu mais j'imagine que c'est dans le bâtiment principal ou à proximité.

Après quelques échanges supplémentaires, il raccrocha et passa un autre appel, cette fois-ci à son frère Clayton.

Il lui fit d'abord un bref résumé de la situation.

— Clayton, peux-tu te rendre à Rocky Creek en arrivant par le parc à l'est de l'orphelinat ? Là où on a découvert le corps de Sherry. Attention ! Slade sera aussi sur place.

Tant de choses pouvaient mal tourner ! songea Caitlyn.

— Et moi ? Que veux-tu que je fasse ? lui demanda-t-elle quand il eut raccroché.

Il ne répondit pas. Sans quitter la route du regard, il s'activa de nouveau sur son téléphone. Cette fois-ci, il mit le haut-parleur. Après trois sonneries, quelqu'un décrocha mais ne prononça pas un mot.

— Billy ? Tu es là ? demanda Harlan.

Pas de réponse. Toutefois, il y avait comme une respiration en fond.

— Billy, je dois absolument parler au type qui a enlevé Declan.

— Qu'est-ce que tu veux encore ? s'exclama alors une voix, si fort que Caitlyn sursauta.

Ce n'était pas Billy mais le ravisseur.

— Nous devons conclure un accord, lança Harlan.

— Je t'ai déjà donné mes conditions. Caitlyn et toi, vous devez venir ici au plus vite. Seuls. Il n'y a rien d'autre à ajouter.

— J'ai bien peur que ce ne soit pas si simple. Caitlyn est malade, dit-il en lui jetant un regard. Elle a des crampes d'estomac et des nausées et elle peut à peine marcher. Je me vois mal l'emmener.

Elle resta silencieuse, mais ne croyait pas trop à la manœuvre, car ce type était visiblement déterminé à en finir avec eux.

— Elle est enceinte, déclara Harlan. Cela fait plusieurs mois que nous nous voyons en secret. Je ne voulais pas en parler à ma famille à cause de cette enquête sur la mort de Webb. Il faut que tu en discutes avec ton patron car nous ne pouvons pas mêler une femme enceinte à cette histoire.

Le ravisseur allait certainement balayer cet argument avec mépris. Pourtant, il resta plusieurs secondes silencieux puis répondit :

— Je te rappelle dans quelques minutes.

Harlan raccrocha.

— S'il est d'accord, tu resteras au bureau du shérif. Et s'il refuse, ça signifiera que c'est certainement Farris qui tire les ficelles.

Mais oui, évidemment. S'il croyait qu'elle était enceinte, Farris entrerait dans une rage folle et souhaiterait plus que jamais sa mort. En revanche, si le coupable était Billy, Devin ou Curtis, quel intérêt aurait l'un ou l'autre à exiger qu'Harlan et elle viennent ensemble ?

— Si le tueur a mordu à l'hameçon et croit à l'existence de preuves qui pourraient le confondre, pourquoi chercherait-il à nous éliminer ? demanda-t-elle.

Harlan secoua la tête avec impuissance.

— J'avoue avoir du mal à rassembler les pièces du puzzle, si tant est que ce soit possible. Car, si Farris est notre coupable, il ne faut pas forcément chercher une logique à son comportement.

Caitlyn déglutit. Elle allait finir par être vraiment malade avec toute cette histoire.

— Si c'est Farris, tu as fait de toi une cible en prétendant que je suis enceinte. S'il croit que tu es le père de mon bébé, il va vouloir te tailler en pièces.

— C'est bien ce que j'espère. Qu'il souhaite s'en prendre à moi plutôt qu'à Declan ou toi me soulagerait.

Cette réflexion lui glaça le sang. Elle ne voulait pas qu'il se sacrifie pour elle. Mais comment pourrait-elle l'en empêcher ?

Comment ?

Peut-être que, si elle discutait avec Farris, elle parviendrait à passer un marché avec lui. Voire à lui faire croire qu'elle serait prête à partir avec lui s'il mettait fin à ses agissements criminels. Ce qu'elle ferait ensuite, elle n'en avait aucune idée mais, au moins, elle gagnerait du temps.

Harlan observait nerveusement l'écran de son téléphone. Les minutes s'égrenaient, ils approchaient de Rocky Creek et le ravisseur n'avait toujours pas rappelé. L'attente était oppressante.

Quand ils atteignirent le panneau directionnel indiquant l'orphelinat, il s'engagea sur le chemin mais coupa les phares.

— Je veux une arme, déclara Caitlyn.

— Il y en a une dans la boîte à gants, répondit-il avec un signe de tête.

Elle l'ouvrit, fouilla quelques secondes et en sortit un calibre 38. Pourvu qu'elle n'ait pas à s'en servir.

Comme son téléphone ne sonnait toujours pas, Harlan rappela lui-même.

— Pas d'accord, répondit le ravisseur de but en blanc après avoir décroché. Caitlyn et toi, vous venez tous les deux.

La mâchoire d'Harlan se crispa sous l'effet de la colère.

— Je veux parler à celui qui vous paye, et ne songez même pas à répondre non.

Devant eux, la silhouette du bâtiment se détacha sur le ciel obscur, ce qui le rendait encore plus menaçant qu'à l'accoutumée.

Harlan freina et la voiture s'arrêta net.

— Et pourtant, je te réponds non, s'écria le ravisseur. Mon employeur a… d'autres chats à fouetter pour le moment.

Comme se rendre à la morgue pour tenter de faire disparaître des preuves qui, en vérité, n'existaient pas ? pensa Caitlyn. Dans ce cas, les hommes que Slade avait laissés en faction là-bas parviendraient peut-être à l'arrêter. Sinon, Harlan devrait réussir à neutraliser ce ravisseur et le pousser à révéler l'identité de son « employeur ».

— Appelez-le, insista Harlan. Dites-lui que, s'il refuse de me parler, je ne viendrai pas avec Caitlyn.

Sans attendre de réponse, il raccrocha.

L'attente débuta.

Pour combien de temps ? Et avec quelle issue ?

Un malaise de plus en plus insupportable envahissait Caitlyn.

— Je te l'ai déjà dit, je refuse que tu joues avec la vie de Declan pour moi. Par ailleurs, Farris ne me tuera pas au moment où il me verra. Il souhaitera d'abord… passer un moment avec moi, dit-elle, révulsée par le sous-entendu de sa dernière phrase.

Prononcer ces paroles lui avait énormément coûté. Farris la terrorisait, elle aurait voulu être n'importe où ailleurs, loin de lui. Mais elle n'avait pas le droit de se dérober.

— Et si ce n'est pas Farris ?

La question d'Harlan resta en suspens entre eux. Il tourna la tête pour croiser son regard et reprit :

— Nous avons des raisons de croire que c'est bien

Farris l'instigateur, mais ce pourrait être quelqu'un d'autre. Quelqu'un qui, pour une raison ou une autre, souhaite se débarrasser de nous parce qu'il croit que nous sommes en mesure de prouver qu'il a participé au meurtre de Webb.

Il avait raison, bien sûr, mais tout en elle lui disait que Farris n'était pas loin. Elle n'aurait pas su expliquer pourquoi, elle le sentait.

Elle posa les yeux sur la pendule du tableau de bord. L'ultimatum lancé par le ravisseur n'allait pas tarder à arriver à son terme.

— Qu'allons-nous faire s'il ne rappelle pas ?

Harlan allait répondre mais, soudain, son visage se figea et son regard se fixa sur un point au-dehors.

— Baisse-toi ! s'exclama-t-il en sortant son arme.

Sans attendre, il la saisit par les épaules et la plaqua sur son siège.

16

Harlan se prépara à des coups de feu. Il se tint prêt à riposter tout en protégeant Caitlyn de son corps.

Mais il ne se passa rien.

L'adrénaline lui faisait bourdonner les oreilles et Caitlyn respirait bouche ouverte.

Prudemment, il se redressa pour regarder dans la direction où il avait aperçu une silhouette quelques secondes plus tôt.

— Ne bouge pas, ordonna-t-il à Caitlyn.

Il scruta l'obscurité pendant plusieurs secondes.

— Je crois qu'il est parti, dit-il enfin.

— Qui était-ce ?

Il n'en savait rien. Mais ce n'était ni Slade ni Clayton. Car, même si eux aussi étaient maintenant sur place, ils n'étaient pas censés être dans ce secteur de l'orphelinat. Il y avait également peu de chances que ce soit le ravisseur.

Ils avaient donc affaire à un ennemi qui avait plusieurs personnes à sa solde. Combien d'adversaires Caitlyn et lui allaient-ils devoir affronter ? C'était de la folie de l'avoir amenée ici. Certes, elle refusait qu'il sacrifie Declan pour elle, mais son frère, à l'inverse, ne supporterait pas qu'il mette la vie de Caitlyn en danger pour le sauver.

Il resta sans bouger pendant plusieurs secondes, indécis et à l'affût du moindre bruit. Enfin, à bout de nerfs, il sortit son téléphone et tenta une fois de plus de contacter le ravisseur.

Il y eut quatre sonneries, puis le répondeur se déclencha. Il lança un nouvel appel et obtint le même résultat. N'y tenant plus, il remit le contact du véhicule et enclencha la marche arrière. Peut-être que si le ravisseur voyait qu'ils s'en allaient il se manifesterait.

Mais, au moment où il posait le pied sur la pédale d'embrayage, une détonation retentit. La balle fit voler le pare-brise en éclats et siffla tout près de sa tête.

Caitlyn lui hurla de se baisser. Il se recroquevilla et donna un coup d'accélérateur pour tenter de mettre de la distance entre le tireur et eux.

De nouveaux tirs retentirent.

Au moins une balle se logea dans la carrosserie. Le tireur devait être juste en face d'eux, peut-être dissimulé derrière un des arbres qui bordaient la route.

Il ne pouvait pas lever la tête pour vérifier sa trajectoire et fit de son mieux pour tenir la voiture sur la route. Il tenta également un tir de riposte à l'aveugle, dans l'espoir que le tireur reste à couvert quelques secondes et leur laisse un peu de répit.

Hélas, le contraire se produisit.

Il y eut une nouvelle salve de coups de feu et, soudain, une secousse brutale. Le tireur avait atteint un des pneus avant. Voire les deux.

Harlan ne parvenait plus à maîtriser le véhicule et ils terminèrent dans le fossé.

Tous deux furent projetés en avant. Son épaule heurta le volant et, par miracle, il parvint à ne pas lâcher son arme. En revanche, Caitlyn n'eut pas cette chance : elle cherchait frénétiquement pour remettre la main dessus dans l'obscurité.

Un autre coup de feu éclata. Harlan chercha à les faire

sortir du fossé, mais c'était mission impossible. Celui-ci était trop profond et boueux.

Une balle fit éclater la vitre côté passager. Malheur ! Le tireur se rapprochait. S'ils ne bougeaient pas, ils étaient fichus. Peut-être ses frères entendraient-ils les coups de feu et viendraient-ils à la rescousse, mais ils ne pouvaient pas rester sans rien faire en comptant sur une intervention providentielle.

Il tenta d'ouvrir sa portière. La voiture était de guingois et la portière racla le sol. Il dut pousser de toutes ses forces pour parvenir à l'ouvrir grand. Il saisit Caitlyn pour l'aider à sortir.

— Par ici.

Caitlyn venait de remettre la main sur son arme.

Ils se retrouvèrent dans le fossé boueux et eurent du mal à garder l'équilibre. Ils étaient dissimulés derrière la portière et les tirs venaient de l'autre côté de la route. Ils pourraient donc se mettre à l'abri sans s'exposer, à condition de ne pas traîner.

— Viens, ne perdons pas de temps, lança-t-il à Caitlyn en lui prenant la main pour la tirer derrière lui.

Tête basse, il sortit du fossé et fonça derrière l'arbre le plus proche. Ils se jetèrent à terre et il tomba sur son épaule qui avait heurté le volant un peu plus tôt. Il fit la grimace mais ignora la douleur et s'empressa de se remettre en position de tir.

Il retint son souffle : le tireur venait-il à leur poursuite ?

Mais plus rien ne bougeait.

Les coups de feu avaient cessé.

Caitlyn était tout à côté de lui, plaquée contre le tronc d'arbre qui leur servait d'abri, son arme brandie. Ils restèrent ainsi de longues secondes, attentifs au moindre bruit, au moindre mouvement.

Mais tout était calme.

Où diable était passé ce type ?

Harlan leva les yeux vers le bâtiment au bout de la route. Rien n'indiquait une présence.

Caitlyn tremblait de tous ses membres. Il ne voulait pas parler à voix haute par crainte que le tireur les repère. Il se contenta de se pencher vers elle pour lui déposer un petit baiser sur la joue. Ce n'était pas grand-chose mais, pour le moment, il ne pouvait pas lui offrir davantage. Une fois qu'il les aurait sortis de ce mauvais pas, il devrait s'excuser de l'avoir mise dans une telle situation.

A peine eut-il le temps de se faire cette réflexion qu'un bruit parcourut les feuillages. Pas un coup de feu.

Mais des pas.

Des pas qui venaient de derrière eux.

Il se posta devant Caitlyn et se tourna dans la direction du bruit. Quelqu'un semblait se diriger vers eux à pas pressés, sans chercher à se montrer discret. Etait-ce un de ses frères, qui effectuait des pas marqués pour ne pas risquer de se faire tirer dessus ?

Caitlyn changea de position et pointa son arme. Ils retinrent leur souffle et attendirent.

Mais l'attente ne fut pas longue.

Une silhouette surgit face à eux et se mit à courir. Un homme, remarqua Harlan. Mais, avant qu'il puisse esquisser le moindre geste, le type se jeta sur eux.

Caitlyn était juste derrière Harlan et, quand l'homme le percuta, il vacilla et l'entraîna dans sa chute. Une fois encore, son arme lui échappa et elle se retrouva écrasée sous le poids des deux hommes.

Elle eut le souffle coupé et ne pouvait plus bouger.

Harlan décocha un coup à son adversaire et roula de côté pour ne plus l'écraser. Elle s'efforça de recouvrer sa respiration puis de distinguer les traits de l'homme qui les avait assaillis. Ce n'était certainement pas Clayton ni Slade, car l'homme qui s'était jeté sur eux l'avait fait sciemment. C'était une attaque.

L'inconnu frappa Harlan à la mâchoire mais, malgré la violence du coup, Harlan parut ne rien sentir et riposta.

Caitlyn chercha à tâtons autour d'elle, dans l'espoir de retrouver son arme et de pouvoir mettre en joue leur agresseur.

Soudain, un coup de feu retentit et une balle fusa en l'air. Elle s'aplatit au sol, terrorisée.

— Harlan ? appela-t-elle, ignorant si c'était lui qui avait tiré ou leur assaillant.

Mais la bagarre continuait. Les deux hommes se débattaient dans tous les sens, poings levés. Il y eut un bruit sourd, Harlan roula et percuta un arbre avec le dos. Le choc fut violent et elle craignit le pire. Pourtant, une fois encore, il fut prompt à réagir. Il leva son arme, crosse en avant, et frappa son adversaire sur le haut du crâne.

Mais l'homme semblait lui aussi dans une telle rage que cela ne suffit pas à l'arrêter.

Il serrait une arme dans son poing et poussa un cri féroce, semblable à celui d'un animal. Caitlyn ne reconnut pas distinctement cette voix mais cet accès de fureur lui rappela de mauvais souvenirs.

— Farris ?

L'homme se figea un instant. Puis il se tourna vers elle et parut vouloir l'attaquer.

Mais Harlan l'en empêcha.

Il saisit Farris à la gorge et le plaqua au sol. Mais Farris ne lâcha pas son arme et il eut le temps de la braquer sur elle.

Elle fut tétanisée.

— Marshal, si vous bougez, je tire, et Caitlyn mourra, déclara Farris.

Mon Dieu. C'était exactement la situation qu'elle avait par-dessus tout voulu éviter. Harlan avait son revolver pointé sur Farris mais ce dernier la menaçait lui aussi d'une arme et risquait de la tuer puis de se retourner contre Harlan.

Elle devait à tout prix éviter ce scénario catastrophe.

— Vous n'avez aucune raison de vous en prendre à Harlan, dit-elle en s'efforçant d'avoir la voix la plus assurée possible, même si elle tremblait de tous ses membres.

— Oh, que si, rétorqua Farris.

Lui aussi, il frissonnait, et elle eut peur qu'il presse la détente par mégarde.

— Je sais que tu es enceinte, hurla-t-il, et que c'est lui le père du bébé.

Elle secoua négativement la tête.

— Non, je ne suis pas enceinte.

— Tu mens. Je l'ai entendu l'avouer au téléphone. Et ça avait l'air de lui faire tellement plaisir de le dire !

Caitlyn réfléchit à toute vitesse. Farris était à proximité quand Harlan avait parlé au téléphone avec le ravisseur. C'était donc bien lui le commanditaire. Il avait engagé quelqu'un pour kidnapper Declan et Billy.

En revanche, il s'était réservé pour venir régler ses comptes avec eux.

— Comment as-tu pu coucher avec lui ? lui lança-t-il d'un ton accusateur.

Sans la quitter des yeux ni abaisser son arme, il se redressa.

— Je n'ai pas couché avec lui, prétendit-elle.

Harlan se rapprocha discrètement de Farris et elle l'en dissuada du regard. Sans doute comptait-il essayer de désarmer Farris, mais c'était trop dangereux.

— Harlan ne m'aime pas, ajouta-t-elle. Il m'en veut car je suis sur le point de publier un article dans lequel j'incrimine son père adoptif et où j'explique comment le service des marshals s'efforce de dissimuler son implication dans le meurtre de Jonah Webb.

Farris jeta un regard à Harlan, comme pour déterminer s'il était possible qu'elle dise la vérité. Harlan resta silencieux mais son expression dut le trahir car Farris fit une grimace mauvaise.

— Ne me prends pas pour un imbécile, Caitlyn. Je lis dans son regard qu'il tient à toi, que vous êtes ensemble !

Cette remarque la troubla. Effectivement, Harlan avait un regard plein d'appréhension et elle avait certainement une expression semblable. Ils ne s'étaient pas avoué leurs sentiments mutuels mais n'importe qui pouvait deviner qu'ils s'aimaient en les observant. Quelle ironie…

Pour éviter que Farris fasse du mal à Harlan, elle devait urgemment changer de tactique.

— Je partirai avec vous, dit-elle à Farris.

Cette fois-ci, Harlan sortit de sa réserve.

— Tu ne vas nulle part avec ce malade !

— Ce n'est pas à toi d'en décider ! rétorqua Farris.

Pourtant, elle avait un doute : Farris croyait-il vraiment qu'elle était prête à partir avec lui ?

En tout cas, elle était déterminée à tout faire pour ne pas en arriver là. Dieu seul savait quels tourments il lui ferait subir avant de la tuer. Car jamais il ne lui laisserait la vie sauve. Il ne parviendrait pas à maîtriser sa fureur.

Il fallait qu'elle réussisse à gagner du temps et à distraire Farris pour qu'Harlan puisse intervenir et le neutraliser.

Elle fit un pas en direction de Farris pour focaliser son attention.

Il fut parcouru de tics nerveux. Il tournait toujours brièvement la tête vers Harlan mais s'attardait de plus en plus longuement sur elle. Il semblait se demander s'il pouvait lui faire confiance ou, plus sûrement, comment il allait s'y prendre pour partir avec elle sans qu'Harlan ne puisse s'y opposer.

— Je pars avec lui, dit-elle à Harlan.

Ce dernier ne lui adressa qu'un regard fugace mais plein de la promesse d'être toujours là pour elle.

Hélas, Farris sut lui aussi interpréter ce regard.

Il lâcha un gémissement étranglé.

— Tu es amoureuse de lui, espèce de garce !

Dans un accès de rage, il se jeta sur elle.

Mais Harlan fut rapide comme l'éclair et fit trébucher Farris avant qu'il puisse la toucher.

Farris s'étala et perdit son arme.

Harlan en profita pour se jeter sur lui et lui asséner un coup violent.

Caitlyn voulut alors ramasser l'arme de Farris pour qu'il n'ait plus aucun moyen de défense. Mais, au moment où elle allait tendre le bras, quelqu'un la saisit par-derrière au niveau du cou et l'immobilisa, un revolver sur sa tempe.

17

Harlan tenait Farris par le col, quand une silhouette surgit de l'ombre et plaqua un revolver sur la tempe de Caitlyn.

— Je ne l'ai pas vu à temps, soupira-t-elle.

Cette réflexion lui serra le cœur. Elle s'excusait alors qu'une fois encore c'était elle qui se retrouvait en danger de mort. Mais ce n'était pas sa faute. C'était Farris le responsable.

Ou pas.

Harlan détailla les traits de l'homme qui menaçait Caitlyn. Il l'avait déjà vu…

Curtis Newell.

— Vous m'avez promis que Caitlyn serait à moi ! s'exclama Farris. Vous avez dit que vous ne la toucheriez pas.

— Eh bien, je me vois obligé de revoir mes plans, répliqua Curtis d'une voix calme qui contrastait avec celle de Farris.

Et sa main ne tremblait pas, remarqua Harlan. Typiquement l'attitude d'un tueur de sang-froid.

— Marshal McKinney, baissez votre arme et éloignez-vous de Farris, ordonna Curtis.

Mais Harlan resserra son étreinte sur Farris.

— Ce type n'a pas toute sa tête, déclara-t-il en désignant Farris de la tête. Si je le lâche, il est capable de n'importe quoi.

— Il ne fera rien du tout, rétorqua Curtis sans une once de doute.

Son aplomb semblait indiquer que Farris et lui étaient de mèche depuis un bon moment.

Caitlyn ne disait pas un mot et continua à fixer Harlan. Elle n'avait pas un regard effrayé, plutôt désolé. Il ne supportait pas qu'elle continue à se sentir coupable.

— Votre arme, insista Curtis. Et lâchez Farris, qu'il puisse s'en aller.

Farris poussa un cri indigné.

— Je ne partirai pas sans elle ! hurla-t-il en tentant de se débattre.

Sans relâcher sa prise sur Caitlyn, Curtis pointa son arme sur eux.

— Je te conseille de faire ce que je te dis, répliqua-t-il à Farris. Et si tout se passe bien, je te laisserai peut-être Caitlyn. Mais je me demande bien ce que tu espères étant donné qu'elle aime un autre homme.

C'était la seconde fois de la soirée que quelqu'un affirmait que Caitlyn était amoureuse de lui. Dans d'autres circonstances, Harlan se serait sérieusement interrogé. Mais, pour le moment, sa seule obsession était de trouver un moyen de les sortir de ce guêpier.

Caitlyn marmonna quelques mots incompréhensibles et tenta de changer de position. Curtis resserra son étreinte et braqua de nouveau son arme sur elle.

Voir Caitlyn sous la menace de ce revolver était une épreuve, mais Harlan n'avait pas d'autre choix que gagner du temps et faire oublier à Curtis qu'il était lui aussi toujours armé.

— Où est Declan ? s'enquit-il.

Le sort de son frère le préoccupait sincèrement, mais Curtis ne lui dirait certainement pas la vérité. Peu importait. Le but était de le faire parler pour mieux le désarmer.

— Il ne va pas tarder à nous rejoindre. Mais il ne sera pas tout seul, évidemment.

Curtis avait donc plusieurs hommes à sa solde. Mais combien exactement ? Et pourquoi voulait-il faire venir Declan ici ?

— Pourquoi faites-vous cela ? demanda Harlan. Vous vous servez de Declan pour avoir davantage d'emprise sur moi ?

— Vous n'avez besoin ni de Declan ni d'Harlan puisque vous m'avez, moi, déclara Caitlyn. Laissez-les s'en aller.

— Non, protesta Curtis. En fait, j'ai besoin de vous deux. D'Harlan et vous.

Il adressa un regard noir à Farris.

— Tâche de te maîtriser encore un moment, lui lança-t-il, et tu obtiendras ce que tu veux.

Farris se crispa, sentit Harlan.

— J'ai payé largement pour avoir Caitlyn, rétorqua Farris, qui ne se calmait pas du tout. J'ai accepté de financer cette opération pour une seule raison : elle.

Voilà qui expliquait… Non, ça n'expliquait rien du tout. Farris avait suffisamment d'argent pour engager des hommes prêts à tout et déployer des moyens importants, c'était entendu. Mais pourquoi Curtis souhaitait-il leur mort ?

C'était toujours un mystère, conclut Harlan. Mais il pouvait essayer de le deviner.

— Ce sont vos empreintes qui ont été retrouvées sur le corps de Sherry, n'est-ce pas ? lança-t-il par provocation.

Curtis ne se donna pas la peine de nier.

— Il n'y aura bientôt plus d'empreintes. En ce moment-même, on se charge de les faire disparaître.

Etait-ce du bluff ? se demanda Harlan. Son téléphone vibra dans sa poche. Cherchait-on à le prévenir qu'un homme avait justement cherché à s'introduire dans la morgue mais avait été stoppé ? Il ne pouvait que l'espérer car il n'était pas question de répondre et de relâcher son attention.

Curtis consulta brièvement sa montre et poussa un juron. Pourquoi ? Parce que l'homme censé amener Declan n'était pas à l'heure ? Ou alors se passait-il encore autre chose ? Et où étaient Clayton et Slade ? A l'heure qu'il était, ils étaient forcément dans les environs et leur intervention aurait été plus que bienvenue.

— C'est la troisième et dernière fois que je vous demande de lâcher votre arme, ajouta Curtis d'un ton menaçant. Obéissez sinon vous pouvez dire adieu à Caitlyn.

Harlan redoutait plus que tout ce moment. Il avait fait son possible mais, désormais, il ne pouvait plus temporiser. Il laissa tomber son arme, juste devant lui. S'il n'avait pas le choix, et s'il était rapide, peut-être serait-il capable de la ramasser et de faire feu.

En tout cas, il devait s'y préparer.

— Vous avez assassiné Sherry, l'accusa Caitlyn, qui, manifestement, cherchait à son tour à jouer la montre.

Malgré le revolver appliqué contre sa tempe, elle tourna la tête pour dévisager Curtis.

— Avez-vous tué également Tiffany ?

— J'y ai été contraint. Après avoir éliminé Sherry, je devais éloigner les soupçons.

Curtis haussa les épaules et reprit :

— Je me suis dit que, si les rangers cherchaient un rapport entre la mort de Tiffany et l'enquête sur le meurtre de Webb, ils penseraient que la disparition de Sherry y était liée également.

— Et vous avez tué Sherry parce qu'elle avait découvert vos investissements frauduleux, dit Harlan.

Curtis l'observa d'un regard mauvais. C'était donc ça ! Une histoire d'argent.

Harlan insista :

— Vous avez envoyé ces lettres de menace pour faire croire à tout le monde que sa disparition était liée aux événements de Rocky Creek.

— C'est moi qui me suis occupé des lettres de menace, se vanta Farris.

Curtis lui adressa un regard méprisant.

— Parce que je lui avais ordonné de le faire, précisa-t-il. Elaborer un plan minutieux et réfléchi, ce n'est pas le fort de Farris. Il est un peu trop… perturbé pour y parvenir.

Provoquer un type aussi dérangé que Farris n'était pas très prudent, pensa Harlan. Mais il était clair que Curtis ne lui portait aucune estime et n'avait fait que se servir de lui et de son argent. Parce qu'il avait compris que, pour Caitlyn, Farris serait prêt à faire n'importe quoi.

— Je suppose que Curtis vous a promis qu'il vous aiderait à retrouver Caitlyn et à l'attirer dans vos filets ? demanda Harlan à Farris.

— Il m'a promis plus que cela. Un jour, il a pris contact avec moi et m'a affirmé qu'il savait où elle était. Il m'a assuré que, si je l'aidais, elle serait à moi, que je pourrais faire tout ce que je voulais avec elle et que je ne retournerais jamais là-bas.

Par « là-bas », Farris faisait sans doute référence à l'hôpital psychiatrique où il était soigné.

Curtis consulta de nouveau sa montre et fit un geste d'impatience. Il ne semblait pas conscient que Farris était sur le point de craquer. Ou alors il s'en moquait.

— Henry, tu es là ? appela Curtis.

Le dénommé Henry devait être le ravisseur de Declan.

Pas de réponse.

Curtis poussa un juron.

— Vous croyez réellement que Curtis tiendra sa promesse ? demanda Caitlyn en s'adressant à Farris. Vous pensez qu'il va vous laisser la vie sauve ? Vous vous faites des illusions. Comment pourrait-il prendre le risque qu'un jour vous puissiez tout raconter ?

Farris resta immobile à la regarder, comme transi. Harlan redouta le pire. Caitlyn cherchait à retourner Farris contre Curtis, mais cet homme était tellement obsédé par son désir de la posséder qu'il ne voyait qu'elle.

— Ne l'écoute pas, dit Curtis.

— Il ne veut pas que vous m'écoutiez parce qu'il ne souhaite pas que je dise à voix haute qu'il vous a berné. Vous auriez mieux fait de garder votre argent. Vous voulez savoir la vérité ?

Elle adressa un sourire ironique à Farris et ajouta :

— Il veut me garder pour lui.

Farris parut tétanisé. Soudain, avant même qu'Harlan ait le temps de le retenir, il se rua sur Caitlyn en hurlant.

Alors, un coup de feu déchira la nuit.

Le tir retentit si près de l'oreille de Caitlyn qu'elle fut complètement assourdie. Elle en eut mal à la tête et aurait certainement vacillé si Curtis ne l'avait pas fermement maintenue contre lui.

En revanche, Farris tomba à genoux.

Il la fixa droit dans les yeux, le visage déformé par la douleur.

— Je t'aimerai toujours, dit-il.

Malgré le bourdonnement dans ses oreilles, elle comprit ses propos et en eut la nausée.

Farris tendit le bras, comme s'il voulait la toucher, mais Curtis le repoussa du pied. Farris geignit et porta la main à son torse.

Là où la balle l'avait atteint.

— Adieu, Caitlyn, articula-t-il en s'effondrant.

Il était mort. Mais, malgré la violence et la soudaineté de sa fin, elle n'arrivait pas à se sentir désolée pour lui.

Pas après ce qu'il avait fait. Et puis, Harlan et elle étaient loin d'être tirés d'affaire, au contraire.

Maintenant que Curtis avait tué Farris et avoué avoir également éliminé Sherry, il ne pouvait se permettre de leur laisser la vie sauve.

Un craquement attira l'attention de Curtis. Sans relâcher son étreinte sur elle, il pivota sur sa gauche. Harlan tenta de profiter de cette diversion pour ramasser son arme.

— Ne bougez pas, dit Curtis. Si vous touchez à ce revolver, je tue Caitlyn.

Harlan s'immobilisa. Il y eut un second craquement.

— Henry ? appela Curtis.

— Non, ce n'est pas Henry, répondit une voix.

Celle de Slade.

Le soulagement envahit Caitlyn. Un soulagement qui céda vite la place à une nouvelle inquiétude. Car Slade semblait tout près : il prenait le risque de se faire tirer dessus.

— Qui êtes-vous ? s'enquit Curtis.

— Le marshal Slade Becker. Et vous, si vous ne prenez pas garde, vous serez bientôt un homme mort.

Cet avertissement ne fit rien pour rassurer Caitlyn. Certes, Slade était un bon tireur, mais Curtis avait toujours son arme braquée sur sa tempe et pouvait à tout moment la retourner contre Harlan.

Curtis recula prudemment en la forçant à faire de même, jusqu'à ce qu'il soit dos contre un arbre, afin de ne pas constituer une cible facile.

Ils risquaient de rester ainsi un bon moment, à jouer d'intimidations réciproques, avant que la situation ne trouve une issue, s'angoissa Caitlyn.

— Où est Declan ? demanda Harlan à son frère.

Il gardait les yeux fixés sur Curtis et elle, les genoux

légèrement fléchis, comme s'il se tenait prêt à bondir à la moindre occasion.

— Il est en sécurité avec Clayton, répondit Slade. Tout comme Billy Webb, d'ailleurs. Il est encore un peu groggy mais il va bien. Et nous avons arrêté le ravisseur.

Etait-ce la vérité ? Caitlyn voulut s'en convaincre, car cela signifierait que Curtis ne pouvait plus compter sur ses renforts.

Ce dernier poussa un juron et lui appliqua plus fort son revolver contre la tempe. Elle ne put réprimer une grimace de douleur et regarda Harlan du coin de l'œil.

Il semblait furieux et elle l'implora du regard de se contenir et de ne rien tenter, car toute initiative impulsive pourrait lui être fatale.

— Un type a également été arrêté pendant qu'il cherchait à s'introduire dans la morgue, ajouta Slade d'une voix calme, comme s'il cherchait à faire comprendre à Curtis que la partie était jouée et qu'il ne pouvait plus s'en sortir.

— Bouclez-la ! s'exclama Curtis.

Il la poussa en avant et lui braqua son revolver contre l'arrière de la tête.

— Je pars avec Caitlyn. Si vous tentez quoi que ce soit, je lui explose la tête.

Le désespoir s'abattit sur elle. Soit Harlan allait se faire tirer dessus en tentant de stopper Curtis, soit elle allait mourir quand elle se retrouverait seule avec lui.

Mais que pouvait-elle faire ? Elle était à la merci de Curtis, qui était plus grand et plus fort qu'elle.

— Je vais partir avec lui, déclara-t-elle en fixant Harlan.

Curtis ne partirait pas sans avoir tenté de tuer Harlan et Slade, pensait-elle. Si Curtis voulait s'en sortir, il était obligé de se débarrasser d'eux. Et d'elle ensuite. Son plan était sans doute de tirer sur Harlan pour forcer Slade à se découvrir.

Soudain, Curtis bougea le bras pour brandir son revolver devant lui.

Grand Dieu, il visait Harlan !

Harlan réagit au quart de seconde et baissa la tête. Mais Curtis l'avait dans sa ligne de mire.

Avec l'énergie du désespoir, elle hurla et lui asséna un coup de coude. Cela ne suffit pas à le faire trébucher, mais son bras avait bougé. Le coup de feu partit et la balle alla se loger dans un arbre derrière Harlan.

Plutôt que tenter de ramasser son arme, ce dernier décida de charger droit sur eux. Elle se débattit dans tous les sens pour empêcher Curtis de faire de nouveau feu. Elle n'y parvint pas mais il ne put effectuer un tir précis et la balle fusa en l'air.

Harlan arriva sur eux et percuta violemment Curtis. Elle vacilla elle aussi sous l'impact tant il y avait mis d'énergie et tous trois se retrouvèrent au sol.

Elle en eut le souffle coupé, mais un nouveau coup de feu lui fit recouvrer ses esprits. Elle tourna vivement la tête : Harlan n'avait pas été touché.

Elle asséna un coup de coude à Curtis, qui poussa, à sa grande satisfaction, un cri de douleur. Mais, la seconde d'après, il riposta en la frappant à la tête avec la crosse de son revolver.

La douleur eut raison d'elle et elle n'eut plus la force de se débattre.

En revanche, Curtis et Harlan étaient toujours à la lutte.

Elle se tortilla pour essayer de s'éloigner. Mais elle était coincée entre les deux hommes et Curtis cherchait à se servir d'elle pour parer les coups d'Harlan.

Soudain, une douleur violente la lança au niveau de l'épaule, et elle fut tirée par terre sans pouvoir résister.

Elle battit des paupières pour s'éclaircir la vision : c'était Slade qui était intervenu pour la dégager. Dès qu'elle fut à l'écart de la bagarre, il s'apprêta à aider Harlan à neutraliser Curtis.

Mais ce n'était pas la peine.

Maintenant qu'il pouvait se battre d'homme à homme, Harlan ne mit pas longtemps à saisir son adversaire par le poignet et à lui frapper la main contre un tronc d'arbre pour lui faire lâcher son arme. Puis il enchaîna par un crochet à la mâchoire. A moitié KO, Curtis cessa toute résistance.

Elle voyait un peu flou, ses oreilles sifflaient, elle avait mal au crâne mais le cauchemar était terminé. Farris était mort et Harlan s'occupait déjà de remettre Curtis debout pour que son frère puisse le menotter.

Ce qu'il s'empressa de faire.

— Je m'occupe de l'emmener au poste, dit Slade. Avant, je vais appeler le shérif pour m'assurer que tout est sous contrôle à la morgue. Ça va ? lui demanda-t-il.

— Oui, ça va, prétendit-elle.

Elle essaya de se lever mais ses jambes étaient encore trop faibles pour la porter. Elle resta assise pour reprendre son souffle.

Le danger était passé, mais il lui faudrait du temps pour se remettre de tous ces événements.

— Tu devrais l'accompagner à l'hôpital, suggéra Slade à Harlan.

Harlan tourna vivement la tête vers elle et pâlit. Elle devait vraiment avoir piteuse allure. En deux pas, il fut à côté d'elle.

— Tu es blessée ?

Sans attendre de réponse, il prit son visage entre ses mains et l'observa sous toutes les coutures.

— Non, je n'ai rien de sérieux, répondit-elle. Et toi ? lui demanda-t-elle en retour avec la même inquiétude.

Il avait une vilaine entaille à l'arcade sourcilière.

Mais il fit non de la tête, l'attira à lui et la serra fort. Un peu trop fort étant donné qu'elle avait des courbatures partout, mais en aucun cas elle n'aurait souhaité être ailleurs que dans ses bras.

— Ce n'est pas fini, dit Curtis d'un ton menaçant.

— Moi, je crois que si, rétorqua Harlan.

Slade prit Curtis par le bras pour le tirer vers sa voiture.

— Si vous m'arrêtez, il est mort, hurla Curtis par-dessus son épaule.

Slade s'arrêta net. Il dévisagea Curtis et lui demanda :

— De quoi parlez-vous ?

Harlan aida Caitlyn à se lever et s'approcha d'eux en la soutenant. Curtis jouait certainement un ultime coup de bluff pour éviter de terminer ses jours en prison, escompta Caitlyn. Mais il était responsable de la mort d'au moins trois personnes et avait également tenté de les tuer.

Il souriait même, comme s'il savourait son effet.

Cette expression la fit frémir et elle attendit avec appréhension.

— J'ai comme qui dirait une police d'assurance, déclara Curtis, dont le sourire s'élargit. Alors, si vous m'arrêtez, il meurt.

— Qui meurt ? demanda Caitlyn d'une voix incertaine.

— Mais Kirby, bien sûr. Ai-je oublié de vous préciser que j'ai envoyé un homme au ranch ? répliqua Curtis en soutenant le regard d'Harlan sans ciller. Et s'il ne reçoit pas un coup de fil de ma part dans les minutes qui viennent, ses ordres sont clairs. Il ouvre le feu.

18

Harlan s'empressa de sortir son portable et composa le numéro du ranch. Cutter, l'employé en chef, était censé être en poste. Pourtant, au bout de quatre sonneries, le répondeur se déclencha.

Bon sang.

Il essaya le numéro de son frère Wyatt, qui devait être à la maison avec Kirby et Stella. Une fois encore, il tomba sur la boîte vocale.

Il pouvait y avoir de nombreuses explications à l'absence de réponse de Cutter comme de Wyatt mais il n'en envisageait qu'une seule.

Le ranch était l'objet d'une attaque. Sa famille avait peut-être besoin de lui d'urgence, et il était à quarante-cinq minutes de route.

— Je vais prévenir le shérif Geary, déclara Slade, qui passa son appel sans lâcher Curtis.

Dès qu'il eut un interlocuteur, il expliqua brièvement la situation et demanda que des hommes soient envoyés au ranch sans délai. Cependant, il leur faudrait au minimum vingt minutes pour arriver sur place.

— Ça ne va pas être facile de repérer mon homme de main dans l'obscurité, dit Curtis. Vous savez mieux que moi qu'il y a des tas d'endroits où il pourra se cacher et éliminer un par un tous ceux qui seront à sa recherche.

Envoyez autant d'hommes que vous le souhaiterez, ça ne changera rien. Kirby va y passer.

Harlan dut prendre sur lui pour ne pas faire cracher ses dents à Curtis.

— Appelez ce type et dites-lui de laisser tomber sa mission.

— Non, je n'en ferai rien.

Curtis avait repris son sérieux et il dévisagea Harlan sans ciller, avec un regard glacial.

— Si je dois moisir le reste de ma vie en prison, ça me mettra un peu de baume au cœur de savoir qu'en contrepartie vous aurez perdu un être cher.

C'était la parole de trop. Harlan saisit Curtis par les épaules et le plaqua brutalement contre un arbre.

— Appelez ce type ! répéta-t-il en le secouant violemment.

Curtis lui rit au nez.

— Vous pensez que je pourrais porter plainte pour brutalités policières ? Qui sait, avec un bon avocat, je pourrais même voir ma condamnation annulée en prétendant que vous m'avez arraché des aveux de force.

C'était sans espoir, comprit Harlan. Aussi forte que soient la colère et la haine qu'il éprouvait contre Curtis, il ne devait pas se laisser aller, plutôt chercher un autre moyen de sauver ses proches.

— Le shérif est en chemin pour le ranch, lui apprit Slade. Il va essayer de contacter Wyatt ou quelqu'un d'autre.

C'était un début, mais ce n'était pas suffisant. Et sa voiture était dans le fossé. Il ne pouvait pas partir à la rescousse sur-le-champ.

— Le bureau des marshals dispose-t-il d'un hélicoptère ? demanda alors Caitlyn.

Il secoua la tête.

— L'hélico le plus proche est à San Antonio et, de

toute façon, obtenir l'autorisation de le faire décoller prendrait trop de temps.

Caitlyn claqua alors des doigts et lui prit son téléphone.

— J'ai une idée. J'appelle mon patron, dit-elle sans plus d'explications.

Soudain, Curtis eut l'air un peu moins sûr de lui.

— Je n'ai pas le temps de t'expliquer, disait Caitlyn à son interlocuteur après de très brèves formalités d'usage. Tu m'as dit un jour que tu me devais beaucoup de faveurs et que je ne devais pas hésiter à te demander la pareille. Eh bien, le moment est venu. J'ai besoin que tu fasses décoller immédiatement l'hélico que nous utilisons pour les reportages en direct. Demande au pilote de prendre la direction du ranch de Blue Creek à côté de Maverick Springs.

Elle marqua une pause.

— Oui, voilà, c'est bien ça. Il faut que le pilote survole le ranch avec le projecteur allumé. Il y a un homme armé quelque part sur le domaine du ranch et les autorités doivent le localiser par tous les moyens.

Quelques secondes plus tard, elle mit fin à la communication et rendit son téléphone à Harlan.

— L'appareil décolle dans les cinq minutes.

Parfait. Evidemment, ce ne serait pas un commando d'élite qui prendrait place dans l'hélicoptère, mais avoir un appareil au-dessus de la tête qui balaie la zone avec un projecteur rendrait la tâche plus difficile à l'homme de Curtis et lui ferait prendre conscience que la chasse pour sa capture était lancée.

— Ma camionnette est garée là-bas, au bout de la route, dit Slade en désignant la direction de la tête.

Puis il lança ses clés à Harlan.

— Allez-y, Caitlyn et toi. Moi, je vais demander à Clayton de venir me chercher et nous nous occuperons de déposer ce type au bureau du shérif avant de vous rejoindre.

Harlan ne protesta pas, au contraire. Caitlyn avait déjà subi beaucoup d'épreuves et elle n'était pas en état de courir, mais il n'avait aucune envie de la laisser plus longtemps à proximité du cadavre de Farris. Encore moins qu'elle monte dans la même voiture que Curtis. Il prit sa main et l'invita à le suivre.

— Curtis pourrait nous avoir menti, déclara Caitlyn tandis qu'ils se dirigeaient vers la voiture de Slade.

Bien sûr. Il devait aussi garder à l'esprit que le ranch était surveillé par de nombreux hommes armés alors que l'acolyte de Curtis était, selon ses dires, tout seul. Et, s'il tentait de s'introduire dans la maison, le système d'alarme se déclencherait.

Mais Curtis avait peut-être pris en compte tous ces paramètres.

Il voulut accélérer son pas, mais Caitlyn ne soutiendrait pas l'allure. Aussi il la prit dans ses bras et courut aussi vite que possible.

Quand ils atteignirent enfin la camionnette, ses poumons étaient en feu. Il déposa rapidement Caitlyn sur le siège passager et, un instant, eut peur de s'être montré trop brutal et de lui avoir fait mal. Mais elle ne se plaignit pas.

— Donne-moi ton téléphone, dit-elle. Je vais tenter d'appeler toutes les personnes qui doivent être au ranch ou à qui donner l'alerte pendant que tu conduis.

— Essaie d'abord d'appeler Dallas, répliqua-t-il en lui tendant son portable.

Il inséra la clé de contact, mit le moteur en marche et démarra en trombe. Heureusement, à cette heure, il n'y avait pas de circulation, ni de pluie ou de brouillard pour les ralentir. Pourtant, il avait beau rouler aussi vite que possible, le temps jouait contre eux et son inquiétude grandissait à chaque seconde. Même s'ils arrivaient avant que l'homme de Curtis ait pu entrer en action, ils risquaient de se retrouver une fois de plus au milieu d'une fusillade. Infliger de nouveau cela à Caitlyn lui coûtait, mais il était forcé de voler au secours de sa famille.

Caitlyn avait le téléphone collé à l'oreille, mais personne ne répondit à son appel.

— Je n'arrive pas à joindre Dallas, dit-elle. Qui d'autre dois-je appeler ?

— Essaye le téléphone fixe de la maison.

Caitlyn avait enclenché le haut-parleur. Les sonneries retentirent les unes après les autres. A la quatrième, il allait dire à Caitlyn de raccrocher quand, soudain, une voix se fit entendre.

Celle de Stella.

— Qui est-ce ? demanda-t-elle.

Caitlyn tendit l'appareil vers lui pour qu'il puisse parler.

— Stella ? C'est Harlan. Tout va bien au ranch ?

— Je n'en suis pas sûre, répliqua Stella d'une voix inquiète. Apparemment, le système d'alarme de la maison ne fonctionne plus, et Dallas, Cutter et Wyatt sont sortis voir si quelqu'un rôdait dans les parages.

Sauf énorme coïncidence, les menaces de Curtis n'étaient donc pas du bluff.

Même s'il roulait déjà vite, il accéléra.

— Stella, il y a un homme armé qui cherche à s'introduire dans la maison et il n'hésitera pas à tirer. Vous êtes en danger !

— Mon Dieu ! s'exclama Stella. Mais je ne peux pas appeler Cutter, Wyatt ou Dallas. Ils ont certainement coupé leurs téléphones pour ne pas se faire repérer. Que dois-je faire, Harlan ?

Il réfléchit quelques secondes. Ce type pouvait se dissimuler n'importe où, à attendre son heure.

— Un hélicoptère ne va pas tarder à arriver. Il va balayer le ranch avec son projecteur, alors ce sera plus difficile pour cet homme de se cacher. En attendant, je veux que Kirby et toi, vous restiez dans la maison en prenant soin de verrouiller tous les accès.

— Mais si cet homme tire sur…

— Wyatt et Dallas ont l'habitude de ce genre de situation, ils savent comment se comporter, dit-il.

Il était hors de question que Stella sorte et risque de se retrouver face à un tueur.

— Le shérif Geary est également en route. Appelle-le pour le tenir au courant de ce qui se passe et avertis-le que ses hommes et lui doivent se montrer très prudents pour ne pas tomber dans une embuscade.

— Entendu. Et toi, arrive le plus vite possible.

Il s'y employait. Il ne donnerait pas à Curtis la satisfaction d'avoir de nouvelles victimes à son compte.

Il tourna la tête vers Caitlyn et eut le cœur serré. Elle avait des égratignures et saignait même un peu au niveau du menton.

Quand elle s'était retrouvée entre Curtis et lui, elle avait pris des coups. Cette pensée le rendait malade. Il ne put retenir un juron.

— Tu saignes à cause de ce voyou.

Elle observa son reflet dans le rétroviseur latéral.

— Ce n'est pas très joli, en effet.

Elle ouvrit la boîte à gants et y trouva un paquet de mouchoirs en papier. Mais, au lieu de s'en servir pour nettoyer sa blessure, elle se pencha vers lui et lui en appliqua un sur l'arcade sourcilière.

— Tu saignes à cause de ce voyou, répéta-t-elle.

Il ne se donna pas la peine de se regarder dans le rétroviseur. De toute façon, il avait mal partout. Mais il avait plutôt eu de la chance.

Il n'était pas sérieusement blessé et, surtout, Caitlyn était en vie.

Cette réflexion le bouleversa et il tendit le bras pour la tenir contre lui. Il en avait besoin, comme il avait besoin de se convaincre qu'elle le pardonnerait de ne pas avoir mieux su la protéger.

— Je suis désolé, dit-il.

Puis il lui déposa un léger baiser sur la joue et reposa les deux mains sur le volant pour se concentrer sur la conduite.

Elle le dévisagea.

— Désolé pour quoi ?

— De ne pas avoir été à la hauteur de ce que tu pensais de moi.

Elle lui retourna un regard courroucé.

— Dans d'autres circonstances, tu mériterais une claque derrière la tête. Cesse de dire des bêtises, tu as été plus qu'à la hauteur, ajouta-t-elle en restant tout près de lui.

Il garda les yeux sur la route mais ses paroles lui passèrent en boucle dans la tête. Il repensa à tout ce qu'ils avaient vécu depuis qu'elle était réapparue dans sa vie. Il n'y avait pas eu que des mauvais moments, loin de là, et cette certitude lui redonna de l'énergie.

La sentir contre lui lui faisait un bien fou. Et, quand ils avaient fait l'amour, il avait compris qu'elle était faite pour lui.

— Regarde, dit-elle en se redressant, un doigt pointé devant elle.

Au loin, une lumière perçait le ciel. L'hélicoptère était arrivé et balayait la zone avec un projecteur surpuissant.

Jamais il n'aurait cru qu'il arriverait si vite. Caitlyn avait eu un coup de génie en appelant son patron. Ils étaient à moins de deux kilomètres du ranch et, plus ils approchaient, plus la lumière était intense.

Il s'engagea sur le chemin qui menait à la maison principale et, alors qu'il allait s'arrêter pour ne pas se retrouver trop près, une silhouette apparut. C'était un homme qui tenait un fusil. Harlan fut immédiatement en alerte mais il s'agissait de Wyatt. Et il n'était pas seul.

Le shérif, ainsi que Dallas et Cutter, étaient là aussi. Et devant eux, un homme se tenait à genoux, mains en l'air.

Harlan freina brusquement et s'empressa de descendre de voiture. Caitlyn fit de même et le rejoignit tandis qu'il se dirigeait vers le petit groupe. Il lui fit signe de rester derrière lui, au cas où.

— Tu es un peu en retard, lança Wyatt avec un léger sourire dans la voix. Grâce à l'hélico, nous avons repéré et neutralisé ce type il y a deux minutes. Et ne t'inquiète pas, tout le monde va bien. Il n'y a même pas eu un seul coup de feu.

Un immense soulagement envahit Harlan, un poids énorme se soulevait de ses épaules.

— Tu peux remercier Caitlyn pour l'hélico, lança-t-il à Wyatt.

— Eh bien, merci beaucoup, ma belle, répliqua Wyatt en adressant un grand sourire à Caitlyn.

Un sourire qui s'effaça quand ils s'approchèrent un peu plus.

— Bon sang, vous avez vu la tête que vous avez ? Il faut appeler un médecin sans attendre.

— Ne t'inquiète pas, répondit Harlan. Nous avons dû batailler ferme mais c'est nous qui avons gagné.

Il passa un bras autour des épaules de Caitlyn pour la serrer contre lui.

— Allez, je vais emmener ce type en ville sans tarder, dit le shérif.

— Je veux passer un accord de plaider coupable, marmonna l'homme tandis que le shérif le tirait vers sa voiture. Je vous dirai tout ce que vous voudrez. J'ai des preuves que Sherry avait découvert les détournements de fonds de Curtis. J'ai gardé des copies des e-mails. Je vous donnerai tout si vous acceptez l'accord.

— L'accord sera valable seulement si vous pouvez nous fournir des preuves que Curtis a bien tué Sherry, précisa Harlan.

— J'en ai. Il l'a étranglée dans son bureau puis il m'a obligé à l'aider à transporter le corps dans ma cabane de chasse. Je vous montrerai où et comment ça s'est passé.

Harlan n'était pas contre le fait que ce type enfonce un peu plus Curtis. Mais, de toute façon, Curtis ne s'en sortirait pas puisqu'il était passé aux aveux et avait tué Farris devant eux.

— Clayton, Slade et Declan sont en chemin, dit Dallas, qui venait de recevoir un message. Ils emmènent Curtis à la prison du comté. Et je viens également d'avertir le pilote de l'hélico qu'il pouvait rentrer à sa base.

Parfait. Encore des soucis en moins, se réjouit Harlan. Il pouvait faire examiner Caitlyn par un médecin. Mais avant il avait une autre priorité.

— Caitlyn, je ne veux pas seulement dîner un soir avec toi, lui déclara-t-il solennellement.

Elle tourna la tête vers lui, battit des paupières et le dévisagea d'un air étonné.

Elle allait certainement lui répondre que, tout ce qu'elle souhaitait, c'était retourner à sa vie et laisser ces pénibles jours derrière elle.

— Et moi, je n'ai pas envie de me contenter de faire l'amour avec toi, répliqua-t-elle pourtant.

Dallas s'éclaircit la gorge et prétexta devoir aller parler à Stella et Kirby. Wyatt lui emboîta le pas.

Harlan leur prêta à peine attention et embrassa passionnément Caitlyn. Il essaya de se montrer le plus doux possible car elle avait des égratignures un peu partout et il ne voulait surtout pas lui faire mal. Mais il avait beaucoup de difficultés à contenir son élan.

La voiture du shérif passa à leur hauteur, l'hélicoptère décrivit un arc de cercle dans le ciel et s'éloigna. Mais encore une fois il prêta à peine attention à tout cela et prolongea son baiser jusqu'à ce qu'ils doivent tous deux reprendre leur respiration.

Il redressa la tête, la fixa droit dans les yeux et, quand il eut suffisamment de souffle, déclara :

— Je t'aime.

Caitlyn prononça exactement les mêmes mots quasiment en même temps.

— Je t'aime depuis que j'ai seize ans, ajouta-t-elle. Et mes sentiments n'ont pas changé depuis.

Il sourit, puis fit la grimace, car sourire était un peu douloureux. Pourtant, il s'efforça de sourire de nouveau, tant il était heureux et ému.

Elle sourit à son tour, saisit sa chemise entre ses doigts et l'attira à elle pour l'embrasser.

Ils avaient mal un peu partout, mais l'amour était plus fort que la douleur.

— Epouse-moi, dit-il.

C'était une injonction, pas une question, car il n'accepterait aucune autre réponse qu'un oui catégorique.

Caitlyn était restée trop longtemps absente de sa vie et, maintenant qu'elle y était revenue, il refusait de la voir en sortir de nouveau.

Elle acquiesça.

— Oui, et je me dépêche de répondre avant que tu changes d'avis.

Mais il n'avait aucune intention de changer d'avis et il le lui prouva avec un autre baiser.

— Caitlyn, tu seras toujours ma première fois, dit-il tout contre ses lèvres. Et ma seule.

Elle sourit.

— C'est encore plus beau comme ça.

Retrouvez en juin 2020,
dans votre collection

BLACK ROSE

Des jumeaux à protéger, de Janie Crouch - N°592

SÉRIE DEUX FACE AU RISQUE 1/4

Des épaules larges, un sourire irrésistible… Assurément Tanner Dempsey, le shérif de Risk Peak, est un homme très séduisant. Pourtant, lorsqu'il pose sur elle son regard interrogateur, c'est la peur qui envahit Bree. Peur qu'il découvre sa véritable identité. Peur qu'il révèle par inadvertance sa présence à ceux qui les pourchassent, elle et les jumeaux que sa cousine lui a confiés avant de disparaître…

Une présence dans l'ombre, de Justine Davis

Depuis des semaines, Cassidy se sent épiée… Aussi lorsque Jace, qui était autrefois le meilleur ami de son frère, revient en ville après des années d'absence, c'est vers lui qu'elle se tourne pour demander de l'aide. Sans oser lui avouer qu'elle a toujours été amoureuse de lui. Sans lui révéler que la menace qu'elle sent peser sur elle pourrait bien être en rapport avec les frasques de son frère…

Retrouvailles avec le passé, de Heather Graham - N°593

Émue aux larmes, Maura regarde Brock… Certes il a mûri. Mais elle retrouve en lui l'adolescent qui lui jurait autrefois un amour éternel. Et elle lui en veut. Car jamais il ne lui a donné de nouvelles depuis le meurtre qui s'est déroulé dans l'hôtel où ils travaillaient alors. Un drame qui les réunit aujourd'hui : lui pour enquêter sur une série d'étranges disparitions, elle pour tourner un film sur les légendes de Floride…

Des soupçons à haut risque, de Debra Webb

Qui est réellement Smith Flynn ? C'est la question que se pose Sadie tandis qu'elle remplit une mission d'infiltration dans un groupe de dangereux extrémistes. En effet, Smith ne ressemble en rien aux hommes du camp, et elle a bien du mal à maîtriser le trouble qu'il lui inspire. Une attirance dangereuse car elle se rend compte bientôt que Smith lui-même nourrit de sérieux soupçons la concernant…

Retrouvez en juin 2020,
dans votre collection

BLACK ROSE

La couleur de l'orage, de Carla Cassidy - N°594

Indiscrète, exaspérante… mais si séduisante. Depuis qu'il a rencontré Monica, Jake a du mal à mettre de l'ordre dans ses sentiments à l'égard de la jolie journaliste. Car, s'il recherche lui aussi l'homme qui vient d'éliminer l'assassin de sa sœur, il veut rester discret pour qu'on ne le soupçonne pas. Et la soif de scoop de Monica risque non seulement d'attirer l'attention de la police sur lui, mais surtout de les mettre tous les deux en danger…

Un message menaçant, de Regan Black

Depuis des mois, Bethany se demande comment elle va pouvoir annoncer à Caleb, son fils de quatorze ans, que son père, un important militaire, est vivant et travaille à quelques kilomètres seulement de chez eux… Un secret lourd à porter et qui doit être levé de toute urgence. En effet un message vient de parvenir à Bethany. Un mail l'enjoignant de tout dire à Caleb et dans lequel elle devine une sourde menace…

Un secret si lourd à porter, de Robin Perini - N°595

Jamais Noah n'aurait dû accepter de protéger Lyssa, la fiancée de Jack, son ami assassiné quelques mois plus tôt. D'abord parce qu'il a toujours été amoureux de Lyssa. Ensuite, et surtout, parce que Lyssa, traquée depuis la mort de Jack par le maniaque qui a brisé sa vie, refuse toute protection et prétend piéger seule le tueur…

L'enquête de sa vie, de Beverly Long

Qui est le psychopathe qui, depuis un mois, tue un adolescent par semaine en ne laissant aucun indice derrière lui ? Désemparé, l'inspecteur Rob Hanson croit tenir un début de piste quand, au cours d'une soirée, il rencontre la séduisante Carmen Jimenez qui lui confie son désespoir : son frère est tombé sous la coupe d'un inconnu qui le pousse à agir de manière étrange… Et si cet homme et le tueur ne faisaient qu'un ?

Composé et édité par HarperCollins France.

Achevé d'imprimer en avril 2020.

BLACK PRINT

Barcelone

Dépôt légal : mai 2020.

MIXTE
Papier issu de sources responsables
FSC® C108412

Pour limiter l'empreinte environnementale de ses livres, HarperCollins France s'engage à n'utiliser que du papier fabriqué à partir de bois provenant de forêts gérées durablement et de manière responsable.

Imprimé en Espagne.

OFFRE DÉCOUVERTE !

Vous souhaitez découvrir nos collections ? Recevez **votre 1er colis gratuit*** **ave** **2 cadeaux surprises !** Une fois votre colis de bienvenue reçu, si vous souhaite continuer à recevoir nos livres, cela se fera automatiquement. Vous recevrez alor vos livres inédits** en avant-première.

Vous n'avez aucune obligation d'achat et cette offre est sans engagement de durée

*1 livre offert + 2 cadeaux / 2 livres offerts pour la collection Azur + 2 cadeaux. Les collections Gentlemen et Aliénor démarrent avec le 1er colis payant.
**Les livres Ispahan, Sagas, Best-Sellers Féminins, Gentlemen et Hors-Série sont des réédités.

☛ COCHEZ la collection choisie et renvoyez cette page au
Service Lectrices Harlequin – CS 20008 – 59718 Lille Cedex 9 – France

Collections	Références	Prix colis*
❑ **AZUR**	Z0ZFA6	6 livres par mois 28,79€
❑ **BLANCHE**	B0ZFA3	3 livres par mois 23,65€
❑ **LES HISTORIQUES**	H0ZFA2	2 livres par mois 16,59€
❑ **ISPAHAN**	Y0ZFA3	3 livres tous les 2 mois 23,35€
❑ **PASSIONS**	R0ZFA3	3 livres par mois 25,09€
❑ **SAGAS**	N0ZFA3	3 livres tous les 2 mois 27,66€
❑ **BLACK ROSE**	I0ZFA3	3 livres par mois 25,09€
❑ **VICTORIA**	V0ZFA3	3 livres tous les 2 mois 25,69€
❑ **GENTLEMEN**	G0ZFA2	2 livres tous les 2 mois 17,35€
❑ **BEST-SELLERS FÉMININS**	E0ZFA2	2 livres tous les 2 mois 18,75€
❑ **ALIÉNOR**	A0ZFA2	2 livres tous les 2 mois 17,35€
❑ **HORS-SÉRIE**	C0ZFA2	2 livres tous les 2 mois 17,35€

N° d'abonnée Harlequin (si vous en avez un) ⌊_|_|_|_|_|_|_|_|_⌋

Mme ❒ Mlle ❒ Nom : ____________________

Prénom : ____________________ Adresse : ____________________

____

Code Postal : ⌊_|_|_|_|_⌋ Ville : ____________________

Pays : ____________________ Tél. : ⌊_|_⌋⌊_|_⌋⌊_|_⌋⌊_|_⌋⌊_|_⌋

E-mail : ____________________

Date de naissance : ____________________

❒ Oui, je souhaite recevoir par e-mail les offres promotionnelles des éditions Harlequin.
❒ Oui, je souhaite recevoir par e-mail les offres promotionnelles des partenaires des éditions Harlequin.

Date limite : 31 décembre 2020. Vous recevrez votre colis environ 20 jours après réception de ce bon. Offre soumise à acceptation et réservée aux personnes majeures, résidant en France métropolitaine, dans la limite des stocks disponibles. Prix susceptibles de modification en cours d'année. Vous pouvez demander à accéder à vos données personnelles, à les rectifier ou à les effacer. Il vous suffit de nous écrire en nous indiquant vos nom, prénom et adresse à : Service Lectrices Harlequin CS 20008 59718 LILLE Cedex 9. Service Lectrices disponible du lundi au vendredi de 8h à 18h : 01 45 82 47 47.

Harlequin® est une marque déposée du groupe HarperCollins France – 83/85, Bd Vincent Auriol – 75646 Paris cedex 13. SA au capital de 3 120 000€ – R.C. Paris. Siret 31867159100069/APE5811Z.